Simone de Beauvoir

Quando o espiritual domina

TRADUÇÃO **Danilo Lima de Aguiar**
PREFÁCIO **Izilda Johanson**

4ª edição

EDITORA
NOVA
FRONTEIRA

Título original: *Anne, ou quand prime le spirituel*

Editora Nova Fronteira Participações S.A.
Av. Rio Branco, 115 – Salas 1201 a 1205 – Centro – 20040-004
Rio de Janeiro – RJ – Brasil
Tel.: (21) 3882-8200

Imagem de capa: © CCI / Bridgeman Images

Tradução do texto da página 5 de Alcida Brant

DADOS INTERNACIONAIS DE CATALOGAÇÃO
NA PUBLICAÇÃO (CIP)

B385q Beauvoir, Simone de, 1908-1986
Quando o espiritual domina/ Simone de Beauvoir; traduzido por Danilo Lima de Aguiar; prefácio por Izilda Johanson. - 4. ed. – Rio de Janeiro: Nova Fronteira, 2025.
256 p. ; 15,5 x 23 cm

Título original: *Anne, ou quand prime le spirituel*

ISBN: 978.65.5640.974-0

1. Literatura francesa. I. Aguiar, Danilo Lima de. II. Título

CDD: 843.914
CDU: 82 3(44)

André Felipe de Moraes Queiroz – Bibliotecário – CRB-4/2242

Conheça outros livros da autora:

Simone de Beauvoir, em suas memórias, nos dá a conhecer sua vida e obra. Quatro volumes foram publicados entre 1958 e 1972: *Memórias de uma moça bem-comportada*, *A força da idade*, *A força das coisas* e *Balanço final*. A estes se uniu a narrativa *Uma morte muito suave*, de 1964. A amplitude desse empreendimento autobiográfico encontra sua justificativa numa contradição essencial ao escritor: a impossibilidade de escolher entre a alegria de viver e a necessidade de escrever; de um lado, o esplendor do contingente; do outro, o rigor salvador. Fazer da própria existência o objeto de sua obra era, em parte, solucionar esse dilema.

Simone de Beauvoir nasceu em Paris, a 9 de janeiro de 1908. Até terminar a educação básica, estudou no Curso Désir, de rigorosa orientação católica. Tendo conseguido o certificado de professora de filosofia em 1929, deu aulas em Marseille, Rouen e Paris até 1943. *Quando o espiritual domina*, finalizado bem antes da Segunda Guerra Mundial, só veio a ser publicado em 1979. *A convidada*, de 1943, deve ser considerado sua estreia literária. Seguiram-se então *O sangue dos outros*, de 1945, *Todos os homens são mortais*, de 1946, *Os mandarins* — romance que lhe valeu o Prêmio Goncourt em 1954 —, *As belas imagens*, de 1966, e *A mulher desiludida*, de 1968.

Além do famoso *O segundo sexo*, publicado em 1949 e desde então livro de referência do movimento feminista mundial, a obra teórica de Simone de Beauvoir compreende numerosos ensaios filosóficos, e por vezes polêmicos, entre os quais se destaca *A velhice*, de 1970. Escreveu também para o teatro e relatou algumas de suas viagens ao exterior em dois livros.

Depois da morte de Sartre, Simone de Beauvoir publicou *A cerimônia do adeus*, em 1981, e *Cartas a Castor*, em 1983, o qual reúne uma parte da abundante correspondência que ele lhe enviou. Até o dia de sua morte, 14 de abril de 1986, colaborou ativamente para a revista fundada por ambos, *Les Temps Modernes*, e manifestou, de diferentes e incontáveis maneiras, sua solidariedade total ao feminismo.

Sumário

Prefácio

— IZILDA JOHANSON —

O livro *Quando o espiritual domina*, recusado pelos editores na França da década de 1930 e publicado muito tempo depois, quando sua autora já contava com 71 anos, é dedicado à composição de retratos de cinco mulheres. Embora a edição francesa mencione "romance" sob o título do livro, não se pode dizer que seja bem este o caso. Trata-se de uma publicação, em certo sentido híbrida, de cinco contos ao mesmo tempo autossuficientes e interrelacionados entre si, nos quais algumas personagens aparecem de um relato para outro de modo contínuo e descontínuo; têm suas narrativas próprias, portanto, mas com ligações também entre si.

Os escritos são de particular interesse, pois, como sinaliza a autora no prefácio à edição de 1979, esclarecem muito a respeito da gênese de sua obra como um todo. No momento em que foram concebidos, ela própria, Simone de Beauvoir, rebelava-se também contra o espiritualismo que considerava tê-la oprimido na infância, contra o qual lutou na juventude e do qual, como alega, algumas mulheres que conheceu e com as quais conviveu ao longo de sua vida foram em certo sentido vítimas e cúmplices. Espiritualismo que Marguerite tão bem apresenta na abertura da parte dedicada inteiramente à sua história: "Em minha família, sempre se foi pela primazia do espiritual. Papai consagrou sua vida ao estudo das letras, e mamãe ao exercício das virtudes cristãs; Marcelle e Pascal dedicaram-se ao culto da beleza e da vida interior" (p. 201).

A construção do indivíduo feminino de cada uma das personagens é elaborada por meio de uma sucessão de etapas mais ou menos árduas que leva cada uma delas, e cada uma a seu modo, à dramática constatação da necessidade de reestruturar a própria vida, de constituir um novo, isto é, mais autêntico, projeto para o próprio existir. Isto exigirá delas o deslocamento de suas ações do campo desse espiritual que até então predominara em suas vidas (e que, é preciso dizer, se realiza de maneira necessariamente associada ao androcentrismmo e masculinismo patriarcal) para um novo campo de possibilidades em que cada uma delas "não procure fora de si mesma o sentido da sua vida" (p. 56).

Como assinala ainda no prefácio, Beauvoir fez suas personagens encenarem de muitas maneiras a *má-fé*. Com isso, a autora nos introduz também numa produção, numa filosofia, numa literatura, num pensamento, enfim, que, no mais, é o seu, visceralmente associado a uma ética.

Em anos próximos aos da escrita de *Quando o espiritual domina*, mas do outro lado do Atlântico, no Brasil, uma jovem cantora de sucesso fazia ressoar a voz de certa mulher (Marcelle, Chantal, Lisa, sra. Vignon ou, como elas, vidas nas quais o espiritual predomina?); dedicava-se a grande voz da era do rádio a dar expressão à angústia vivida por essa personagem no momento exato de um confronto de ordem não apenas emocional ou psicológica, mas também, e principalmente, ética. Um confronto talvez mais de si contra si mesma, estabelecido nas fronteiras dessa liberdade que, nos termos beauvoirianos, caracteriza o próprio existir (de alguém) no mundo e que é pura espontaneidade voltada à ação: consequentemente, à necessidade de fazer escolhas. As alternativas então se apresentam, desvinculadas, contudo, de qualquer garantia prévia de êxito ou fracasso futuro. Eis a angústia. Não escolher é só mais uma dentre as demais alternativas. Ela terá, então, que decidir: "parar de procurar fora de si o sentido de sua própria vida" ou sucumbir (uma vez mais?) à inautenticidade, à má-fé? Num tom algo dramático, a voz entoará a incerteza sobre o que poderia trazer de fato — alegria ou tristeza? — a inesperada carta que o carteiro acabara de lhe entregar e de cujo remetente a mulher reconheceu a caligrafia ("a mesma que disse um dia 'estou farto de ti'"): "quanta verdade tristonha ou mentira risonha uma carta nos traz?" Assim pensando, prossegue em seu apogeu a canção, a escolha foi não abrir a carta, rasgá-la e queimá-la, "para não sofrer mais".[1]

---

[1] A canção "Mensagem", composta por Cícero Nunes e Aldo Cabral, foi originalmente gravada por Isaurinha Garcia em 1946 e popularizada posteriormente na voz de outras grandes intérpretes da música brasileira, notadamente, a de Maria Bethânia.

Escrevi muito em minha juventude: *mas nada que me parecesse válido. Tinha cerca de trinta anos quando ousei apresentar a alguns editores o livro que intitulei* Primazia do espiritual,[2] *usando ironicamente o título de um ensaio — na época famoso — de Maritain. Pus muito de mim mesma nessa obra. Estava revoltada contra o espiritualismo que durante muito tempo me oprimira, e queria exprimir essa repulsa através da história de moças que eu conhecia e que dele tinham sido vítimas mais ou menos cúmplices. Mascarando-as, joguei muito com a má-fé com a inautenticidade, que me pareciam — e ainda parecem — inseparáveis dessa condição. Fui assim levada à difícil tentativa de fazer ouvir as vozes — e os silêncios — da mentira. Como ocorreu mais tarde em* La Femme Rompue, *usei da linguagem para dissimular a verdade. Visto a partir disso, o* Diário de Chantal *parece-me bem-sucedido.*

Gallimard e Grasset recusaram os manuscritos, e não sem razão. Os mesmos personagens se reencontravam nas cinco novelas, nenhuma das quais, portanto, formava um todo circular, fechado em si mesmo, autossuficiente. Mas também não estavam organizadas de modo a formar um conjunto coerente que se pudesse chamar de romance. Faltava relevo às heroínas e aos protagonistas masculinos. A sátira, apesar de pertinente, ainda era tímida. E não fui nada bem-sucedida em minha narrativa daquilo que, aos meus olhos, constituiu o grande crime espiritualista: a morte de Zazá. A história de Marguerite — que era em grande parte a de minha adolescência — satisfazia-me mais. Meu insucesso, porém, não me desencorajou, pois eu o achava justificado e tinha todo um futuro diante de mim. Guardei Primazia do espiritual *no fundo de uma gaveta.*

Ao reler recentemente o mesmo texto, pedi a amigos que também o lessem; achamos que tinha qualidades. Achei também que poderia interessar àqueles

---

[2] N.A.: Como o título *Primazia do espiritual* foi utilizado pelo sr. Jacques Maritain para uma de suas obras, modifiquei o meu para *Quando o espiritual domina.*

dentre meus leitores que me são verdadeiramente fiéis; trata-se, em suma, embora sob forma um tanto canhestra, de um romance de aprendizado, onde se esboçam muitos dos temas que voltei a abordar posteriormente. Ocorre que duas universitárias americanas de origem francesa — Claude Francis e Fernande Gontier — vão publicar Os escritos de Simone de Beauvoir, *no qual apresentarão alguns ensaios meus, artigos e rascunhos ainda inéditos — pelo menos na França.* Primazia do espiritual *deveria evidentemente fazer parte desse conjunto. Porém, é por demais volumoso para se integrar a ele sem desequilibrá-lo. E como torna mais clara a gênese de minha obra, guardo-lhe uma simpatia que gostaria de ver partilhada. Decidi, portanto, publicá-lo isoladamente. Desejo que, apesar dos defeitos e do aspecto canhestro, proporcione aos leitores algum prazer.*

Simone de Beauvoir

I
Marcelle

Marcelle Drouffe era uma menina sonhadora e precoce; desde os dez meses de idade mostrava sinais de extraordinária sensibilidade. "Quando você se machucava, não era de dor que você chorava", disse-lhe mais tarde sua mãe, "mas porque se sentia traída pelo mundo".

Os pais mimavam-na, e era tão bem-comportada que nunca a repreendiam. Cedo, porém, conheceu o gosto das lágrimas; ao anoitecer, escondia-se debaixo da escrivaninha do pai ou atrás da grossa cortina da sala, e se deixava invadir pela tristeza e pela noite. Pensava nas crianças pobres, nos órfãos cuja história lera em grandes livros dourados; ficava a se lembrar de que um dia seria adulta e a mãe não a poria mais no colo, ou então imaginava que os pais estavam mortos, que se achava sozinha no mundo. As lágrimas rolavam pelo seu rosto e sentia o corpo afundar-se num delicioso vazio.

Gostava de chorar sobretudo nas igrejas; nos dias de festa, a sra. Drouffe levava-a para admirar meninos Jesus de cera nas manjedouras, ou para sentir o perfume dos andores. Através da bruma luminosa em torno da chama das velas, Marcelle percebia visões maravilhosas; seu coração quase parava, e ela oferecia, aos soluços, o sacrifício de sua vida a um jovem Deus louro. Ela o vira apenas uma vez, no cinema. À noite, na cama, fazia-lhe confidências e adormecia aconchegada ao coração de Jesus: sonhava que enxugava com seus longos cabelos os macios pés descalços.

Uma tia de Marcelle administrava uma biblioteca na rua Saint-Sulpice; era uma mulher idosa de voz fraca e cansada, que sempre usava uma fita em volta do pescoço. Não havia nada que desse mais prazer a Marcelle do que passar um dia com a srta. Olivier. Fazia sua escolha entre as obras destinadas à juventude (aquelas que no catálogo eram seguidas da letra *J*); depois sentava-se a uma mesinha num corredor recoberto de livros de capa preta e devorava, à luz de uma vela, os contos de Schmidt, os romances de Reynes Monlaur, ou as memórias históricas expurgadas pela sra. Carette. O acesso aos corredores era proibido aos frequentadores; apenas uma funcionária com uma blusa de gola alta infiltrava-se vez por outra na escuridão, com passos miúdos e silenciosos. Subia em uma escada portátil — embaraçando-se com as saias muito compridas — e movia ao longo das prateleiras a luz de uma lâmpada elétrica. Marcelle sabia então que um novo visitante acabara de chegar e de sentar-se silenciosamente numa cadeira de couro, e ia dar uma espiada curiosa no salão: via sobretudo senhoras de idade e padres. Instalada em uma cadeira imponente, a srta. Olivier vigiava o salão com olhos severos; um grande arquivo verde e preto ficava aberto diante dela, e, antes de estender aos leitores os volumes — que ostentavam nas costas uma etiqueta vermelha, quando romances, e amarela, quando obras sérias —, anotava em letras redondas o título e o nome do autor.

Certos frequentadores da biblioteca despertavam em Marcelle um interesse apaixonado: os homens maduros de traços alongados pela reflexão, de olhar profundo. Via nos belos cabelos grisalhos, nos sobretudos, nas mãos pálidas, uma sublime elegância, que parecia vir da alma; talvez fossem escritores, poetas, e com certeza faziam parte daquela elite intelectual sobre a qual o sr. Drouffe frequentemente falava com ar misterioso. Marcelle contemplava-os com devoção. Desejava ardentemente que um dia um deles a percebesse e dissesse com voz aveludada: "Que leituras sérias essa linda menininha faz!" Ele a interrogaria e ficaria maravilhado com suas respostas; então levá-la-ia a uma bela casa cheia de quadros e livros e conversariam como dois adultos.

Marcelle ansiava por tornar-se adulta; queria ser uma escritora famosa e empreender conversas cultas com homens maduros. Nada a fazia sofrer mais do que ser tratada como criança. Sempre ficava na sala quando os pais recebiam amigos; sentia-se muito bem ao lado daqueles homens e mulheres, maduros e de sorrisos discretos, gestos comedidos e vozes tão graves. Quando o sr. Drouffe lia alto, para os amigos, as histórias e as poesias que Marcelle escrevia para o irmãozinho Pascal, ela ficava um pouco embaraçada, mas muito feliz. Só se mostrava arredia na companhia das crianças de sua idade, cujos risos grosseiros, gritos e brincadeiras sem a menor ordem inspiravam-lhe verdadeiro horror. A sra. Drouffe gostaria que ela frequentasse uma escola; Marcelle, porém, era tão sensível que quase nunca se ousava contrariá-la; conseguiu ter aulas particulares com uma senhora solteirona. O pai, professor de gramática, encarregou-se de sua formação literária; corrigia os deveres de linguagem e à noite fazia-lhe a leitura dos grandes clássicos.

No entanto, quando a sra. Drouffe levava Marcelle às Tulherias ou ao Luxemburgo, não permitia que se sentasse a seu lado. "Vá brincar com seus amiguinhos", ordenava; era esse o único ponto em que fazia valer sua autoridade. Marcelle obedecia, embora nada lhe parecesse tão estúpido como correr e ficar brincando aos empurrões; não era ágil, movia-se com dificuldade e desprazer.

Mais tarde, era com ternura que evocava a imagem daquela garota pensativa que ficava agachada à porta da sacada nos dias em que as árvores de Natal se acendiam e dançava-se a farândola nos salões iluminados; as outras crianças só queriam saber de se empanturrar de doces de chocolate e enfiar chapéus de papel na cabeça para não se preocupar mais com a própria; longe daqueles rostos vermelhos e suas risadas estridentes, Marcelle evadia-se para um mundo imaginário.

A srta. Olivier — que organizara com o maior cuidado o catálogo de livros destinados à juventude — ficaria admirada se soubesse do estímulo que ofereciam aos devaneios da sobrinha certos contos inocentes, as narrativas edificantes do Cônego Schmid. A crueldade de Barba-Azul, as provações infligidas à doce Griselda por um esposo de coração revolto, o encontro do Duque de Brabante com a infortunada Genoveva completamente desnuda sob os longos cabelos enchiam Marcelle de extraordinária inquietude. Ela se deixava infatigavelmente encantar pela seguinte história: uma mulher maltratada por um senhor soberbo acabava por conquistá-lo com a constância de sua submissão, de seu amor. Marcelle identificava-se com essa heroína, que às vezes imaginava inteligente e injustiçada, mas com maior frequência culpada de grave falta, pois que adorava estremecer de arrependimento aos pés de um homem belo, puro e terrível. Ele tinha direito de vida e morte sobre a mulher, que o chamava de "Senhor"; obrigava-a a ficar despida em sua presença e, para montar no cavalo ricamente paramentado, usava o corpo da mulher como estribo. Ela prolongava com volúpia o momento em que, cabeça baixa e coração cheio de adoração, de uma humildade arrebatada, sentia o rijo esporão esfolar-lhe o dorso de escrava. E quando, vencido pela piedade e pelo amor, o justiceiro de olhar severo pousava a mão na cabeça da mulher em sinal de perdão, ela lhe beijava os joelhos num delicioso desfalecer.

Tinha treze anos quando, numa biblioteca pública, seus olhos depararam-se com um folhetim do *Petit Parisien*: um homem cobrindo de beijos ávidos um seio de alabastro. Durante o resto do dia Marcelle não conseguiu afugentar essa imagem, e à noite, na cama, entregou-se a ela sem resistência, o rosto em brasa. A partir de então, toda noite, entorpecida pelo calor das cobertas, oferecia os seios a lábios famintos; mãos ternas e dominadoras percorriam-lhe a carne, e um corpo quente encostava-se ao seu. Ao amanhecer, sentia vergonha desses pensamentos; desde o crepúsculo, porém, punha-se a esperar com impaciência o retorno das imagens vorazes; custava a pegar no sono, os lábios, a garganta seca doíam-lhe, e às vezes era acometida de tremores e suor frio. Cerca de um ano depois, suas noites voltaram a ser calmas. Parou de embalar-se com tais quimeras: passou a esperar com ansiedade um destino à sua altura.

Tinha o coração exigente demais para se contentar com os afetos banais que a cercavam. A sra. Drouffe nutria por Marcelle uma devoção apaixonada, mas não era muito inteligente nem muito culta; Marcelle a adorava, é claro, mas sentia-se muito só perto da mãe, e frequentemente não conseguia evitar responder-lhe em tom áspero; esperava que, ao crescer, pudesse tornar-se para o pai uma amiga e confidente; o sr. Drouffe, no entanto, mostrava por ela o mesmo interesse que por Pascal — que começava a estudar latim — e pela pequena Marguerite. Muitas vezes ele até brincava com a filha mais velha, por ser tão tímida e não saber o que fazer de suas mãos tão grandes. Marcelle ficava dolorosamente decepcionada. "Quem saberá me amar?", murmurava frequentemente, angustiada. Certa noite, ao voltar de uma vesperal dançante onde ninguém a tirara para dançar, como o pai lhe criticasse o ar entediado e mal-humorado, Marcelle começou a chorar e correu a trancar-se em seu quarto. A sra. Drouffe bateu na porta diversas e alternadas vezes, Marcelle não abriu; ficou estendida na cama, na escuridão, olhando fixamente o teto sobre o qual a passagem dos bondes lançava vez por outra um clarão fugidio. Sentia pena de si mesma; nunca seria igual àquelas meninas tapadas e frívolas que o mundo preferia; nunca permitiria que lhe sufocassem a alma. "Não sou como as outras", disse a si mesma, num tom arrebatado. Levantou-se, empurrou a porta da sacada e foi para fora; o céu, de um lilás pálido como um campo de malvas, estendia-se acima de Paris, e a noite estava tão suave que o coração de Marcelle pôs-se a bater mais rápido. Pensou em Mme. de Staël, em George Eliot, na Condessa de Noailles. Foi então que teve de súbito a maravilhosa revelação de seu destino. "Serei uma mulher de talento, de gênio", murmurou extasiada.

No inverno que se seguiu à declaração da guerra, pensou que o tinha encontrado; era tenente e lia nas trincheiras as dissertações de Epiteto. Marcelle quis tornar-se digna dele; ainda era muito jovem para ser enfermeira, mas transformou suas anáguas velhas em pilhas de fio de linho e tricotou sem parar, fazendo capuzes para os soldados; foi também para a avenida Champs-Elysées a pedir donativos para a Cruz Vermelha. A sra. Drouffe passou a ter o hábito de dar-lhe toda noite uma xícara de chá de laranjeira, para que não passasse a noite inteira sonhando com os pobres feridos e com as crianças refugiadas do Norte. Foi nessa época que Marcelle começou a empoar um pouco o rosto, pois chorava tão copiosamente por causa dos horrores da guerra que ficava sempre com receio de estar de nariz inchado e toda vermelha em volta dos olhos. Deixou de acreditar em Deus; diante da imensidão do sofrimento humano, sentiu com profunda certeza que não existia a Providência.

Foram anos terríveis e mais tarde Marcelle admirava-se frequentemente de não ter sido destruída pela crise. Deus a abandonara, os homens a tinham traído. O jovem tenente heroico casou-se com uma prima de Marcelle. A cada dia o mundo tornava-se mais hostil, e o contato com os outros seres mais decepcionante. Marcelle queria fugir para longe. Se não temesse magoar a mãe, teria ido curar leprosos em Madagascar. Fazia longos passeios a pé e beijava os troncos das árvores no Bois de Boulogne, esfregando carinhosamente o rosto na casca enrugada daqueles seres vivos que, sem machucá-la, se deixavam amar com prazer. Quando o pai morreu, pouco depois da guerra, ela estava com vinte anos. Pascal preparava os exames para entrar na universidade, Marguerite na quinta série. A sra. Drouffe adquiriu — mediante módicos pagamentos — a biblioteca particular da srta. Olivier, que rendia ótimos lucros. Marcelle não desejava continuar dependendo da mãe e queria dar um sentido à sua vida; decidiu arranjar um trabalho. Não poderia submeter-se a uma atividade que não lhe falasse ao coração; depois de dois anos de formação, conseguiu um posto como assistente social de um dispensário na rua de Ménilmontant.

A diretora da obra era uma mulher de quarenta anos, doce e sensível, que já sofrera bastante na vida; desde o primeiro contato, ficou embevecida com a juventude de Marcelle, com sua voz vibrante e seu olhar ardente. Marcelle conheceu então as delícias da amizade. Germaine Masson tricotava xales vaporosos para Marcelle e convidava-a a lanchar quase todos os domingos. Marcelle contava-lhe sua infância, confiava-lhe suas esperanças, suas decepções e as particularidades de seu caráter. Germaine afeiçoou-se à jovem com uma dedicação de escrava. Marcelle, porém, não encontrou no trabalho o consolo que dele havia esperado. O dispensário ocupava-se da distribuição de donativos aos mais carentes do bairro, achar uma colocação para os jovens desempregados e proteger a infância desamparada. Marcelle dava consultas médicas, oferecia assistência gratuita no próprio dispensário ou a domicílio; as enfermeiras eram mulheres dedicadas e sérias, mas viam o trabalho como simples ganha-pão, e nas visitas e enquetes que fazia, Marcelle só ouvia falar de problemas de saúde ou de falta de dinheiro. Nunca se aproximava de uma alma.

Ao voltar para casa no metrô apinhado, à noite, ela se perguntava com tristeza se o vazio de seu coração seria algum dia preenchido e olhava com desespero para os homens de mãos calejadas, para as mulheres de rosto cadavérico, para aqueles olhos que não refletiam a luz de um ideal; tinham penado o dia inteiro e agora iam comer; não havia neles nenhuma recordação bela, nenhuma esperança, sequer um verso harmonioso para acalentar docemente tamanha tristeza. Eram vidas sombrias e subterrâneas como os túneis onde o trem penetraria. Sufocava-se naqueles vagões imundos. A garganta de Marcelle fechava-se de dó, e parecia-lhe carregar nos ombros todo o sofrimento do mundo; queria falar àqueles deserdados sobre a beleza, o amor e o sentido do sofrimento, com palavras que fossem tão convincentes que transformassem suas vidas. À sua caridade inútil juntava-se o mal-estar físico provocado pelo odor do suor humano; o contato com corpos grosseiros dava-lhe náuseas tão fortes que era muitas vezes obrigada a descer e fazer a pé o resto do trajeto; ao chegar em casa, beijava longamente o próprio rosto no espelho: abaixo dos olhos profundos a pele surgia um pouco arroxeada, transparente, salpicada de pontinhos vermelhos como a flor da dedaleira. Essa figura patética merecia o amor de um herói.

— Ah, meu bem-amado! — murmurava.

*

Marcelle já trabalhava há um ano na rua Ménilmontant, quando finalmente achou oportunidade de usar os tesouros até então inúteis de sua força e de sua caridade.

Foi numa manhã de abril; estava em sua escrivaninha, concentrada nas contas que fazia. "Ser forte, e ficar se gastando em circunstâncias tão chãs", costumava murmurar, enquanto verificava os cálculos. A zeladora bateu em sua porta e entregou-lhe dois cartões de visita: "Maurice Perdrières — Diretor do Contato Social"; "Paul Desroches

— Engenheiro Civil". Os nomes lhe eram desconhecidos. Logo em seguida, viu-se na presença de dois homens de seus vinte e cinco anos, ar inteligente e olhar alegre, parecendo ter entre si algum parentesco. Sem muitos rodeios para entrar no assunto — de maneira brusca e confiante que lhe agradou — disseram a Marcelle que vinham pedir sua colaboração.

A ideia do Contato Social nascera da guerra; Perdrières e seu amigo Desroches tinham passado um ano no *front* e ali, onde outros souberam apenas ver lama e sangue, descobriram essa coisa maravilhosa que se chama fraternidade. Quando em 1919 voltaram a seus estudos e livros, sentiram-se desamparados; a vida puramente cerebral que outrora lhes bastava parecia-lhes agora insípida e árida; sentiam uma sede nostálgica de fraternidade. Perdrières e Desroches decidiram reavivar entre as classes sociais a camaradagem simples e profunda das trincheiras. O entusiasmo e a boa vontade vencem todos os obstáculos: seus ideais não tardariam a ganhar a simpatia de uma juventude ardorosa. Foram criados grupos denominados "equipes", que à noite se espalhavam pelos bairros mais afastados, fazendo preleções a profissionais aprendizes e jovens operários, e conquistando-lhes a amizade. O movimento não se atribuía nenhuma tendência política e, embora de inspiração cristã, não se propunha nenhum proselitismo religioso; tratava-se de uma troca desinteressada. Os estudantes levavam aos jovens operários o alimento espiritual — único elemento capaz de conferir uma dignidade interior — e em troca sentiam-se vivificados por essa chama de generosidade, bom humor e coragem que tem na alma popular seu depositário.

— O sucesso ultrapassou nossas expectativas — disse Perdrières. — Só mesmo certos problemas de ordem material estão atrapalhando, em particular a questão dos locais; quase sempre as reuniões são feitas em bares. — Sorriu. — A gente se sente bem nos bares, mas isso custa dinheiro, e além do mais nunca se fica totalmente à vontade. Se a senhora pudesse ceder um local, seria ótimo.

Com o queixo apoiado na palma da mão, Marcelle fitava Perdrières com profundo interesse: aqueles homens eram fora do comum.

— A senhora pode fazer muito por nós — disse Desroches. — A senhora conhece os recursos e as necessidades do bairro. Para criar uma equipe aqui, sua ajuda seria bastante valiosa.

Marcelle aceitou de boa vontade e convidou-os a jantar no dia seguinte, a fim de examinarem o assunto de modo mais profundo. Quando se viu novamente a sós, foi invadida por imensa alegria: afinal poderia dar o máximo de si própria! Abriu a janela e inclinou-se para contemplar o jardim; milhares de folhinhas lustrosas tremulavam ao sol, e em sua alma também reluzia toda uma primavera: as riquezas interiores acumuladas na solidão queriam expandir-se, transformar-se em ações. Extasiada, Marcelle saudou a renovação de seu coração como a alvorada da renovação do mundo.

O jantar realizou-se no refeitório do dispensário; Germaine não participou. Marcelle tinha encomendado uma refeição saborosa e simples, e coberto a mesa com uma toalha bordada que pertencia a sua mãe. Perdrières e Desroches pareciam não prestar a menor atenção ao que comiam; falavam sem parar — com muita animação — de problemas sociais, de poesia, do destino da humanidade. Marcelle nunca ouvira conversa mais interessante. Explicaram que era preciso erguer o povo à altura da cultura e não rebaixar a cultura ao nível do povo; Perdrières citou o caso de um jovem tipógrafo que compreendia Valéry melhor do que professores da Sorbonne. Marcelle serviu-lhes um pouco de Bénédictine à sobremesa, tomando ela própria um dedinho. Ficou decidido que Perdrières dirigiria um ciclo de estudos todas as quintas-feiras; Desroches e outro membro da equipe dividiriam as aulas de inglês, contabilidade e francês. O ensino destinava-se somente aos jovens. "É a juventude que deve mudar o mundo", dizia Perdrières. Mas, para entrar em contato com as famílias dos jovens, seriam organizadas uma vez por mês, no salão de festas, conferências sobre assuntos de interesse geral, quando os participantes das equipes poderiam trazer seus pais e amigos. Perdrières previu também passeios em grupos, pois, para transmitir ao povo o sentido dos valores espirituais, ele acreditava na eficácia de almoços no gramado, de caminhadas a passos cadenciados, de canções cantadas em coro. Como o dispensário ficava vazio a partir das seis horas, Marcelle propôs que se criasse um plantão que ela garantiria supervisionar até as oito; ficaria encarregada de arranjar livros, revistas e uma mesa de bilhar.

A sugestão foi aceita com entusiasmo, e Desroches evocou com inspiração o desenvolvimento extraordinário que a equipe da rua Ménilmontant conheceria, graças às felizes iniciativas de Marcelle. Enquanto falava, Marcelle percebeu uma pequena escoriação nos cantos dos lábios dele; notou também que Perdrières usava meias sem liga e que, quando ele cruzava as pernas, se podia ver a barriga das mesmas; ficou toda enternecida com isso. Aqueles seres excepcionais também eram homens, crianças grandes e desajeitadas como todos os homens. Sentiria prazer em arrumar o quarto deles, ajeitar-lhes o nó da gravata e pregar botões como fazia para Pascal. Sua admiração por eles adquiriu matiz de afeição maternal.

Havia algum tempo a ternura exigente e sem vigor de Germaine começara a lhe pesar; Germaine queria sempre encontrar nas de Marcelle as suas próprias experiências, e ver no de Marcelle traços do seu próprio caráter; importunava-a com perguntas, queria absorver todo o seu tempo livre; aquela mulher já quase velha alimentava-se como um vampiro da juventude e da alegria da amiga. Essa troca era deprimente. A camaradagem viril, ao contrário, exaltava a vontade e a coragem; era rude, franca, sem rodeios.

— Num certo sentido, sou bem feminina — disse Marcelle um dia a Desroches — e, no entanto, só consigo me entender bem com os homens.

Parou de ver Germaine com a mesma frequência; quando, certo domingo, desmarcou o compromisso por telefone, na segunda-feira os olhos de Germaine estavam cheios de silenciosas reprovações. Então Marcelle sentiu com orgulho que jamais sua natureza indomável poderia dobrar-se à escravidão daquela ternura.

Foi à equipe que Marcelle passou a dedicar todo o seu tempo livre. Muitos rapazes se inscreveram no Contato Social; na verdade, porém, poucos foram ali levados por um desejo sincero de se instruir, e Marcelle não alimentava ilusões quanto ao valor das adesões. Vinham para estar entre camaradas, porque nada lhes pediam, e porque não tinham condições de ir a um bar toda noite; alguns, achando que mais cedo ou mais tarde poderiam vir a precisar de um emprego ou de uma consulta médica, desejavam gozar de bom conceito, pois a obra era vista no bairro como uma potência; eram assim incitados pelos pais a frequentá-la: sempre poderia servir para alguma coisa. Com seu espírito amargo e cético, Germaine não deixava escapar as oportunidades de enfatizar essas motivações interesseiras; Marcelle retrucava que todos os meios de recrutamento eram válidos. Fez ativa propaganda junto às famílias e aos jovens que conhecia do dispensário ou através da agência de empregos; aos poucos, foram atraindo outros.

A sala de reuniões era muito grande; Marcelle instalava-se discretamente nos fundos da peça e fingia estar concentrada num trabalho qualquer; os jovens jogavam bilhar ou cartas, liam jornais, conversavam uns com os outros. Marcelle se entendera com o administrador de uma biblioteca popular para que pusesse livros à disposição dos rapazes; quando vinham pedir emprestado ou devolver-lhe um livro, ou ainda pedir-lhe uma informação, aproveitava para entabular um diálogo. Falavam do último ciclo de estudos, da próxima conferência, e às vezes a conversa assumia um tom pessoal. Para adquirir influência sobre aqueles meninos, Marcelle achava que precisava primeiro tornar-se uma camarada; não tardou a ficar mais íntima: inclinava-se por cima do ombro deles para ver o que estavam lendo e, às vezes, ao falar-lhes, sentava-se em cima das mesas sem a menor cerimônia. Gostava dessa atmosfera jovem e cordial; quando gracejava com um aprendiz de mecânico ou com o empregado de uma loja, compreendia com toda a clareza que só os ódios e preconceitos criam barreiras entre as classes. A reserva que percebia da parte deles não lhe parecia acentuar uma diferença social; ao contrário, envaidecia-a, era como uma discreta homenagem. A maioria dos membros das equipes tinha boa conduta, gostos sérios, e pertencia a famílias honradas. Quando, porém, o movimento se expandiu, elementos meio duvidosos introduziram-se na equipe; havia até comunistas e outros desviados sem filiações. Era para essas almas que Marcelle reservava o melhor de sua ternura; deu-se como objetivo despertar o sentido da moral em todas elas, arrancá-las do meio pervertido em que viviam. Nas noites quentes, quando ficavam estendidos de mangas arregaçadas no rebordo das janelas abertas — como graciosos animais —, Marcelle sentia um desejo desesperador de apertar maternalmente suas cabeças contra o coração.

Havia um em especial que Marcelle gostaria de envolver em seus braços e resguardar para sempre de todo mal; chamava-se Fradin, tinha traços irregulares, olhar carinhoso, uma boca infantil e sensual; usava sem nenhum pudor a camisa entreaberta sobre o peito dourado, e seu suor recendia a menta. Dizia-se que era sustentado por mulheres. Marcelle pedia-lhe frequentemente que ficasse um pouco mais depois que os outros saíssem, para ajudá-la a pôr um pouco de ordem na peça; ele aceitava de bom grado, mas ela não conseguia fazê-lo falar. Assim que ele acabava, pegava o boné e com voz meio marota desejava boa-noite a Marcelle.

Angustiada, ela o via ir entregar-se a seus prazeres. Logo, num baile popular qualquer, moças maquiladas se colariam a seu corpo e sentiriam o cheiro dele, encostando a cabeça na abertura da camisa; sentada em seu colo, uma delas lhe acariciaria os cabelos, a nuca, e passaria suavemente a mão por baixo do colarinho. Marcelle chegava a sentir na palma da mão o contato da pele quente e acetinada. Estremecia. O que fazer para ensinar a pureza àqueles seres tão jovens? A ideia dos perigos que a alma e o corpo de Fradin corriam deixava-a transtornada. Embora o trabalho a pusesse em contato com as duras realidades da vida, as palavras vício, sífilis e doença venérea ainda lhe inspiravam repulsa e medo.

Marcelle demorava-se então um pouco mais na peça vazia, o coração sufocado; tinham todos ido embora, respeitosos, indiferentes, deixando-a entregue à sua pureza e solidão. Apagava as luzes, descia e dirigia-se à estação Ménilmontant. Lembrava-se do *Moisés* de Vigny, do Cristo no Jardim das Oliveiras: "Dou o que posso aos outros, sempre, e quem me dará algo em troca?", ela murmurava, ao se reencontrar em seu quarto forrado de tecido verde-pálido; passava tristemente os lábios nas flores de pétalas macias que sempre enfeitavam sua mesa. Gostava de falar a objetos, coisas inanimadas, acariciá-las; nada exigiam dela e nunca se recusavam. Muitas vezes, apesar do perfume das rosas, na claridade suave da luz de seu quarto ela chorava.

*

Nem Perdrières nem Desroches suspeitavam dessas lágrimas. Eram homens e acreditavam que ideias bastavam para transformar o mundo. Depois de interessá-la, suas teorias sociais cansaram Marcelle; junto àqueles intelectuais, sentia-se rica de misteriosa feminilidade e novamente só. Estimavam-na porque era ativa, inteligente e tranquila. Mas quem seria um dia capaz de conhecê-la e amá-la em sua fraqueza? "A emocionante fraqueza dos fortes", anotou num caderninho; e prometeu escrever um poema que terminasse com tais palavras.

Marcelle entendia-se melhor com Desroches; ele tinha mais nuances e era mais compreensivo; de espírito e cultura um tanto rudes e sensibilidade ainda infantil, era também suscetível à melancolia, à ternura, e possuía vida interior. Como não queria dar motivos a comentários maliciosos recebendo-o em seu escritório, Marcelle vez por outra o encontrava fora da obra. Iam juntos a conferências, concertos, tomavam chá nas confeitarias. Ela não se mostrava coquete com ele — via a faceirice como falta de franqueza, como baixeza —, mas quis fazê-lo conhecer sua verdadeira imagem; como ele era pouco perspicaz, foi forçada a acentuar certos traços de seu caráter. Um dia acolhia-o com o ar grave e falava com tanta emoção da trágica condição dos humildes que ele, ao deixá-la, ia-se com lágrimas nos olhos; no dia seguinte, porém, encontrava uma mulher indolente e frívola, que zombava dos problemas sérios. À saída de uma emocionante palestra feita por Claudel — como, ao invés de sensibilizada, ela gracejasse toda animada sobre a corpulência e os óculos muito grossos do poeta —, Desroches pareceu tão desconcertado que Marcelle começou a rir.

— Há mais de uma mulher em mim — disse.

No começo, Desroches falava sempre do Contato Social, dos deveres da elite, da atitude do cristão frente aos problemas econômicos e políticos; era católico praticante. Marcelle interessava-se mais pelos seres do que por ideias, e via a amizade não como uma troca de pontos de vista, e sim como profunda comunicação de almas; interrogou Desroches sobre sua infância e fez-lhe algumas confidências. A intimidade entre os dois cresceu. Desroches chegou até a criar coragem para levar-lhe violetas vez por outra. Tentou definir o matiz exato da cor dos cabelos de Marcelle.

— Você não é apenas uma mulher superior — disse-lhe um dia, com olhar penetrante —, você também é simplesmente uma mulher.

— Sim — disse Marcelle com ternura —, uma mulher.

Embora a personalidade de Desroches não a subjugasse, Marcelle achava agradável ser compreendida e venerada. Quando Desroches lhe pediu que o desposasse, aceitou. Desroches não queria casar antes de ter uma situação que permitisse a Marcelle parar de trabalhar; contudo, para não dar lugar a mexericos, ficaram logo noivos. Organizou-se na obra uma simpática festinha, durante a qual Perdrières propôs brindes bastante aplaudidos.

Pouco depois, Marcelle foi passar um mês no campo com a mãe; teve tempo então de saborear toda a extensão de sua felicidade; enviou a Desroches e a Germaine cartas que semelhavam fontes jorrando. "Passo meus dias deitada na relva, embriagada de sol como um pequeno animal", escrevia. "Os duros anos que enfrentei sozinha, sem amor, não os lamento; minha alegria não seria tão imensa se não a tivesse aguardado em pranto. Como é maravilhoso, Germaine, abandonar-me enfim ao poder misterioso que anima um grande amor, depois de carregar por tanto tempo como um fardo o peso de um coração inútil."

Marcelle não era dessas a quem a felicidade tornava egoísta; de retorno a Paris, organizou uma equipe feminina e encarregou-se de um ciclo de estudos. Todo sábado falava de Claudel, de Péguy, da missão social da mulher, do sentido da dor, a um auditório maravilhado. Para fins de difusão, também convenceu Germaine a dar um baile todo mês, a fim de que os jovens da obra pudessem entregar-se aos prazeres de sua idade numa atmosfera familiar e alegre. A primeira festa foi um sucesso. Marcelle dançou com Desroches, dançou também com Fradin, com Linières; cada vez que o braço de um parceiro a envolvia timidamente pela cintura, sentia tão plenamente a beleza da confraternização que o coração se punha a disparar. Ao sair do baile sentia-se exaltada demais para dormir, e propôs a Desroches que a levasse até em casa a pé; foram andando alegremente pelas ruas desertas.

— Como a gente sente, depois de uma noite destas, que a aproximação das classes é apenas uma questão de boa vontade! — disse Desroches com ardor. Marcelle concordava perfeitamente com ele; contudo, lembrou-se de repente o quanto os homens de boa vontade eram raros; ficou triste e encostou-se toda trêmula no noivo. Ele a envolveu nos braços e ficaram assim um momento, confundindo-se em silenciosa comunhão. Marcelle fechou os olhos; dos braços de Desroches em torno de seus ombros surtia uma ardência penetrante e deliciosa; voltou o rosto para ele.

Desroches hesitou um instante, e então Marcelle sentiu dois lábios quentes nos seus; num êxtase de ternura e abandono, ofereceu-lhe apaixonadamente seu beijo; logo em seguida ele se afastou com delicadeza e recomeçou a caminhar a seu lado sem tocá-la. Parecia embaraçado; Marcelle não achava mais nada a lhe dizer. Sua alegria desmoronou; depois de todas aquelas horas em que se desgastara tão generosamente, a vaidade de todo ato e de todo amor revelou-se de súbito a seus olhos. Parecia-lhe que, para as grandes almas, a própria felicidade não significa quase nada.

Marcelle ficou triste e nervosa durante os dias seguintes. Queria ainda acreditar em Deus para ir chorar nas igrejas, como na infância; as coisas humanas deixavam-na sempre insatisfeita. Imaginava o amor como uma maravilhosa plenitude; para seu coração inquieto, no entanto, certamente nunca haveria paz na terra. Longe de Desroches, desejava sua chegada com tal desespero que a garganta seca e os lábios ardentes lhe doíam; quando ele chegava, sua presença lhe parecia sufocante. Desroches sempre tinha histórias a lhe contar, ideias a lhe transmitir, e não parava de sorrir; enquanto ele falava, Marcelle olhava desesperada o corpo estrangeiro atrás do qual, preciosa, inacessível, achava-se presa uma alma; estava tão farta de si mesma que gostaria de se perder para sempre nesse corpo. Mas dois seres que se amam, e sentados ao lado um do outro, são, mesmo assim, dois seres solitários; Desroches não parecia pressentir essa tragédia. Um domingo à tarde, contudo, Marcelle mostrou-se tão tristonha que ele acabou por se assustar; semideitada no divã do quarto verde-pálido, só lhe respondia por monossílabos; ela percebia as delicadas harmonias do tapete e das paredes através de uma bruma acinzentada; os contornos dos objetos pareciam-lhe recobertos de penugem, o dia morno, parado. Seu próprio corpo parecia de chumbo.

— O que tem você, querida? — perguntou Desroches, inclinando--se sobre a noiva.

Ela sorriu fracamente; não sabia muito bem de que males queria ser consolada.

— Sente-se aqui, bem perto de mim — disse.

Ele obedeceu e segurou-lhe a mão, o ar constrangido. Ela encostou a cabeça em seu ombro.

— Ah, o mundo é terrível demais — disse, com lágrimas nos olhos. Ele a apertou com carinho, aconchegando-a.

— Vamos ficar assim — disse ela. — Estamos tão bem! — O rosto encostado no casaco enrugado, o calor daquele corpo penetrando no seu, e os braços fortes que a envolviam, faziam-na esquecer o lado insatisfatório da felicidade. Aquele instante estava carregado de uma doce melancolia que palavra alguma poderia exprimir; só num beijo Desroches poderia colher a alma que ela lhe ofertava. Ele não a beijou; acariciou-lhe os cabelos, depois levantou-se. Quando a deixou, Marcelle ficou muito tempo prostrada, sem força, sem desejo; seria tão bom se pudesse deixar de ser... Ao sair do torpor tão doloroso, sem conseguir ficar sozinha diante de si mesma, saiu pelas ruas; durante duas horas caminhou sem destino, sem saber por que os soluços a sacudiam; por vezes era obrigada a parar e apoiar-se numa parede, pois sentia que ia desmaiar.

Alguns dias mais tarde, teve uma longa conversa com Desroches; ele lhe disse o quanto sofria com as limitações que se impunha, o quanto era violento seu desejo de muitas vezes tomá-la nos braços. Achava, porém, que um cristão não devia conhecer a doçura dos enlaces carnais antes que o sacramento do matrimônio os santificasse; mesmo depois, constituía a seu ver grave problema moral saber em que medida os prazeres da carne eram permitidos.

— O sacramento do matrimônio não é uma glorificação do corpo — disse ele —, é a aceitação de nossa condição de animais. Ao mesmo tempo exige que a animalidade permaneça sob o controle da razão e da vontade; não devemos conceder-lhe vida independente. Ceder a impulsos meramente físicos é negar nossa dignidade humana.

Marcelle partilhava dessa opinião, achava que o ato do amor não devia ser a satisfação brutal de um apetite; era preciso que fosse livremente consentido e de certo modo espiritualizado por um desejo de ternura.

— Mas não é um prazer baixo que se espera das carícias — disse ela. — Muitas vezes não há outra linguagem que permita às almas se unirem.

Desroches explicou exaltado que era exatamente assim que ele via a questão. Só que o noivado deles tinha de ser longo: para assegurar à noite de núpcias um clima de solene emoção, era necessário tomar muito cuidado para não se acostumarem ao corpo um do outro, ainda que pelos mais castos abraços.

Marcelle achou belo que dois noivos pudessem abordar tais assuntos sem falso pudor; disse a Desroches o quanto admirava sua delicadeza. Com o passar do tempo, entretanto, sofreu, pois percebia a facilidade com que ele seguia a disciplina autoimposta. Ele não tinha natureza apaixonada, nem inquieta.

— Não reprovo nada nele — disse com tristeza a Germaine —, mas a verdade é esta: quero gigantes e há apenas homens.

Marcelle também conheceu cruéis decepções no Contato Social. Por mais que Perdrières afirmasse em artigos e palestras que os cérebros incultos são mais aptos a saborear as obras-primas eternas do espírito humano, as costureirinhas e comerciárias simples da equipe feminina não se interessavam muito por Racine nem por Baudelaire; não entendiam por que a mulher casada devia renunciar a trabalhar fora para se dedicar aos afazeres domésticos. Marcelle lhes fez belas preleções sobre a resignação e a dedicação, que as deixaram insensíveis. Saía das aulas esgotada por ter dado o melhor de si em vão. Na primavera, passou por sérios problemas com a seção feminina; os rapazes e as moças, que se encontravam regularmente nos bailes do dispensário, adquiriram o hábito de se encontrar também às escondidas, quase sempre aos domingos; diziam às famílias que sairiam em grupo — uns com Marcelle, outros com Perdrières —, mas iam passear juntos sem a menor vigilância. Quando isso foi descoberto, houve um pequeno escândalo no bairro. Foram obrigados a suspender os bailes, e passou-se a ter o maior cuidado para evitar qualquer contato entre os sexos.

Marcelle começou a detestar a equipe, o dispensário, a rua Ménilmontant; quando uma conferência conseguia reunir num barracão com cheiro de madeira molhada todos os membros da equipe, juntamente com seus pais e amigos, a atmosfera era tão opressiva que Marcelle tremia de ódio; as garotas não paravam de dar risadinhas bobas, e as mães fulminavam Marcelle com olhos desafiadores e não raro hostis. Os estudantes, os eruditos que vinham falar de Péguy, dos Estados Unidos ou do homem pré-histórico — segundo a capacidade de cada um — eram todos de mediocridade decepcionante. Por cima da massa acinzentada formada pela plateia, Marcelle fitava as folhas de papel engordurado que serviam de vidraças e ficava achando que sua juventude se consumia em vão. Contudo, na noite em que Perdrières lhe apresentou Denis Charval, Marcelle teve uma agradável surpresa. Ele não se parecia com os demais conferencistas, era um rapaz elegante e desembaraçado; uma mecha de cabelos negros cobria-lhe a testa.

— É seu amigo? — perguntou Marcelle a Perdrières no momento em que Charval sentava-se à mesa coberta com um tapete verde.

— É amigo do irmão de um dos meus amigos — disse Perdrières. — Parece que já publicou umas poesias notáveis. Você acha que vai servir para alguma coisa uma palestra sobre Rimbaud?

— E por que não? — disse ela. Observava o jovem poeta com interesse; os olhos verdes deixavam transparecer uma alma exuberante e primitiva, cheia de caprichos. Marcelle teve a impressão de que, ao falar de Rimbaud, ele revelaria seu próprio eu.

Charval discorreu com emoção, com arte. Descreveu Rimbaud como um homem que não permitiu que sufocassem sua sede de infinito; os bens medíocres pelos quais os outros se deixam seduzir e dominar, ele os recusou todos: o afeto, a família, a glória, o amor, até seu próprio gênio. Para falar da beleza dessa recusa, a voz de Charval adquiriu um tom ao mesmo tempo tão sóbrio e tão pungente que Marcelle achou que ele desvendava a própria alma.

— Admiramos Rimbaud pelas inimitáveis harmonias de seus poemas e de sua prosa — concluiu Charval —, mas se nós o amamos como um irmão, como um anjo terrível e puro, é justamente porque recusou até a beleza que nos encanta; é por todas as páginas sublimes que não escreveu.

Alguns aplausos ressoaram; Perdrières inclinou-se na direção de Marcelle.

— Acho que cometemos um erro — disse preocupado. Marcelle ergueu os ombros.

— É claro que Rimbaud não pode servir de exemplo a esse rebanho. — Afastou sua cadeira e foi até Charval para agradecer em nome da equipe e expressar sua admiração. Charval respondeu com modéstia e convidou Marcelle, Perdrières e Desroches a beber algo com ele. Marcelle nunca tinha entrado num café; ao abrir a porta de um grande bar-restaurante em Montparnasse, achou que fora bruscamente transportada para o centro de um sonho repleto de fantasia. Reparou que o taxímetro marcava vinte francos e calculava em mais de cem francos o preço do cachecol de casimira branca que alegrava o sobretudo de Charval; esse esplendor a fascinava, embora a chocasse um pouco. Queria conhecer Charval melhor; ele tinha a boca semelhante à de Fradin, com uma ruga meio cínica nas comissuras. Comparando os dele aos traços sem mistério de Desroches, sentia-se que já vivera muito.

A conversa foi menos interessante do que poderia ter sido, porque Perdrières não parou de falar do povo e da cultura; irritada, Marcelle achou que Charval sumiria de sua vida sem que pudesse apreciá-lo.

— A vida sabe muito bem condenar as pessoas à solidão — ela raciocinou —, não devemos nos tornar seus cúmplices. — Então disse a Charval que desejava muitíssimo ler seus poemas e convidou-o a lanchar no domingo seguinte.

Foi um encontro maravilhoso; desde o primeiro instante Marcelle conferiu à conversa um tom íntimo e pessoal. Admitiu que não acreditava mais na ação, e Charval confessou-lhe que jamais acreditara; nenhum dos dois, igualmente, acreditava mais na amizade. Marcelle disse que seu único refúgio eram os sonhos e as tentativas poéticas que de vez em quando confiava a seus caderninhos. Perturbou-se ao saber que a própria poesia muitas vezes parecia a Charval um divertimento inútil ou uma mentira. Ele vivia para algumas impressões preciosas e puras que não conseguia exprimir com palavras sem que as traísse. Marcelle protestou; com voz trêmula, mostrou a Charval a missão do poeta e exortou-o a não duvidar de si próprio. Sentiu vontade de segurar o belo rosto amargurado e transmitir-lhe um pouco de sua fé e ardor.

Charval era jovem demais, tímido demais para solicitar a amizade de Marcelle; ela, porém, tomou a iniciativa com sentimento de generosidade; sabia que tinha uma missão a cumprir na vida daquele rapaz tão triste. Foram juntos ao novo espetáculo do Vieux-Colombier, a uma exposição de Picasso, ao Studio des Ursulines; viam-se quase todo dia. Charval interrogou Marcelle sobre seu trabalho, suas ocupações, sua família; falava da melancolia cativante que se sente à noite nos bares e ambientes de diversão; de estética moderna; do absurdo da vida. Marcelle quis conhecer seus amigos; acompanhou-o algumas vezes aos cafés, onde ele discutia sobre o cubismo, o dadaísmo, os últimos poemas de Cocteau ou a quarta dimensão, com escritores, jovens poetas que usavam ternos claros e camisas macias. A conversa não era fácil de seguir porque pulava de um assunto para outro e era entrecortada de gracejos, de alusões que só os iniciados podiam entender; mas

Marcelle ficava encantada ao ver-se enfim transportada para a única atmosfera em que sempre desejara viver. Naquele mundo bizarro e refinado, rodeada de jovens gênios, podia afinal desabrochar. De todos aqueles seres excepcionais, Denis era o mais belo, o mais jovem e elegante. Era o de voz mais carinhosa, tinha o olhar mais sonhador. Em nenhum daqueles rostos Marcelle percebia promessas mais emocionantes; as opiniões dele eram muitas vezes paradoxais e Marcelle as acolhia com indulgência; se conseguisse ter alguma influência sobre Charval, ela o levaria a assumir posições mais acertadas, apesar de gostar da displicência, do tom inseguro e delicioso das frases dele.

Só se haviam passado três semanas desde o primeiro encontro dos dois quando Denis propôs a Marcelle que fossem jantar juntos à beira do Rio Marne. Era uma linda noite de verão; Marcelle usava um grande chapéu de palha e um vestido verde estampado de mangas bufantes. Olhou o céu pálido, depois o rosto liso de Denis. Hesitou um pouco, porque Desroches fora convidado a jantar aquela noite na casa dos Drouffe. Cinco dias antes Marcelle tivera uma cena violenta com o noivo: acusara-o de medroso, incompreensivo, insensível, e dissera-lhe que não aguentava mais tanta solicitude e tão incansável bom humor. A partir de então a relação dos dois mantivera-se tensa; Marcelle, porém, não queria fazer nada de errado.

— Telefone para sua casa, invente qualquer coisa — disse Charval com ar imperioso e contrariado. Marcelle sorriu; sentia um estranho prazer em ceder aos caprichos daquele menino.

— Não se pode recusar nada a você — disse ela.

Comeram ao ar livre batatas fritas e uma caldeirada de enguia; Marcelle, que não gostava muito de vinho, tomou quase meia garrafa. Depois do jantar deitaram-se lado a lado na relva, na beira do rio; Paris estava longe, a rua Ménilmontant, o Contato Social e Desroches tinham cessado de existir. Marcelle sentia-se como um dócil brinquedo impelido por um destino sobre o qual não exercia nenhum controle. Só tinha consciência das batidas de seu coração e de uma respiração quente bem junto a seu rosto. Algo estava para acontecer, e ela não faria um gesto sequer para impedir; imóvel, passiva, aceitava.

Vivera durante muitos anos como uma mulher forte, terna e inquieta; tinha necessidade — ao menos por um instante — de não pensar em nada, de não querer nada.

Primeiro sentiu nos olhos e no canto da boca uma chuva de beijos rápidos; depois o calor de um corpo sobre o seu e nos lábios um beijo longo e profundo. Não reagiu. Sentia apenas um grande bem-estar e um certo desfalecimento; abandonando-se aos braços de Denis, conheceu a doçura de comungar com o nada. De súbito, como um raio, o medo a dominou; os músculos se enrijeceram e empurrou com as mãos o homem que pesava sobre seu corpo. Então era assim que os sedutores levavam para os campos desertos as moças de quem queriam abusar.

— Solte-me — disse numa voz estrangulada —, você perdeu a cabeça!

Charval afastou-se.

— Desculpe-me, fui levado por... — Ela se levantara, ele a segurou carinhosamente pelo ombro. — Prefiro abrir meu coração com beijos do que com palavras; não me queira mal, Marcelle; fico tímido em sua presença. — Ele mostrava um ar encantadoramente embaraçado. — Gosto de você, meu ser extraordinário.

Ele a envolveu outra vez em seus braços e trouxe-a para bem junto de si. Agora que estava fora de perigo, ela deixou sem resistência que ele lhe acariciasse a nuca e os seios.

Passearam pela beira do rio grande parte da noite. Marcelle imaginou com horror o futuro que aguardava Charval se uma mulher amorosa não se dedicasse a ele, tão cético, desiludido e magoado; esbanjaria seu precioso talento, cairia numa vida inconsequente, quem sabe até no vício. Só ela poderia salvá-lo; nunca sonhara com um destino mais belo do que ser a musa de um homem genial e frágil. Desroches não precisava dela para viver; ao contrário, ela procurava um refúgio ao lado dele, o que era de uma covardia desprezível. Não fora feita para receber, e sim para dar.

Ao voltar para casa, escreveu a carta de rompimento com Desroches. Nem a sra. Drouffe nem Pascal teceram comentários; sempre aprovavam as decisões de Marcelle. Germaine fez o possível para dissimular sua surpresa. Com uma espécie de orgulho, Marcelle enfrentou o espanto malicioso das enfermeiras, quando lhes anunciou seu casamento para breve com Charval. Não havia razão alguma para um noivado longo. Charval não possuía fortuna nem colocação, e enquanto aguardavam que encontrasse trabalho poderiam morar em casa de Marcelle. Até ali ele se arranjara — conforme explicou — com o dinheiro que a família lhe enviava. E a família certamente não viu o casamento com bons olhos, pois os parentes não deram sinal de vida. A sra. Drouffe queria muito que a filha se casasse de branco, e embora Marcelle já tivesse muitas vezes demonstrado seu horror a cerimônias oficiais, não quis recusar esse prazer à mãe. Mandou fazer um vestido simples que depois pudesse ser transformado num traje para festas informais. Todo mundo concordou que sob o véu de tule ela parecia uma madona. O casamento realizou-se na mais rigorosa intimidade. Marguerite envergava um vestido de tafetá furta-cor que não a valorizava nada, ao passo que Pascal estava muito bonito em seu terno escuro; ao conduzir a irmã ao altar, parecia bastante emocionado. Germaine não conteve o pranto na sacristia, e a própria Marcelle não pôde reprimir algumas lágrimas. A modesta recepção que a sra. Drouffe ofereceu em seguida à cerimônia não foi menos movimentada e alegre. Denis distribuiu os tesouros de sua amabilidade e foi considerado infinitamente sedutor.

O jovem casal decidiu que só iriam para a Bretanha no dia seguinte. Depois de dizer oficialmente ao motorista que os levasse à estação de Montparnasse, Denis no meio do caminho deu-lhe o endereço de um hotel onde os noivos reservaram um quarto para a noite. Foram tomar um porto num elegante café dos grandes bulevares, e Denis levou Marcelle para saborear um finíssimo jantar no Weber. Ela ficou um pouco surpresa ao constatar que ele apreciava pratos caros e requintados; quanto a ela, estava tão nervosa que a comida não descia pela garganta, e mal tocou no prato. Aguardava a noite com impaciência, um frio lhe subia pelo corpo, sentia medo. Ouvira várias vezes dizer que mulheres de sua idade perdiam a virgindade sem dor, mas isso só a tranquilizava em parte.

Ao subir a escada do hotel as pernas lhe tremiam. Queria sentar-se ao lado de Denis, segurar-lhe a mão e falar seriamente com ele sobre o ato solene que iriam praticar; através da união imperfeita de seus corpos, suas almas tentariam, quem sabe em vão, se encontrar. Marcelle gostaria de poder ficar encolhida nos braços de Denis e chorar pela patética grandeza desse esforço, passando aos poucos das lágrimas às carícias.

Denis, porém, não parecia sentir a gravidade de tais instantes; em tom muito natural declarou que estava morrendo de sono e foi despir-se no banheiro. Quando bateu na porta do quarto, Marcelle já se achava deitada; vestira uma camisola verde-pálida com enfeites de renda; seu coração batia forte.

Estendido a seu lado, Denis falou por um momento de coisas sem importância e depois, sem qualquer ânsia, começou a beijá-la. Os beijos fizeram Marcelle sentir o sangue fluir em suas têmporas; os lábios e os seios incharam. "Agora vai apagar a luz", pensou. "Será que vai me fazer muito mal?"

Denis tirou a camisola verde-pálida de Marcelle pela cabeça e não apagou a luz. Então, dominada pelos beijos que lhe cobriam a barriga e o peito, fechou os olhos e começou a tremer; saber que o olhar de um homem regalava-se com sua nudez fazia-a estremecer toda com uma vergonha cuja ardência era mais suave do que a mais suave das carícias.

Denis apertou-a, e ela sentiu o calor, a terna elasticidade de um corpo nu colado ao seu; junto ao ventre, uma carne misteriosa, palpitante e rija, vibrava. Porém, muito mais do que com o contato animal, Marcelle sentia-se perturbada pelas mãos ágeis que a acariciavam; aquelas mãos não eram apenas um doce roçar por sua pele; eram dotadas de consciência e vontade; indiscretas, dominadoras, impunham o prazer; era essa tirania que fazia Marcelle desfalecer de desejo.

Abriu os olhos; o rosto de Denis apareceu-lhe transformado pela volúpia, ávido, quase irreconhecível; parecia capaz até de bater nela, torturá-la, e essa visão encheu-a de um prazer tão agudo que se pôs a gemer. "Ele fará de mim o que quiser", disse a si mesma e afundou num êxtase onde se misturavam vergonha, medo e alegria. Gemia tão alto que Denis teve de lhe tapar a boca com a mão; retirou a mão dele, queria poder gritar para Denis que ela era uma coisa dele, sua escrava, e as lágrimas correram por seu rosto. Subitamente ele penetrou nela; sem experimentar exatamente um grande prazer, a violação de sua carne mais secreta fez com que sufocasse de gratidão e humildade. Aceitava com apaixonada submissão cada movimento de Denis dentro de seu corpo; para tornar a posse mais completa deixou sua consciência perder-se na noite.

Quando ela saiu de seu torpor, Denis já reassumira sua expressão normal e sorria; então, embaraçada, puxou os lençóis até o pescoço. Queria falar e não sabia o que dizer.

— Você está feliz? — perguntou ele, sussurrando.

— Mas claro — respondeu, com um sorriso tímido. Nesse instante ela o odiou violentamente; lembrou-se com raiva de que gemera nos braços dele e ele percebera a profundidade de sua inquietação; enrubesceu de vergonha, agora que sua confusão não mascarava nenhum prazer.

Fez-se um silêncio constrangedor, e ela disse com um ar ansioso:

— Como é estranho a gente estar em Paris e dormir num hotel; deve ser uma delícia não conhecer a cidade e vir para cá em viagem de núpcias, não acha?

Denis concordou; gostava imensamente de Paris, achava até que era o único lugar do mundo onde valia a pena viver; os encantos da natureza, em compensação, quase nada lhe diziam. Marcelle dispôs-se com grande entusiasmo a lhe mostrar como eram numerosos; disse-lhe o quanto estava contente porque conheceria em breve as praias cascalhosas do Mont-Saint-Michel e os descampados de ervas silvestres da Bretanha, que eram, segundo ela, a expressão exata de sua paisagem interior. Depois de escutá-la educadamente, Denis interrompeu-a com brusquidão e agarrou-a, buscando-lhe os lábios.

Marcelle enrijeceu em meio ao abraço; novamente o sangue refluiu em ondas surdas para seus lábios, só que dessa vez ela sabia: aquele homem era um inimigo, escarneceria de sua queda. Sentiu o horror dessa humilhação com tanta intensidade que começou a tremer de desejo e, num transporte apaixonado, mordeu o ombro de Denis. Ele estremeceu, crispou as mãos no corpo de Marcelle e mordiscou-lhe a carne trêmula; ela o agarrou, sentia-se desfalecer, tonta de vergonha. Murmurou para si mesma "Sou sua escrava, sua coisa", e, bem alto, disse-lhe em tom arquejante:

— Eu te adoro. — Bruscamente ele a virou de costas e obrigou-a a ficar de joelhos.

— Fique assim — sussurrou ele —, é mais agradável.

Ela sentiu-se gelar; um homem, dotado de consciência, propunha-lhe uma sórdida cumplicidade; deliberadamente mandava-a ficar naquela posição ridícula para se deliciar com a baixeza do ato. "De quatro, como os animais", pensou Marcelle, e essa ideia a pôs louca. Foi-lhe necessário esticar todos os músculos para se manter na postura aviltante; sentia-se como as vítimas que o carrasco obriga a dançar com chicotadas. "Ele está gozando em mim, está gozando em mim", disse consigo mesma num paroxismo de prazer. Quando Denis saiu de dentro dela, Marcelle se deixou cair na cama, ofegante, quase desmaiada.

Ouviu os passos de Denis pelo quarto, ouviu que saiu e voltou; quando ele tornou a deitar-se a seu lado, ela continuou de olhos fechados. Era preciso permanecer a todo custo mergulhada naquele torpor em que a vergonha se transformava em gozo, não deveria nunca mais despertar. Era-lhe impossível enfrentar o olhar meio terno, meio zombeteiro; impossível lembrar com lucidez as carícias sentidas. Marcelle percebeu, com angústia terrível, que, apesar de seus esforços, aquela névoa clemente se dissipava, lentamente, fatalmente. A tensão de seus nervos tornou-se tão aguda que começou a ranger os dentes.

No começo eram batidas leves; poderia pará-las se abrisse os olhos, mas suas pálpebras continuavam crispadas; pouco a pouco os dentes bateram mais fortes ainda. Com uma espécie de alívio, Marcelle ficou a ouvir ressoar em sua mente o ruído de ossos que se chocam; esse ruído ocupou toda sua mente, defendendo-a contra as lembranças. Soluços formavam-se pelo seu corpo, sacudiam-lhe os ombros;

de vez em quando contraía as mandíbulas, e esse esforço esgotante era logo seguido de violentos tremores; tinha perdido todo controle. Sentia, contudo, que esse sortilégio poderia ser rompido, só precisava parar de acreditar por um momento; comprazia-se, porém, na crença de que forças estranhas a possuíam e, por mais que os enrijecesse, os músculos não cediam. As lágrimas começaram a correr por seu rosto. Denis acariciou-lhe os cabelos e falou-lhe preocupado, com uma ponta de irritação.

— É nervoso — balbuciou ela —, deixe-me dormir. — Não podia suportar a ideia de se ver frente a frente com ele outra vez. Puxou de volta os cobertores para cima de seu corpo e virou-se para a parede.

Partiram em viagem de núpcias no dia seguinte. Marcelle ficou decepcionada com o Mont-Saint-Michel, sentiu mais uma vez que a vida sempre fica aquém dos sonhos. O túmulo de Chateaubriand pareceu-lhe tão grandioso quanto ela esperava, mas agora gostava menos de Chateaubriand do que em sua juventude; chegou até a rir-se com vontade quando Denis zombou desrespeitosamente do Romantismo; ele falou da nova estética que precisava ser legada à França; era um assunto sobre o qual discorria sempre com Marcelle. Ela, de sua parte, teria preferido contar-lhe as lembranças de sua infância, mas o tema não o interessava muito. Algumas vezes a conversa tornava-se lânguida, e Denis lhe beijava a nuca, acariciava-lhe os seios.

Ela detestava essas carícias repentinas e breves; ao menor contato seu corpo dispunha-se a uma entrega total, e como tinha de se recompor logo em seguida, ficava enervada até o anoitecer. Não conseguia evitar ficar à espera da noite com impaciência. Isso a deixava com rancor contra Denis, quase com ódio.

Ao cabo de uma semana, Denis propôs que voltassem para a capital. Marcelle — que esperava passar na Bretanha os quinze dias de folga — consentiu de bom grado em fazer por ele esse sacrifício. Denis ficou-lhe grato e no trem cumulou-a dos maiores cuidados. Falaram sobre a vida que os aguardava em Paris; Denis confessou a Marcelle o quanto sofria por precisar que ela o sustentasse. Os Drouffe estavam agora muito bem de vida. Pascal terminara a escola de Chartres e conseguira uma bolsa para fazer pesquisas; dirigia uma edição de textos medievais e já fizera nos meios literários excelentes relações. Marcelle e Pascal decidiram que por enquanto era melhor deixar o jovem escritor dispor do tempo livre de que precisasse para acabar sua formação.

—Você vai ver, você vai ficar famoso logo — disse Marcelle. Denis beijou-lhe as mãos com emoção e prometeu mostrar-se digno de tanta abnegação. Mas duvidava de si mesmo:

— Eu sou tão desajeitado com a vida, tão desajustado, minha pobre querida — disse, o olhar anuviado. — Só trago preocupação e trabalho para quem me ama.

Os olhos de Marcelle ficaram molhados e ela lhe disse num tom arrebatado que tinha fé nele.

— Não teria me casado com você se não tivesse toda certeza de que você é um ser excepcional. — Sorriu. — Ainda me lembro da noite em que recebi a revelação de meu destino. Era uma noite com um céu todo lilás; eu já tinha chorado muito por causa da mediocridade do mundo e sentia vontade de morrer. Então, de repente, tive certeza de que você chegaria. — Ele a escutava emocionado, segurando-lhe a mão. — E continuo a esperar — concluiu Marcelle.

O jovem casal instalou-se na casa da sra. Drouffe, num quarto que um longo corredor isolava do resto do apartamento. Marcelle atravessou um período de frivolidade; saía quase toda noite com Denis, mesmo depois de retomar as funções no dispensário. Iam ao teatro, ao cinema, ao Lapin Agile, ao Noctambules, e às vezes jantavam em Montparnasse ou Montmartre. Aos domingos ficavam na cama até meio-dia. Marcelle deixou definitivamente de trabalhar para o Contato Social.

— Agora só acredito na ação individual — declarou a Germaine. —Agir sobre as massas pode impressionar mais os outros; mas, quando se quer fazer algo de útil, é melhor dedicar-se inteiramente a um único ser que o mereça.

Germaine era da mesmíssima opinião; já percebera muito bem que a generosidade com que Marcelle dava à equipe o melhor de si mesma não era recompensada. Marcelle confessou-lhe que significara uma verdadeira tortura sentir longe de si aqueles seres aos quais se dedicava de todo coração, e que à noite muitas vezes chorara de desespero em seu quarto. Depois dessa conversa Marcelle achou que fora um pouco injusta com Germaine e prometeu perdoar-lhe suas pequenas manias; passou a lhe pedir conselhos com frequência. Germaine ficou muito feliz com a volta dessa intimidade.

Germaine dera à amiga, como presente de casamento, uma quantia em dinheiro que Marcelle — habituada a uma vida modesta — considerava bastante alta; ficou, portanto, terrivelmente aborrecida e surpresa quando, pouco após seu retorno a Paris, se deu conta de que já gastara mais da metade da quantia.

— Estou sendo carregada por um turbilhão — murmurava de si para si.

Era preciso falar com Denis; Marcelle notara há algum tempo que ele não sabia dar valor ao dinheiro; usava camisas de seda e no teatro sentava-se na plateia. Dava a impressão de pairar acima das realidades vulgares; durante vários dias Marcelle não ousou abordar com o marido um problema que ela considerava mesquinho.

Foi uma noite, num dancing, que percebeu com clareza qual era seu dever. Agora que calculara quanto lhe custavam, Marcelle não achava mais a menor graça nessas saídas, mas não tinha pretexto nenhum para recusá-las. Nessa noite, depois de se fazer rogar um pouco, Marcelle pôs o vestido de noiva que uma costureira transformara num gracioso traje de toalete, pintou os lábios e cobriu-se com um xale espanhol que era de sua mãe. Denis olhou-a com ar meio estranho, e quando estavam sentados à mesa, diante dos copinhos de xerez, perguntou-lhe por que ela não cortava um pouco os cabelos. Havia uma ponta de ironia em sua voz. Marcelle respondeu secamente que os cabelos faziam parte de sua personalidade; de um preto lustroso, todo mundo sempre dissera que eram muito bonitos.

Denis não insistiu; parecia estar gostando de ouvir a grosseira música de jazz e ficar olhando para as mulheres de cabelos artificiais, que riam todas com o mesmo riso adulador para os homens nos quais se esfregavam. Marcelle sentiu frio e tornou a pôr o xale nos ombros;

lembrou-se com saudade da criança sonhadora que evitava o falso brilho dos bailes e também de sua juventude tão exigente, de seus sofrimentos superiores, da riqueza de sua vida interior. Era preciso agir contra a corrente de frivolidade que a arrastava. Era seu dever ensinar a Denis uma vida cheia de alegrias profundas, de trabalho, de pensamentos elevados. Voltou-se para ele.

— Eu só queria saber o que a gente veio fazer aqui — disse.

Ele a olhou, meio contrariado.

— É um dancing bastante simpático.

Ela suspirou; Denis às vezes a desconcertava, gostava de exprimir opiniões grosseiras ou cínicas; logo ele que era tão compreensivo e sensível e gostava de ver as coisas como poeta. Ainda ia obrigá-lo a admitir que achava deprimente aquelas diversões fúteis e dispendiosas. "Já cedemos demais à traiçoeira tentação da felicidade", disse ela a si mesma, toda sonhadora. Decidiu falar imediatamente com Denis.

— Que proveito moral vamos tirar dessa noite, Denis? Veja bem, depois que voltamos de viagem, nós nos contentamos com espetáculos fáceis, músicas fáceis e não cultivamos mais nada de nosso. Nós nos deixamos embalar por nossa felicidade, o que de certa forma é compreensível, mas estamos confundindo a felicidade com os prazeres.

Ele olhou-a com atenção, mas com uma expressão de ironia.

— Para mim é uma vida ótima. — Não parecia levar Marcelle nem um pouco a sério.

— De qualquer forma é uma vida que não podemos mais levar, porque não temos dinheiro.

O rosto de Denis fechou-se.

— Ah, estamos quebrados? Por que não disse logo?

Marcelle ergueu os ombros com impaciência.

— Mas essa questão é secundária, Denis. Lembre-se de que você está desperdiçando na ociosidade dons admiráveis. Você precisa começar a trabalhar. E veja que podemos muito bem continuar a sair uma ou duas vezes por semana.

— Uma vez por semana, aos sábados! — Ele deu um sorriso desagradável e disse, desenvolto: — Pois bem, acho que você tem razão. Amanhã vou começar a escrever o artigo sobre Lautréamont de que falei a Pascal; vai me render quando nada um dinheirinho para meus gastos.

— Denis — disse Marcelle em tom de reprovação. Ficou violentamente corada; sentia-se magoada pela atitude de Denis. Esquecia que era ela que ganhava o dinheiro que ele gastava tão facilmente; não podia, porém, lembrar-lhe isso sem parecer mesquinha; era irritante.

Denis passou os dias seguintes de mau humor e a atmosfera da casa tornou-se carregada. Pascal era de um tato e de uma discrição admiráveis, mas a sra. Drouffe não gostava de Denis, que frequentemente se mostrava insolente com ela; às vezes os dois explodiam em violentas discussões. Marguerite admirava Denis, e tomava o partido do cunhado com uma intransigência que não ajudava a atenuar os conflitos. Denis mudou em relação à própria Marcelle; continuava a tratá-la num tom cortês, mas andava instável, nervoso, e parecia evitar conversas sérias. Somente à noite, quando a envolvia em seus braços, Marcelle voltava a confiar no marido e em seu amor. Ficava emocionada ao ver aquela criança de quem cuidava maternalmente durante o dia metamorfosear-se num macho dominador e submetia-se a seus caprichos com profundo prazer. Ele sempre adormecia antes dela, que — com o corpo enlanguescido de desejo — ficava a contemplar longamente seus traços serenos. "Você nunca vai cansar minha paciência", prometia-lhe com amor. Sem dúvida ainda teria de sofrer muito, mas aceitava esse sofrimento com alegria; e um dia, quando amadurecesse, no auge da glória, voltando-se para o passado, ele compreenderia.

Contudo, Denis quase nunca tomava os caminhos da glória, e Marcelle não demorou de fato a se preocupar. Quando entrava no quarto de surpresa, encontrava-o esparramado na cama a fumar ou a ler romances policiais. Julgou seu dever fazer-lhe certas advertências, que ele recebia muito mal.

— Poesia não é coisa que se faz como uma tese — dizia ele com irritação. Quanto aos artigos que Pascal prometera publicar, bem, era mais forte do que ele: nunca conseguia comercializar seu pensamento.

Falou com tamanho desprezo que Marcelle chorou. Muitas vezes indignara-se ela com a pouca compreensão que os grandes homens encontram em geral da parte dos que os cercam, e um dia achara que poderia ser a companheira sonhada de um espírito superior. Contudo, o gênio criador é sempre decepcionante. Marcelle sentiu um medo terrível de ter feito a Denis uma cena vulgar e de ter julgado erroneamente os direitos de um poeta. Interrogou-se a noite inteira sobre a conduta que deveria assumir. Há crianças-prodígio que nunca chegam a se realizar na vida, e espíritos sonhadores dos quais se precisa arrancar as obras-primas com violência. Admitir com perfeita compreensão as fraquezas e até as perversidades que são o preço pago pelo gênio não significava proibir-se de lutar contra elas. Marcelle aceitou corajosamente o ingrato papel que lhe fora destinado; passou a exigir que Denis lhe mostrasse toda noite o que escrevera durante o dia; repreendia-o com firmeza por sua preguiça e suportava com paciência as crises de mau humor. E no futuro, quando ele então lhe beijasse as pálpebras com o coração partido pelo remorso, ela sorriria e diria:

— Tudo o que vinha de você para mim era felicidade.

Essa ideia sustentou-a por algum tempo; de noite acariciava os cabelos de Denis, pensando com ternura em todos os sacrifícios que já fizera por ele e nos que ainda estava disposta a fazer; ficava com os olhos cheios de lágrimas. Mas até esses momentos foram cada vez mais rareando; embora controlasse com prudência o dinheiro que lhe dava para os gastos pessoais, Denis começou a passar o dia pelos cafés e à noite saía sozinho; quando voltava e se deitava ao lado de Marcelle, mal parecia dar-se conta da presença dela; aceitava alguns beijos com indiferença e logo adormecia. Marcelle foi obrigada a lhe falar seriamente; descreveu a vida de Denis em termos pouco lisonjeiros e declarou que não pagaria mais suas dívidas. Em resposta Denis zombou, sem contemplação, de sua prudência burguesa e da sede de ideal que a atormentava. Aquelas palavras injustas e cruéis dilaceraram o coração de Marcelle; ela as repetia para si mesma durante as noites sem sono, passadas ao lado do corpo tranquilamente adormecido de

Denis; tremendo de raiva e desejo, recordava os velhos abraços que se davam. Tornou-se muito nervosa e não conseguia conter as palavras insultuosas que lhe vinham aos lábios, sobretudo nos dias em que ficava menstruada. Denis, por seu lado, adotou uma atitude altiva e insolente, mostrou-se insuportável em relação à sra. Drouffe e Pascal. Era indulgente apenas com Marguerite, que o aprovava com fervor. A sra. Drouffe acusou-o de exercer influência nefasta sobre sua filha caçula; entre Marguerite e a mãe repetiam-se cenas violentas.

Um dia, durante o jantar, Marguerite perguntou a Denis o que era exatamente um *american bar*; ele explicou com todo prazer.

— Se você quiser ver um, é muito fácil — concluiu ele —, posso levá-la hoje à noite mesmo.

— Não é lugar para moças — disse a sra. Drouffe secamente. Marguerite deu de ombros.

— Não é lugar para moças! Isso quer dizer o quê? O que você acha que vai me acontecer?

— Não quero que você saia de noite — disse a sra. Drouffe.

— E por que não? Que diferença faz?

— Não comecem a discutir de novo — disse Marcelle. — Mamãe não quer que você saia, pronto. Você bem que podia ser mais cordata de vez em quando, Marguerite.

A cólera fazia tremer os lábios de Marguerite.

— Estou absolutamente decidida a sair com Denis — disse ela, enfatizando as palavras.

Denis riu e fez-lhe sinal para que não insistisse. Não se falou mais nada até o café. Quando acabou de tomar o seu, Denis levantou-se e disse com toda tranquilidade:

— Então, Marguerite, você vem comigo?

— Você está vendo muito bem que mamãe se opõe — disse Marcelle, furiosa. — Sua conduta é indecente.

Marguerite hesitou um instante e depois encaminhou-se para a porta.

— Eu proíbo você rigorosamente de sair — disse a sra. Drouffe, vermelha de raiva.

— Boa noite a todos — disse Denis; empurrou levemente Marguerite pelo ombro, e os dois desceram a escada aos risos. Era a primeira vez que Marguerite desobedecia a mãe de forma tão deliberada; a sra. Drouffe teve uma crise de choro. Pascal e Marcelle conseguiram acalmá-la e persuadi-la a dormir. Marcelle encarregou-se de aguardar a volta de Marguerite e Denis.

Depois de conversar alguns minutos com Pascal, Marcelle foi deitar-se também; sentia-se arrasada, mais pela tristeza do que pela injustiça de sua sorte. Sempre previu que teria de sofrer na vida, pois não é impunemente que se prefere ao prazer o heroísmo e a beleza, mas nunca duvidara de que, ao recusar a felicidade fácil, se tornaria digna das alegrias que são a recompensa das grandes almas. Agora sua fé vacilava; talvez houvesse algo de decadente no mundo; guardara-se inutilmente para uma terra prometida que talvez não existisse.

Procurou um livro para enganar a ansiedade da espera, mas não conseguiu ler. Os ruídos da rua tinham cessado; o silêncio era opressivo. Marcelle nutria um terror religioso à noite, tremia ao menor rangido. Andou de um lado para outro do quarto por um momento, depois foi sentar-se à escrivaninha de Denis e folheou os papéis desarrumados. Ele só escrevera umas duas ou três páginas, aliás todas riscadas: ela apostara tudo no marido e perdera.

Maquinalmente, abriu uma das gavetas; no fundo misturavam-se em desordem cerca de uma dúzia de cartas. Pegou-as com certa apreensão e espalhou-as à sua frente. Havia alguns bilhetes insignificantes, encontros com amigos, pedidos de dinheiro. Marcelle passou os olhos por uma das cartas: "Você me disse que a liberdade é a mais preciosa daquelas taças de ouro que às vezes precisamos jogar no mar — como o Rei da Ilha de Tule — para em seguida chorar de arrependimento", escrevia um certo André, por ocasião do casamento do amigo. "Mas o que será de mim enquanto você estiver tristemente a olhar as ondulações da água. Será que sem você saberemos ainda vibrar com esse jogo temerário que você nos ensinou? Tenho medo de desaprender a viver." Encontrou também um poema de André e preparava-se para lê-lo quando uma carta azul lhe chamou a atenção; era de uma mulher, datada da antevéspera; no alto da folha estava impresso um endereço em caracteres azul-escuros: "12, rua do Ranelagh". A mulher assinava Marie-Ange, e estava claro que era amante de Denis. Marcelle pôs-se então a remexer em tudo pelo quarto inteiro; no bolso de um casaco encontrou outra carta azul, escrita três meses antes e assinada M.A. Lamblin. A correspondente de Denis convidava-o para um lanche, quando gostaria de lhe apresentar pessoas interessantes; ainda o tratava por senhor, nessa época. Denis deve ter escondido o resto das cartas em lugar fechado à chave, pois as buscas de Marcelle foram em vão. "Ele me iludiu", pensou. Denis casara-se com ela porque estava sem recursos e lhe repugnava a ideia de trabalhar; agora, porém, que era o amante de uma mulher rica, não se dava sequer o trabalho de se conduzir corretamente com a esposa. Marcelle ficou prostrada por mais de duas horas; chorou por todos os dias perdidos, passados em dedicações e lágrimas, e essas lágrimas não eram mais a vivificante promessa de um maravilhoso amanhã; eram um rancor árido. Não era mais jovem, estava fisicamente exausta e comprometera sua vida para sempre. Não tardaria a ser apenas uma velha inútil que nunca teria conhecido a felicidade. Pensou em Denis com ódio e frieza.

O relógio batia três horas quando se levantou e repôs as cartas no lugar; forçou-se a passar muito tempo fazendo a toalete antes de deitar; queria recompor-se, readquirir seu controle. Queria vingar-se de Denis: com uma tristeza digna e calma, ela o obrigaria a reconhecer seus erros, iria arrasá-lo com seu desprezo; não falaria das cartas.

Marguerite e Denis voltaram uma hora depois. Marcelle encarou em silêncio a irmã meio embriagada e voltou-se para o marido:

— Acho que seria bom que tivéssemos uma conversa clara.

— Acha mesmo? — disse Denis; seguiu-a até o quarto e sentou-se na cama para tirar os sapatos. Marcelle cruzou os braços e olhou-o fixamente.

— Não vou nem censurá-lo por você não ter mais amor nem respeito por mim — disse ela —, mas o que eu queria saber é por que, se era assim, você se casou comigo.

Denis hesitou.

—Talvez eu tenha cometido um erro; acreditei que encontraria a seu lado a atmosfera tranquila de que precisava, uma vida equilibrada e feliz. Talvez devesse ter preferido minha liberdade e não a paz.

—Você admite que nunca me amou?

Denis sorriu e pôs-se a desfazer o nó da gravata.

— Que é o amor? — perguntou-lhe.

— Sacrifiquei tudo! — disse Marcelle com a voz trêmula.

— Eu sei — disse ele, mais exaltado —; como o pão que você ganha com o suor de seu rosto, mas lhe garanto que é um pão bem amargo.

Marcelle ficou sem ar.

— Ah! É demais! Você acha natural nos explorar e ainda tem a audácia de reclamar?

Ele olhou-a com ar grave; havia um grande desprezo em sua expressão.

— É verdade, para vocês, essa história de dinheiro é essencial! Desculpe, mas jamais consegui ter essa mentalidade.

Marcelle enrubesceu; nenhum insulto poderia magoá-la mais; lamentou amargamente suas palavras sem tato.

— Dediquei-me a você de corpo e alma — disse.

— E eu achava que isso lhe dava prazer — replicou Denis com insolência. — Agora, se não vê nisso mais nada de bom para você, há uma solução muito simples: nos separar.

— Nos separar! — exclamou Marcelle; o sangue sumiu de seu rosto e ela deixou-se cair numa poltrona. Já pensara num destino terrível: viver ao lado de Denis sem amor, sem esperança; mas nem por um minuto pensara em deixá-lo.

— Não posso mudar — disse Denis — e você não pode me aceitar como sou. O melhor é nos separarmos decentemente.

Ele era jovem e amado, seria feliz longe dela, e ela ficaria só. Agora pouco lhe importava ter ou não sua desforra; não podia aceitar a ideia de dormir sozinha o resto da vida, de não sentir mais sobre si o peso de um corpo quente e forte.

—Você vai arruinar minha vida sem o menor remorso?

—Já que você não é feliz comigo...

Marcelle levantou-se, segurou Denis pelo ombro e fixou o olhar no do marido.

—Você não passa de uma criança — disse vagarosamente —, um menino cruel. Mas amo você, Denis, e amarei sempre.

Ele se afastou, um pouco incomodado.

— Não sou nenhum bruto, Marcelle — disse em tom meio inseguro —, tenho muito afeto por você, acredite. — Sorriu. — Só que não sou feito para a vida de família.

Denis não falou mais em separação; Marcelle ficou com tanto medo de perdê-lo que decidiu aceitar tudo para mantê-lo a seu lado. Pouco importava que nunca viesse a ser um gênio e que gostasse de outras mulheres, desde que não fosse embora: "O verdadeiro amor perdoa tudo", pensou Marcelle.

Viveu dias dolorosos; ao invés de sensibilizar-se com tamanha abnegação, Denis deu-se o direito de não se impor mais restrição alguma. Durante as horas em que o aguardava, Marcelle lembrava-se com tristeza dos tempos em que era uma menina tranquila e livre; nesse tempo, sim, ela vivia, embalada por versos harmoniosos, cercada de poetas, de heróis, de figuras fraternas sempre dóceis a seu apelo. Pensava então nos livros que um dia escreveria, nas impressões sutis colhidas durante o dia, na felicidade, na morte, no destino. Agora, essas calmas meditações eram-lhe proibidas; seu quinhão diário era ouvir os passos de Denis aproximando-se na rua, evocar a imagem de Denis envolvendo outra mulher nos braços, detestá-lo, desejar suas carícias. Às vezes pensava com desespero que sua paixão por Denis consumia em vão uma alma feita para um grande destino, e começava a aspirar por qualquer forma de liberação.

Um sábado, ao voltar do dispensário, encontrou sobre a cama uma carta. Entendeu imediatamente.

"Não guarde lembranças muito amargas de mim", escrevia Denis. "Tenho certeza de que jamais encontrarei amor semelhante ao seu; mas há seres, minha pobre e querida Marcelle, que recusam até o amor. Você sabe que na Ilha de Tule havia um rei que jogava taças de ouro ao mar para ficar olhando as ondulações da água e depois lastimar-se? Um dia, sem dúvida, lamentarei dolorosamente a felicidade a que renuncio, mas quero que você de seu lado saiba logo encontrar o consolo. Não ouso esperar que me perdoe."

O armário e as gavetas estavam vazios. "Ele achou dinheiro", pensou Marcelle, "foi essa mulher". Seus olhos continuavam secos.

— Minha vida acabou — murmurou a meia-voz.

Tirou o chapéu, o casaco e, em pé diante do espelho do armário, alisou os cabelos negros maquinalmente. Uma estranha paz começou a envolvê-la.

— Minha vida acabou — repetiu, com uma espécie de indiferença.

Não pensar mais em Denis. Contemplou no espelho uma mulher de fronte muito larga, olhos profundos; uma mulher ainda jovem e que não esperava mais nada. Estendeu-se no divã; do fundo do corredor chegavam até seu quarto ruídos breves e suaves: um leve bater de porta, passos, o retinir de um garfo. Alheia ao drama, a sra. Drouffe preparava a mesa. Pascal examinava umas fichas com atenção.

— Agora só tenho a mim mesma — disse Marcelle, fechando os olhos. Parecia-lhe estar se reencontrando, era como se voltasse de um longo exílio. Revia-se, criança triste e precoce, agachada atrás de grossas cortinas que a separavam do mundo, ou escondida na escuridão de um corredor recoberto de livros; revia-se na idade ingrata, ardente e incompreendida, confiando seus males a um céu cor de malva. Relembrava sua juventude solitária, cheia de exigências e orgulho. Todo esse caminho que ela dolorosamente percorrera só a levara à solidão, e nunca mais tentaria evadir-se. Uma grande exaltação reanimou-a; levantou-se, foi até a janela e, com um gesto brusco, abriu as cortinas. Não devia procurar fora de si mesma o sentido de sua vida; estava livre do amor, da esperança, da presença sufocante que há um ano absorvia suas forças, seu tempo: tudo estava em ordem.

Marcelle encostou o rosto na vidraça fria; repudiando as alegrias medíocres, os brinquedos, as roupas caras, os sucessos mundanos, os namoros fáceis, sempre se guardara para uma felicidade grandiosa. Não foi a felicidade que lhe fora dada, mas o sofrimento. Quem sabe só o sofrimento pudesse enfim preencher seu coração.

— Mais alto do que a felicidade — murmurou.

Ela saberia acolher aquela coisa amarga que era sua porção na terra; saberia transformá-la em beleza; um dia irmãos e desconhecidos compreenderiam enfim sua alma desencarnada e saberiam amá-la. Mais alto do que a felicidade. Lágrimas subiram-lhe aos olhos. Ela já sentia palpitar dentro de si a aurora de poemas sublimes.

Pela segunda vez, teve a maravilhosa revelação de seu destino:

— Sou uma mulher de grande talento, de gênio — decidiu.

II
Chantal

1

Diário de Chantal

2 de outubro.

Ao sair do liceu ainda há pouco comprei esse diário cor de ameixa, cuja capa de couro macio lembra-me exatamente do matiz violeta que tanto me agradou na *Anunciação* de Fra Angelico. É quase um sacrilégio alterar o branco virginal dessas páginas, e desenho as letras com o esmero da criança que faz seu primeiro dever de caligrafia num caderno novo.

Minha janela está aberta; no céu cinza-pérola destacam-se a silhueta maciça da torre de Saint-Romain e a flecha da catedral. A vida é tão silenciosa nesta cidade repleta de igrejas góticas, que me sinto bruscamente transportada para a própria Idade Média; a elevação das pedras denteadas cria à sua volta uma atmosfera tão mística, os tetos de ardósia estão mergulhados numa penumbra tão serena e ardente, que me sinto um pouco como uma jovem mundana dos tempos antigos que, tocada pela graça, estivesse começando um retiro na paz de um claustro.

Ainda ontem Jeanine me dizia, na barulheira das ruas de Paris: "Você vai morrer de tédio na província, minha pobre Chantal." Sua piedade pesou-me, mas não ousei recusá-la. Pois estava muito errada ao sentir pena de mim; bastou-me um dia para pressentir inúmeras promessas à minha volta... Sinto uma deliciosa satisfação hoje à noite por saber que poderei enfim vivenciar ao máximo e sem pressa todas as riquezas que a vida me trará. Na escola vive-se somente de momentos furtivos, apaixonados, apressados. É claro que os momentos roubados ao preparo do concurso tinham, por sua própria raridade, um sabor emocionante, quase como de frutos proibidos. (Ah, os calmos passeios ao luar pelos caminhos do parque, o pôr do sol no bosque

Saint-Cloud, o riso cheio de vida de Lucile pelos corredores cinzentos!) Mas esses frutos nunca satisfaziam minha fome. Estou feliz de poder aqui dedicar todas as minhas forças simplesmente a isto: viver.

Ontem, confortavelmente sentada num canto do meu compartimento no trem, eu sentia, com uma impressão de tranquilo poder, meu passado desligar-se de mim, enquanto eu, sem fazer um gesto sequer, deixava chegar diante de mim uma existência nova cujos contornos ainda não conseguia entrever. Aos poucos Sèvres, Paris, o mundo onde até então estivera mergulhada começava a se transformar em lembranças, e a me parecer encantador. As pequenas discórdias, os aborrecimentos mínimos que por vezes tornaram desagradável nossa viagem pela Itália, foram-se apagando, e só restaram as nítidas visões de Siena, a vista ensanguentada das cúpulas douradas de Florença, a do vestido claro de Lucile nos jardins do Palatino, a do rosto sutil de Jeanine no curso de nossas discussões estéticas ao longo dos canais de Veneza.

Quando me vi sozinha nas ruas de uma cidade desconhecida — depois de ter largado minha bagagem num hotel qualquer em frente à estação —, senti um desânimo passageiro. A Chantal tímida, inquieta, que ainda não destruí totalmente — a Chantal que detesta a verdadeira —, fez uma rápida aparição. Lembrei com certa irritação que naquela hora Jeanine e Lucile ouviam sem mim o quarteto de Debussy ou o concerto de Ravel, que falavam de mim penalizadas e que, com os encontros e conversas entre as duas — que minha ausência vai tornar mais íntimas —, Jeanine será capaz de exercer sobre Lucile uma influência nada desejável. Senti-me covarde em face do futuro. E então, bruscamente, ao chegar ao cais, sentindo o vento carregado de odores marinhos oriundos do rio, um grande sentimento de aventura invadiu-me. Entrei num café, acendi um cigarro e compreendi que não necessitava de ninguém para me ajudar a viver. Era um café engraçado; parecia talhado num imenso bloco de chocolate e todo feito para ser comido, como a casa da feiticeira no conto de João e Maria. Olhavam muito para mim, e eu, despreocupada com os rostos vulgares que me cercavam, indiferente à amizade, ao esquecimento, sentindo-me subitamente vitoriosa, triunfante, afundei inebriada na solidão, como numa água pura e gelada.

Minhas alunas ficariam bastante surpresas se soubessem como a futura professora delas passou sua primeira noite em Rougemont.

Hoje pela manhã, ao me levantar, fiquei bastante feliz ao pensar que o tempo da cultura livresca estava acabado para mim e que teria de entrar em contato com a realidade: achar um quarto próprio para a meditação e o trabalho, construir logo um ambiente, dar um tom justo à minha relação com minhas alunas — eis os problemas concretos que no momento a vida põe diante de mim.

Comecei por ir a um cabeleireiro; não gosto de iniciar nenhum empreendimento sem me sentir tão "retocada", tão fisicamente impecável quanto moralmente; sentada tranquila debaixo do secador metálico e abandonando minhas mãos à manicure, eu me sentia muito mais semelhante a uma aventureira que se prepara para enfrentar um combate, do que a uma jovem professora que vai visitar sua diretora.

A srta. Bidois foi bastante amável; meus encargos e meu horário me convêm perfeitamente. Deu-me o endereço de vários quartos mobiliados, e tão logo a deixei, empreendi a busca. Foi somente no final da tarde, depois de já ter visto cinco quartos banais — dessas peças sem marca própria, impessoais, impossíveis de entrar profundamente na vida da gente —, que descobri essa antiga morada, cuja porta parece mais defender o acesso a uma alma do que a entrada de uma casa. Uma mulher de cabelos brancos e grande distinção levou-me com rara boa vontade para examinar o jardim e o apartamento; antes mesmo de ver meu quarto, eu já estava conquistada. Tudo o que a província francesa encerra de mais emocionante está reunido entre estas paredes: livros de encadernações raras, móveis antigos, bibelôs preciosos que foram transmitidos de geração a geração parecem guardar em suas superfícies cobertas de pátina um reflexo impreciso e misterioso dos olhos que já os contemplaram. Em cada canto desta casa, o passado que se evaporou deixou em seu rastro perfumes impalpáveis que propiciam ao momento presente o forte e precioso aroma de um vinho velho.

Agora já escureceu completamente; arrumei no armário meus caros companheiros inseparáveis, meus queridos livros: Proust, Rilke, Katherine Mansfield, *Poeira*, *Le Grand Meaulnes*. Ainda não sei com qual deles vou terminar o dia. Aguardo com excitação o início de minha vida de professora amanhã. Com mais fervor do que nunca sinto que, apesar de tudo, a vida é maravilhosa.

3 de outubro.

Gosto desta cidade de cores desbotadas como as de uma velha tapeçaria; as casas parecem pintadas a pastel sobre o céu azul-esbatido; uma terna melancolia espalhava-se hoje à noite pelas ruas. Essas ruas de nomes pitorescos e encantadores. Rua do Prado Florido, do Pote Quebrado, dos Laparões. Quando me encaminhava para o liceu às oito, tinha a impressão de andar por um romance de Balzac; quase cheguei a ficar admirada de não ver sair das casas adormecidas velhas senhoras de capote e toucado com fitinhas, ou jovens burguesas com suas coifas. De todos os cantos da cidade percebe-se a flecha da torre de Saint-Ruffian, que hoje de manhã se elevava para o céu azul-pálido, clara e vibrante como uma ave-maria.

O liceu funciona numa antiga mansão do século XVI; tenho, porém, certeza de que minhas dignas colegas nunca se detêm a admirar os delicados tons de preto e amarelo da fachada. Eu as vi na sala das professoras; são todas solteironas sem sensibilidade, orgulhosas da inútil e pesada cultura que possuem; nunca olharam de frente o verdadeiro rosto da vida. Felizmente, quando me convém, sei abstrair-me dos ambientes que me envolvem; enquanto tagarelavam eu me achava inteiramente absorta, ouvindo ressoar dentro de mim o cântico fraco e agudo de um cravo, cujas sonoridades antigas pareciam traduzir exatamente as impressões que o passeio matinal despertara em mim. Fiquei emocionada ao entrar na minha sala de aula. O que seriam capazes de receber de mim aquelas alunas que me faziam sentir possuidora de tantas riquezas a lhes ofertar? Saberia eu interessar-me por elas e amá-las tanto quanto desejava? Não fiquei decepcionada. Há algo de encantador e ambíguo nessas mocinhas que ainda não são mulheres. Nem todas são agradáveis; contudo, para me seduzir basta que no meio das espécies comuns distinga-se a silhueta de algumas moças em flor (como diria o querido Proust).

Há Rosa, a loura filha de vikings, de olhos azuis como a flor da congorsa, cuja tez nacarada a menor emoção matiza com aquele vermelho escarlate que lhe legaram seus ancestrais, belos gigantes intrépidos; posso imaginá-la, toda confusa e sorridente num longo vestido branco, servindo hidromel a enormes guerreiros ruivos. Há Lydie, com corpo de gazela, jeito assustado e olhar sonhador; parece que sua avó era grega, e o nariz de linhas palpitantes mostra a pureza das estátuas de Praxíteles. E Monique, cujo perfil muito fino e olhar tristonho lembram uma virgem pintada por Lippi; seu gracioso pescoço brotava de uma grande gola cor de fogo — como de um cálice — que ela ostentava por cima do guarda-pó escolar.

Confesso que fiz o que pude para me mostrar sedutora, mas sem faceirices, com a mesma naturalidade com que sorriria para uma cesta de flores numa manhã de primavera. A doce lembrança perfumou o fim de minha tarde. Preciso conhecer Lydie.

15 de outubro.

Dia vazio; contudo, essas horas negras têm seu encanto. Quando a gente se volta para contemplar os instantes belos e esmaecidos que se projetam no horizonte longínquo, tais horas são como a suave bruma lilás que envolve com seu mágico encanto lembranças de contornos fixos.

A sra. de Beauregard, minha senhoria, convidou-me para lanchar; conversamos sobre música. Se ela não tem muita cultura, dispõe pelo menos de finíssima sensibilidade musical. Falou-me um pouco também do marido, que parece ter sido um desses refinados diletantes, como talvez agora só se consiga encontrar nas velhas províncias; um desses amantes da arte que sabem pôr a serviço de uma curiosidade desinteressada uma verdadeira erudição. Contou-me ela detalhes arqueológicos de Rougemont interessantíssimos e emprestou-me uma brochura escrita pelo sr. de Beauregard sobre a torre de Saint--Romain, que vou folhear com prazer. Essa conversa teve a meus olhos as características emocionantes de certas lojas de antiguidades, de certos romances de Dickens: algo assim de coisa envelhecida, de esbatido, mas importante e precioso. Meu maior prazer foi contemplar os traços da sra. de Beauregard: um rosto oval de madona que a idade alterou delicadamente, sem destruí-lo; como o de certas virgens de pedra, corroídas pelo tempo de uma maneira que acentua ainda mais sua beleza, porque através da imperfeição atual nos é sugerida uma imagem pura e sem defeito, mais fascinante por não ter sido diretamente ofertada.

Vou escrever a Jeanine; não quero que pense que a vida da província me embruteceu. Nunca me senti tão equilibrada, tão forte, nem num estado tão fervoroso.

20 de outubro.

Pus de lado a pilha de análises lógicas que tenho de devolver amanhã às alunas da quinta série; mas como corrigi-las com meu quarto inundado pelo perfume das rosas de outono? Ontem a sra. de Beauregard deu-me uma braçada de rosas, e há alguns momentos a pequenina Françoise — que com sua auréola toda cacheada parecia mais do que nunca uma página de Benozzo Gozzoli — trouxe-me este molho majestoso. Essas flores deslumbrantes estavam a exigir um pouco mais de elegância à sua volta; vesti então meu penhoar japonês e calcei minhas chinelas turcas. Trajada assim neste quarto ornamentado, assemelho-me mais a uma jovem mulher ociosa do que a uma austera professora.

Quando chego ao liceu, toda penteada e bem pintada e com uma blusa do tom ruivo de certos crisântemos, sinto fixar-se em mim o olhar cheio de reprovação de minhas colegas e o olhar um pouco maravilhado das alunas, que devem achar-me meio irreal. Adoro descer as escadas correndo, sob o olhar escandalizado das inspetoras.

Monique Fournier agrada-me cada vez mais; tem o porte de cabeça altivo de uma infanta, e à sua visível admiração por mim mistura-se uma ponta de encantadora insolência. Sabe que é de uma raça diferente de suas colegas; mais frágil e mais rara, também. Se eu a convidar para lanchar, terei de convidar Andrea Lacombe, pois as duas são inseparáveis. Andrea, por sua vez, pertence àquela estirpe ingrata e desgraciosa, pesada, dos que são fortes em gramática, em linguagem; ela um dia ainda será, tal qual a tia, digna universitária. É preciso que os preconceitos escolares sejam muito fortes para que a coisinha graciosa que é Monique trate como igual essa garota sem sal, cujos êxitos, é claro, devem impressioná-la.

Ao tocar nas frágeis rosas, fiz uma pétala cair sobre os deveres; transparente, frívola, simboliza para mim a ternura inconsequente com que me envolvem minhas aluninhas. Sei que ela já estará murcha, haverá muito tempo, quando eu um dia ainda sentir saudade de certos olhos verde-limão, de certo muxoxo pueril e desdenhoso; mas o que importa? Não peço a essas simpatias fugidias que preencham meu coração; quero apenas que criem em volta dele uma dessas atmosferas gráceis e etéreas, presentes em certas peças mágicas de Shakespeare, e onde ele possa deixar-se suavemente embalar por um momento.

6 de novembro.

Monique e Andrea acabam de sair aqui de casa; no começo pareciam muito tímidas, mas Monique — com seu instinto feminino já bastante seguro — logo encontrou o tom justo. Há nela tamanha graça que em qualquer situação seria capaz de inventar ingenuamente as condutas mais difíceis.

Estava muito bonita hoje em seu vestido cor de fogo, preso ao redor do pescoço por uma fita trançada, como essas bolsinhas usadas para recolher esmolas em missas festivas. Admirou as tulipas pálidas e as anêmonas de centro negro que pus em meu quarto; tinha-se a impressão de que entre as flores e ela existe uma sutil cumplicidade.

Sua graça infantil me fez pensar em certas mocinhas de Francis Jammes; parecia-me que, atraída dos confins do passado pelo cheiro antigo e provinciano de meu quarto, uma irmã de Clara d'Ellébeuse e de Almaïde d'Étremont veio delicadamente sentar-se a meu lado. Na luz suave de meu abajur seus olhos estavam mais violeta do que nunca.

Embora de essência mais grosseira, Andrea não comprometia a harmonia do quadro; ela é admiravelmente talhada para representar junto à amiga aquele papel de confidente meio rabugenta, um pouco razoável demais conquanto inteligente e dedicada — papel que lhe parece especialmente destinado. Não é feia, senão que um pouco apagada, mas exatamente como convém às acompanhantes que seguem as filhas dos reis em suas nobres aventuras.

Falei sobretudo com Monique; é impossível reproduzir, sem torná-la pesada, a viva e graciosa troca de nossas ideias. Ela possui delicado senso de humor, visão do mundo vigorosa e rica, e o diálogo com essa criança parece-me infinitamente mais valioso do que as conversas intelectuais das quais me privo, conforme me acusa Jeanine. Estou farta do mero jogo de ideias. "*Primum vivere*"... Tão somente com a graça de sua juventude e candura, essa escolar de quinze anos penetra bem mais fundo no coração da vida do que muitos pensadores austeros. Hoje compreendi com maravilhosa clareza a verdade de certas páginas de Bergson, há muito bem próximas de meu coração: dissecar nossas impressões fugidias, aprisioná-las em palavras, convertê-las em pensamentos, leva-nos não raro a destruir brutalmente aquele brilho impalpável que é a maior dádiva que elas nos ofertam. Sim, tal como essa menina instintiva e franca, é preciso dotar nossa consciência da fluidez movediça da vida e captar com intuição eternamente renovada a eterna renovação do mundo...

Depois que comecei a escrever, o centro das anêmonas escureceu, o cheiro da noite mudou, e mil belezas que acabam de se manifestar a meu redor reclamam uma ternura que seja feita exatamente para elas... Não há nada na vida que eu queira que passe por mim sem que eu perceba.

20 de novembro.

Há dias aparentemente sem importância que nascem num sorriso e que vão desvendando ao longo de suas horas iluminadas uma chuva de pequenas felicidades, vibrantes e cristalinas como as notas de um carrilhão.

Eu andava meio triste há vários dias, por causa da carta de Jeanine. Não gosto que a vida continue nos lugares onde não estou mais. Ademais, o tom discretamente superior de Jeanine me irrita; não me dá a impressão de conduzir sua vida atual de maneira tão feliz que me motive, francamente, a invejá-la. Mas a cartinha de Anne dissipou essa nuvem. É tão bom saber que sentem minha falta, saber que minha presença conseguiu às vezes perfumar vidas a meu redor.

Estes versos de Baudelaire,[3] que eu me repetia tantas vezes no primeiro ano em Sèvres,

Mainte fleur épanche à regret
Son parfum doux comme un secret
Dans la solitude profonde

agora me levam à magnífica resposta de Valéry:

---

[3] N.T.: Optamos por uma tradução absolutamente livre dos versos de Baudelaire e Valéry, visando apenas à transmissão das ideias sugeridas por seu contexto original. Versos de Baudelaire:

Tanta flor revela com desgosto
Seu perfume suave como um segredo
Na solidão profunda

Versos de Valéry:

Calma, calma, tenha calma
Sinta o peso de uma palma
carregada de frutos

Calme, calme, reste calme
Connais le poids d'une palme
Portant sa profusion

Cheguei ao liceu cheia de coragem. Esperava a visita do inspetor--geral hoje de manhã e fiquei um pouco perturbada ao começar a aula, pois sabia que L. estava com muito boa vontade a meu respeito, que G. lhe falara de mim, e que, se lhe causasse boa impressão, ele não me negaria seu apoio. Não faço a menor questão de ficar anos mofando aqui neste fim de mundo.

Felizmente minha exposição sobre Platão foi realmente brilhante, e as alunas causaram em L. ótima impressão. Andrea Lacombe deu respostas notáveis. L. gracejou um pouco — "minha impetuosa juventude" —, na realidade, ele estava encantado, fascinado pelo tom direto e bastante vivaz de minha aula. Por ínfima que seja, essa pequena vitória me deu mais confiança em mim mesma.

À noite, passeios descontraídos pelas ruas de Rougemont; leitura de algumas páginas de Proust. Basta isso para que a vida me pareça fácil e encantadora como um quadro de Watteau. Sinto-me tão jovem, tão alegre... Tenho a deliciosa sensação de vibrar até com o mais suave sopro da vida e de transformar tudo o que toco num saboroso mel, com que fortifico e perfumo minha vida interior.

Parece que a sra. Fournier mostra vontade de me conhecer. Vi-a uma vez, quando ela descia com Monique de um carro extraordinário; estava extremamente elegante; o marido é um dos industriais mais ricos da região. Seria divertido analisar esse ambiente.

25 de novembro.

Dia sombrio. Respondi a Jeanine talvez um tanto secamente. Agora que acabei de escrever a carta, sinto-me vazia e enervada; sou sensível demais à opinião dos outros. Eu deveria ter mais orgulho; hoje não consigo impedir-me de me ver exatamente como Jeanine me vê: sozinha, à margem da vida, enterrada na província, sem amor, sem futuro. Como estas horas noturnas demoram a passar! Não sinto ânimo nem para escrever neste diário, quando fico assim abatida; não sei muito bem de que sinto vontade; sinto tédio; um tédio mortal. Quero reaproximar-me de Paris, não vou aguentar esta vida dois anos seguidos. Que solidão! Queria que já fosse hora de dormir. Quando penso que estou reduzida a dormir dez horas por noite para matar o tempo... A programação dos cinemas é impraticável; não faço mais nem ginástica de manhã; tudo me parece absolutamente inútil. E amanhã — outra vez liceu, deveres a corrigir e uma tarde pensando no que fazer. Sufoco; tenho a impressão de me achar no fundo de um túmulo.

2

Quando Chantal entrou no gabinete da diretora a reunião já tinha começado. Sentou-se num canto; suas colegas estavam agrupadas em semicírculo, em volta da escrivaninha da srta. Bidois. Chantal observou-as com um olhar divertido: "Como elas se levam a sério!" Na parede havia uma reprodução da Vitória de Samotrácia e uma água-forte representando uma velha rua de Rougemont. No ambiente convencional da sala, a presença de uma mulher bonita e elegante devia provocar estranho contraste: Chantal cruzou as pernas e alisou com vaidade a lã bastante cara de sua saia. Na mesma noite jantaria pela primeira vez na casa da sra. Fournier, mãe de Monique; achava sua vida brilhante e variada: aquela maçante reunião de professoras não fazia verdadeiramente parte de sua vida.

— Segunda série — anunciou a srta. Bidois; leu o nome das alunas que haviam obtido o quadro de honra. — E para receber as felicitações do Conselho de Disciplina, Renée Canu, Monique Fournier, Andrea Lacombe, Lydie Neveu e Renée Poncet preenchem os requisitos exigidos. — Fez uma pausa. — Quem propõe Renée Canu?

Algumas mãos se levantaram. Chantal hesitou.

— Ela não é muito inteligente — disse — e tem sempre o ar de levar o trabalho terrivelmente a sério! — Sorriu. Julgava ousado formular uma objeção tão paradoxal naquela reunião pedante. — Mas, enfim, concordo com a indicação.

— Monique Fournier — disse a srta. Bidois —, quem a propõe?

— Eu — disse Chantal.

Protestos gerais e indignados.

— Ela tem em sala um comportamento inaceitável — disse a srta. Métral — e parece que sempre zomba de tudo.

Chantal fixou um olhar irônico na professora de história, mulher muito gorda coberta de espalhafatosos ouropéis e que fazia lembrar...

Chantal hesitou: seria um quadro de Toulouse-Lautrec? Ou de Daumier? Enfim, ela parecia uma caricatura.

— Em geral os deveres dela são bem feitinhos — disse a srta. Lacombe — e os escreve de modo agradável; mas considerando a inteligência que tem, acho que poderia produzir muito mais.

— Ela é muito superior a Renée Canu — disse Chantal.

— Renée Canu tem menos facilidade.

— Ah, agora premia-se a burrice!

A diretora interveio:

— Mas é justo que se leve em conta o esforço demonstrado — disse secamente.

A srta. Normand, professora de inglês, deu um sorriso pouco simpático.

— Monique é presunçosa demais e não tem modos de uma mocinha.

Chantal olhou-a com desprezo. "Esta 'normanda' é mesmo bem típica, com sua cara de boneco de tiro ao alvo", pensou. Lembrou-se com humor das máscaras de papelão que a fizeram rir com Lucile, na feira do Trône; depois que Rimbaud lhe revelara a poesia das feiras, sempre visitava uma ou duas todo ano.

A srta. Normand prosseguiu:

— Outro dia eu a escutei dizer num corredor, torcendo-se toda: "Ah, eu detesto Paul Bourget! É psicologia água com açúcar!"

Risos.

"Pergunto-me se os cabelos dela são verdadeiros, me dão vontade de puxá-los", pensou Chantal, e sorriu. "Hoje decididamente estou num daqueles meus dias de espírito cômico."

— Ela mal nos cumprimenta na rua — disse a srta. Métral.

A srta. Lacombe deu de ombros, o ar desiludido:

— Elas são todas assim; cumprimentam apenas as professoras com quem estão tendo aula e no ano seguinte já não nos conhecem mais.

Chantal começou a dar batidinhas na bolsa com impaciência. Monique e Andrea deveriam apanhá-la às seis e meia. Não ia ter tempo de se arrumar; e não iria sentir prazer nenhum no jantar se se achasse mal pintada e mal penteada. Os Fournier tinham condições de apresentá-la à sociedade de Rougemont, era preciso causar boa impressão. Olhou as colegas com irritação; via-se que não tinham outros interesses na vida além das preocupações profissionais; nada as esperava fora do liceu, e ficavam ali a tagarelar como se estivessem de visita. Se insistiam em criticá-la era simplesmente porque Monique Fournier lhes dava assunto para conversa.

— Ela é do mesmo gênero da irmã — dizia a diretora. — Mariette ficou dez anos no liceu sem nada nos dar de si; não mandou nem convite para seu casamento. — Fez uma pausa. — Então recusam?

— Recusamos — disseram várias vozes.

— Então recuso a indicação de Renée Canu — disse Chantal. — Ela está muito aquém da Fournier.

— Não se trata de comparações — disse a diretora. — Não se pode voltar atrás numa decisão já tomada.

Chantal esboçou um muxoxo de desprezo; presas a estreitos preconceitos escolares, como poderiam aquelas universitárias discernir o valor de uma inteligência, de uma alma? Julgavam as meninas segundo valores ultrapassados e sem o menor senso psicológico. Chantal era a única ali capaz de compreender a mentalidade daqueles jovens seres, e de estimá-los devidamente.

As congratulações para Andrea Lacombe foram aprovadas por unanimidade.

— Ela fez considerável progresso do ano passado para cá — disse a diretora, enquanto todos os olhares se dirigiam amavelmente para a srta. Lacombe.

O relógio do gabinete marcava cinco horas. "De qualquer jeito, não vou ter tempo nem de tomar um banho. Ainda mais com aquele aquecedor todo velho, que leva um tempo interminável para esquentar a água." As mulheres da província são sujas. A sra. de Beauregard achara absurdo que Chantal a tivesse obrigado a tirar os livros que se empilhavam na banheira; o banheiro tinha de servir de local de trabalho. "Quatro francos por um banho eu não pago; ela se enganou, se pensou que fosse deixar que me explorasse."

Felizmente Chantal não era obrigada a assistir às discussões referentes à primeira série e às turmas de filosofia. Foi para casa quase correndo; estava muito frio em seu quarto. "Na volta das férias de fim de ano vou procurar outro quarto", decidiu, mal-humorada. Não estava mais em bons termos com a senhoria; discussões sobre a eletricidade e o aquecimento central destruíram a cordialidade do relacionamento. Enquanto trocava de roupa e retocava cuidadosamente a maquilagem, Chantal pensou no apartamento de Jeanine. Jeanine tinha sorte, dera-se bem na vida. Com certeza andou deitando com Delpierre; nunca teria conseguido ajeitar-se sem ele; foi por isso que fez tudo para que eu não o conhecesse. Chantal vestiu suas meias finíssimas e calçou os sapatos de salto alto; o mau humor se dissipou. O vestido preto de fitinha verde em torno da bainha estava bem na linha da alta-costura. Durante um ano estudara assiduamente com Jeanine revistas como *Vogue*, *Femina* e *Votre Beauté*; assimilara dois princípios essenciais: que o preto é sempre elegante e que a classe de um traje depende em grande parte dos sapatos que o acompanham. Ao se olhar no espelho, Chantal viu com satisfação que ninguém naquela noite poderia tomá-la por uma professora.

Ao acabar de pentear-se, ouviu batidas na porta.

— Entrem — disse.

Monique e Andrea vinham da biblioteca, com o rosto muito vermelho e ar de grande animação.

— Papai vem nos apanhar às oito horas de carro — disse Monique. — Espero que não seja muito aborrecido para a senhora ter de ir a esse jantar hoje à noite.

— Claro que não — disse Chantal. —Vi sua mãe uma vez, na sala de espera da escola; ela me pareceu encantadora.

Encheu três cálices de porto e ficou semiestendida no divã; que ideal de vida livre, inteligente e feliz devia representar para aquelas meninas! No começo a relação com elas não fora muito à vontade; logo, porém, Chantal as fez ver que estava do lado delas, que se podia falar com ela com toda liberdade. Acendeu um cigarro inglês de ponta dourada.

— A senhora sabe da última invenção da srta. Lalorie? — perguntou Monique. — Recusou-se a deixar Suzanne assistir às aulas, sob pretexto de que ela estava usando meias de lã com desenhos engraçadinhos. Mamãe ficou com uma raiva!...

— Isso não me surpreende — disse Chantal. — Se ainda fosse por causa de meias compridas e feias! Tenho certeza de que eram lindas.

— E eram! Que lugarzinho! Também proíbem a gente de usar botas, e é tão prático nos dias de chuva!

— No entanto, a srta. Lalorie exibe trajes extravagantes — disse Chantal. — Com aqueles brincos de metal dourado e aquele cabelo encarapinhado ela até parece uma cigana.

— E pelo que se diz, isso não é nenhuma virtude — comentou Andrea. — Mas ela quer que a gente honre o liceu; é preciso evitar que se diga pela cidade que nos portamos pior do que as alunas das escolas particulares.

— É, ela nos vigia de forma revoltante: revista nossas pastas, sabe, e quando as amigas dela nos encontram vão logo lhe dizer como a gente estava.

— Isso tudo é um absurdo — disse Chantal. — Só serve para estimular a hipocrisia ou uma falsa moral imbecil. Imaginem que ontem, na quarta série, Simone Boilly ficou com um ar escandalizado porque eu traduzi *femora* por "coxa".

— E só Deus sabe como a Simone Boilly... — disse Monique.

— Você quer dizer que ela é bem-informada?...

— Nessas coisas todo mundo é — disse Andrea. — Minha querida tia não nos permite outras leituras além de trechos selecionados de Desgranges, mas se ela fizesse uma ideia dos livros que circulam pelo colégio...

— Acho que se deveria dar aula de educação sexual sem nenhum falso pudor a partir do sexto ano, para moças e rapazes, igualmente — disse Chantal. — Seria a melhor forma de acabar com essa curiosidade doentia.

— Sim — disse Andrea em tom duvidoso. — Mas isso não as impediria de trocarem revistas imorais nem de colecionarem fotos de artistas; elas são de um romantismo nojento.

Chantal balançou a cabeça.

— Pensar que se confia a mulheres que nunca conheceram nada da vida o encargo de ensinar mocinhas a viver! Como podem ensinar? A maioria nunca foi jovem!

Olhou com emoção os dois rostos infantis voltados para o seu; de repente, pareceram-lhe quase trágicos. A juventude é uma graça difícil de carregar. Lembrou-se de Rimbaud jovem, de Raymond Radiguet, do *Grand Meaulnes*.

— Ser jovem — disse ela, seguindo com os olhos a fumaça do cigarro — é uma coisa importante e preciosa, mas muitas vezes muito difícil, não é?

Um clarão atravessou os olhos de Andrea.

— Ah, sim. Não é nada agradável — disse com emoção.

Pela primeira vez desde que a conhecera, Chantal acreditou ver na fisionomia de Andrea algo de romântico e secreto.

— O que torna você infeliz, Andrea? — perguntou, quase terna. Andrea fez um gesto vago.

— A gente não faz nada do que quer nem entende por que nossa vida tem de ser assim. Não se entende nada.

A resposta desapontou Chantal; contudo, replicou:

— Se você por acaso precisar de uma explicação ou de uma ajuda, não esqueça que sou sua amiga.

Fez-se um silêncio embaraçoso. Monique foi a primeira a quebrá-lo.

— Estão começando a detestá-la seriamente na nossa classe; elas estão furiosas com a atenção que a senhora nos dá. — Sorriu para Chantal de um modo brejeiro, um tanto provocante. — Ninguém lá gosta da senhora, sabe?

— Não duvido nada — disse Chantal. Bateu a cinza do cigarro com um ar indiferente, mas sentiu uma ligeira pontada no coração; não gostava nunca de não ser apreciada. — De que me acusam?

— Ah, elas simplesmente estão com uma inveja típica de mulherzinhas — disse Andrea.

— Mas na quarta série a senhora fez nascer verdadeiras labaredas! — disse Monique em tom alegre. — Seu nome está escrito em todas as carteiras. Você já notou, Andrea, quando a srta. Plattard passa pelos corredores, sempre aparece uma daquelas pirralhas atrás dela. Tenho certeza de que fazem versos em sua homenagem.

Chantal sorriu.

— E fazem. — Hesitou. — Isso até me aborrece um pouco; vocês prometem ser discretas?

— Claro, senhorita — disse Monique.

— Pois bem: ontem recebi um embrulho da pequena Caro, que está seriamente enferma e não virá ao liceu por muito tempo. Mandou-me um lindo colar que sua mãe lhe dera pelo seu aniversário e uma fotografia; ela me suplicava numa cartinha emocionante que aceitasse o presente. Não sei muito bem o que fazer.

— A senhora não quer guardá-lo? — perguntou Monique.

— É impossível. A mãe acabará percebendo que Ginette não está mais com o colar, e se a pequena confessar que o deu a mim, ela terá o direito de ficar aborrecida. Acho que vou devolvê-lo a Caro.

— Ela vai levar um carão — disse Andrea — e de qualquer jeito vai ser horrível para ela que os pais se metam nessa história.

— Tentarei persuadir a sra. Caro a não dizer nada.

Andrea fez uma expressão de incerteza.

— A senhora sabe muito bem como são os pais...

O rosto de Chantal fechou-se.

— Pois bem, achem uma solução! — disse secamente.

Andrea muitas vezes a irritava; ou por arrogância ou para afirmar aos olhos de Monique sua independência de espírito, dava a impressão de gostar de contradizer Chantal. Chantal naturalmente a tratava em pé de igualdade, mas da parte de Andrea era falta de tato querer pôr-se no mesmo nível.

Ouviu-se a buzina de um carro.

— É papai — disse Monique —, ele disse que esperava lá embaixo.

Puseram os casacos. Chantal trancou a porta do quarto e desceu a escada sorrindo. O sr. Fournier usava um belo sobretudo, com um distintivo da Legião de Honra, e Chantal achou o rosto dele enérgico e fino. A conversa entabulou-se com facilidade; Chantal discorreu principalmente sobre a beleza de Rougemont e seus arredores. Teve a impressão de assumir facilmente o tom vivo e um tanto frívolo dos salões. Atravessou com confiança o limiar da mansão iluminada: "Posso ser encantadora quando quero", pensou. A sra. Fournier usava um vestido azul-escuro, alegrado por um colar de pérolas; mostrava uma aparência distintíssima. "Todas as cores escuras são finas", pensou Chantal. "O azul me ficaria bem." Observou com avidez cada detalhe da mobília: "Como é belo o verdadeiro luxo!", pensou. "Quando se é um pouco artista, não se pode viver no meio de objetos vulgares; no final das contas o apartamento de Jeanine acaba sendo pobre. Eu queria ter coisas caras; como saberia gastar meu dinheiro!" Subitamente sentiu com uma clareza ofuscante que não seria sempre uma simples professora.

— A senhorita está gostando de Rougemont? — perguntou a sra. Fournier, ao passarem para a sala de jantar. — Lembro que precisei de muito tempo para me aclimatar; quando se vive longo tempo em Paris, acha-se a mentalidade dos provincianos excessivamente estreita.

Chantal ficou um pouco decepcionada ao ver que era, além de Andrea, a única convidada.

— Eu diria que vivo isolada; não teria coragem de tentar penetrar na sociedade de Rougemont. Na realidade, deve ser terrivelmente entediante.

— O nível intelectual é de uma pobreza difícil de imaginar. Pessoalmente não me queixo: temos alguns amigos encantadores; mas a velha essência de um nativo puro-sangue de Rougemont é de uma mesquinhez pavorosa. Apesar de tudo, também temos algumas relações nesse meio; pois bem, eles acham um verdadeiro escândalo que eu mande Monique para o liceu público.

— No entanto, desde que a srta. Bidois é a diretora, o nível do liceu não deixa nada a desejar. Trata-se de uma mulher admirável, uma verdadeira administradora — disse o sr. Fournier.

Chantal percebeu embaraçada que os olhos das duas garotas fixavam-se em sua direção.

— Ela assume seu papel com a maior boa vontade — disse — e certamente é uma responsabilidade muito grande a que lhe cabe.

Acho até que vê as férias chegarem sem desprazer — acrescentou. Era melhor não falar muito do liceu.

— Naturalmente a senhorita não vai ficar em Rougemont para o Natal, não é? — perguntou a sra. Fournier.

— Não, com certeza vou para uma estação de esportes de inverno; para a Suíça ou para o Tirol, ainda não sei. — Chantal ouviu com grande satisfação as palavras que emitiu. — Iniciei-me no esqui no ano passado e fiquei com uma saudade enorme.

— Que sorte a sua ser jovem, ser livre! — disse a sra. Fournier com um sorriso amável. — Eu, que gosto tanto de neve, nunca posso me ausentar no inverno.

— A gente tem uma extraordinária sensação de obstáculos vencidos, de perigo, de solidão — disse Chantal, que se pôs a detalhar com vibração os encantos dos trenós e do esqui.

No correr do final da visita não houve troca de pontos de vista originais nem de ideias muito profundas, e Chantal não cometeu o erro de preferir a inteligência às demais qualidades; apreciava a elegância, a distinção. Prometeu-se frequentar assiduamente aquele meio delicadamente diletante, onde era acolhida com tamanha gentileza. Alguns dias depois enviou flores à sra. Fournier e encomendou numa boa costureira um vestido em tecido marroquino azul. A sra. Fournier lhe fez alguns convites, sem formalidades. Chantal felicitou-se então por aliar tão bem os prazeres do isolamento com os encantos da vida mundana. Quando conseguia perceber sua existência à luz dessa impressão, seu exílio em Rougemont tornava-se mais ou menos suportável.

3

A srta. Lacombe era a consciência moral do liceu de moças. Era ela quem presidia o sindicato. Nas reuniões da Sociedade dos Professores Concursados e do Conselho de Disciplina sua voz era a mais ouvida. Todos os anos as colegas a encarregavam da biblioteca ambulante. Por ocasião de mortes, casamentos ou aposentadorias, era sempre a responsável pelo recebimento das cotas. O irmão era também professor e fazia ativa propaganda, no liceu dos rapazes, da Liga Contra a Prostituição! Era membro da Sociedade de Proteção à Maternidade e à Infância. Perdera a mulher dois anos após o casamento e desde então morava com a irmã, que era inteiramente dedicada à educação de Andrea.

Andrea Lacombe foi educada com os maiores cuidados. Assim que aprendeu a ler, o sr. Lacombe caligrafou sobre cartazes algumas máximas moralistas tiradas dos melhores autores, e com elas decorou o quarto da filha. Andrea não era vaidosa nem dispersiva, aceitava humildemente as repreensões e não conversava nas aulas; gozava no liceu de excelente reputação. Todos os anos era encarregada pelas colegas de apresentar à sra. Diretora no dia de Ano-Novo os bons votos de toda a classe, e no cinquentenário do liceu foi ela quem, em nome de todas as companheiras, entregou ao Ministro da Educação Pública um cesto de rosas amarelas.

Era uma das lembranças mais dolorosas da vida de Andrea. Quando se lembrava da cena — o vestido de tule creme, os cabelos cacheados e todos os rostos que se voltavam para ela —, enrubescia de embaraço. Era conhecida em todo o liceu como a sobrinha da srta. Lacombe; os professores testemunhavam-lhe discretas atenções e as colegas desconfiavam um pouco dela. Andrea detestava a tia e o liceu. Não era preguiçosa. Pelo contrário, tinha sede de instrução, embora os assuntos realmente interessantes nunca fossem abordados em aula;

além do mais, considerava absolutamente dispensáveis as opiniões da srta. Lacombe e de suas colegas. Conhecia-as até demais; estava a par de seus problemas domésticos, de suas doenças íntimas, de suas histórias com as famílias. Ela só tinha um desejo: nunca se parecer com elas. O pai queria fazer dela uma professora concursada, e ela se perguntava com angústia se também acabaria ensinando numa cidade provinciana igualzinha a Rougemont. Andrea morava num bairro sem surpresas, cujas ruas conduziam todas infalivelmente a lugares conhecidos, e onde todos os passantes tinham ar familiar; quando saía de seu quarto ornamentado com as máximas moralistas, sabia que nada, absolutamente nada, esperava por ela lá fora. Não havia nenhuma árvore nas ruas, e o céu estava sempre nublado; nenhum colorido, só mesmo o cinza, e de vez em quando o rosa desmaiado de uma loja de espartilhos; para descobrir um cheiro naquela cidade descolorida pelas chuvas era preciso ir até o cais. "Quando irei embora daqui?", perguntava-se Andrea com desespero. "Haverá mesmo outra coisa? O quê? E onde?" Ela não entrevia nenhuma resposta para tais perguntas; nos livros que Monique lhe emprestava, encontrava a narrativa de existências diferentes da sua; contudo, sabia muito bem que o mundo descrito por Loti e por Farrère não era o mundo em que passaria a vida. Se a srta. Plattard fascinou-a imediatamente foi por ser uma mulher jovem que parecia surgir de um universo infinitamente rico e, no entanto, acessível.

Naquele dia Andrea deveria passar a tarde sozinha com Chantal, e a rua da Prefeitura, por onde ela seguia para chegar ao liceu, parecia-lhe menos triste do que de hábito. Ao se aproximar da biblioteca apressou o passo: percebeu Monique no meio de um grupo de alunas e alunos dos liceus; Monique usava um costume verde e um grosso xale alaranjado que fazia seus cabelos parecerem de um amarelo muito vivo; ela conversava com Serge.

— São cinco para as duas — disse Andrea, lançando um olhar reprovador na direção de suas camaradas. Ao sair de casa para ir àquele encontro elas tinham empoado o nariz às pressas e pintado os olhos; os olhos brilhantes, os risos e as vozes estridentes traíam sem pudor o prazer que sentiam. Os rapazes recebiam essas homenagens com ar levemente superior.

— Já vou — disse Monique, deixando por muito tempo a mão na de Serge.

O grupo dissolveu-se; as garotas atravessaram o largo às carreiras, esfregando os lábios com seus lenços, pois no liceu eram proibidas de se pintar; precipitaram-se para o vestiário.

"Daqui a duas horas vou vê-la", pensou Andrea com satisfação e dirigiu-se alegremente para a aula de história.

— Monique, você podia baixar as mangas de seu guarda-pó; parece até que vai lavar louça, e isso não é nada elegante — gritou a inspetora-geral.

Monique desenrolou a manga por cima da blusa cor-de-rosa.

— Sabe o que seria ótimo — disse ela —; se a gente convencesse Chantal a ir ao dancing com a gente...

— É só chamá-la — disse Andrea. Sentou-se ao lado de Monique no fundo da sala; não estava esperando muito prazer daquele começo de noite, quando Monique deveria apresentar Serge a Chantal Plattard. Ela não gostava de Serge e teria preferido encontrar Chantal a sós.

— Tomara que a gente não encontre ninguém no Royal! — disse Monique. — Iriam direto contar a meus pais. Já pensou que escândalo?

— Tia Jeanne teria um ataque — disse Andrea, e começou a rir com certo nervosismo.

— Andrea Lacombe, você está se comportando mal — disse a srta. Métral. Andrea fixou com ar curioso o rosto inchado da professora de história. A srta. Métral tinha consciência de possuir em relação às alunas a mais extraordinária superioridade, e muitas vezes ria-se às gargalhadas, em plena sala de aula, da ideia de que se pudesse ter quinze anos, não ser professora concursada e ignorar a superfície exata dos Estados Unidos; contudo, por trás de sua arrogância, Andrea entrevia uma espécie de ódio carregado de medo. Ao distribuir notas baixas, parecia sempre desforrar-se de velhos rancores.

"Talvez Chantal saiba me explicar por quê", pensou Andrea. Sobressaltou-se.

— Você quer fazer o favor de me mostrar as anotações que tomou — dizia Métral. Sem responder, Andrea entregou o caderno.

— Você vai levar um zero!

— Que cretina — disse Monique, quase em voz alta.

A srta. Métral fixou no teto um olhar distante e prosseguiu; os grandes insultos deixavam-na desconcertada, preferia não ouvi-los. Nenhuma professora inspirava a Andrea tamanha repulsa. Métral usava um vestido de veludo negro, que chegava ao tornozelo e cujo blusão de alças largas, muito bem talhado, deixava à mostra um pulôver vermelho de listras brancas. "Quando ela se olha no espelho, o que será que vê?", perguntava-se Andrea de vez em quando. Parecia-lhe que a srta. Métral e ela não tinham as mesmas percepções. Era um pouco apavorante.

Às quatro a sineta tocou. Andrea lavou as mãos sujas de tinta e pediu a Monique um pouco de pó de arroz; depois foi até a sala das professoras. Bateu; não havia ninguém. Entrou e foi encostar-se no radiador; conhecia muito bem a peça comprida e triste, pois era sempre a ela que a srta. Lacombe mandava apanhar um xale ou um livro que tivesse esquecido. Gostaria de abrir cada um dos pequenos armários alinhados ao longo da parede com cartões de visita designando a proprietária, mas não ousou; limitou-se a folhear as brochuras empilhadas sobre a mesa: *Os Amigos da Polônia*, *A Quinzena Universitária*, *Boletim dos Professores Públicos*. Num quadro de madeira perto da porta da sacada havia uns papéis presos com alfinete: participações de falecimentos, convites de casamento, pedidos de auxílio, listas de livros da biblioteca ambulante, programa do Congresso de Professores, relatório da última reunião do sindicato. Andrea encostou o rosto na vidraça. Ao longe a flecha da catedral erguia-se para o céu. Podia ser vista de toda parte; a cada instante aqueles rendados de pedra lembravam a Andrea que era prisioneira em Rougemont. Suspirou. Se pudesse pelo menos entrever uma saída, ter um objetivo a alcançar, talvez conseguisse resignar-se; mas lembrava que durante suas raras conversas com Chantal nunca lograra fazê-la interessar-se. Não soubera achar as perguntas que deveria ter feito para encontrar as respostas de que tanto precisava: Chantal nada lhe revelara. "Vai ser igual às outras vezes", pensou com desespero. A espera era interminável.

— Desculpe-me — disse Chantal ao entrar. — A mãe de uma aluna veio expor o caráter da filha; pensei que não fosse mais acabar. — Aproximou-se da pia, abriu a torneira e virou uma bola de vidro que deixou escapar com avareza algumas gotas de um sabão cor-de-rosa; acima da pia, num cartaz manuscrito, liam-se as seguintes palavras: "Pede-se às senhoras funcionárias que não ponham flores nos lavatórios."

Andrea passou um olhar rápido pela sala inteira.

— Como é engraçado que a senhora seja professora — disse ela.

O sorriso de Chantal lhe dera confiança; tinha apenas de falar sem timidez, como falava com Monique, e Chantal também falaria.

— A senhora viu o vestido novo da srta. Métral? — perguntou Andrea ao saírem do liceu.

— Sim, é horroroso. Elas jogam qualquer coisa em cima do corpo.

— Mas esse vestido é muito estudado — disse Andrea. — Tenho certeza de que pensou bastante no modelo, sabe, e que ela acha um encanto.

Chantal sorriu.

— Há uma bela coleção de fósseis neste liceu.

— É engraçado — disse Andrea — que mulheres tão mais velhas do que nós e que se acham tão superiores a nós possam nos odiar; e elas nos odeiam mesmo. Por quê?

Chantal levantou os ombros.

— Essas mulheres não me interessam nem um pouco.

— Bem que eu gostaria de me esconder debaixo da mesa nos dias de reunião para o quadro de honra; às vezes deve ser muito engraçado — disse Andrea.

— Posso lhe garantir que nessas ocasiões não me preocupo com o que se passa à minha volta — disse Chantal. — Para mim é como se minhas colegas não existissem. Você dá importância demais a elas.

— Infelizmente para mim elas existem, e muito! — exclamou Andrea.

— É totalmente inútil ocupar nosso pensamento com coisas que não podem trazer riqueza nem beleza para nossa vida.

Andrea deu um sorriso delicado.

— Ah, mas a senhora... A senhora deve conhecer muitas pessoas interessantes; não é a mesma coisa.

— É verdade — disse Chantal com um ar sonhador. — Tive sorte; tive amigas... maravilhosas.

Empurrou a porta de uma confeitaria cujos espelhos altos refletiam infinitamente as paredes pintadas de verde e dourado e um lustre de pingentes de cristal; depois que descobriu uma mesa livre num canto, pediu dois chás e foi ela própria escolher os docinhos, que trouxe num pequeno prato.

— Se você considera sua vida pobre, Andrea — disse, mergulhando a colher no creme amarelo e untuoso de uma forminha —, é porque confunde, acho eu, o maravilhoso e o extraordinário. Você gostou muito de *Poeira*, aquele romance inglês que lhe emprestei, não foi? Pois bem; não acontece nada de excepcional na vida de Judy; no entanto...

— Claro; se eu encontrasse Judy ou Jennifer ficaria muito contente — disse Andrea; indicou com o queixo a mesa vizinha. — Mas veja só...

— Você tem Monique. Ela é uma pessoa rara. Com aqueles olhos cor de violeta e os cabelos de fios de ouro, parece uma princesa de vitrais.

Andrea começou a rir.

— Vejo os olhos dela azuis. Gosto muito de Monique, mas ela já é uma parte muito grande de minha vida cotidiana.

— Sim, é uma pena que não se possa ter sempre impressões novas diante do mundo, como as crianças. Você conhece Monique tão bem que não sabe mais enxergá-la.

Andrea tomou um gole de chá; o retinir das colheres, o burburinho das conversas e o calor impediam-na de concatenar as ideias. Gostava de olhar Monique, de conversar com ela; achava que a compreendia bem. Apesar de levar uma vida mais mundana do que ela própria, Monique também sufocava em Rougemont e tentava dar-se a qualquer preço a ilusão de uma existência livre e plena; se andava pelos cafés e flertava com Serge era para se evadir de seu meio e do liceu; seus esforços — às vezes sem muita habilidade — eram ousados e nobres. Porém, por mais que Andrea evocasse a imagem da amiga com toda ternura, não conseguia sentir-se arrebatada.

— Estou tentando compreender o que a senhora acha de tão precioso em Monique — disse.

Chantal acendeu o cigarro inglês de ponta dourada.

— Para seres assim, a condição humana é brutal demais; a gente sente vontade de consolá-los por terem nascido.

Andrea mostrou um sorriso meio embaraçado. A conversa não caminhava nada bem; tomou consciência de que suas preocupações, suas opiniões eram pueris demais para interessar Chantal. Gostaria pelo menos de ser capaz de compreender imediatamente o que esta lhe dizia; ao invés disso, sentia-se desconcertada.

Saíram do Poussin Bleu e depois de atravessarem a praça da Catedral seguiram por uma rua calçada com pedras redondas, ladeada de casas limpas e cinzentas como o hábito de uma freira.

—Você está sentindo o encanto deste lugar? — perguntou Chantal. Andrea quase não conseguiu conter um protesto; já fizera com a tia muitas visitas àquele bairro e não conseguia ler sem repulsa os nomes gravados em placas de cobre abaixo das sinetas das portas.

— Quando eu era pequena gostava muito desses homenzinhos — disse com boa vontade, mostrando um desses ganchos em forma de figura humana que prendem nas paredes os postigos com furos em forma de coração.

—Veja só, eu não tinha notado — disse Chantal. — A gente tem a impressão de passear através de um romance de Balzac, não acha?

— É verdade — disse Andrea, sem convicção, e acrescentou: — Pensei que a senhora detestava Rougemont.

— Oh, detesto os preconceitos estúpidos da província, mas considerando as coisas de um ponto de vista contemplativo, tudo é tão típico aqui! — E como Andrea olhasse com ar indagador: —Você já deve ter notado que num romance um personagem vulgar e detestável pode nos interessar ou mesmo seduzir tanto quanto um herói sem mácula; pois bem, o que nos impede de realizar em nossas próprias vidas essa transposição estética empreendida pelo romancista? Veja bem: o mendigo velhinho que está sempre perto do liceu vendendo cadarços e papel da Armênia, se o vejo como a encarnação de uma daquelas espantosas figuras deformadas que Goya desenhou, não me parece mais uma coisa repugnante, e sim bela.

— Desse jeito tudo seria sempre bom e bonito — disse Andrea num tom cético. — Sei muito bem que minha tia é uma personagem típica e que poderia ser descrita num romance; mas isso não me adianta muito.

Chantal prosseguiu, com a fluência que nas aulas sempre deixava Andrea admirada.

— Houve pessoas no século passado, Ruskin, por exemplo, que chegaram a afirmar que a única regra moral era a de viver com a beleza; em certo sentido havia nisso alguma verdade. Só que tinham um conceito apriorístico e convencional do belo. Na verdade eu não diria, como você pretende, que tudo seja belo; apenas que se pode ter em relação a tudo um ponto de vista estético. É como na pintura; hoje em dia se reconhece que o tema é indiferente, o que importa é a maneira como o quadro é concebido e executado.

— Mas não é a mesma coisa — disse Andrea, quase involuntariamente. Chantal sorriu.

— É diferente em quê?

Andréa enrubesceu.

— Não sei — admitiu; era preciso que a outra a ajudasse a se exprimir; Chantal, porém, não se importava muito com as objeções de Andrea; queria sempre que acreditassem logo em suas palavras. Andrea calou-se, um pouco triste.

A rua mudou de atmosfera; as habitações burguesas cederam lugar a casas malconservadas; um rio subterrâneo corria sob a calçada da esquerda e de vez em quando percebia-se por uma abertura as águas prisioneiras e sujas. Andrea seguiu com os olhos dois maltrapilhos que entravam numa taberna; não conseguia imaginar nada sobre a vida, os pensamentos deles. Seria preciso sentar-se toda a noite com eles às mesas de madeira, comer o feijão-branco que enchia uma grande terrina até as bordas e os peixes fritos expostos no balcão de mármore falso. Como seria agradável!

— Destas ruas emana uma poesia triste de que gosto muitíssimo — disse Chantal. — Aqui a gente vê indivíduos estranhos que não parecem totalmente reais, e os acontecimentos mais inesperados são prováveis, não acha?

Andrea ficou feliz por finalmente concordar com ela.

— Ah, sim; se eu fosse livre, é aqui que moraria — disse, mostrando a fachada azul de um hotel cujas paredes eram banhadas pelo rio. Algumas crianças brincavam de amarelinha na rua; roupas flutuavam nas janelas; podia-se quase esquecer que se estava em Rougemont.

— Você seria devorada pelos percevejos — disse Chantal, rindo-se.

— Tanto faz; eu compraria inseticida.

E estudou Chantal com ar muito admirado. No lugar dela, era ali que viria morar, longe das casas caiadas, das igrejas denteadas, das lojas de espartilhos.

— Professora, a senhora se importaria de dar uma entrada rápida nesse café? — Uma cortina de vermelho vivo cobria a metade de uma porta envidraçada; no interior grandes tonéis de madeira envernizada empilhavam-se junto à parede.

— Você não tem receio de que seja muito sujo? — perguntou Chantal. — É melhor não tocar muito nas coisas, pois o encanto pode se desfazer.

Andrea não insistiu, e toda a sua alegria subitamente se acabou; compreendeu que o entendimento entre elas era fictício, que não era pelas mesmas razões que gostavam daquelas ruas. Voltaram quase em silêncio para o bairro burguês. Andrea sentia que Chantal a achava maçante, um pouco irritante; era natural, ela própria não se julgava mesmo muito interessante. Parecia-lhe, no entanto, que se Chantal lhe houvesse falado de suas ocupações, de suas amigas ou de suas viagens, ela teria sabido escutar; e se lhe houvesse feito perguntas com um pouco de atenção, teria achado o que dizer. "Só me restam duas horas", pensou Andrea com tristeza, entrando no quarto de Chantal. Tulipas vicejavam num jarro de cobre, e um leve perfume de tabaco inglês espalhava-se pelo ar.

— Gosto deste cheiro — disse Andrea.

Sentadas lado a lado na peça tranquila, quem sabe não conheceriam afinal um momento de verdadeira intimidade?

— Você não vai ficar aborrecida, Andrea, se eu corrigir esses deveres de latim? Tenho de entregá-los amanhã de qualquer jeito. — Pegou o monte de versões e pôs-se a corrigi-las; de vez em quando levantava a cabeça e fazia uma pergunta, mas não ouvia a resposta. Quando lhe trouxeram o jantar, agarrou um jornal e propôs a Andrea que a ajudasse a fazer palavras cruzadas. Estava tudo acabado; a última meia hora arrastou-se vazia e interminável, como uma espécie de agonia; foi quase com alívio que Andrea viu a chegada de Monique e Serge.

Encolhida no canto do divã, Andrea não participou da conversa; não suportava Serge. Ele era belo, passava por sedutor e já conquistara vários sucessos femininos. Andrea sentia raiva dele por ter abandonado Gilberte Viard — uma menina da primeira série que ele tornara amante sua no ano anterior, quando ela ainda só contava quatorze anos. Gilberte era graciosa e sua audácia era mais louvável do que a sonsa prudência de suas colegas. Andrea suspeitava de que ele a trocara por Monique não porque Monique fosse mais bonita, mas porque mais rica... "Desde que não faça a besteira de se casar com ele", pensou, observando com inquietude o rosto iluminado da amiga. Monique ria-se de modo um tanto nervoso, enquanto Serge brilhantemente ridicularizava os preconceitos mesquinhos da província. Andrea viu com desprazer que Chantal se desdobrava para agradá-lo.

— Que pena a senhora não poder nos acompanhar — disse Monique, quando por volta das onze horas despediu-se de Chantal.

— Ao lado dos dancings de Paris, o Royal evidentemente tem poucos atrativos — disse Serge. — Entendo perfeitamente que a senhora não se sinta nada tentada.

— Se não estivesse cansada, iria com prazer. Divirtam-se. Então está combinado; vocês saíram aqui de casa bem tarde.

— O que acha dela, Serge? — perguntou Monique ansiosamente, quando a porta se fechou.

— É uma mulher que entende a vida. Ela é liberada.

— Sim, ela é ótima; no liceu é tida como revolucionária; tem ideias tão avançadas!

Não havia ninguém na rua; quase todos os cafés já estavam fechados, todas as janelas às escuras. Na rua dos Mascates, apenas os sinais luminosos brilhavam, com suave intensidade: um moinho cor-de-rosa, um gato preto destacando-se sobre um fundo verde-pálido, uma estrela de pontas lilás e vermelhas. Velhinhas enroladas em xales, com os pés em cima de braseiros, tricotavam nos batentes das portas. As casas haviam sido caiadas recentemente e surgiam nítidas e lustrosas como as dos bairros burgueses; os tons pálidos e as ondas de música que atravessavam as venezianas fechadas lhes davam um ar acolhedor.

— Se fosse homem, iria muito ao bordel — disse Andrea.

Serge deu de ombros.

— Você fala do que não conhece; esses lugares são abjetos.

— Pelo menos são diferentes do resto.

— Por hoje à noite contente-se com o Royal — disse Monique em tom alegre. Empurrou a porta forrada com uma cortina de seda plissada. Serge dirigiu-se com passos firmes para uma mesa ao lado do bar e sentou-se em frente a Monique e Andrea.

— Três *gin-fizz* — pediu com autoridade.

O salão era bastante espaçoso; uns laços de pano e algumas flores artificiais pendiam do teto recoberto por uma serrapilheira verde; nas paredes, cenas da vida veneziana pintadas em azul e vermelhão.

— Você dança? — perguntou Serge a Andrea.

— Não. Não sei.

Ele se levantou, pegou Monique pelo braço sem uma palavra e levou-a para a pista. Os músicos tocavam algo em ritmo lento; Andrea, que nunca ouvira jazz, ficou a escutar com emoção; será que um dia conheceria alegrias e tristezas que revelassem o mesmo sabor daquela música? O que se podia esperar, o que se podia lastimar com aquela suavidade pungente? Era como um perfume vindo de muito longe, que nos podia seduzir, mas sem deixar perceber o país onde nascera, o rosto de seus habitantes, ou a forma das suas casas.

— Está gostando? — perguntou Monique. Seus olhos brilhavam; ofegava por causa da dança e olhava para Serge com a boca entreaberta que parecia oferecer-se. Serge começou a acariciar-lhe o braço desnudo, e as bochechas de Monique ficaram em brasa; outrora, há apenas um ano, ela e Andrea zombavam dos casais enamorados, de seus ares embevecidos; agora caíra na armadilha.

Serge e Monique dançaram durante mais de uma hora, quase sem parar e de rosto colado. Andrea não estava achando o tempo muito longo; distraía-se observando as profissionais do dancing sentadas diante de garrafas enfeitadas com fitinhas; ninguém as convidava para beber. Seus vestidos decotados as distinguiam das outras mulheres como um uniforme. Tentou imaginar a vida que levavam; o jazz fazia nascer em Andrea, ela não sabia bem que esperança.

— Estou cansada, Serge — disse enfim Monique em tom de desculpa, quando Serge se levantou para outro fox.

— Cansada? Dançando passa — disse Serge, levantando-a pela mão e estreitando-a com autoridade. Andrea seguiu-os com olhar furioso. Quando Monique voltou a seu lugar, estava de rosto abatido.

— Monique, você não aguenta mais — disse Andrea. — Temos de voltar para casa.

Serge deu de ombros.

— A essa hora? Ridículo!

— Minha cabeça está rodando — disse Monique. — Foi esse gim.

— Não se deve beber álcool quando não se pode aguentá-lo — disse Serge, irritado.

Os lábios de Monique tremeram. Andrea lançou a Serge um olhar indignado; como devia estar seguro do amor de Monique para falar naquele tom!

— Foi você que pediu esses *gin-fizz* — disse ela. — E além do mais já é mais do que hora de irmos embora.

Monique devia dormir na casa de Andrea, coisa que fazia com frequência quando passava a noite em Rougemont. Enquanto Serge as acompanhava até a porta de casa, Andrea se perguntava se Monique se abriria com ela; ela queria saber quais eram exatamente os sentimentos de Monique e suplicar-lhe que não comprometesse sua vida irrefletidamente. Mas não ousava ser a primeira a tocar no assunto. Quando ficaram sozinhas, Andrea disse apenas:

— Você não está se sentindo mal, Monique?

— Nem um pouco — respondeu Monique, que continuava com o ar exausto. — Acho que estou simplesmente com sono.

Sempre que passavam a noite juntas, conversavam baixinho até o amanhecer. Contudo, dessa vez Monique virou-se logo para a parede; começava a conhecer aquelas alegrias e inquietações que não se partilham. Andrea contemplou-a com tristeza por um momento, depois apagou a luz e enrolou-se em seus lençóis. Nada podia fazer pela amiga. Somente uma pessoa conseguiria influenciar as decisões de Monique e fazê-la parar antes que fosse tarde demais: Chantal Plattard. Mas esta não via Monique nem Serge com os mesmos olhos que Andrea. "Nunca vou convencê-la", pensou Andrea com tristeza. Aliás, não esperava mais nada de Chantal Plattard. Depois do dia tão penoso, mal desejava revê-la.

4
Continuação do diário de Chantal

10 de abril.

Há algo de deprimente nos momentos que passo com Andrea. Hoje no final do dia me sentia vazia, sem vibração. É um espírito positivo absolutamente desprovido do sentimento do maravilhoso. Leio em seus olhos uma adoração muda que me toca, mas que a deixa paralisada e lhe dá estranhos complexos; por uma espécie de instinto de defesa, discorda de tudo que digo, e isso termina por me irritar. Não quis compreender que uma atitude desinteressada perante o mundo permite encontrar a beleza no mais humilde objeto. Sinto isso com tanta força. Quando vejo minha vida como um romance do qual sou a heroína, as horas de tristeza se transformam em páginas emocionantes das quais me é possível extrair alegria. E é assim para tudo... Felizmente a chegada de Monique e Serge me pôs novamente em estado de graça. Que adorável casal-criança! Dir-se-ia até que escapuliram do *Grand Meaulnes*: ao vê-los, pensei imediatamente no jovem Frantz e em sua noiva de quinze anos.

Monique contou-me em leves pinceladas a história deles dois, tão linda e tão simples. Cresceram muito longe um do outro, ambos solitários nessa cidade claustral e sem juventude. Serge pertence a uma velha família da burguesia rural; sua mãe possui uma propriedade bastante longe de Rougemont, e durante o ano ele mora com parentes que não se dão com a nova burguesia. Só se conheceram no ano passado, mas há muito tempo — bem antes de se conhecerem — prometeram-se em sonho amar um ao outro. Monique já ouvira falar desse belo e altivo adolescente, por vezes cruel, que parecia ter feito a promessa de manter seu coração intacto para um ser de sua raça. Bastou-lhe ver Monique uma vez e pressentiu que sua graça irresistível poderia afinal emocioná-lo. Desde o momento em que os olhares dos dois se encontraram, seu destino comum foi maravilhosamente descerrado. Serge faz lembrar aquele retrato do jovem cardeal que Rafael pintou e que dizem ter inspirado Stendhal na descrição de Fabrice del Dongo. Há um brilho de aço em seus olhos de veludo cinza; agrada-me essa mistura de ternura e dureza. No dia em que Monique acompanhou sua amiga Gilberte até a casa dele, Serge usava uma espécie de túnica russa preta bordada de dourado; sentado num canto de seu quarto — um quarto num pavilhão isolado, nos fundos de um jardim —, tocava acordeão. Mal trocaram algumas palavras, e não tiveram mais outro desejo senão o de se reverem. Para descrever o que os une a palavra "amor" é rude demais. Ambos esbanjando juventude, ambos belos e puros, sabem que só juntos podem evadir-se para longe dos limbos em que cresceram, para mundos luminosos cujas chaves um guarda para o outro. Há uma grandeza quase trágica nesse sentimento: bastaria um nada para fazer desmoronar essa coisa grave e sincera cujo peso carregam com tanta despreocupação.

Ficaria infeliz se a escolha de Monique não fosse digna dela, mas Serge me conquistou com seu ardor espontâneo. O sopro de uma grande revolta o incita. A moral hipócrita ensinada nos liceus e a vida mesquinha de pequeno proprietário que a mãe lhe queria impor parecem-lhe inaceitáveis. Ele descreveu com muito espírito a figura de alguns habitantes de Rougemont; isso me deixou toda inspirada também, e pintamos juntos uma verdadeira galeria de monstros, configurando um quadro fantástico, semelhante aos de Bosch. Também confiou-me suas ambições; tornar-se diretor de cinema e fazer de Monique uma estrela. Sonhos de criança, graciosos e frágeis como uma bolha de sabão. Quem sabe? Nenhum dos dois é feito para papéis de segundo plano, e creio que nossos destinos são moldados em nossas almas. Como é belo vê-los se encaminhar para a vida, mão na mão, cabeça erguida e confiantes em sua estrela comum. Não há nada de insosso entre os dois. Há tão somente uma intensa luz nos olhos de Monique, e no rosto de Serge um ar tranquilo e profunda certeza.

Ocorre-me certa melancolia ante o fato de me achar outra vez sozinha em meu quarto (no entanto, seria perigoso acompanhá-los ao dancing; se quero ajudá-los em suas tentativas de evasão, não devo correr o risco de perder o respeito e a consideração dos demais). Quando a luminosa aparição dos dois se dissipou, deixou atrás de si uma espécie de fosforescência. Agora, porém, tudo voltou a ficar sombrio. Que importa? O que importa é que minha vida de vez em quando cruze os caminhos do sonho. Uns pontos vermelhos brilham na noite como velas sob a abóbada de uma catedral; os mistérios do amor são celebrados num altar invisível, e inclino a cabeça com fervor... Atitude ambígua a de Andrea; já terá sido apaixonada por Serge? Ainda o será?

23 de abril.

Tantas coisas a anotar sobre minha viagem a Paris; como me faz bem mergulhar outra vez quinze dias naquela atmosfera ardente! Estou feliz por ter afinal reunido Anne e Pascal. "Gosto que ele consiga ser ao mesmo tempo tão espontâneo e tão sério", disse Anne, logo na segunda vez em que se viram. É verdade que Pascal tem qualidades encantadoras. Meu individualismo e o misticismo dele às vezes se chocam, e a espécie de reserva que demonstra em suas discussões, bem como em sua vida, me irrita, mas tenho muita amizade por ele.

Longas conversas pelo Champs-Elysées; ternura; o vestido de Anne brilhava sob o chapéu de feltro rosa; quando falou da mãe, seus olhos encheram-se de lágrimas. São detestáveis essas perseguições; reprovam-na por suas ideias, suas leituras e minha amizade como se fossem pecados. Só com Pascal poderá conhecer uma felicidade sem remorso e continuar cristã sem se embrutecer. Estou muito longe do catolicismo, e apesar da confiança que deposita em mim eu a assusto. "Seja o que você é", disse Nietzsche; é nisso que quero ajudá-la: a ser o que é. Às vezes ela se debate, mas sei muito bem que a vida e a verdade triunfarão. Que bom pensar que será graças a mim que o triunfo se consumará.

20 de maio.

Monique acaba de me deixar. Prometi-lhe dizer à sra. Fournier que ela passou a tarde comigo. Se alguma fada protetora não olhasse pela juventude e pelo amor, essas flores frágeis seriam logo quebradas pelas mãos grosseiras do homem. Alegra-me que, graças a mim, um pouco mais de beleza, um pouco mais de felicidade tenham perfumado o mundo por um instante. Há excesso de vulgaridade, mesmo em espíritos bastante refinados como o da sra. Fournier. Seria impossível fazê-la compreender o que há de extraordinário num sentimento como o de Serge e Monique.

Passeei alguns instantes com Monique. À luz do luar, do jardim da catedral surgia uma atmosfera fantástica, quase irreal. Um gato preto miava por entre as pedras fustigadas.

Falamos de Serge; disse a Monique que ele me lembrava, por causa de sua intransigência e de seu ardor, o São Jorge de Pisanello, que é tão lindo; sua única armadura é o branco ofuscante do traje de pano: uma candura severa, uma pureza inflexível. Ela não respondeu, apenas sorriu; um sorriso um pouco grave, meio misterioso, um belo riso de mulher ainda não habituada ao pesado fardo que carrega no coração.

Andrea perguntou-me outro dia se eu não achava que Monique andava menos alegre de uns tempos para cá. Mas a felicidade — uma felicidade que não quer ser fácil nem burguesa — não é coisa alegre; eu tinha toda a certeza de que Monique iria acolhê-la com essa mistura de êxtase e temor. Em minha última carta para Jeanine, tentei exprimir a natureza quase *sagrada* do drama que se desenrola diante dos meus olhos.

5

Depois de um mês de maio chuvoso, um calor abrasador abateu-se bruscamente sobre Rougemont. Andrea detestava essa estação; o sol não revelava nenhuma cor nas ruas tórridas; apenas as roupas negras dos passantes formavam violentas manchas nas calçadas brancas. Ao sair do liceu, Andrea encaminhou-se rapidamente para casa. As ruas estreitas estavam cheias de uma sombra sonolenta, como a do fundo de um poço; todas as persianas estavam fechadas e sob o azul inclemente do céu o silêncio era insólito, quase opressivo.

Andrea fechou-se no quarto; um vento morno, porém, acariciava sua escrivaninha e ela não conseguia impedir-se de sonhar felicidades proibidas: barcos deslizando num rio, uma garrafa de sidra espumosa sob as árvores de uma taberna no bosque. De sua janela via apenas os tetos cinzentos e a flecha da catedral.

Sobretudo os domingos e as quintas passavam lentamente. Monique não largava mais Serge, e Andrea praticamente só a encontrava no liceu; já lera todos os livros de Chantal Plattard. Para se distrair, comia quase sem parar pedaços de pão com geleia ou queijo; gostaria de fumar, mas sua tia lhe proibia o cigarro; estava engordando. Não queria nem que aquele ano acabasse; o seguinte seria ainda menos alegre. Chantal esperava ser enviada para um posto mais próximo de Paris, em Chartres ou Beauvais. Andrea sentia que Chantal iria deixá-la sem lhe ter dado contribuição nenhuma; tinha a impressão de que nem mesmo se conheciam. Quando Andrea não pudesse mais contemplar-lhe o rosto, não lhe restaria absolutamente mais nada de Chantal.

No liceu a atmosfera era quase tempestuosa; as professoras andavam nervosas, como as alunas, por causa do calor e da proximidade das férias: as notas baixas choviam. Aguardava-se com um pouco de humor e inquietude a visita mensal da diretora.

— Ela vai chegar daqui a dez minutos — disse Andrea, mostrando a srta. Bidois que atravessava o pátio interno, com um caderno azul debaixo do braço. — Vem muita coisa por aí!

Monique deu de ombros com indiferença; nada parecia importar-lhe nos últimos tempos. Andava relaxada; a blusa estava mal abotoada, os cabelos despenteados caíam sobre o rosto queimado. Serge nem sempre era amável com ela, e, apesar de orgulhosa demais para admitir, sofria com isso.

A srta. Lacombe bateu na escrivaninha e Andrea reassumiu um ar atento. Explicava-se *Britannicus.* A srta. Lacombe pusera a seu lado um maço de papéis repletos de palavras e cortados em retângulos; organizara um dossiê portátil sobre cada autor do programa, compreendendo um resumo da vida do escritor e uma apreciação de sua obra segundo os críticos mais abalizados; todos os anos, sem alterar uma linha, lia essas anotações para as alunas, que as copiavam docilmente em seus cadernos. Esse método rendia excelentes resultados nos exames, e a srta. Lacombe era professora muito respeitada. No entanto, depois de quinze anos de ensino, ainda se sentia pouco à vontade quando dava aulas, e seu rosto ficava ligeiramente ruborizado.

A porta se abriu; a srta. Lacombe e as alunas se levantaram; a sra. Diretora entrou. Estava cuidadosamente penteada e trajava um vestido azul que vinha sem dúvida da loja de Lestrange, o costureiro mais importante de Rougemont, embora em seu corpo ingrato à roupa elegante se mostrasse quase indecente.

— Antes da entrega dos quadros de honra, quero lhes dizer que ando muitíssimo descontente com a conduta e com o aspecto de vocês — disse ela. Fez-se um grande silêncio. — Vocês sabem que não devem vir ao liceu de mangas curtas — continuou — e não devem se contentar em simplesmente jogar os casacos nos ombros. Quero que estejam corretamente vestidas, e de todos os cantos tenho sido informada de infrações a essa regra. Há mesmo algumas de vocês que tiram o chapéu mal dobram a esquina; há umas, cujos nomes não quero citar mas que se reconhecerão, que já foram surpreendidas sem chapéu e de braços à mostra nas calçadas dos cafés. Essa displicência é profundamente indecente; trata-se de falta de disciplina pessoal e ao mesmo tempo falta de dignidade. Como vocês querem ser respeitadas se não se respeitam a si próprias?

O tom era afetado, sem segurança, a srta. Bidois parecia recitar de cor uma lição; no entanto, levava a sério o que dizia, embora suas indignações se mantivessem sempre abstratas. Andrea teve uma espécie de revelação: "Ela não passa de uma aparência!", disse a si mesma, com súbito prazer. Nada de verdadeiro, nenhuma alegria, nunca, nem antipatias, nenhum afeto, nenhum pensamento. Apenas a vontade de sentir aquela satisfação, de acreditar naquela ideia; de encontrar as palavras para exprimi-la. Um corpo maciço cujo coração bate sempre no mesmo ritmo, uma preocupação sem falhas com o comportamento a assumir, e um grande vazio.

Naquele instante a diretora estava apresentando os quadros de honra.

— Monique Fournier não foi aceita para o quadro de honra; teve seis propostas, quatro abstenções e um voto contra por sua conduta. Perder o quadro de honra por causa do comportamento, logo uma menina de seu tamanho, é realmente ridículo!

Monique estava de pé e fixava na srta. Bidois um olhar vazio; seus lábios esboçaram um sorriso que Andrea não soube interpretar. Não era um sorriso insolente; a diretora, porém, interpretou-o mal.

— Peço-lhe que pare com esses risinhos — disse ela. — Você se arroga poses de moça feita, mas é menos consciente do que uma criança de quatro anos.

O sorriso permaneceu estático por um instante nos lábios de Monique; depois ela começou bruscamente a soluçar. Todos os olhos se voltaram para ela: nunca alguém a vira chorar.

— Se você se arrepende de sua atitude, já é um progresso — disse a srta. Bidois, embaraçada pela violência das lágrimas.

De pé, cobrindo o rosto com as mãos, Monique continuava a soluçar. Andrea olhava a amiga com angústia; sabia que nenhuma repreensão poderia transtorná-la assim.

Depois que a srta. Bidois saiu a classe continuou no mais profundo silêncio; só se ouvia a voz tíbia da srta. Lacombe e o rangido das canetas no papel. Monique enxugara as lágrimas e apoiava na palma da mão o rosto pueril e endurecido. Ao redor desse rosto, as paredes enfeitadas com reproduções de Watteau, as cortinas manchadas de tinta e o quadro-negro formavam um cenário irrisório.

— Aonde você vai hoje à noite? — perguntou Andrea quando a sineta das quatro tocou.

— Com certeza à Brasserie François, com Serge — respondeu Monique.

— Se eu por acaso conseguir escapar um pouco, posso ir até lá para vê-la?

Uma luz atravessou os olhos de Monique.

— Sim, claro! Faça todo o possível — disse ela, com ânimo renovado.

A srta. Lacombe recebia para um lanche naquela tarde; Andrea fora encarregada de abrir a porta para as convidadas e servir o chá. "Desde que ela me deixe sair", pensou, passando o açucareiro para a tia, cuja alegria decorosa animava-lhe os traços. A srta. Lacombe enfeitara seu vestido escuro com uma gola branca, mas os cabelos apareciam um pouco engordurados e a pele lustrosa; nunca tinha o ar totalmente limpo.

— Pode ir estudar, Andrea, não preciso mais de você — disse, depois de um momento.

Andrea deixou a sala de visitas e foi discretamente para a de jantar. Deitada de bruços no tapete ficava à vontade para escutar as conversas ou seguir seus pensamentos. Fora assim que muitas vezes conseguira descobrir informações bastante divertidas. Aquelas senhoras ficavam se perguntando sobre suas doenças íntimas e contando com detalhes seus pequenos males femininos. Andrea sabia que a srta. Métral, no primeiro dia de suas regras, sentia "dores tão violentas como as de um parto"; que a sra. Thomas, professora de física, sofrera dois abortos. Ao surpreender tais confidências, Andrea às vezes ficava com as mãos molhadas de nojo. Naquele momento falava-se no casamento para breve da srta. Lanthenoy, uma gorda mulher de trinta anos cujo noivo era professor de desenho em Lyon e, dizia-se, um pouco manco.

— Mas Lyon é muito longe — comentava a srta. Lacombe com pesar.

— É tão triste não ter um lar! — disse a sra. Thomas. — Quando meu marido vem me ver somos obrigados a nos encontrar num café; é um horror como nos entediamos. — Ela engravidara outra vez; manchas amarelas davam a seu rosto uma textura de mármore; estava muito magra e com o ventre incrivelmente bojudo.

— Nós nos veremos nas férias — disse a Lanthenoy em tom conformado. Há oito anos fazia economias para poder oferecer-se a um marido; comprara algumas ações e pagava um seguro de vida. Andrea pensou com um arrepio que era esse o futuro que o pai e a tia ingenuamente lhe desejavam. Hoje em dia ter um salário é melhor do que ter um dote, dissera um dia a srta. Lacombe ao irmão. Usar o ano inteiro o mesmo vestido, almoçar no liceu por seis francos, nunca viajar, não sair nunca, tudo isso lhe permitiria tornar-se um dia a esposa de um pequeno funcionário desejoso de melhorar de vida. Monique teria direito a um marido mais atraente, a um apartamento mais amplo; teria condições de olhar as professoras de suas filhas com certa superioridade. "Oh, quero tanto ajudá-la!", disse Andrea a si mesma num tom arrebatado. Parecia-lhe que nunca entendera tão bem o ócio, o estado de confusão que empurraram Monique para a aventura com Serge. Os brinquedos da infância não as divertiam mais, e ninguém consentia em introduzi-las no mundo dos adultos. Além do mais ninguém era capaz disso, a não ser Chantal Plattard, que não se dera o trabalho de fazê-lo.

Andrea levantou-se e abriu a porta.

— Desculpe, tia Jeanne — disse ela. — Queria lhe perguntar se posso ir estudar na biblioteca.

— Vá, mas chegue na hora do jantar — disse a srta. Lacombe.

Quase todo fim de tarde, antes de voltar para casa, Monique tomava um aperitivo com Serge na Brasserie François; era o mais triste dos cafés de Rougemont. Andrea empurrou a porta de vaivém e atravessou um longo e estreito salão onde jamais penetrava a luz do dia; algumas prostitutas estavam sentadas abaixo dos espelhos, que refletiam indefinidamente uma luz amarelada. Andrea não viu logo Monique, mas no salão de jogo que começava nos fundos da galeria avistou Serge jogando bilhar com seus camaradas. Aproximou-se.

Monique estava sentada um pouco à parte e folheava sem atenção um número de *La Vie Parisienne.*

"Serge é um cavalo", pensou Andréa, furiosa. Sorriu para Monique.

— Posso sentar? — perguntou.

— Sente; estou contente por você ter vindo.

— E se a gente fosse dar uma volta? — propôs Andrea. — Já que Serge está jogando bilhar...

Monique hesitou, depois fechou *La Vie Parisienne* com um gesto decidido e levantou-se.

— É uma boa ideia; vamos passear. Este lugar é lúgubre. — Aproximou-se do bilhar: — Serge, vou embora; até amanhã, está bem?

Serge estendeu a mão para Andrea e olhou-a com antipatia.

— Você bem que podia me esperar — disse a Monique, num tom quase ameaçador.

— É, bem que eu podia — retrucou ela e segurou Andrea pelo braço. — Venha, Andrea, vamos embora.

Ao alcançarem a rua houve um momento de silêncio.

— Serge não gostou de eu ter vindo procurá-la — disse Andrea. Monique não respondeu, o rosto impenetrável.

— Pouco me importa — disse bruscamente. — Pouco me importa o que ele possa pensar, o que possa dizer ou fazer.

— Monique, o que está havendo? — perguntou Andrea. — Você se sente infeliz?

— Eu o odeio — disse Monique. Olhou Andrea com ar revoltado e não acrescentou mais nada. Andrea não sabia o que dizer. — Eu o odeio — recomeçou Monique. — Quando estou com ele, não se importa mais comigo do que com um pedaço de pau; como ontem me permiti chegar atrasada a um encontro... — sua voz estrangulou-se.

— O que foi que ele fez?

— Ele me deu um tapa.

Andrea largou o braço da amiga.

— E hoje você voltou? Não é possível! Você tem medo dele?

Tinham chegado ao cais; o ar estava carregado de um cheiro de breu e poeira; Monique desceu a escada que levava à margem do rio sem responder. Andrea observou-a e depois perguntou rapidamente, quase sussurrando:

— Você não é amante dele, Monique?

Monique continuou a andar de cabeça baixa, empurrando com o pé, obstinadamente, um pedaço de carvão. Andrea segurou-a pelo ombro.

— Responda. O que é que está acontecendo, Monique? Quero saber.

Monique levantou a cabeça.

— Durmo com ele há três meses e estou grávida. Não sei o que será de mim.

Andrea olhou a amiga com assombro, sem acreditar muito bem no que ouvira. Parecia-lhe impossível que naquele corpo magro e gracioso uma podridão misteriosa estivesse desabrochando.

— Você tem certeza, Monique? — perguntou.

— Tenho. Estou no segundo mês. — Parou; seu rosto se descompôs. — Andrea, não quero ter esse filho, não quero me casar com Serge.

Andrea viu subitamente que era verdade. E era impossível gritar, como em seus sonhos: Isso é uma brincadeira; vamos parar por aqui. Tudo se pôs a girar a seu redor, e ela se deixou cair no gramado de um declive.

— Serge sabe? — perguntou.

— Sim; diz que é preciso falar imediatamente com meus pais, que nós temos de nos casar.

Andrea gelou; olhou o rosto familiar de Monique sem conseguir reprimir uma grande repulsa. Debaixo do vestido de seda azul, sob a pele acetinada da barriga, havia algo disforme e vivo que inchava a cada minuto.

— É preciso fazer alguma coisa!

Dentro de sete meses! O corpo de Monique engrossaria e o ventre se arredondaria; o rosto já estava abatido, já mostrava as olheiras. Sua carne não resistira às carícias; em breve seria atormentada pelas dores do parto. Andrea desviou os olhos. Um trem passou com grande estrondo pela ponte metálica; depois tudo caiu de novo num silêncio profundo. Era um anoitecer tépido e calmo; às vezes a voz de uma mulher ou o grito de uma criança vinham das lanchas cargueiras de costado lustroso; percebia-se ao longe, ligeiramente enevoada, a torre da catedral.

— Serge fez isso de propósito — disse Monique num tom sombrio. — Quis forçar meus pais a cederem. Mas não quero lhes confessar o que fiz.

— Tem de haver alguma coisa que se possa fazer — repetiu Andrea, sacudindo com esforço o torpor que a invadia.

— Ele não me ama, não é capaz de gostar de ninguém; só serve mesmo para jogar bilhar ou cartas da manhã à noite; é um egoísta imbecil.

— Faz muito tempo que você não gosta mais dele?

— Oh, desde... — Baixou a cabeça. — Não sei como pude dormir com ele! Conseguiu me iludir! Se você soubesse como isso agora me enoja! — Segurou a mão de Andrea. — Prefiro morrer a ter de viver com ele.

Andrea refletiu.

— Chantal Plattard prometeu nos ajudar se por acaso precisássemos dela — disse finalmente.

— Chantal Plattard? Mas o que é que ela pode fazer, Andrea? — perguntou Monique e seus lábios se crisparam. — Não quero que ela saiba; não quero que ninguém saiba!

— Deixe eu contar para ela; ela vai entender — retrucou Andrea, acariciando suavemente a mão febril de Monique. — Ela não tem preconceitos, poderá dar um conselho, o endereço de uma parteira ou um remédio; parece que é fácil... Basta saber como.

Monique apertou a mão de Andrea com violência.

— Será que é possível?

— Tenho certeza, Monique; você vai sair dessa.

— Ah, Andrea, tenho de sair! — Deu uma espécie de soluço. — Passei dois meses... horríveis.

Andrea ajudou-a a levantar-se.

— Amanhã vou falar com Chantal Plattard.

Andrea tinha certeza de que Chantal encontraria um meio de salvar Monique; mesmo assim, estava muito emocionada e nervosa quando se sentou, no dia seguinte, diante de uma mesinha redonda na calçada de um café do cais. Para criar coragem pediu um conhaque. Do outro lado da rua, atrás das pilhas de caixas e tonéis, podiam-se entrever as águas escuras do rio. A brisa trazia cheiro de peixe fresco; na outra margem uma grande luz azul brilhava dentro da noite. Agora, quando Andrea passava alguns momentos à noite com Chantal Plattard, contentava-se em contemplá-la, quase sem falar e sem esperar mais nada da professora; esses momentos guardavam uma suavidade triste que lhe agradava. Mas nessa noite ela tinha de falar. Que responderia a outra? Que poderia fazer? Era a felicidade de Monique que estava em jogo. Andrea tomou um gole da bebida, que lhe fez subirem lágrimas aos olhos. Uns músicos ciganos de túnicas carmesins afinavam os instrumentos. Andrea tomou outro gole e estremeceu: Chantal Plattard aproximava-se, sorridente sob um grande chapéu de palha.

— Estou toda tonta de tanto sol e ar puro. Passei a tarde remando. — Sentou-se e fez a cadeira de vime ir um pouco para frente e um pouco para trás.

— Eu tentei no ano passado com Monique — disse Andrea —, mas a água é suja; além disso a gente fica o tempo todo no meio das lanchas de carga.

—Você não se dedica suficientemente à vida física. No entanto, o corpo é algo de belo.Você nunca leu D.H. Lawrence? Ah, não, é verdade, você ainda é jovem demais. — Ela falava sem esperar resposta e Andrea observava-a em silêncio. Estava linda no vestido de verão. A orquestra atacou a *Sinfonia Inacabada* de Schubert.

— Sempre músicas clássicas — disse Chantal sorrindo.

— Sim — concordou Andrea, com um nó na garganta; depois disse, para ganhar tempo: — Aqui vem um público de entendidos em música; ao lado tem mais gente, mas é mais misturado.

Os pianíssimos da orquestra eram abafados pelos ecos do jazz tocado no café vizinho. Uns homens de boné e algumas mulheres sem chapéu, plantados na beira da calçada, escutavam as duas orquestras ao mesmo tempo.

— Você já notou como as folhagens das árvores parecem artificiais à luz dos lampiões? — perguntou Chantal. — Dão a impressão de talhadas em metal.

Andrea juntou toda a sua coragem.

— Professora, preciso lhe falar de uma coisa muito séria.

Chantal olhou-a com curiosidade.

— Pode falar, minha cara Andrea. O que está acontecendo com você?

— Aconteceu uma infelicidade com Monique — disse Andrea, a voz muito baixa.

— Infelicidade? Que infelicidade? — A professora parecia muito interessada.

— Ela me contou ontem que dormiu com Serge. — Olhou Chantal com ar de súplica. — Está grávida e atualmente o detesta. — Suas bochechas ficaram em brasa. — Ele não vale nada; fez isso de propósito, para forçá-la a casar com ele.

Chantal parecia aterrorizada; deu uma rápida olhada à sua volta e disse num tom agitado:

— Não posso acreditar no que você está dizendo, Andrea! Vamos embora. Não podemos falar sobre isso aqui.

Pagou rapidamente e levantou-se.

— Eu tinha feito uma imagem tão diferente de Monique. Ela é amante de Serge? Estou realmente pasmada. O que os pais vão dizer? Vai ser um verdadeiro drama!

A perturbação e o ar de acusação que via nos olhos de Chantal deixaram Andrea petrificada; perguntou, insegura:

— Mas não há um jeito de não ter filhos? A senhora não conhece nenhum? Nem pessoas que possam nos orientar?

Chantal olhou-a com uma espécie de horror.

— Meu Deus! Que coisa mais sórdida! — exclamou num tom horrorizado. — Como pode uma ideia dessa passar pela cabeça de Monique e da sua, Andrea! É simplesmente inacreditável!

Andrea empalideceu. Não entendia a atitude de Chantal Plattard; só conseguia entender que se enganara completamente, e que não havia a menor esperança de salvação para Monique; ainda assim decidiu fazer uma última tentativa.

— Mas por quê? — disse num tom exaltado. — Por que isso é ruim? Monique não pode ver toda sua vida estragada por causa dessa tolice!

— Você está sob a influência de quem? Não tem nenhum senso moral? É... é monstruoso!

— Ah, meu Deus! A senhora não quer nos ajudar?

A expressão no rosto de Chantal era impiedosa.

— Claro que não. Monique tem é de se casar o mais rápido possível; e se os pais tiverem alguma habilidade, nunca se saberá dessa história.

Uma grande onda de raiva tomou conta de Andrea.

— Mas já lhe disse que ela detesta Serge! — gritou com veemência. — Ela disse que prefere se matar a se casar com ele!

— Ela não se matará — disse Chantal secamente. — E tenho certeza de que não vai detestá-lo por muito tempo. Será boa mãe de família. Isso me decepciona um pouco, mas é melhor para ela do que perambular com homens por aí. Você não conhece a vida, Andrea, acredite.

Andrea reprimiu as lágrimas e balbuciou algumas palavras difíceis de entender.

— O quê? Você não concorda?

— Nunca esperaria isso da senhora — disse Andrea.

A outra empertigou-se.

— Essa é muito boa! Eu sim é que nunca esperei de você e Monique uma atitude assim! Monique abusou de minha confiança. Se conhecesse a natureza das relações dela com Serge, nunca as teria facilitado. Ela não deveria nunca me meter numa história como essa. — Estava a ponto de chorar. — Ah, como isso me enoja — disse, batendo com o pé.

Andrea parou bruscamente.

— Está bem. É melhor voltar para casa. Vou prevenir Monique. — Virou as costas e saiu correndo.

6

A distribuição dos prêmios do Liceu Sévigné realizava-se todos os anos no grande salão. Enquanto aguardavam a abertura da cerimônia, as professoras ficavam reunidas numa espécie de antecâmara. Chantal foi a última a chegar. Aí se encontravam alguns membros da associação de pais de alunos, dois generais, o Secretário de Finanças local e o sr. Lacombe com alguns colegas. A diretora — com um vestido de cetim preto — conversava com o prefeito, e a srta. Métral, coberta de lamê dourado, matraqueava de grupo em grupo. Chantal sentiu logo que poderia ser divertido descrever a cena logo mais à noite em seu diário, conquanto não andasse com muita disposição de relembrar e registrar observações humorísticas. Desde sua última conversa com Andrea, não abrira o diário de capa roxa. Agora só tinha um desejo: esquecer Rougemont, o mais rápido possível.

A banda da guarda republicana atacou *A Marselhesa*, e as personalidades dirigiram-se para o estrado em solene cortejo. Chantal leu seu nome num cartãozinho preso ao encosto de uma cadeira e sentou-se atrás da srta. Lacombe, cujo vestido transparente deixava perceber um espartilho cor-de-rosa. O Secretário de Finanças aceitou de bom grado presidir a reunião, e, enquanto a srta. Bidois lhe dirigia algumas palavras de agradecimento, Chantal examinou o salão. Olhando as mocinhas em vestidos de musselina ou tafetá, mal conseguia reconhecer as alunas a quem dera aulas; com aqueles penduricalhos nos brincos, as saias curtas e as ondas que lhes enfeitavam a cabeça, os próprios rostos haviam mudado.

"Aí estão elas, inteiramente entregues às famílias de novo; agora só pensam nas férias", disse Chantal a si mesma com melancolia; meditou com tristeza por um momento sobre a ingratidão da infância. O secretário falava das finanças da França.

Monique não se achava no salão. Seu noivado fora anunciado há dez dias, e ela viajara para o campo em visita à família do futuro marido. Não mandou a Chantal sequer um bilhete de despedida. Andrea, sentada na quarta fila, trajava um vestido azul-pálido de gosto duvidoso. Chantal desviou o olhar; tudo acabado entre elas.

"Amanhã estarei longe", pensou Chantal com alívio. Que história ridícula! Estremeceu, repugnada. Lembrava-se das cartas escritas às amigas sobre Monique e Serge; algumas frases atormentavam-na há quinze dias. Os olhos violeta de Monique, a boca tão cândida que evocava a de Clara d'Ellébeuse, amor infantil tão trágico e tão puro. Tudo um engano. Monique zombara dela, abusara de sua compreensão. "Que adorável casal-criança. Parecem até saídos de um capítulo do *Grand Meaulnes*." Chantal enrubesceu de vergonha; talvez tivessem acabado de sair da cama quando foram vê-la naquela noite. Serge deve ter rido muito ao ouvi-la aprovar suas revoltas e sua intransigência. "Eles podiam ter me comprometido", pensou Chantal com raiva. Que coisa mais sórdida!

— Segunda série A, Andrea Lacombe, prêmio de melhor aluna. — De pé, as mãos cobertas por luvas brancas, a inspetora-geral lia a relação das premiadas; pronunciara essas palavras com ardor. Os aplausos ressoaram e a srta. Lacombe empertigou-se; era a primeira vez que Andrea obtinha essa recompensa, que devia sobretudo às notas de grego e latim. Todas as professoras sorriram com ar de cúmplices para o pai e a tia da laureada.

Andrea levantou-se e se aproximou sem timidez, mas sem sorrir; uma auxiliar de ensino entregou-lhe um pacote de livros e empurrou-a delicadamente para o estrado.

— Vá beijar seu pai — sussurrou a diretora.

Andrea abriu docilmente caminho; o sr. Lacombe estreitou-a em seus braços num gesto teatral; depois ela foi até a tia, que lhe deu um beijo na testa. Andrea passou perto de Chantal e virou um pouco o rosto para que seus olhos não se encontrassem.

"Vai ser uma pedante, como o resto da família", pensou Chantal, furiosa; sabia que aquela menina se permitia julgá-la com presunção insolente e ridícula, e isso ela não podia suportar. Se não tivesse na bolsa uma carta de Romonet — antigo professor de Sèvres — confirmando sua nomeação para Chartres, choraria de nervosismo e irritação. Fazia um calor escaldante, e não conseguia mais achar em si mesma nem aquele espírito cômico nem entusiasmo.

A cerimônia acabou. As professoras desceram do estrado; as alunas e seus pais afastaram suas cadeiras em meio a um grande barulho. Mocinhas, pais e mães sorridentes apressaram-se em rodear Chantal. Ela apertava as mãos que lhe eram estendidas e retribuía graciosamente os agradecimentos; rostos cheios de admiração voltavam-se para ela, e ela viu lágrimas nuns olhos negros. Subitamente, sua tristeza dissipou-se. Na aurora daquelas jovens vidas, estaria para sempre estampada sua esbelta silhueta tão bem moldada pelo costume de linho; uma silhueta um pouco enigmática e paradoxal, cuja aparição num velho liceu da província provocara tamanho fascínio. E, num lampejo, reviu-se a caminhar alegremente de manhã por uma rua provinciana e a passear sonhadora, de noite, à sombra da catedral, sustentando com inteligência e entusiasmo uma conversa mundana, ou a escutar num salão muito antigo as confidências de uma velha dama. "Como minha vida foi variada", disse consigo mesma. E para um coração conquistado pelo sentimento do maravilhoso, a mais doce das recompensas era ver no fundo de dois olhos sua própria imagem já se tornar legendária.

*

Andrea parou por um momento no meio da porta. Entre cadeiras desarrumadas e ruído de vozes e risos, os grupos se formavam, deslocavam-se, e novos grupos nasciam. Chantal Plattard sorria, a mão no ombro de uma mocinha, como que ébria de amabilidade. Era a última imagem que Andrea guardaria dela. Estava tudo totalmente acabado: a admiração, a esperança, até o arrependimento.

— Você vem, Andrea? — gritou a srta. Lacombe. Muito dignos em seus trajes de festa, o sr. e a srta. Lacombe dirigiam-se para casa, e

Andrea os seguiu. Ia com os braços carregados de livros; o vestido e a fita do enorme chapéu rutilavam à luz do sol; era tamanho o calor que a seda se colava à pele. "Queria estar morta", pensou.

Morrer, no entanto, não era fácil. Monique não se matou. Confessara tudo aos pais; dentro de um mês se casaria com Serge. O sr. Fournier recusou-se a lhe dar um dote, e ela iria morar nos confins de um campo perdido, na casa da sogra. Faria tricô, ouviria a rádio da capital à noite e tentaria amar o filho para se consolar. Talvez Andrea fosse vê-la umas duas vezes por ano, e logo não teriam mais nada a dizer.

Andrea fechou a porta do quarto; tirou o vestido e se deitou de combinação na cama; sentia a cabeça ferver. Queria ficar assim, mergulhada naquele semitorpor, mas a tia não tardaria a entrar para repreendê-la por sua preguiça. "Nada de grandioso é feito sem entusiasmo", rezava um cartaz na parede. Era preciso levantar; a tristeza não passa de um luxo imoral.

Andrea colocou um vestido de algodão.

— Posso ir me despedir da srta. Plattard? — perguntou.

— Vá, minha querida, e agradeça-lhe muito de nossa parte — respondeu a srta. Lacombe. Não gostava de Chantal, mas devia-lhe gratidão pelo sucesso de Andrea.

Andrea seguiu pela rua da Prefeitura e alcançou a praça da Catedral; na rua das Águas Pequenas, uma bêbada dormia perto do rio subterrâneo, uma garrafa de vinho entre os joelhos; algumas crianças cuspiam nas águas imundas, que exalavam um cheiro terrível. Andrea seguiu até a beira do cais e foi por ali passeando até a saída da cidade. Andou muito tempo; não fugia de nada, não procurava nada, e à sua volta o espetáculo não mudava: por toda parte o mesmo céu vazio, o mesmo calor sufocante. Seria assim por toda a eternidade, e a partir daquele dia não teria ninguém com quem partilhar o tédio horrível. Estava sozinha; não sentia medo.

Não queria voltar para casa; só em pensar no tapete azul do corredor seu coração revoltava-se. Quando retomou ao centro da cidade dirigiu-se à Brasserie François; a longa galeria estava quase vazia; ela se sentou num banquinho de couro.

— Um café — pediu ao garçom. À sua esquerda, bem afastados, dois caixeiros-viajantes bebiam pernod; observou-os por um instante; depois fixou o olhar no papel que revestia as paredes. Era vermelho e já estragara em certas partes, com grandes manchas amarelas; se a gente as olhasse por muito tempo, descobria que tinham formas de animais e de plantas. Fazia pouco calor agora, quase frio.

Andrea ficou imóvel por um longo tempo, fascinada pelas manchas da parede. Não queria pensar no que ia acontecer depois: o tapete do corredor, as férias com a tia e o pai, o regresso à mesma cidade onde a partir daquele dia viveria absolutamente só. Dois anos de liceu, depois se prepararia para estudar em Sèvres ou na Escola Normal. As manchas da parede se turvaram. Nos fundos da galeria de espelhos havia uma garota sentada diante de uma xícara de café; Andrea sorriu a essa imagem, que lhe devolveu exatamente o mesmo sorriso. E pensou: "Um dia, apesar de tudo, acabo deixando de ser jovem."

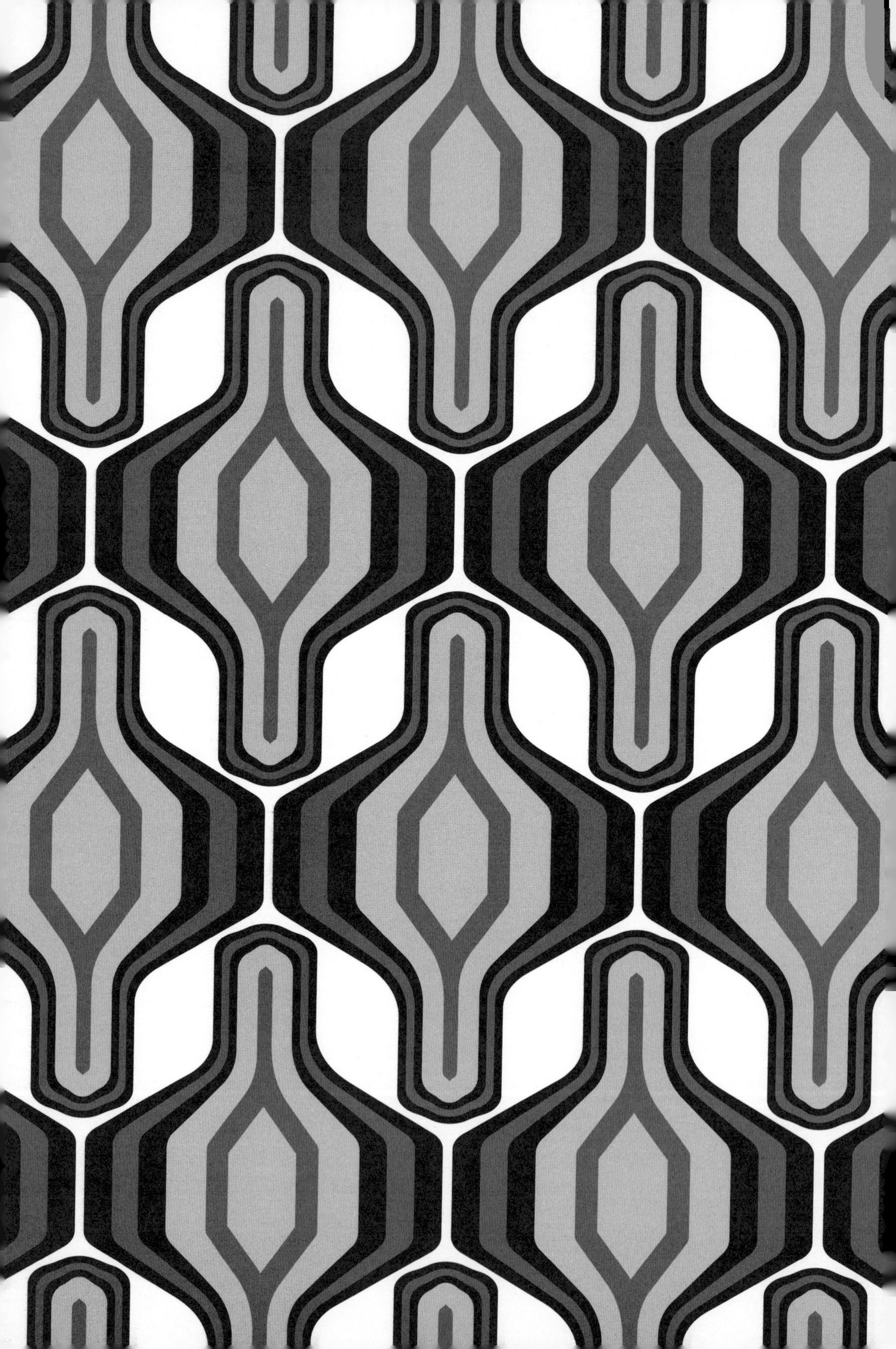

III
Lisa

Lisa Nardec era pensionista do Instituto Saint-Ange. O Instituto Saint-Ange, dirigido pela sra. Leroy — uma ardente católica —, era ao mesmo tempo uma empresa de fins lucrativos e uma obra de caridade; oferecia-se casa, comida e instrução superior a estudantes pouco afortunadas, que em troca dispensavam um ensino vivo e moderno às filhas de abastados burgueses do bairro de Auteuil. Como o sustento das estudantes não era dispendioso, e em compensação uma instrução sólida, reforçada por uma incomum formação religiosa, merecia de pais cristãos alguns sacrifícios financeiros, a sra. Leroy auferia proveitos dessa feliz combinação.

Era ajudada em sua missão por antigas pensionistas que, desejosas de transformar seus conhecimentos em amor e dedicação, permaneciam generosamente na casa depois de haverem obtido seus diplomas; formavam uma espécie de comunidade de educadoras, administrada com suave firmeza pela srta. Lambert, uma licenciada em filosofia que a Providência pusera no caminho da sra. Leroy. Contava-se no colégio que a srta. Lambert renunciara ao mundo por ter sido traída por um noivo que ela adorava, e as estudantes viam em seu sorriso uma trágica ternura; dedicações apaixonadas nasciam a seu redor. Se seu coração alguma vez emocionou-se com isso, ninguém jamais soube. Ela mandava embora algumas inconsequentes que houvessem exaltado demais, em conversas e escritos íntimos, seus olhos severos e sem brilho, ou a franja austera de cabelos negros que lhe cobria a bela fronte; mas nas alunas sérias e capazes, ela não desencorajava a vocação religiosa que suas palavras ardentes e seu olhar profundo despertavam.

Todas as manhãs, a srta. Lambert trabalhava em seu gabinete, preparando uma tese sobre Duns Scot; como achasse que as pesquisas pessoais deviam vir depois da preocupação com as almas, as estudantes tinham permissão de bater à sua porta se precisassem de ajuda moral, de uma orientação escolar ou de uma permissão extraordinária. Mas, a não ser que especialmente encorajadas pela srta. Lambert a irem expor-lhe a evolução de seus pensamentos ou o estado de seus corações, respeitavam aquela solidão com todo cuidado. Assim a srta. Lambert ficou surpresa quando certa manhã Lisa Nardec entrou no gabinete. Desde muito não havia mais qualquer intimidade entre as duas.

— O que deseja, minha cara Lisa? — perguntou ela em tom afável; sorriu para Lisa, e mais uma vez ficou impressionada com a magreza e a palidez da moça.

Quando ela chegara a Paris era uma mocinha robusta, e a srta. Lambert — que a preparou para a licenciatura em filosofia — depositara grandes esperanças nela; apreciara o caráter original e a sutileza das respostas de Lisa, e orientou-a com acentuado interesse. Achava que se Lisa fosse tocada pela graça poderia prestar grandes serviços para a casa. Foi com tristeza que viu durante os quatro anos seguintes a jovem mergulhar pouco a pouco num ceticismo empedernido. Lisa não soubera amadurecer e tornar fecundas as raras qualidades que possuía, como a sinceridade escrupulosa e a justeza incisiva de suas colocações; tais qualidades se voltaram contra ela mesma, e a corroeram como um ácido. O trabalho intelectual minara-lhe o corpo; longe de enriquecer aquela natureza delicada e ingrata, a cultura paralisou-a na esterilidade, e agora tanto no rosto quanto nas palavras exibia-se algo de avaro, de frágil. Lisa nunca faria um concurso, nunca escreveria um livro.

A jovem aproximou-se um pouco.

— Gostaria de passar a tarde em Paris, senhorita. Preciso ir à Biblioteca Nacional cuidar do meu trabalho final, e marquei hora com o dentista.

A srta. Lambert tocou com a ponta dos dedos as rosas que vicejavam num vaso de faiança azul.

—Você não esteve na biblioteca na última terça-feira?

— Sim. Mas não consegui o livro de que preciso.

Nem uma vez, durante sua permanência em Auteuil, Lisa solicitara esses favores especiais facilmente dispensados às estudantes de bom conceito. Que poderoso motivo teria vencido seu orgulho? A srta. Lambert assumiu seu tom mais impessoal:

— Nós lhe arranjamos todas as obras que lhe são úteis. Você sabe que o regulamento proíbe que se passe mais de um dia por semana fora da instituição. — Olhou para Lisa. — O que você deseja consultar?

Lisa hesitou um segundo.

— Tenho de fazer um paralelo entre Leibniz e Hobbes, e aqui não disponho da obra de Hobbes.

Fixava a janela de cortinas azuis com um olhar sem expressão. Era impossível encontrar seus olhos obstinados, cravados naquele rosto bretão de expressão dura.

— O seu tema lhe interessa?

— Bastante — respondeu Lisa. Sentia o quanto sua discrição habitual tornava aquela tentativa suspeita, e apressou-se em acrescentar, meio sem jeito: — Quanto a Hobbes, posso esperar até a próxima semana; mas será que tenho de desmarcar o dentista? — Logo compreendeu a falta de habilidade de sua tática; ao retirar tão facilmente o pedido, longe de atenuar sua importância, só fizera acentuar o que ele tinha de anormal. Fez-se um silêncio interminável. A srta. Lambert fixava o teto com um olhar distante, imóvel, o rosto desprovido de qualquer expressão. Lisa aguardava.

— Essas formalidades não têm nenhuma importância — disse enfim a srta. Lambert, com sua bela voz expressiva. — Faça como quiser, minha cara Lisa.

— Muito obrigada, senhorita — murmurou a jovem num tom comedido e encaminhou-se para a porta sem levantar os olhos.

— Venha me ver de vez em quando, se tiver um tempinho — disse a srta. Lambert, aparentando interesse. — Dará grande prazer.

— Obrigada, senhorita — repetiu Lisa. Não sentia nenhuma alegria; fechou a porta e ficou por um longo momento encostada na parede, sem forças, o coração vazio.

*

A qualquer hora que Lisa fosse à Biblioteca Nacional, sempre encontrava Marguerite sentada na cadeira 243, diante de uma pilha de livros e fazendo anotações com ar sisudo; somente a concentração desfigurava tanto aquele rosto redondo, que nunca a raiva nem as preocupações conseguiam alterar. Naquele dia estava sentada a seu lado Wanda, jovem polonesa de olhos verdes. Lisa instalou-se no número 241.

— Como vai, Lisa? — perguntou afetuosamente Marguerite. — Assim que eu acabar iremos tomar um café, está bem? — E tornou a mergulhar em seu trabalho.

Essa aí é mesmo uma besta de carga, pensou Lisa, magoada. Marguerite bem que podia adivinhar que Lisa precisava imediatamente de uma certeza. Como as pessoas inteligentes são limitadas! Limitadas e insensíveis. Enquanto preenchia sua ficha, Lisa olhava para a amiga com uma espécie de desespero. Todos os dias Marguerite ficava grudada em sua cadeira das nove da manhã às seis da tarde, interrompendo-se apenas para comer um sanduíche de guisadinho de porco; usava sem a menor preocupação um vestido lilás puído nos cotovelos e queimado nas axilas.

"Nunca farei um concurso", disse Lisa consigo mesma; não tinha, no entanto, nenhuma outra chance de um dia ganhar a vida.

Levantou-se e levou a ficha ao balcão; a bibliotecária, uma jovem de rosto pálido, com largas tranças enroladas em forma de rosetas sobre as orelhas, passava horas recebendo e carimbando as folhas amarelas que os leitores lhe entregavam, e destes só via as pontas dos dedos. Para merecer esse posto ingrato, precisou submeter-se a um concurso.

"Antes de conseguir arranjar um lugar no mundo para mim, minha cabeça vai estourar", pensou.

Lisa puxou a pesada cadeira com assento de junco e espalhou as folhas de seu trabalho em cima da mesa. Duas e meia. Quanto tempo ainda teria de esperar até saber?

Empregados circulavam por entre as mesas, os braços carregados de pilhas de livros; um contínuo caminhava lentamente pela aleia central, segurando um vaporizador; a cada dois segundos a seringa produzia um pequeno chiado e espirrava umas gotinhas com cheiro de terebintina. Lisa pôs a cabeça entre as mãos; não queria fazer a pergunta que lhe queimava os lábios; sabia, porém, que, decorrida uma hora de tortura, acabaria por interrogar Marguerite. À sua volta, os eruditos, os estudantes, os maníacos e os marginalizados decentes que são os frequentadores habituais da biblioteca passavam calmamente as páginas de seus livros; só se ouvia o ruído de folhas sendo viradas, e algumas tosses abafadas. Naquela atmosfera de estudo, Lisa sentia o sangue lhe subir à cabeça antes mesmo de começar seu trabalho; usar o cérebro como uma máquina de moer conhecimentos que não interessam à vida, que barbaridade! A presença de Marguerite a seu lado significava, apesar de tudo, um conforto; era uma moça sólida e cheia de vida, a única amiga que Lisa já tivera. Só ela compreendera Lisa e julgara com justiça seus frágeis tesouros; captava as menores nuances de um sentimento, e nas ideias que lhe comunicava, encontrava mais profundidade do que a própria pessoa poderia imaginar. Quando ela escutava o que lhe transmitiam, os acontecimentos da semana tornavam-se importantes como a vida da heroína de um romance. Nela não havia nada de convencional, de afetado; sua liberdade de expressão e pensamento, embora fascinasse Lisa, às vezes chegava a chocá-la.

Ela é minha amiga, pensou Lisa com súbita alegria. Naquele momento Wanda se inclinou para o lado de Marguerite, que se pôs a rir; depois, com o casaco jogado nos ombros, Wanda dirigiu-se à saída. Lisa não achava graça na polonesa; admirava-se de ver Marguerite se deixar seduzir por um sorriso fútil e inflexões carinhosas; Marguerite precisava ser mais rigorosa. Começando a exasperar-se, Lisa observou-a seguir com os olhos as linhas impressas; aparentava um ar de idiota.

Lisa tocou-lhe o braço; não podia ficar mais tempo na dúvida.

— Largue esses livros — disse com impaciência. Marguerite sorriu e seguiu-a de bom grado até o vestíbulo lajeado que antecedia o salão de leitura.

— Nós vamos tomar um café, não é?

— Não — respondeu Lisa, mal-humorada —, vamos ficar aqui; não estou com vontade de tomar café. — Só dispunha de uns trinta centavos, o suficiente para ir ao dentista e voltar a Auteuil; e não podia aceitar um café, mesmo de sua melhor amiga, sem se sentir uma prima pobre. Além disso, detestava a ânsia com que Marguerite se precipitava para lugares barulhentos, assim que ficavam sozinhas.

— Wanda fez uma nova conquista — começou Marguerite num tom animado.

Lisa interrompeu:

— Wanda não me interessa. Seu irmão vem buscar você hoje?

— Virá — disse Marguerite — quando sair do Centro de Estudos Medievais; deve chegar aqui lá pelas cinco e meia.

— Na terça ele também vinha — disse Lisa. — Ele não sabe que eu vim?

— Não lhe falei de você.

Lisa refletiu.

— Por que esse rapaz foge de mim? — perguntou, lentamente. — Você notou na última vez? Mal me apertou a mão, foi logo correndo com você pegar um táxi.

— Mas estávamos realmente com pressa — disse Marguerite e acrescentou com um gesto de impotência: — Não posso falar disso com Pascal.

Lisa andou por um instante no vestíbulo gelado.

— Às vezes me pergunto se você não sabe muito mais do que demonstra — disse, num tom cheio de suspeita. Ela não exprimia todo o seu pensamento. Será mesmo que Marguerite não repetia a Pascal suas confidências? Se ele não desconfiasse dela, Lisa com paciência poderia conquistar seu afeto. Talvez fosse por causa de Marguerite que ele, com escrúpulo e discrição, fugia dela. Fixou na amiga um olhar hostil.

— Mas vou falar com ele — disse Marguerite, um tanto perturbada. — Você sabe que quero ajudá-la; só que tenho pouca intimidade com Pascal!

É verdade que muitas vezes ela já fizera favores a Lisa. Mas como saber se não se tratava de um jogo duplo? Afinal de contas, Lisa ignorava tudo sobre Marguerite; nunca lhe solicitara suas confidências.

— Talvez ele tenha sentido... — começou Marguerite e hesitou.

— Nunca avancei sobre ele, creia — disse Lisa num tom irritado. — Não quero devorar esse rapaz!

Um homem de tez morena empurrou a porta giratória que dava acesso do pátio para o vestíbulo e entregou o guarda-chuva à mulher do vestiário; ao chegar perto de Marguerite cumprimentou-a e seus olhos se iluminaram.

— A srta. Wanda está aqui? — perguntou. Parecia de propósito; toda vez que Lisa conseguia abordar com Marguerite o único assunto que lhe tocava o coração, aparecia alguém. Marguerite apertava tantas mãos! Podia-se realmente detestá-la pela negligência com que se misturava. "Minha única amiga", pensou Lisa com angústia; ela chorava quando Marguerite faltava a um encontro; precisava desesperadamente daquele sorriso cheio de calor, de sua voz alegre. No entanto, não conseguia impedir-se de envenenar aquela amizade com a dúvida, a inveja, e por vezes uma espécie de ódio. "Eu nunca soube testemunhar minha fé." O homem entrou no salão de leitura.

— Esse é o romeno com quem Wanda estava tão bem no mês passado — disse Marguerite, o ar divertido; parecia aliviada com essa interrupção, com a mudança de assunto. Lisa quase não prestou atenção à narrativa dos amores de Wanda.

"Como se pode usar uma inteligência tão rica com histórias e pessoas tão insignificantes?", ela se perguntou. "Talvez representem uma maneira de se livrar de mim, esses assuntos frívolos."

Marguerite parou bruscamente de falar.

— Anne está melhor? — perguntou Lisa. Há muito tempo desejava ansiosamente notícias de Anne, mas tinha medo que Marguerite pensasse que era com segundas intenções. Realmente sentia afeto e gratidão por Anne; tratava-se de uma alma profunda, de uma delicadeza que Lisa nunca vira em ninguém. O julgamento de Pascal era correto.

O rosto de Marguerite tornou-se sombrio.

— Desde terça-feira ela tem delirado tanto que foi preciso levá-la para um pavilhão isolado; levou o violino consigo; ninguém tem permissão de vê-la. Parece que ontem passou o dia gritando, chamando por Pascal e Chantal sem parar, pedindo xerez. Pascal soube por uma enfermeira. — Seus lábios grossos tremiam.

— Que tratamento horrendo! — Era muito triste. Há tão poucos seres em quem se gosta de pensar. Como Pascal sofreria se Anne morresse! — Mas ainda há esperança? — perguntou.

Marguerite deu de ombros, sem responder.

Oh, como eu tentaria aliviar a dor de Pascal, pensou Lisa tomada de paixão; um sorriso imperceptível levantou-lhe o canto dos lábios. Se ele ficar muito infeliz, aceitará minha ternura.

— É monstruoso — disse com sinceridade. — Todos esses vagabundos estourando de saúde e Anne, uma pessoa tão pura...

As duas ficaram um longo momento a caminhar pelo vestíbulo vazio e nu; suas salteiras de ferro ressoavam nas lajes.

— Tenho de trabalhar — disse Marguerite a meia-voz.

Lisa estremeceu; sim, sua presença era um peso para Marguerite.

— Mas você tem muito tempo — disse e prosseguiu com ar muito animado, falando rápido: — Pensei que a srta. Lambert não fosse me deixar sair; percebeu muito bem que eu não estava pedindo minha saída para estudar Leibniz e quis se fazer de importante.

— Vocês ainda não se reconciliaram? — perguntou Marguerite de modo um tanto distraído.

— A srta. Lambert não se interessa mais por mim, desde que compreendeu que nunca serei uma pessoa brilhante — respondeu Lisa, rindo-se. Fora bem acolhida ao entrar para o Instituto Saint-Ange, mas logo se deram conta de que não era nenhuma besta de concursos, que nunca seria um membro permanente da casa, e a srta. Lambert deixou de apreciar suas qualidades, visto que não podiam ser exploradas.

Lisa sofrera com isso. As outras pensionistas eram tão pouco dotadas que ela, apesar de tudo, poderia ter sido a preferida, caso se mostrasse tão servil quanto as outras; seu espírito crítico e independente a tornara detestada.

— No princípio ela me agradava — disse Lisa com rancor. — A gente se engana por algum tempo com as belas frases e os olhos ardentes dela.

— Mas ela foi muito gentil, deixando você sair, se percebeu que estava mentindo.

— Ela prefere ver uma alma ser condenada, a se mostrar abertamente tirânica — disse Lisa e acrescentou bruscamente: — Vou esperar Pascal na praça do Palais-Royal; não lhe diga que me viu. É minha única oportunidade de conversar cinco minutos com ele.

Marguerite aquiesceu com a cabeça.

*

O relógio da praça do Palais-Royal marcava cinco horas quando Lisa chegou à esquina da rua de Richelieu. Deu uma rápida olhadela pelos arredores, explorando-os; algumas pessoas se agrupavam nas paradas de ônibus, e uma mulher de meia-idade lia um jornal encostada a uma pilastra do Théâtre-Français.

Lisa parou; duas mulheres sem chapéu, carregando cada qual uma cestinha de violetas pela alça, desciam às carreiras a avenida de l'Opera, com um anão pulando num pé só adiante delas; agitava um comprido bastão, com um buquê de flores amarrado na ponta. Tendo acabado de sair de uma biblioteca cheirando a terebintina, qualquer mulher que tivesse um pouco de ternura por si mesma não deixaria de se oferecer, por alguns centavos, o viço perfumado e vibrante das flores. Eles se aproximaram; o anão, ao passar por Lisa, fez uma careta cômica e estendeu-lhe o buquê, que roçou seus lábios; ela recuou, ligeiramente sobressaltada.

— Um buquezinho, senhorita — disse uma das mulheres, a voz arquejante. A mão de Lisa desceu por seu sobretudo preto, já um pouco gasto. "Sou jovem", pensou com angústia. Não queria aquelas flores nem tinha vontade de se dar um prazer, mas tinha de fazer um gesto que desmentisse essa indiferença cruel.

—Vou para o dentista a pé — decidiu, e pegou um dos molhos de violetas, amarrado por um pequeno colar de hera. A mulher de meia-idade dobrara o jornal, e pareceu a Lisa que a observava com ar ameaçador.

Lisa apalpou o sobretudo, a blusa do vestido; precisava de um alfinete para prender as flores; revistou a bolsa; depois de ter tirado o lenço, a caixa de pó de arroz, o batom e a chave, só viu um rasgão no forro sujo de ferrugem e maquilagem. Com as flores na mão e sem saber mais o que fazer da compra inútil, dirigiu-se lentamente para a estátua de Alfred de Musset. O buquê adquirira o cheiro acre da hera; todo o perfume das violetas havia morrido.

A mulher do jornal deu alguns passos em sua direção; olhava-a insistentemente, um olhar hostil. Às ruas de Paris, os passantes tinham sempre esse rosto inimigo... "É preciso a força de meu desejo para que me exponha hoje sem defesa a esses contatos que me mortificam a alma."

Ruas impuras, momento carregado de obscenidades, sem o menor sopro de ternura. Lisa detestava o barulho enlouquecedor das buzinas, os ônibus de rodas monstruosas, sobretudo os pedestres que, ao menor apito do guarda, se precipitavam em massas compactas para o meio da rua; se um dia caísse no chão, com que força lhe pisariam o corpo! Uma mulher passou, escandalosa, apertando um velho contra o quadril. Lisa acompanhou-os com olhar enojado. Aqueles rostos murados não arrancariam de si uma única palavra para salvá-la de seu desespero. "Meu corpo franzino está cansado deste mundo imenso", murmurou; as palavras de Shakespeare pareciam escritas para ela.

— Meu cinto — pensou bruscamente. Tirou o gancho que prendia uma fivela de galalite ao couro negro e guardou o cinto do vestido dentro da bolsa; não lhe foi fácil fixar no avesso do sobretudo os talos umedecidos e friáveis em volta dos quais se enroscava um fio acinzentado. — Gastar os últimos centavos para comprar violetas — murmurou, meditativa. — Mas quem pensaria em gesto tão comovente? — O mundo andava abarrotado de seres grosseiros.

Escondida atrás da estátua, ficou à espreita da chegada do ônibus. Subitamente a mulher de ar hostil surgiu à sua frente; era bastante forte e seu rosto começava a ficar escarlate.

— Sou a sra. Legris — disse em tom neutro.

Lisa olhou-a confusa; encararam-se em silêncio por um momento.

— Não adianta esperar mais — disse a mulher, no mesmo tom neutro. — Ele me viu, ele não virá.

O sangue subiu ao rosto de Lisa; não estava entendendo, mas sentia vergonha de ter sido surpreendida na espera humilhante.

— De quem a senhora está falando? — perguntou. — O que está querendo dizer?

— De meu marido — disse a sra. Legris. — Você é amante de meu marido; vocês se encontram aqui todo sábado e vão juntos para um pequeno apartamento que ele alugou na rua Sainte-Anne. Não adianta mentir; estou informada.

O coração de Lisa retomou o ritmo normal; era engraçada aquela aventura, a primeira que lhe acontecia na vida.

— A senhora está enganada — disse com delicadeza. — Estou esperando um rapaz que não é o seu marido.

—Você tem um jeito muito engraçado de esperar, se escondendo — disse a sra. Legris, estudando-a com olhar crítico. — E além do mais a descrição das feições foi exata. — Permaneceu imóvel diante de Lisa, com ar de determinação; apontou o indicador para o buquê de violetas. — Essas flores são inúteis.

— Espere; a senhora vai ver — disse Lisa com impaciência. Estava começando a enervar-se; se Pascal não viesse, a mulherona era capaz de incomodá-la o resto do dia. Diante dela, como Lisa se sentia frágil! Sempre tivera inveja dessas mulheres robustas e despachadas a quem ninguém jamais ousava pisar os pés.

—Vou esperar, pode ter certeza — disse a sra. Legris com um risinho. Um ônibus chegou; quando Lisa se deslocou um pouco para olhar os passageiros, a mulher deslocou-se ligeiramente também, como se fosse sua sombra. Do meio da praça, Pascal não poderia deixar de perceber o ramo de violetas e, no mesmo olhar, reconhecer Lisa; ela tornou a esconder-se atrás da estátua; lágrimas de indignação subiam-lhe aos olhos.

— Não sou a amante de seu marido, deixe-me — gritou Lisa, a voz estrangulada. A mulher afastou-se um pouco, resmungando. Pascal não estava entre os que chegavam.

"A amante do marido dela...", repetiu Lisa maquinalmente. Era engraçado como aquele termo um tanto fora de moda e um pouco ridículo adquiria um sabor obsceno ao ser reavivado; soava de modo estranho, completamente novo. "Não sou a amante... sou a amante..."

A mulher não se achava mais na calçada. Lisa procurou-a com os olhos e percebeu de cada lado da pilastra o tecido arroxeado do casaco que ela usava. O corpo magro de Lisa tremeu de raiva; nada podia contra aquela criatura corpulenta, e não queria correr o risco de ver um escândalo estourar no momento em que Pascal chegasse; se ele soubesse que ela o havia espreitado, morreria de vergonha. Abandonou seu posto; talvez Pascal já tivesse passado sem que ela notasse; dirigiu-se lentamente à rua de Richelieu. A mulher a seguiu, escondendo-se de pilastra em pilastra. Lisa deu mais alguns passos; não podia suportar aquela presença. Virou-se bruscamente: Pascal estava atrás dela e sorria-lhe com simpatia.

— Ah, é você! — disse ela com um riso nervoso. — Achei que alguém estava me seguindo desde o metrô. Você vai buscar Marguerite?

— Sim; só a reconheci quando você se virou. Viu minha irmã?

— Estou acabando de chegar de Auteuil e queria dizer alô a Marguerite antes de ir ao dentista.

O que terá visto? Seria realmente tolo? A emoção e a inquietude faziam as têmporas de Lisa latejar e, como em todos os outros encontros, deixaram-na vazia de todo pensamento; a cada passo que os aproximava da biblioteca, sentia-se afundar cada vez mais na estupidez. Como encontrar, em cinco minutos, palavras capazes de conquistar o interesse dele? Como oferecer-lhe o gosto de uma sensibilidade e de uma inteligência cuja existência ele nem sequer suspeitava? "Também é injusto me conceder tão pouco tempo: até os examinadores são menos desumanos."

Enquanto buscava em silêncio a frase decisiva, passaram por um jornaleiro; Pascal deu uma olhada na manchete de *L'Intransigeant*.

— É muito interessante, e por vezes surpreendente, observar como as pessoas reagem diante dos acontecimentos da Alemanha — disse ele, num tom animado e envolvente. — Você leu a carta de Romain Rolland no *Europe*?

— Não — disse ela. Ele encontrara um assunto para deixá-la meio abobalhada; antes de esgotá-lo, chegariam à biblioteca. Ela não conseguiu conter-se. — Você acha graça em todas essas histórias políticas?

O rosto de Pascal fez-se ligeiramente grave. Depois sorriu.

— Esqueci que você nunca lê os jornais.

— Você acha que eu devia me preocupar mais com política? — apressou-se em perguntar.

— Se isso não lhe interessa... — disse ele. Houve uma pequena pausa; depois ele perguntou com ar interessado: — Como vai seu trabalho?

Ela balançou a cabeça.

— Trabalho cada vez menos — respondeu e acrescentou com moderada violência: — Acho horrível que as pessoas sejam obrigadas a se servir da cabeça como ganha-pão. É... é desumano! — Bateu na testa com a palma da mão. — É do meu cérebro que tenho de esperar todo o meu futuro, o pão que comerei; meu carvão, meus sapatos; é do meu cérebro que tenho de esperar tudo. E um cérebro é coisa muito frágil.

— Há algo de odioso no regime de exames e concursos — comentou ele.

Estavam chegando em frente à biblioteca, e aquilo foi tudo o que ele achou para dizer; entrou no salão de leitura à procura da irmã.

Antes, tudo era bem diferente; Lisa relembrava aquele olhar que desde o primeiro encontro parecia perscrutar sua alma; ela soube então, imediatamente, que naquele rapaz não havia nada de vulgar nem de frívolo; suas menores palavras surgiam num tom tão direto e justo que dava vontade de gritar: "Acertou." Ela lhe falara sem timidez; e ele a explicara para ela mesma como Lisa jamais saberia fazê-lo. Por que, depois de três ou quatro meses de breves encontros, bruscamente ele mudou de conduta? E foi antes mesmo de ela se abrir com Marguerite.

Pascal voltou com a irmã.

—Vamos ser obrigados a pegar um táxi — informou ele. — Quer que a deixemos em algum lugar?

— Na Estação Saint-Lazare, por favor.

Não era longe; depois que desceu, os dois lhe enviaram um sorriso caloroso através da vidraça. Contudo, ela sabia que, tão logo estivessem fora de sua vista, mandariam o táxi parar e entrariam em algum café bem aquecido e iluminado. Agitou a mão com um sorriso triste. Naturalmente ele sequer reparara nas flores.

*

Lisa chegou ao dentista. Tapetes grossos abafam o barulho dos passos, as portas abrem-se e fecham-se em silêncio; a casa inteira parece entorpecida pelo cheiro de iodo e clorofórmio que se espalha pelos corredores. Um oásis de luxo e tranquilidade! Na sala de espera encontra-se apenas uma jovem, toda coberta de peles.

Lisa deixa-se afundar na poltrona grande e macia; não estende a mão nem para apanhar um dos livros amontoados sobre a mesa; sente-se bem. É o único instante em que se pode permitir ficar imóvel numa poltrona sem tentar arrancar ideias da mente ou ter de cerzir um par de meias. As cortinas de damasco azul com franjas douradas estão entreabertas e deixam perceber dois grandes janelões disfarçados por um grosso rendado de tule; um aquecedor espalha na sala um calor igual e ligeiramente estonteante.

Ah, ficar sentada num quarto quentinho e acariciar sem palavras aquela cabeça de arcanjo que ele enfim pousaria em seus joelhos; nada de beijos; mas apossar-se da força dele para sempre, não ter mais de esperar tudo de si mesma. Nenhum olhar jamais embaçaria a pureza daquele refúgio onde ele resplandeceria, claro e duro como um magnífico cristal. Lisa sufoca de ternura; como o ama, quando ele enfim se aconchega a seu coração, ou quando ele está ausente; pois, quando presente, não é mais ele que os olhos dela veem; é um rapaz detestável e virtuoso que a impede de se aproximar, de tocar no bem-amado. Flor sombria de minha paixão.

— Srta. Nardec.

Lisa levanta-se e segue a moça de casaquinho e uma touca achatada que lhe cobre os cabelos. O consultório do dr. Desvignes é de uma brancura ofuscante, berrante quase.

— Como vai, senhorita? — pergunta ele, bonachão.

— Bem, obrigada, doutor; não sofri nada durante a semana — responde, estendendo-lhe a mão.

— Cá está você, florida com a primavera — diz o dr. Desvignes, apontando para as violetas que começam a murchar. — Você andou sendo mimada — acrescenta, com um ar cheio de subentendidos. Tem trinta e cinco anos e um rosto sem forma, branco como um abscesso.

Lisa mostra um sorriso, algo como um risinho amargo e lisonjeado, e senta-se na cadeira mecânica; no apoio de couro onde ela encostará a cabeça a enfermeira abre uma folha limpinha de papel de seda. O dr. Desvignes lava as mãos. Lisa segue — como fascinada — os movimentos daquelas mãos cobertas de espuma, que se esfregam uma na outra, enlaçam-se, separam-se, tornam a se unir.

O dentista senta-se ao lado de Lisa sobre um banco alto e de assento móvel; com o pé, faz a cadeira subir um pouco.

— Abra a boca. Abra-a bem.

Com a cabeça jogada para trás, Lisa fita por um momento o vidro fosco da janela; a luz da lâmpada elétrica, refletida pelas mil facetas do projetor, ofusca-a tão intensamente que fecha os olhos.

— Sempre mergulhada na filosofia? — pergunta o dentista. — Se me permite exprimir meu pensamento, logo eu que não sou especialista, acho espantoso que em sua Sorbonne não haja maior interesse pela filosofia hindu. A senhorita sabe que essas pessoas encontraram um meio de separar a alma do corpo e mandá-la para o mundo astral?

Ele arranha o dente enfermo com um instrumento de aço; semiestendida na cadeira, Lisa está inteiramente entregue a suas mãos. Não pensa em nada; sente apenas um leve roçar no canto dos lábios, o contato de uma palma macia em seu rosto. O dentista fala; descreve as diferentes etapas da iniciação que permite ao homem liberar-se do corpo, mas ela quase não o escuta; nada existe além das mãos, mãos tão hábeis. Entreabre os olhos; são mãos rechonchudas e diáfanas, unhas cuidadosamente cortadas; mãos lavadas demais, cheirando a pasta de amêndoas, com a brancura de tecidos mortos conservados em vidros de álcool.

— É preciso tomar cuidado — prossegue o dentista. — Quando se tenta essa experiência sem suficiente força de vontade, nunca mais se consegue trazer a alma de volta, e ela ficará errante para sempre. — Interrompe-se: — Lave a boca.

Lisa enche a boca e cospe numa bacia de louça um líquido rosa misturado de fragmentos de massa; enxuga os lábios.

— O senhor acredita, doutor, na existência de outro mundo? Quanto a mim, não sei, acho que tendo mais para o ceticismo. — Torna a abrir a boca. O doutor aproxima do dente uma agulha fina e comprida, e apoia o pé num comando: a cabeça de Lisa é invadida por um ronronar enervante.

— Agora já faz muitos anos que lido com essa ciência que se chama teosofia. No começo também duvidava; lia livros e assistia às reuniões simplesmente por curiosidade. Posso, porém, garantir que fui testemunha de fatos realmente intrigantes. Preciso lhe emprestar a obra de Annie Besant; é extremamente curiosa. Essa mulher chegou a um grau tão elevado de purificação, que lhe foi concedido ter visões exatas de sua existência anterior.

Toca uma campainha e diz algumas palavras à enfermeira, que arruma sobre a mesinha uma placa de vidro azulado e alguns ingredientes.

— Vamos obturar esse dente. Cuspa, senhorita. — Lisa cospe e olha o dentista, que amassa uma substância branca. O dente é tratado. Daqui a pouco será preciso ir embora. Chuviscava na rua alguns minutos atrás; estende-se mais um pouco na cadeira. Que bem-estar! Repete uma frase que lhe dá uma sensação curiosamente agradável: "Você é a amante de meu marido..." Engraçado... então minha virgindade não está escrita na testa!

O dentista coloca em sua boca o sugador de saliva e tufa-lhe as bochechas com algodão hidrófilo.

— Não posso acreditar que aceite essa filosofia que pretende reduzir a vida a meros mecanismos; não sente que o seu ser inteiro anseia por algo que esse materialismo grosseiro não pode oferecer?

Lisa tenta esboçar um sinal de aquiescência, mas seus movimentos estão paralisados. O dentista se cala.

Outra vez a mão macia e gorda roça-lhe os lábios e o queixo; na atmosfera morna, carregada de odores farmacêuticos, Lisa sente o corpo enlanguescer a essa carícia. Ela, que comumente detesta seu rosto ossudo e a silhueta delgada — um verdadeiro gafanhoto —, tem de repente a impressão de que sua carne se torna macia ao ser tocada, tenra e farta... Será que alguém pode realmente me tomar pela amante de um homem maduro? O papel de seda estremece em sua nuca.

— Perderá todos os seus dentes, srta. Nardec, se continuar a trabalhar tanto. Não é de filosofia que uma jovem como a senhorita precisa. — Aplica com uma espátula a massa branca que range um pouco no dente de Lisa.

Logo esse grande bobalhão; ser ele o único homem que já me fez galanteios... A mente de Lisa é subitamente atravessada por uma ideia maliciosa. "E se lhe pedisse que me emprestasse o suficiente para pegar o metrô!"

O doutor levanta o sugador e retira com a pinça os chumaços de algodão.

— Como o senhor acha que devo viver? — indaga Lisa, com um risinho onde há brejeirice e amargura; levanta-se da cadeira. O dr. Desvignes aproxima-se do lavatório.

— Não se devia permitir o estudo às mulheres bonitas — diz num tom brincalhão. Diante do espelho Lisa coloca o chapéu; não lhe falta elegância. Bem pintada, e se algum senhor rico lhe presenteasse vestidos caros, também poderia exibir-se com ares de princesa... "Sou orgulhosa demais, discreta demais; não ouso sequer pedir um franco emprestado a esse homem."

— Até mais, doutor.

— Até mais, senhorita. Evite mastigar do lado direito até amanhã. — Ele segura sua mão por um momento. — Meus sábados vão ser muito tristes de agora em diante. — Lisa sorri, embaraçada. — Vou mandar-lhe o livro de que falei.

— Desculpe, doutor, é ridículo, mas não tenho dinheiro trocado aqui comigo, imagine só.

Como é fácil! Descendo a escadaria do metrô, Lisa sente com orgulho que não é o animalzinho desprotegido, a criatura medrosa e tímida que imaginam; saberia encarar os homens com um olhar ousado e firme, obrigar a vida a lhe dar — na falta do amor — luxo e prazeres. "É muito convencimento daquele arcanjo, ter medo de partir meu coração. Talvez um dia eu deixe até alguém me sustentar", murmura com desafio: "Eles ficariam assombrados! 'A amante de meu marido.'" — Suspira; ela não tem a alma tão baixa. Experimenta a satisfação de ver sua carência como a escolha de um espírito altivo, não mais como o destino de uma jovem sem beleza.

*

Quando Lisa chegou em Auteuil o jantar já havia terminado. Atravessou os corredores devagarinho, sem fazer barulho. Um raio de luz filtra-se por baixo da porta da srta. Lambert: está havendo reunião da confraria Saint-Ange: as estudantes que dela não fazem parte (pois aqui cada uma é livre, são simplesmente mais ou menos observadas) tomam chá em seus quartos, em pequenos grupos. Sozinhas na biblioteca fracamente iluminada, Marthe e Françoise estão com seus rostos gordos enterrados num livro de filologia.

Lisa sobe a escada; o ar está carregado de todos os cansaços acumulados durante o dia; ouvem-se vozes sem alegria através das portas, o retinir de colheres e xícaras. Não aconteceu nada com ninguém o dia inteiro, ninguém tem nada a dizer; procura-se apenas um pretexto para aguardar a hora de ir decentemente para a cama.

Uma porta se abre.

— Lisa, você não quer vir tomar uma xícara de chá? — Em geral recusa; não há nada de comum entre ela e aquelas mulheres resignadas que acumulam conhecimentos como outras enfiam lã em agulhas de tricô. Nunca têm uma ideia, nunca abrem um livro que saia do programa; vivem o destino que o acaso lhes impôs. Algumas sonham em ser fazendeiras ou mães de família; a maioria nunca tem desejo algum. Mas, no quarto de Thérèse, Lisa sente menos desprazer do que no das outras, porque ela e suas amigas consideram-se "independentes", quer dizer, não admiram a srta. Lambert; além disso, Lisa hoje à noite está com vontade de ouvir a voz dela.

Entra, joga no divã o chapeuzinho preto e senta-se no chão entre Jeanne e Hélène. Thérèse passa-lhe a xícara de chá.

— Como você está florida, Lisa! — diz com admiração. Tem trinta anos e a seus olhos Lisa é a encarnação da juventude e da graça. Lisa roça o dedo nas violetas que começam a exalar um cheiro de podridão; sente-se exausta e com uma espécie de euforia.

— Comprei-as de uns vendedores muito engraçados — diz, o ar sonhador. — Desse tipo de pessoas fantásticas, como as que Rilke descreve, vocês sabem... — Aqui ninguém quer saber de Rilke; ela se interrompe e acrescenta: — Só me restava na bolsa o dinheiro da passagem do metrô, mas não resisti.

— Quer um cigarro? — pergunta Hélène. Lisa aceita e apanha uma tangerina numa cesta.

— Você passou o dia fora? — pergunta Thérèse.

— Fui à Biblioteca Nacional e ao dentista — responde; descasca com a unha o fruto sumarento e sorri. — Ele quase me fez uma declaração, o dentista; é um homem grandalhão de quarenta anos, todo balofo. Achei muita graça; só faltou me propor viver às custas dele.

— Um dentista de quarenta anos é um belo começo — diz Thérèse, com uma expressão maliciosa. Lisa ri à vontade; sente-se com a alma superior e desdenhosa de uma mulher realizada.

— Ele deve achar que esses elogios me agradam — diz, divertida. — Quer que vá vê-lo para me falar do mundo astral; é um teósofo!

Jeanne e Hélène esboçam um sorriso.

— Conheci um dentista que se interessava pelo espiritismo — diz Jeanne.

— Dentistas e professores de alemão gostam muito de lidar com o além, todo mundo sabe — comenta Hélène.

Ficam fumando em silêncio por um momento. Lisa aperta entre os dedos um pedaço da casca dourada para se impregnar do cheiro de tangerina e tabaco que à noite perfuma os quartos do instituto; não há mais nada a dizer sobre o dentista.

— Lisa, você sabia que a sra. Leroy está dando outra recepção? — pergunta Thérèse. — Todas as luzes do pavilhão estão acesas!

— Ela quer casar Elisabeth — diz Hélène. — Não quer que a filha seja como nós. Compreende-se...

— Preservou-a com todo cuidado da influência da srta. Lambert — diz Jeanne, com uma risada que acentua a falta de simetria em seu rosto.

— Essa feiticeira! — exclama Lisa.

— Não brinquem — diz Thérèse. —Vocês sabem que Géneviève entrou para a Irmandade? Está no bom caminho. Quando vai chegar sua vez, Lisa?

— Não fico bem de cabelo repartido para o lado.

— Depois de três anos você terá direito de reparti-lo no meio — diz Hélène.

— "Silêncio e Discrição" — fala Thérèse, pondo o dedo nos lábios com irreverência.

Um silêncio incômodo se abate sobre elas. Lisa faz uma tentativa de rompê-lo:

— Essas flores me proporcionaram uma aventura muito divertida — diz, animada. — Imaginem que quando eu estava à espera do ônibus na praça do Palais-Royal uma mulher me confundiu com a amante do marido.

— Foi mesmo? — diz Hélène.

Os rostos voltam-se para Lisa, com um vago interesse. Ela hesita.

— Aconteceu comigo também — diz Thérèse, depois de uma curta pausa. — Um dia fui abordada por uma mulher que achava que eu me chamava srta. Gontran.

Um grande cansaço toma conta de Lisa; não reencontra mais aquilo que dava aos pequenos acontecimentos do dia um sabor especial; nada mais tem importância; nada do que lhe acontece consegue parecer muito tempo importante a seus olhos, nunca. Se Marguerite estivesse a seu lado, teria, apesar de tudo, uma história para contar. Talvez.

Lisa se levanta.

— Tenho de ir trabalhar — diz, desanimada. Nenhuma daquelas almas débeis é capaz de sentir tristeza por sua partida.

*

Dez horas. Agora cada aluna está sozinha em seu quarto. A última lâmpada da biblioteca se apaga. A srta. Lambert reza na capela, a cabeça mergulhada entre as mãos; de que pensamentos, de que lembranças será presa? Crerá realmente em Deus essa mulher? Ao pé de suas camas, as moças da Irmandade Saint-Ange debulham rosários; Marthe e Françoise continuam obstinadamente debruçadas sobre os livros de filologia que levaram para o quarto, e as estudantes mais cuidadosas lavam com grandes ruídos de água suas blusas e calcinhas, ou remendam meias; para essas almas domésticas, tais trabalhos insignificantes podem ter sido o único prazer do dia inteiro.

Dormir é melhor. Lisa tira a roupa; num gesto cheio de pudor aprendido na infância, veste a calça do pijama por baixo da combinação, e quando enfia a blusa florida não olha para os seios. Já deitada, acende um cigarro; o abajur forma no teto uma sombra redonda e denteada como um sol.

"Você é amante de meu marido." As mãos diáfanas e macias do dentista. Uma erva coberta de penugem acaricia a boca. Flor sombria de minha paixão. Pétalas caindo no rosto como chuva fina. Uma delas estremece como papel de seda na nuca. Longas e puras, as mãos de Pascal descem castamente para baixo do ombro. Um arcanjo vestido de um branco deslumbrante segura nas mãos castas uma espada de fogo, doce alento. O hálito quente derrete o cristal puro. Mãos quentes, mãos com cheiro de planta adocicada ainda úmidas de espuma. Vocês são uma chuva de breves carícias, flocos caindo num corpo tenro onde brilha a flor, flor sombria, flor aveludada da paixão. As mãos de Pascal alisam suavemente os cabelos, o pescoço, belo cristal evaporado, hálito quente, mãos espalhando-se pela carne secreta, mãos de arcanjo descendo lentamente pelo corpo de uma terna vítima, tua mão, carne tremente, tua mão querida de arcanjo bem-amado; bem-amado, bem-amado, bem-amado.

A mão de Lisa deixa o cigarro cair no cinzeiro e vai suavemente para baixo do pijama de seda; não sente mais o braço, a mão não é mais a sua, as mucosas úmidas e macias estremecem com a carícia daqueles dedos desconhecidos.

Tua querida mão de arcanjo bem-amado. Bem-amado.

IV
Anne

1

Graças Vos dou, Senhor, por Vos terdes dignado a habitar em mim, a mais humilde de vossas servas. Eis-me aqui prostrada a Vossos pés, aceitai a adoração e o amor desta Vossa filha tão indigna. Entrego-me em Vossas mãos, meu Deus. Deste-me o encargo de velar por essas almas, e um dia ireis pedir-me para Vos prestar contas; ajudai-me, protegei-me. Estou tão inquieta, tão insegura: não há dúvida, a letra é de homem, certamente de um desses rapazes da Sorbonne, nenhum jovem de nosso meio se permitiria escrever para uma de minhas filhas; é a terceira carta desde o começo das férias, e me pergunto se ela as responde, nunca ninguém a vê escrevendo. Com que fervor ela está rezando, ficou com a cabeça entre as mãos a missa inteira; iluminai, meu Deus, esta consciência desorientada, ela está se deixando levar pela fraqueza. Inspirai-lhe uma confissão sincera; prefiro não fazer perguntas diretas, minha mãe nunca tirou nada de mim dessa forma quando eu era jovem. Acho que ela escreve de noite, deve ser por isso que se vê a luz acesa por baixo da porta do quarto, e ela amanhece com o rosto muito abatido; o olho de uma mãe jamais se engana; ela não anda bem, bebe chá demais; vou levá-la ao médico no reinício das aulas. É a primeira vez que faz segredo para a mãe; o que significarão para ela esses envelopes estufados? Quando se trata da alma de uma filha, a mãe tem o direito de cometer uma indiscrição; mas é difícil não deixar vestígios, mesmo com vapor; nunca abri as cartas de meus filhos, esse abuso de autoridade é inábil; é absurdo que ela não me tenha contado tudo espontaneamente. Fui fraca demais com ela, dai-me, Senhor, forças para que eu saiba ser rigorosa, Vós que não poupastes nem mesmo Vosso próprio Filho! Não se deve ter predileções por nenhum filho; ela é tão sensível, tão amorosa! Fui castigada por minha complacência.

Jamais deveria ter permitido que continuasse os estudos, esse foi meu primeiro erro; os estudos tornam as pessoas complicadas e orgulhosas. Não mudaram o coração dela, e deturparam-lhe o espírito; e agora a que ponto chegamos: minha filha corresponde-se às escondidas com um homem! Já deveria tê-la obrigado há muito tempo a romper com Chantal — detesto intelectuais. Conservava-a tão pura para Vós, meu Deus; ela tinha a natureza de uma santa. Achei por muito tempo que iríeis dar-nos a honra de reservá-la para Vós, e agora ela se torna a presa de uma incrédula, de uma desconhecida; salvai-a dessa gente. Durante vinte anos velei zelosamente por sua alma; não permitirei que um indivíduo qualquer comprometa sua salvação. Tenho de fazê-la casar-se o mais rápido possível. Preocupei-me demais com Lucette, nada poupei. Isso já me saiu muito caro em preparativos para as apresentações às famílias; essa vai ser sua última oportunidade. Suplico-Vos, abençoai o dia em que esse casamento se realizar! Por sinal, trata-se de um rapaz digno de todo elogio, da mais elevada moral. Sempre conhecemos a família dele; se ela souber ser amável agradará, tem um sorriso absolutamente encantador e uma mente maravilhosamente educada; será um verdadeiro tesouro para o marido.

É triste que os jovens de hoje tenham tanto medo da vida. Evidentemente eu esperava coisa melhor para ela; com essa crise, não têm coragem de construir um lar. Felizmente Pierre é bom em cálculos, meu Deus! Não suportaria ter um avarento como filho, deve ser horrível para uma mãe. É só eles virem morar conosco. No começo Robert poderá arranjar-lhe um emprego; porei as gêmeas para dormir num divã na saleta, e dou o quarto grande para eles, ficarão à vontade; aos vinte e cinco anos, não se tem mais o direito de ser ambiciosa. Aí então eu talvez mande Anne para o exterior, para um convento onde seja bem vigiada; aperfeiçoaria o inglês, é sempre útil. Senhor, podeis ver que Vos falo como uma filha fala a seu pai, entrego-me em Vossas mãos, meu Deus, quero ser apenas o instrumento de Vossa Santa Vontade! De nós será exigido mais do que aos outros, porque mais nos foi dado; não somos essas pobres almas que se debatem nas trevas, temos a felicidade de viver em Vossa luz, fazei-nos dignos dessa imensa graça. Anne é fraca, ela é como eu quando tinha a idade dela: sensível demais. Eu é que tenho de ser forte por ela; não deixarei que se contamine no contato com os ímpios. Chantal não porá os pés aqui este ano, é uma incrédula, uma aventureira. Era boazinha quando criança, mas a sra. Plattard não soube educá-la, pobre mulher, não pôde dar conta. Há muito não confio mais em Chantal. Lutei, mas Anne tem tanta simpatia por ela! E, no entanto, ela tem muitas amigas simpáticas, vive rodeada de afetos. Todas as dificuldades foram trazidas por essa intelectualzinha pretensiosa; uma moça que vive pelos cafés com os homens, que não crê nem em Deus nem no Diabo, que vive fora de sua classe social. Foi na casa dela que Anne o conheceu.

Ela enrubesceu, não soube sustentar meu olhar quando lhe entreguei o envelope; esperava que dissesse alguma coisa, mas se afastou sem uma palavra. Foi a primeira vez. Nunca meus filhos esconderam nada de mim. Logo Anne! É inconcebível. Eu a via pela casa, tão dócil, tão dedicada, tão terna; faltou-me mais firmeza. Era para tranquilizar-me, para ficar em paz com a própria consciência, mas não serei mais enganada, é preciso reassumir a orientação dessa alma. E os livros que achei ontem na estante dela! Que leituras para uma cristã! Preferiria obscenidades às claras, jamais quis que minhas filhas ignorassem as realidades da vida; eu as informo — acho que de modo bastante livre —; esse é o melhor meio de acabar com curiosidades doentias; odeio os espíritos deformados e mórbidos; ter coragem de se dizer católico quando se escreve semelhantes horrores sobre a família! Que tempo é este em que estamos vivendo! Esses falsos doutores, esses falsos profetas. Robert deveria ter olhado mais por ela, há anos não tenho tempo de abrir um livro, os títulos não significam nada para mim, não posso orientá-la. De qualquer forma seria tempo perdido: por mais que a mantenha ocupada, que não lhe dê sossego, sempre dá um jeito de ler e ficar sonhando; deixa de dormir para fazer essas coisas, ela é esperta; e depois vem se queixar de dor de cabeça. Como ousou comungar hoje de manhã com essa carta na bolsa? Está mentindo a si mesma; tenho de lhe abrir os olhos, apelar para sua decência, sua retidão. Obrigá-la a ter um confessor; já faz um ano que fica a se confessar aqui e acolá, só por capricho. Isso é presunção insensata, vou mandá-la para o Padre Chiboure, em outubro; este sim sabe lidar com os jovens, não é desses padres modernos que querem sobretudo provar que têm espírito aberto.

Acho que se trata desse tal Pascal Drouffe de quem ela já me falou algumas vezes, parece que é de família muito boa; mas nunca darei minha filha a um amigo de Chantal. Não sou dessas que querem casar a filha a qualquer preço; graças a Deus posso garantir o futuro material de meus filhos, e não vou permitir um desses casamentos irrefletidos, de que as pessoas se arrependem para o resto da vida. Além do mais, duvido que pense em casar-se com ela, não deve ser sério; os rapazes perderam o respeito pelas moças. E é compreensível: essa tal relação pura entre homens e mulheres é promiscuidade de selvagens e de animais. Anne pensa que eles gostam de Chantal por causa de suas qualidades intelectuais, coitadinha; se Vossa Graça não o santifica, Senhor, o homem não passa de um bicho imundo! Tenho certeza de que Chantal não é mais virgem; ela não tem princípios, tem jeito de mulher que vive na farra. Não permitirei que manchem minha Anne, meu tesouro tão puro. Meu Deus! No dia em que abri os olhos da sra. Ernoult, não poderia imaginar que uma de minhas filhas pudesse conduzir-se como Paulette! Destes-me filhas tão lindas, de corpos sadios e almas puras! Eu talvez tenha sido mãe presunçosa, Senhor; Senhor, não me castigueis com tanta severidade! Que seja feita a Vossa vontade, mas, se possível, afastai de mim esse cálice. Dizei, meu Deus, e obedecerei. Sim, fazei essa correspondência parar imediatamente; não queria opor-me abertamente, mas as circunstâncias são graves; vou forçar uma confissão e usar de minha autoridade. Ela conhece seus deveres de cristã, não desobedecerá.

Lucette nunca me deu dessas preocupações, reconheço; Anne é tão romântica... Aquela sua paixão na infância, aquilo me partiu o coração, durante um ano ela não foi mais do que sua própria sombra. É claro que nessa época eu a mimei um pouco, mas jamais cometi injustiças; esse ciúme da outra é odioso, já não aguento mais ver uma moça dessa idade a andar pela casa sem fazer nada e de mau humor, reclamando.

Ninguém consegue mais suportá-la; é tão autoritária com os menores e tão ranzinza! Está ficando irritável e a culpa é dela mesma. Que vire freira, mas ser solteirona não é uma vocação. Era preciso ouvir o tom irônico de mamãe, ontem à noite: "Vão apresentar Lucette a mais um? Tomara que dessa vez dê certo!" Eles me dão a impressão de achar que sou a responsável, é realmente espantoso; também quero me ver livre dela; mas deveriam dissimular seus sentimentos, como convém. Vou sacudi-la um pouco: agora os teus deveres de Estado são os de uma esposa e mãe, é imoral tua recusa a cumprir tua missão de mulher. É a vaidade que a estraga, ela não se dispõe a diminuir suas pretensões. É uma pobre parasita, uma inutilidade; igual à prima Marie, é isso que vai se tornar; bonito para a família. Jesus amaldiçoou a figueira estéril, saberei obrigá-la a assumir seu papel social, a seguir o destino que por Vós lhe foi reservado; todas as amigas estão casadas. Vou levar Anne, no dia da visita; ficará mais decente, e além do mais, quero que Anne dirija, não fico tranquila com Lucette na direção; levo um patê, uma torta, uma garrafa de vinho, está ótimo.

Meu Deus! Perdoai-me, estou distraída, tenho coisas demais em que pensar para poder concentrar-me; Jacques está dando pontapés em seu genuflexório, não posso impor a essas crianças uma ação de graças por demais longa; como invejo a felicidade daquelas que Vos servem no silêncio dos claustros, Senhor. Decidistes de outra forma, reservastes-me para o mundo, bendita seja Vossa Santa Vontade.

Em nome do Pai, do Filho e do Espírito Santo, e assim seja.

A sra. Vignon levantou-se e fez uma profunda genuflexão.

— Vamos direto para casa, Anne. Estamos com o tempo contado.

Anne instalou-se ao volante, enquanto as crianças amontoavam--se no banco traseiro do carro; eram onze horas, e o sol abrasava. O carro levantava nuvens de poeira escaldante na estrada.

— Você vai trocar de roupa, Lucette — disse a sra. Vignon. — O vestido azul fica melhor em você. — Ela observava sua segunda filha discretamente. Anne mostrava o rosto abatido, mas parecia sentir-se radiante. Mudou depois dessa carta, pensou a sra. Vignon com amargura; antes, era somente dela que dependiam as alegrias e tristezas da filha.

O carro parou em frente a casa; Anne foi a primeira a descer e estendeu a mão para ajudar a mãe a sair do carro.

— Mamãe; querida, a senhora está linda com esse chapéu — disse carinhosamente. — Vai deixar a região inteira fascinada!

A sra. Vignon passou rapidamente as mãos pelos cabelos da filha.

— Que menina! — exclamou com um sorriso. — Quer preparar o cesto de provisões, Anne querida, por obséquio? — Ficou parada ao pé da escada externa por um momento, aspirando o perfume das glicínias, Simone e Pierre dirigiram-se à cozinha com os braços carregados de pedaços de pão, enquanto os três menores atravessavam o gramado correndo e desapareciam, indo para baixo da faia chorona transformada em seu domínio; de repente, as vozes estridentes das gêmeas ressoaram.

— Simone, Anne, venham ver o tapete que mamãe deu para nossa casa!

A sra. Vignon sorriu e começou a subir vagarosamente os degraus da escada.

— Esse tapete ainda estava em boas condições — disse Lucette em tom aborrecido.

— Isso dá tanto prazer a elas — disse a mãe, com indulgência.

— A senhora as mima demais — disse Lucette. — Ninguém consegue mais controlá-las.

— Minha cara, aplique seus métodos de educação com seus próprios filhos.

A sra. Vignon acompanhou Lucette até o quarto e refestelou-se numa poltrona; Lucette despia-se em silêncio.

— Em suma, esse rapaz não tem situação nenhuma — disse ela bruscamente.

A sra. Vignon segurou o grande fecho de ouro que sustentava em volta de seu pescoço uma fita de veludo negro.

— Nos primeiros meses, seu pai ajudará vocês — disse, num tom conciliatório. Lucette enfiou o vestido azul por cima da combinação de seda, a combinação dos grandes dias.

— Como partido brilhante, ele não tem nada de refulgente... — havia rancor em sua voz.

A sra. Vignon estudou sem simpatia o rosto emburrado da filha mais velha.

— Se você entendesse um pouco melhor o que deve ser o casamento para uma cristã, não viria com problemas de vaidade. — Ergueu os ombros. — Pode ter certeza de que se eu só tivesse pensado em meu prazer, você não estaria neste mundo — acrescentou brutalmente.

Lucette deu batidinhas com o pompom do pó de arroz.

— Não entendo por que a senhora tem de levar Anne conosco — disse ela, após um momento.

— Creio que ela nunca lhe fez vergonha — disse a sra. Vignon e parou. Gritos e berreiros acabavam de ressoar no silêncio.

— Parece a voz de vovó — disse Lucette. A sra. Vignon levantou-se.

— E agora, o que será isso? — surpreendeu-se ela; queria continuar a conversa.

— Vá ver, mamãe — disse Lucette. — Devem ter feito mais alguma tolice.

Os gritos vinham do jardim. A sra. Vignon desceu a escada sem pressa e avistou diante da porta do depósito de lenha a sra. Boyer, que gesticulava, o rosto afogueado. As duas gêmeas olhavam-na com ar zombeteiro; estavam com os cabelos e os aventais salpicados de serragem.

— Olhe só! — disse a sra. Boyer, segurando pelo ombro a pequena Suzette, cujo joelho sangrava. — Pensei que fosse ter um ataque; eu as ouvi gritando e quando cheguei aqui vi as duas brigando pelo machado, logo o grande!

— Mas, mamãe — gritou Suzon com voz estridente —, nós só queríamos cortar uns cavacos! Suzette caiu em cima do machado, mas não se feriu; vovó sempre fica com medo de tudo!

— Um machado maior do que vocês: vocês simplesmente poderiam ter morrido! — disse a sra. Boyer, segurando a neta com fúria.

A sra. Vignon cobriu com o lenço o joelho ferido; não era mulher de fazer tragédias com pequenos incidentes.

— Não é assim tão grave, mamãe — disse ela. — Vá pedir a Anne que lhe faça um curativo, sua tolinha. — Suzette saiu mancando e a sra. Vignon foi fazer suas últimas recomendações a Simone e Pierre; quando voltava e se dirigia para o carro viu Jacques e Suzon pulando em volta de Lucette.

— Olhe só como ela está cacheada! — gritavam os dois. — Ela vai ver se arranja noivo, vai ver se arranja noivo!

— Seus imbecis! — disse Lucette.

— Está cacheada como uma ovelhinha — repetiu Jacques, estourando de rir.

— Isso não é mais vida — murmurou a sra. Vignon, mal-humorada. Sabia que se cochichava aos risinhos pela cozinha, que Pierre e Simone faziam apostas na biblioteca e que até a noite chegar reinaria na casa uma pequena febre de irônica esperança, de ansiedade.

— Vamos — disse secamente, batendo a porta do carro.

Esses piqueniques nas margens do Vézère representavam para as famílias da região uma tradição sagrada; as crianças instalavam-se à beira do rio, debaixo dos álamos, e os pais sentavam-se mais atrás, sobre grandes blocos de pedra; cada qual tinha a seu lado um guardanapo de papel, um caneco e pratos de papelão, e as moças passavam em roda os imensos pratos de patê, peixe frio, carne de boi assada na brasa e galinha com geleia, que invariavelmente compunham a refeição.

— Sua menina, Anne, é um verdadeiro raio de sol — disse o velho sr. de Castillane, servindo-se de um pedaço de linguado com maionese. A sra. Vignon arvorou um sorriso indulgente; Anne agradava aos velhos.

— É uma menina encantadora; mas não tem o equilíbrio, a ponderação da mais velha; puxou a mim — declarou, com um suspiro. — Foi Lucette que herdou o cérebro de meu marido; não digo isso por ser minha filha, mas ela está acima de mim: faz todas as roupas das irmãs, cozinha maravilhosamente, desenha, estuda música e ainda acha tempo para ler e cultivar-se.

— Todos os seus filhos são magníficos — disse a sra. de Castillane, num tom calmo e amável.

— Oh, eles têm seus defeitos — disse a sra. Vignon com modéstia. Procurou as filhas com os olhos; Anne surgia realmente deslumbrante na simplicidade de seu vestido branco; estava sorrindo e, como sempre, rodeada de amigos; apesar da sua habitual reserva, havia em seu sorriso e em sua voz uma espontaneidade repleta de ternura e alegria, que conquistava todos os corações. Lucette conversava com André Naville, o sobrinho da sra. de Castillane; a sra. Vignon ouviu-a dizer:

— As pessoas do norte são sem dúvida menos brilhantes, mas pode-se confiar nelas. — Ela estava com um ar amável; em sociedade Lucette era sempre amável, mas não se podia tirar disso conclusão nenhuma. O rapaz era bastante calado, e quando falava mostrava distinção; não era nada mau.

"Talvez dessa vez dê certo", pensou a sra. Vignon.

— A senhora devia mandar suas filhas virem passar uns dias conosco — disse a sra. de Castillane. — Mariette e Line ficariam tão contentes! Coitadinhas, andam muito sozinhas! — Lançou à sra. Vignon um olhar significativo. — Poderiam vir no trem de amanhã, por exemplo; André iria apanhá-las na estação; em breve ele vai nos deixar, infelizmente; trouxe tanta alegria para a casa!

— Minha querida Jeanne, você é tão bondosa — disse a sra. Vignon.

A refeição terminava, as conversas ficavam lânguidas; a sra. Vignon olhou sem complacência os corpos sonolentos semiestendidos sob os álamos; os cabelos da pequena Rugis quase roçavam os ombros de Pierre d'Alassac; Nicoles Duflos cruzou as mãos sob a nuca, e a saia de Suzanne mostrava as pernas até o joelho. A sra. Vignon viu com satisfação que Lucette, inimiga de maneiras displicentes, continuava encostada a uma árvore, falando no mesmo tom de voz; mas não conseguiu ver Anne. Anne muitas vezes desaparecia assim, quando criança; largava os amigos na sala de jantar, e depois era encontrada no gabinete do pai, lendo ou conversando com Chantal. A sra. Vignon a repreendia, só para salvar as aparências; essas atitudes imprevistas a divertiam. Mas agora Anne já estava crescida demais; sem demonstrar aborrecimento, a sra. Vignon voltou-se para o sr. d'Alassac.

— Sim, é crime terem construído essa serraria — disse ela. — Os jovens do campo já têm tendência demais a abandonar o trabalho da terra.

O sr. d'Alassac assentiu.

— Daqui a vinte anos os campos estarão completamente despovoados — declarou.

Anne continuava desaparecida; a sra. Vignon levantou-se.

— Lucette, você não viu sua irmã?

— Anne? Acho que saiu por ali — respondeu Lucette, indicando a vereda que ladeava o Vézère.

A sra. Vignon sentiu a cólera invadi-la; saiu às pressas à procura de Anne; os prados inundados de sol estavam desertos; ela viu uns sapatos e um pequeno monte de roupas ao pé de uma árvore; uma forma confusa debatia-se no rio.

— Anne, você está louca? Quer fazer o favor de sair daí imediatamente!

Um rosto surgiu na superfície, os cabelos gotejantes colados na cabeça.

— Se a senhora soubesse como está bom aqui dentro d'água! Não se sente tentada, mãezinha?

Dessa vez a sra. Vignon não se sentiu disposta a rir das infantilidades da filha.

— Saia imediatamente. Que imprudência, você mal acabou de almoçar! — Anne reaproximou-se lentamente da margem. — Você se comporta como um bebê; não tem direito de brincar com sua saúde — continuou a sra. Vignon.

Anne saiu da água; estava enrolada num velho sobretudo achado na mala do carro; sacudia os cabelos rindo-se muito e começou a vestir-se com o ar muito contente: a raiva da sra. Vignon aumentou.

— Você devia pelo menos observar as regras da educação — disse esta num tom muito seco. — Acho que não é demais pedir que guarde um pouco as aparências.

Anne olhou-a com espanto e ficou violentamente vermelha.

— Que aparências? — murmurou.

— Sim, você vive na mais completa anarquia moral; se sua consciência aceita isso sem resistência, é problema seu; em público trate de se conduzir corretamente.

Anne baixou a cabeça e abotoou o vestido sem responder.

— Inspecionei sua biblioteca ontem à noite e deparei-me com páginas que me fizeram corar.

— A senhora só examina meus livros para procurar o que eles podem ter de chocante.

— E você, que pretende encontrar neles? De sua parte há mais do que frivolidade, há uma curiosidade maldosa. Se quer enriquecer-se leia os Doutores da Igreja ou Santa Teresa. Além do mais não é preciso saber tanto assim para salvar a alma. — Anne fixou o olhar num ponto indefinido do espaço e não respondeu. A sra. Vignon prosseguiu bruscamente: — Previno-lhe que Chantal não porá os pés aqui este ano. — O golpe atingiu o objetivo, Anne sobressaltou-se.

— A senhora me deu a entender que ela poderia vir, mamãe! A senhora tinha concordado que...

— Sempre tentei agradá-la demais; agora me arrependo; não aceitarei em minha casa uma moça perdida.

— Mamãe — disse Anne com sofrimento na voz —, a senhora está sendo injusta com Chantal; a falta de fé não me parece pecado, não temos o direito de julgar os outros.

— Não estou julgando ninguém — retrucou secamente a sra. Vignon. — Rezo todas as noites pelas almas perdidas, mas devemos antes de tudo livrar-nos a nós mesmos do pecado, e não nos deixar contaminar pelas ovelhas desgarradas. Sofro muito, acredite, por sentir que seu coração está sendo manchado por leituras nada sadias, pela amizade com rapazes sem escrúpulos e com mulheres orgulhosas e sem pudor. Deus sabe a que ponto você chegou.

Anne estava muito pálida.

— Mamãe, a senhora sabe muito bem que tenho as mesmas crenças, a mesma moral que a senhora; está me fazendo sofrer muito.

A sra. Vignon olhou-a por um momento, aquele apelo a emocionava; ela, porém, até então fora sempre tentada a confiar demais em Anne; empertigou-se.

— Não sei de nada — disse com ar de cansaço. — Minha própria filha é como uma estranha para mim.

Anne voltou para a mãe um rosto torturado; fez-se longo silêncio.

— A senhora está querendo falar das cartas? — perguntou finalmente; as palavras passavam por seus lábios com dificuldade. — Pascal Drouffe pediu para me escrever durante as férias, não há nada nisso para deixá-la intranquila.

— Em que ponto vocês estão? Ele quer casar com você? — perguntou a sra. Vignon num tom ansioso.

Anne se contraiu.

— Não é nada disso. Temos apenas amizade um pelo outro; o fato de eu usar saia e ele calças faz tanta diferença assim?

— Anne, minha pobre criança, você não conhece a vida. Escute; nunca permitirei que nenhuma de minhas filhas tenha amizade com um homem que não esteja destinado a ser seu marido. Conheço os homens: falam de ideal, mas estão cheios de desejos abjetos! As belas frases de Chantal e os amigos dela só servem para justificar os instintos mais baixos. Lamento ser obrigada a lhe dizer verdades tão duras, mas é assim.

Anne abriu a bolsa.

— A senhora quer ver as cartas? — perguntou bruscamente; estendeu os envelopes para a mãe.

— Não. Estou absolutamente certa de que estão cheias de frases bonitas e sentimentos nobres; mas quem quer se fazer de anjo acaba virando fera, minha pobre Anne. Que orgulho louco o seu, achar que a gente pode se expor impunemente à tentação! Você sabe muito bem, não há pior pecado aos olhos de Deus do que o crime do orgulho; não evitar a tentação já é pecado.

— Sinto muito por lhe ter dado tanta preocupação — disse Anne, sem forças.

— Não pense em mim, Anne, pense em sua alma; é simples, você vai parar com essa correspondência.

— Mamãe!

— Você vai cortar totalmente suas relações com esse rapaz — disse a sra. Vignon num tom inflamado. — Se ele deseja se casar com você, que peça sua mão; nós nos informaremos sobre ele, e a questão será discutida mais a fundo. Enquanto isso não aceito essas relações ambíguas; um homem honesto não escreve às escondidas para uma moça.

O rosto de Anne se transfigurou; até os lábios estavam brancos. Era atroz torturar aquela criança, mas havia que pensar em sua salvação, não em sua felicidade. A sra. Vignon fez um breve apelo a Deus, suplicando que lhe endurecesse o coração.

— Mas por quê? — perguntou Anne. — Por quê?... — Estava perplexa.

— Minha decisão é irrevogável. Quero que rompa com esse meio de intelectuais. No reinício das aulas você irá para a Inglaterra e ficará lá um ano. Vai lhe fazer muito bem ver-se outra vez sozinha diante de sua consciência.

— Um ano...

A sra. Vignon pôs a mão no ombro da filha.

— Agora vamos. Já faz tempo demais que nos ausentamos.

Anne recuou um pouco.

— Ter de ver de novo essa gente toda! — exclamou com desespero.

— É preciso que façamos o que temos de fazer, sem levar em conta nosso estado de espírito — advertiu a sra. Vignon, dando de ombros. — Eu era como você, mas a gente aprende a não dar mais ouvidos a si mesma.

Voltaram em silêncio pela beira do Vézère; a sra. Vignon reassumiu o ar alegre.

— Essa louquinha foi inventar de tomar banho — contou à sra. de Castillane, num tom de aborrecimento, mas envaidecida. — Nunca vai ter juízo. — Anne sentou-se a alguns passos da irmã.

— Ora vejam! Anne, sua fujona! — gritou o primo Maurice. — Você não quer jogar uma partida de *furet* conosco?

Anne esboçou um sorriso.

— O banho estava delicioso — disse, reunindo-se ao círculo; sabia controlar-se.

— Ele é um amor, esse rapaz, não é? — disse a sra. Vignon a Lucette com ar insinuante, quando, duas horas depois, tomava-se o caminho de volta; ela estava sentada no banco traseiro, ao lado da filha mais velha. Anne dirigia, contrariada.

Lucette deu um risinho.

— Ele não tem assunto de conversa nenhum, mamãe, e nenhuma cultura; não me vejo vivendo uma existência inteira com ele.

— Sempre se acha estranho deixar um desconhecido entrar em nossa vida; mas a gente se acostuma.

— A senhora não imagina o tédio que ele é — disse Lucette com certa angústia.

— O que sei é que lhe dei sua última oportunidade; da próxima vez será para sua irmã; ela não pode ficar esperando eternamente que um lhe agrade.

— Muito bem — disse Lucette. — Mas é minha culpa se nenhum dos partidos que me propuseram era aceitável?

— Pode deixar que você vai apreciar mais o sr. Navile quando o conhecer melhor — declarou a sra. Vignon com autoridade. — Durante esses dois dias que você vai passar com os Castillane, tenho certeza de que aprenderá a gostar dele.

Anne virou a cabeça.

— Eu não vou com Lucette, não é?

— Claro que vai; eu lhe disse ainda há pouco, mas você nunca ouve o que se diz; as jovens Castillane ficam esfuziantes quando veem vocês.

— Estou tão cansada, mamãe — disse Anne. O tom de sua voz irritou a sra. Vignon; Anne dava importância demais a seus caprichos.

— Você não tem que discutir.

— Mamãe, eu lhe suplico!

A sra. Vignon não respondeu.

Quando o carro parou diante da casa, rostos curiosos surgiram nas janelas.

— Divertiram-se? — perguntou Simone com um sorriso malicioso.

— Muito; fez um tempo maravilhoso — respondeu a sra. Vignon, subindo rapidamente a escada atrás da filha mais velha. Entrou em seu quarto e tirou as luvas e o chapéu. — Queria preveni-la hoje de manhã — disse ela. — Se você não se casar com o sr. Naville, passará a morar em Fargeas o ano inteiro. Deixo a escolha com você; reflita.

Lucette parecia atordoada.

— Não posso decidir antes de conhecê-lo — disse ela, com uma espécie de boa vontade.

— Naturalmente — disse a sra. Vignon em tom conciliador. — Acredite-me, ele realmente me causou ótima impressão. — Procurou argumentos que pudessem convencer Lucette; André Naville era sério, trabalhador; com o apoio do sr. Vignon, certamente faria carreira logo; durante dois anos no máximo, Lucette poderia instalar-se na casa dos pais, e com o dote que o pai lhe asseguraria gozaria de um honesto conforto. Moraria em Paris, o que representava muitas vantagens. Lucette fazia de vez em quando uma objeção, mas sua resistência foi enfraquecendo. — Eu sabia que a ideia de ficar enterrada aqui lhe daria medo — pensou a sra. Vignon, e começou a expor para a filha a genealogia dos Naville, a fim de provar que, apesar da inexistência de nobres, ela apresentava parentes muito importantes.

A tarde acabava; agora a sombra do cedro azul roçava o primeiro degrau da escada externa, e uma brisa fazia estremecer a folhagem dos álamos. A sra. Vignon sorriu; tudo estava em paz! As inquietudes que a atormentavam pela manhã se haviam dissipado; mais uma vez Deus ouvira suas preces; Lucette ia se casar e Anne tinha espontaneamente confessado uma falta que talvez não passasse de uma inconsequência; pensando bem, ela era dócil; em um ano estaria curada. Vinha um cheiro de pudim de caramelo da cozinha, e as abelhas zumbiam nos cachos de glicínias.

De repente ouviu-se um grito; originava-se no depósito de lenha, como de manhã, só que dessa feita a sra. Vignon reconheceu a voz de Anne e desceu a escada correndo.

— Ela cortou o pé com o machado — gritou de longe a sra. Boyer. — Essa desastrada! Bem que eu disse: é preciso trancar esse depósito.

As duas gêmeas e a velha Maria estavam inclinadas sobre o corpo de Anne, estirada no chão e desmaiada.

— Ela se ofereceu para cortar cavacos para nosso forno — disse Suzette, caindo no choro.

— Não é grave, senhora — disse Maria; ela já tirara as meias e os sapatos de Anne: o pé sangrava copiosamente. A sra. Vignon segurou Anne por baixo dos braços.

— Ajude-me a carregá-la, Maria.

Maria levantou o corpo inerte e subiram a escada com muita cautela. A sra. Boyer as seguia, repetindo:

— Que desgraça! Que desgraça!

— Não adianta chorar — disse a sra. Vignon num tom enervado para a pequena Suzette, que continuava a soluçar. Apesar do habitual sangue-frio, sentia o coração comprimir-se com uma angústia que se assemelhava ao remorso.

Ouviu-se Anne falar, na cama. O ferimento não era profundo; quando a sra. Vignon acabava o curativo, Anne abriu os olhos.

— Queria cortar cavacos para as meninas — disse, enfraquecida. — Não sei como fiz isso.

— Eu também me pergunto — disse a sra. Vignon.

Ficou um momento imóvel, contemplando o rosto misterioso da filha; Anne teria de ficar pelo menos oito dias sem andar; não iria para a casa dos Castillane.

"Mas ninguém teria coragem de, contra si, fazer de propósito um golpe desses com um machado", disse a sra. Vignon a si mesma.

Desceu e foi para a cozinha preparar um chá de tília.

2

O trem atravessou com estardalhaço a ponte do Gour Noir. Chantal tirou da valise o estojo de toalete e começou a retocar cuidadosamente o rosto; lembrava-se de sua primeira estada em Fargeas: as meias de fio grosseiro e o vestido de verão que o sol rasgara em placas; Anne era obrigada a lhe emprestar seus vestidos quando havia visita, e as menores riam-se dela às escondidas. Esfregou com satisfação as unhas brilhantes e avivou o vermelho dos lábios. As mulheres não se pintavam, na casa dos Vignon, e o pó de arroz mal era tolerado; agradava-lhe, porém, chocar insolentemente aquela gente que no passado não lhe poupara nenhuma humilhação. Seu grande casaco claro, o feltro mole do chapéu e as luvas de pecari davam-lhe aparência de viajante rica.

Recebera a carta de Anne três semanas atrás, em San Sebastián: "Fez-me tanto mal ver mamãe inquieta, desconfiada até, que acabei falando com ela. O resultado é que não posso mais escrever para Pascal; mamãe exige que eu não o reveja até segunda ordem. Para me distrair, permitiu que convidasse você, mas não ouso insistir que venha; não serei uma companhia muito agradável. Estou tão esgotada com essas discussões, que gostaria de me fechar num convento e não falar mais com ninguém."

Chantal encontrara essa carta na volta de um passeio com Jeanine e Paul Baron; já lhes falara longamente de Anne, do lugar que ocupava na vida da amiga, e os três concordaram em que Chantal deveria atender o mais rápido possível a um apelo tão sofrido. Contudo, depois de alguma reflexão, decidiu passar apenas os últimos dias de setembro em Fargeas; não queria dar a Jeanine a vantagem de ficar muito tempo sozinha com Paul.

Chantal acomodou-se no canto de seu compartimento; tinha consciência da gravidade de sua missão. Anne dispunha de docilidade e resignação cristãs em excesso para saber como assegurar sua própria felicidade; Chantal sempre tivera de lutar por ela. Foi Chantal quem a persuadiu a continuar os estudos, quem lhe emprestou livros e quem lhe apresentou Pascal Drouffe. Desde o dia em que compreendeu a superioridade da vida sobre os livros, da ação concreta sobre as ideias, Chantal assumiu a missão de arrancar Anne de seu meio, de destruir seus preconceitos e transformá-la em mulher liberada e feliz. Não era fácil; Anne adorava a mãe e era profundamente religiosa; no entanto, Chantal achava que já conseguira algumas belas vitórias, e mais uma vez aceitava a luta com satisfação. Anne devia estar muito abatida para que a mãe admitisse voltar atrás em sua primeira decisão; para a sra. Vignon, era uma verdadeira abdicação. Chantal sentia-se emocionada com a ideia de levar para a amiga tesouros de esperança e alegria.

— Uzerche! — gritou o cabineiro. Anne estava de pé na plataforma; sem colocar o chapéu, Chantal desceu do trem e correu em sua direção.

— Fez boa viagem, Chantal? — perguntou Anne e pegou a pesada valise de couro de porco.

— Excelente, obrigada — disse Chantal. Depois de ter armado planos de batalha durante toda a viagem, ficou desapontada ao ver bruscamente diante de si um olhar contente que nada lhe pedia.

— Você vai encontrar um monte de gente lá em casa — disse Anne. — Os Castillane, minhas primas Delatouche, lembra-se? — Vestiu as luvas e segurou o volante; não mostrava mau aspecto, chegava mesmo a estar bonita. "Se renunciasse a esse gênero, como é preciso, seria realmente bela", pensou Chantal; havia nos trajes de Anne uma decência prudente que lembrava as saídas de missa de São Tomás de Aquino; contudo, não era possível tentar modificá-la nesse ponto antes de ela se casar.

— Seu casaco é muito bonito — disse Anne com carinho.

— Sim, gosto muito dele — aquiesceu Chantal; não imaginara sua chegada exatamente assim. Anne a acolhia como uma amiga muito querida, mas não como uma salvadora.

O carro parou atrás da casa e Anne abriu a porta envidraçada que dava para a biblioteca; o coração de Chantal começou a bater mais acelerado com a ideia de ter de enfrentar novamente aquelas pessoas que a conheceram e desprezaram, no tempo em que era uma pequena estudante sem fortuna; controlou-se e encaminhou-se para a sra.Vignon com um sorriso encantador; a sra.Vignon também sorriu e envolveu-a com um olhar malicioso, que Chantal rebateu com firmeza: sabia que estava impecável.

— Mostre o quarto para Chantal, minha querida — ordenou a sra.Vignon a Anne. Lucette, Maria e Jeanne de Castillane, Nadine e Zette e Delatouche subiram com elas; não haviam mudado nada naqueles três anos; usavam roupas limpas e bem passadas como as que Chantal antigamente invejava, mas sem o menor gosto; notava-se que elas próprias ondulavam seus cabelos pela manhã a ferro quente. Quando Chantal estendeu em sua cama as combinações de seda fina e os conjuntos de verão de feitio rebuscado, os olhares exprimiram claramente uma mistura de inveja e reprovação. Nadine foi a primeira a desistir de fingir indiferença.

— De que é feito esse pulôver? — perguntou. — É lindo! — Apalpou com curiosidade o tecido espumoso e, abandonando uma reserva que já lhes estava pesando, as outras começaram a passar os vestidos de mão em mão. Pela primeira vez, desde que descera do trem, Chantal sorriu com genuíno prazer; ninguém ali sabia que em San Sebastián esse guarda-roupa lhe parecera insuficiente; trazia para aquele meio austero um aroma de luxo e aventura; sua chegada fora um verdadeiro triunfo.

Durante todo o jantar Chantal desfrutou avidamente da desforra que um dia se prometera com lágrimas nos olhos. Depois das incertezas torturantes que experimentara na Espanha, era um alívio reencontrar um pouco da confiança em si mesma. Os dois meses que acabara de passar com Jeanine haviam sido esgotantes. Jeanine levara uma vida agitada em Paris e a descrevia de maneira brilhante; as riquezas interiores que Chantal acumulara em Rougemont não podiam ser assim tão facilmente exploradas; ao tentar contar como fora seu ano, experimentou um deprimente sentimento de vazio; deixava-se vencer nas discussões; diante dos quadros e das paisagens que elas descobriam juntas, Jeanine era sempre a primeira a encontrar um comentário arguto qualquer. Era para Chantal um grande alívio sentir-se num mundo que só pertencia a ela, entre pessoas e objetos sobre os quais Jeanine não exercia nenhum poder.

Passaram para a sala de estar; o sr. Vignon organizou uma partida de bridge com as Delatouche e a mais velha das Castillane; a sra. Vignon sentou-se ao piano e pôs-se a tocar velhas canções francesas que Anne e as crianças acompanhavam em coro; ao lado da lareira, a sra. Boyer debulhava um rosário. Enquanto trocava algumas palavras com Lucette, Chantal olhou à sua volta; em sua primeira carta para Paul Baron, descrevia a velha sala de móveis desbotados; graças a essa correspondência, ele talvez aprendesse a conhecê-la melhor. Falar-lhe-ia de todas as coisas mortas que acabavam de morrer lentamente pela segunda vez; os pássaros empalhados perdiam suas plumas e as conchas descascavam; as borboletas presas com alfinete numa caixa de vidro viravam pó; nas telas envelhecidas e lascadas sorriam mulheres de touquinhas e homens com suíças. Reinava naquela casa coberta de videiras virgens uma atmosfera poética e arcaica, como o começo de um velho romance inglês.

Chantal sorriu; não arvorava mais aquela intransigência inabalável da juventude, tornara-se flexível; agora sabia apreciar a beleza das tradições e contemplar com olhos de artista a cena tranquila que tinha Anne como heroína. Anne estava muito bonita à luz tremulante das velas que iluminavam o teclado amarelo do piano. Nenhum cenário poderia valorizar mais aquele vigor fugaz e eterno que a jovem encarnava com tanta graça; seria preciso descrever com muito cuidado a personagem Anne.

Chantal relembrou o rosto irregular e zombeteiro da menininha que ela tanto admirava em sua infância. Anne vivia suja e desarrumada, naquela época; brincava com os meninos ao redor das fontes do Luxemburgo, andava de cabeça para baixo e virava cambalhotas como qualquer um deles. A mãe dava-lhe muita liberdade, e Anne se permitia todo tipo de ousadias; escandalizava as solteironas que dirigiam o curso Notre-Dame, e no dia de uma audição de piano — depois de executar um trecho difícil com o qual se atrapalhou várias vezes — olhou para a mãe com desafio e, diante de vinte fileiras de menininhas embonecadas, do capelão, da diretora, de todas as velhas senhoritas enluvadas para a ocasião e da imponente assembleia de pais, estirou a língua. Posteriormente ficou mais quieta e educada. "Se não fosse minha intervenção", pensou Chantal, "ela seria exatamente o que está parecendo agora: uma mocinha de branco que espera cantando o dia em que se tornará a guardiã de um lar".

A sra. Vignon produziu um último acorde e levantou-se.

— Como essas velhas canções são bonitas — comentou Chantal. Seu olhar encontrou um rosto já um pouco inchado pela idade, mas que mostrava dois olhos alertas e uma expressão ainda jovem na boca. "Ela acabou reconhecendo que tinha de contar comigo", pensou Chantal com satisfação; agora que era elegante e bem relacionada, Chantal sentia prazer em se saber detestada. Não tinha tradições, não tinha laços; era a estranha que entrava nas casas como um ladrão para levar crianças mimadas demais pelos caminhos espinhosos do mundo. Era a inimiga, e aceitava esse papel com orgulho: tornara-se este tão belo que a prisão onde mantinham Anne encarcerada podia mesmo parecer mais agradável.

"Tomara que eu possa logo ficar sozinha com ela", pensou Chantal com impaciência; esquecera um pouco que Anne nem sempre a seguia docilmente; lembrou-se disso ao vê-la se sentar alegremente no colo da avó. "Vou ter de aturar altos idílios", pensou Chantal com irritação. Anne teria realmente escrito a carta desesperada que Chantal se repetia para se convencer? Inútil procurar no rosto de Anne a confirmação de suas angústias; sua alegria parecia total.

Entre a mãe e a amiga, Anne ainda não decidira quem escolher. Embora incapaz de aceitar os preconceitos de seu meio e a vida que a sra. Vignon lhe destinava, ainda não tinha forças para se libertar de todas as repressões. "Ela é pagã de temperamento e cristã de sensibilidade", repetia Chantal a si mesma. O casamento com Pascal era necessário — pelo menos como primeira etapa — para que Anne se desvencilhasse das crenças e da moral que a sufocavam. Com exceção da fé, Pascal tinha tudo de um cristão; experimentava o sentimento religioso mais intensamente do que o faria se cresse. Suas tendências místicas e espiritualidade elevada permitiram a Anne amá-lo sem remorsos. Chantal decidira há muito tempo que o rapaz tinha seu lugar reservado no destino da amiga.

Agora foi a vez de Anne se sentar ao piano; começou a tocar, e Chantal foi subitamente acometida de um mal-estar; de Anne só conseguia ver uma nuca inclinada e um perfil endurecido, quase feio. Anne não lhe parecia mais a clara silhueta que ainda há instantes resplandecia à luz sombria da velha sala de estar, não era mais a criança aflita e pronta a se deixar salvar; era um ser arredio, solitário e intimidante, que Chantal não conhecia. Quando a música terminou, Anne sentou-se numa cadeirinha baixa, perto da porta; continuava de rosto sério e fechado e não fazia gesto nenhum; apenas de vez em quando acariciava seu colar de coral. Seus olhos negros encontraram por um instante os de Chantal, que tentou desanimadamente sorrir. "Ela não está nada feliz", pensou Chantal, invadida por um sentimento de triunfo; encontraria as palavras capazes de despertar em Anne a revolta e a esperança. Fixou por um longo momento o olhar numa ponta do tapete; para readquirir consciência de seu valor, precisava da admiração e da gratidão de Anne. Tivera frequentes sonhos desagradáveis durante aquelas férias, nos quais os rostos de Monique e Andréa reapareciam com insistência; precisava de uma vitória retumbante para esquecer Rougemont por completo.

Reergueu a cabeça; a cadeira de Anne estava vazia. Chantal saiu da sala sem fazer barulho. A porta da entrada achava-se entreaberta: Chantal empurrou-a; tinha certeza de que Anne fugira para o jardim a fim de ficar sozinha, sentir-se triste e aguardá-la. Saiu correndo pelas aleias gritando "Anne!". A areia grossa rangia sob seus pés. Tomaria Anne em seus braços, a consolaria, a cobriria de todas as riquezas que inflamavam e tumultuavam seu coração. Pela primeira vez depois de vários meses, sentia-se finalmente feliz, livre de Jeanine, livre da dúvida, e deixava lágrimas de ternura lhe subirem aos olhos.

Anne, porém, não estava no jardim. Chantal voltou para casa e ficou um longo momento aguardando na escuridão do vestíbulo antes de empurrar a porta da sala. "Fui ridícula", pensou, enfurecida. "Se alguém me tivesse visto correndo pelo jardim!" Ouviu de repente os rangidos da madeira da escada; Anne trazia numa grande bandeja uma dúzia de lamparinas a óleo. O rosto estava iluminado e feliz; Chantal acompanhou-a até a sala em silêncio. Conhecia bem esse aperto no coração; muitas vezes, quando esperava de Anne um apelo desesperado, encontrava na amiga aquele ar tranquilo e alegre. Anne deu boa-noite aos pais e às amigas, distribuindo sorrisos que não pareciam forçados; cada sorriso atingia Chantal como uma traição. "Não passa de uma devotinha sem personalidade", pensou então, com rancor; nunca Chantal se resignaria dessa forma. Despediu-se de Anne friamente e subiu para o quarto a fim de começar a carta para Paul Baron.

Escreveu durante muito tempo, depois deitou-se na grande cama de colcha vermelha. Acordou sobressaltada no meio da noite; alguém entrava em seu quarto; ergueu-se e ficou sentada na cama. Era Anne, coberta por uma longa camisola de gola alta que lhe descia até os pés.

— Fale baixinho — murmurou Anne. — Não podemos acordar mamãe. Você está com sono demais para dar uma volta comigo?

— É a essa hora que você quer passear? — disse Chantal; afastou os lençóis e calçou as sandálias. Achava aquela extravagância divertida; Anne sempre tivera fantasias deliciosas; Chantal redescobria com alívio razões para se interessar por ela.

— Quase não tenho outro instante de liberdade — disse Anne. — Você vai ver como o céu está lindo hoje à noite.

Desceram a escada na ponta dos pés, parando amedrontadas ao menor ruído; tudo estava profundamente adormecido na casa, e chegaram sem incidentes à porta da entrada, que Anne abriu com cuidado.

— Que tempo maravilhoso, não é? — perguntou, arrebatada; usava pantufas de feltro e a barra da camisola arrastava-se pela areia molhada.

— Este cheiro de glicínia é vibrante e puro como o luar — disse Chantal; invejava com certo despeito o prazer profundo que se refletia no rosto de Anne.

— Queria vê-la a sós — disse Anne, e empurrou a cancela, que se abriu com um rangido. — Por onde você tem andado, Chantal? Escreveu-me tão pouco.

— Estava fazendo uma viagem maravilhosa. Conheci pessoas muito interessantes; minha temporada em San Sebastián foi simplesmente encantadora.

—Você fica tão bem quando está feliz! — exclamou Anne com ternura. Chantal desviou os olhos; gostava de pensar no imenso afeto que a amiga lhe dedicava, mas sentia-se sempre embaraçada quando o lia em seu olhar. — Estou tão contente com sua nomeação para mais perto de Paris — continuou Anne. Sentou-se ao pé de uma castanheira e ajeitou cuidadosamente à sua volta as pontas da camisola branca. Chantal sentia-se tomada de angústia; pensara muito no papel que desempenharia junto a Anne; agora tinha de provar que era capaz de fazê-lo.

— Falemos de você, Anne — disse de modo um tanto brusco. — O que está havendo exatamente entre você e sua mãe, entre você e Pascal?

Anne permaneceu calada por um momento.

— Pois bem: está tudo acabado.

— Acabado?

Anne enrolou o dedo no caule de uma samambaia.

— Mamãe não exigiu o rompimento total, mas fez-me antever tantas dificuldades, tantas lutas, que preferi renunciar a Pascal.

Chantal estremeceu.

— Mas como é possível você se submeter desse jeito? — disse ela, indignada. — Em primeiro lugar, que objeções sua mãe faz a esse casamento?

— Ele não é cristão e foi você quem o apresentou a mim, basta isso — disse Anne com tristeza. — Ademais, Pascal tem razões que aprovo plenamente para não querer ficar noivo de imediato. Você pode bem imaginar o que mamãe pensa a respeito.

— Mas a situação não é de desesperar — disse Chantal num tom mais brando. A veemência jamais funcionava com Anne; era preciso ponderar. — Você disse que não é obrigada a romper, não é?

— Lutei — disse Anne. — Você não imagina o quanto lutei. Mamãe me disse tanta coisa... — Seu rosto se contraiu. — As ideias que às vezes mamãe tem, Chantal! É um verdadeiro horror.

Houve um silêncio. Chantal meditava; a situação era mais grave do que pensara; a seu lado, Anne mordiscava nervosamente o talo da samambaia.

— E você está pretendendo seriamente não se casar com Pascal? O que será feito de você?

— Não pretendo coisa alguma — disse Anne. — Fiz meu sacrifício, mais nada. E sinto paz, Chantal, chego quase a estar feliz; há muito tempo não me sentia assim. — Sua voz tornou-se mais calma. — Agora, para mim tanto faz; se me dissessem que vou morrer, não teria nada a lastimar; você não sabe o quanto isso finalmente fez minha vida mais fácil.

"A paz", pensou Chantal com revolta; não foi para chegar a isso que durante três anos transmitira a Anne o melhor de suas ideias.

— Sim, mas enfim, concretamente, o que você fará este ano? — perguntou.

— Mamãe quer me mandar para a Inglaterra, para que eu rompa com a Sorbonne, com você. Até lá vou ficar aqui em Fargeas; em Paris seria tentada a ver Pascal.

— Nunca pensei que você se resignasse tão rápido — disse Chantal secamente.

— No começo não foi fácil — disse Anne. — Você sabe a vida que se leva aqui, a gente é obrigada a se movimentar, a se divertir o dia inteiro. Para escrever a você ou Pascal, era preciso que me levantasse durante a madrugada. — Sorriu. — Uma vez eu precisava tanto de solidão que dei um golpe em meu pé com um machado; tive de ficar uns dez dias sem andar, e durante esse tempo me deixaram em paz.

— Você fez isso? — perguntou Chantal; ficou por um momento sem saber o que dizer, ligeiramente confusa, achando que Anne lhe escapava.

— Espero que Pascal me perdoe. Você lhe explicará tudo direitinho. Diga-lhe que nunca mais poderei ser totalmente infeliz depois de tê-lo conhecido.

Chantal reencontrou sua segurança; sabia muito bem que Anne era capaz de desperdiçar ridiculamente tesouros de heroísmo; só se servia deles para sofrer, para se negar; era preciso ensiná-la a usá-los em função de sua felicidade.

—Você mesma lhe dirá — disse Chantal, de modo um tanto brutal. — Não estou levando suas decisões a sério; você sairá dessa crise de fatalismo: já passou por outras.

— Não se trata de fatalismo — retrucou Anne. — Trata-se de resignação. Deus fará de mim o que quiser.

— Mesmo do ponto de vista cristão — disse Chantal — a passividade e a inércia nunca foram virtudes. Você própria já me disse que essas entregas à vontade divina com frequência escondem preguiça e covardia. Sua resignação na realidade é uma escolha. Como é que você sabe se Deus não quer de você justamente o mais difícil, não a renúncia, mas a luta, não a recusa de viver, mas a vida?

— Não me torture — disse Anne com voz angustiada. Ocultou o rosto nas mãos e ficou em silêncio por um longo momento; o golpe foi certeiro.

— Como posso saber? — disse, num tom agitado. — Há três anos não paro de lutar; lutei por cada livro que li, cada saída, cada pensamento. Tinha jurado nunca fazer mamãe sofrer e não parei de atormentá-la. Quando a obedecia e cedia, achava-me desprezível; quando resistia, detestava-me. Nunca soube que conduta Deus espera de mim. Não aguento mais, Chantal. — Havia um tom de súplica em sua voz.

Chantal não ignorava que Anne era infeliz. Vivia dividida entre tendências opostas, entre pensamentos impossíveis de conciliar, e todos igualmente intensos, vigorosos. Eram a fonte de incertezas morais e conflitos sentimentais que a faziam sofrer muito. Chantal, porém, achava que isso representava um estágio necessário a toda evolução.

— Lembre-se das palavras de Claudel que tanto lhe agradam: "Senhor, livrai-nos de tréguas muito prolongadas e da ilusão de haver chegado seja lá onde for." A verdade é que você está querendo parar, ter paz.

Anne olhou para um ponto distante.

— A paz, sim, a paz — disse ela a meia-voz. — Pensando bem, nem minha vida nem minha felicidade têm tanta importância. — Acrescentou, depois de um momento: — Às vezes zombo até de minha salvação.

Chantal sentiu-se desconfortável; estava certa de defender uma causa nobre; contudo, após as últimas palavras de Anne, qualquer argumento pareceria frívolo; teve subitamente uma inspiração.

—Você já pensou como Pascal sofreria?

Anne não respondeu.

— Lembre-se, só você devolveu a ele um pouco de confiança no mundo. Não pode viver sem você; antes de conhecê-la, às vezes chorava de desgosto e angústia diante da feiura humana. Você lembra aquele mendigo no Jardim do Luxemburgo?

— Sim, lembro.

— Pascal na ocasião lhe disse: "Você está a meu lado, e isso faz toda a diferença do mundo." Se você lhe faltar, e por fraqueza sua, será... uma traição.

Anne jogou para trás os cabelos que lhe cobriam o rosto.

— Sei disso tudo; já me repeti essas coisas cem vezes. — Seus traços refletiam uma violenta luta interior, parecia profundamente emocionada. — É verdade, não tenho o direito — murmurou; olhou Chantal com ar de grande cansaço e submissão. — O que quer que eu faça?

Chantal prosseguiu, com uma impressão de vitória.

—Você deveria voltar a Paris e não falar mais em rompimento; comece por aceitar as condições da sra. Vignon, por mais dolorosas que sejam; com um pouco de política conseguirá amenizá-las. E esse noivado? É realmente impossível para Pascal?

—Acho que sim. Se não fosse, sem dúvida tudo seria mais simples.

—Você não pode tentar convencê-lo?

— Não quero discutir isso com ele — Anne respondeu com violência. — Não quero ser uma fonte de tortura para todos de quem me aproximo.

— Anne! Você sabe muito bem a alegria que dá a todos que gostam de você!

Anne levantou-se.

— Às vezes queria que ninguém gostasse de mim; sei muito bem que se um dia vier a valer alguma coisa, será a você que deverei isso; você devolveu toda a minha coragem.

Chantal apertou-lhe o braço sem responder; sentia orgulho de ter agido com tanta habilidade. Voltaram lentamente para casa.

— Veja só — disse Anne —, a porta está fechada.

Empurrou sem esperança a maçaneta, que resistiu.

— Quem a terá fechado? Vovó deve ter descido para fazer um chá e pensado que foi esquecimento. — Parecia bastante contrariada.

— Vão achar que somos duas loucas — disse Chantal; divertia-se com a aventura; ouvia-se apenas o canto das cigarras e a suave corrente d'água da fonte; no céu, o brilho intenso da Ursa Maior. Chantal sentiu repentinamente uma grande ternura por Anne; encantadora na camisola debruada por uma guirlanda em vermelho, olhava a fachada da casa com ar preocupado. "Se for bem dirigida, ainda poderá ser alguém."

— Vou entrar pelo seu quarto — disse Anne, decidida.

A lateral da casa era em pedra de cantaria, e estreitos intervalos separavam os rebordos dos blocos sobrepostos. Anne pôs o pé em uma dessas saliências e segurou com a mão direita o tronco nodoso de uma hera.

— Você não vai querer subir até o segundo andar — disse Chantal, apavorada.

— No térreo está tudo fechado — disse Anne; deixou cair uma após outra suas pantufas pesadas e começou a escalar a parede. Mas seus pés atrapalhavam-se com a camisola comprida, e voltou vagarosamente para o chão.

— Dê-me o cinto de seu pijama — disse a Chantal.

Chantal estendeu-lhe o cinto.

— É melhor tocar a campainha, Anne; ou então chamamos uma das crianças, baixinho.

Anne apertou o cinto em volta de sua cintura e recomeçou a subida, os pés firmes. No meio do caminho, parou; agarrou com uma das mãos o peitoril da janela e, colada à parede, olhou para o céu.

— Está tão gostoso aqui em cima — disse em tom alto e alegre.

Chantal fitava-a com um misto de medo e inveja; sentia-se humilhada por ter ficado atrás: não conseguia decidir-se a imitar a amiga. À esquerda, no segundo andar, bastante longe, via-se aberta a janela de seu quarto. Anne estendeu o braço; ao segurar o peitoril, o pé escorregou e ela ficou suspensa no ar por um momento. Chantal deu um grito abafado, mas Anne já pulara por cima do apoio da janela; sempre fora boa em ginástica.

—Vou descer e abrir a porta — disse a meia-voz.

Chantal tremia.

— Eu não disse que queria morrer hoje à noite — Anne falou em tom brincalhão. Subiram a escada com toda cautela.

"Fiz um bom trabalho", pensou Chantal, enfiando-se sob os lençóis. Não sentia, porém, mais nenhuma alegria.

*

Em certo sentido, era um prazer encarregar-se dos interesses de Anne; ela às vezes oferecia uma longa resistência, teimava infantilmente, mas, quando a convenciam a agir, agia. No começo de outubro retornou a Paris e conseguiu permissão para rever Pascal. Foi-lhe certamente necessária muita paciência e tenacidade; Chantal não conhecia detalhes das conversas que ela tivera com a mãe, mas Anne sempre soube como levar a sra. Vignon. Era capaz de ouvir repreensões sem se encolerizar; mantinha-se respeitadora e dócil, e argumentava com tanta justeza que a sra. Vignon não sabia o que responder; e para não dar a impressão de exercer uma tirania arbitrária, era obrigada a ceder. Naturalmente, depois de reencontrar Pascal, Anne não pretendia mais renunciar a ele; quanto a um ponto Chantal estava tranquila: Anne defenderia sua felicidade. Foi então sem remorsos que Chantal espaçou os encontros com a amiga. Quase sempre estava em Paris, mas seu relacionamento com Paul Baron absorvia todos os seus momentos; não que ele fosse exigente, mas ela queria tornar-se indispensável para ele. Aprendeu os esportes de que gostava, tomou lições de dança para dançarem juntos, lia avidamente os jornais para que a consultasse sobre problemas políticos. Era uma trabalheira enorme.

Anne não se sentiu magoada; era inteligente, compreendia as coisas, nunca ficava melindrada. Suas cartas e telefonemas às vezes traíam um tom de urgência, mas sempre aceitava as desculpas de Chantal com a mais sincera gentileza e tinha tato suficiente para evitar impor-se. "Ela sabe que se tivesse necessidade de mim, eu não hesitaria em atendê-la", dizia Chantal a si mesma. Não se mede uma amizade pelas horas de presença; muitas vezes, no trem que a levava de volta para Chartres, Chantal sentia grandes ondas de ternura por Anne; sentia-se capaz de fazer por ela os maiores sacrifícios. Em Chartres, Chantal tinha apenas um quarto, para curtas permanências; alugara um apartamento em Paris, que mobiliou com capricho de modo muito pessoal. Anne gostava desse apartamento, era ali que quase sempre se encontrava com Chantal, mas não aparecia sem ser convidada. Chantal, portanto, surpreendeu-se quando uma noite, pelos fins de outubro, Anne apareceu sem avisar.

— Anne! Que bom você ter subido — disse, um tanto constrangida; Paul poderia chegar a qualquer momento, e não queria muito que ele encontrasse Anne. — Entre. Há quanto tempo não a vejo! Ia justamente lhe telefonar. — Percebeu então que Anne estava de olhos vermelhos e com os lábios tremendo. — O que está havendo, minha querida Anne? — disse, com uma espécie de avidez.

Anne arrancou o chapéu e deixou-se cair numa poltrona.

— Dentro de oito dias vou-me embora para a Inglaterra — disse. — Mamãe tomou todas as providências sem me prevenir.

Chantal teve um estremecimento involuntário.

— Mas você tem de se recusar a partir! Afinal de contas, você é maior. E eu que achava que agora tudo ia bem!

— Não posso desobedecer a mamãe. Posso apenas discutir, mais nada; e sobre esse ponto as discussões estão encerradas. Ela acha que preciso de uma mudança.

— E então, o que você vai fazer?

— Enviei uma carta urgente a Pascal, pedindo que telefone para cá. Tenho de vê-lo, é minha última esperança.

— Acho de fato que um noivado oficial poderia arranjar as coisas.

— Talvez; não é muito certo — disse Anne com desânimo. — E não sei se Pascal quer. — Olhou o relógio na parede. — Ele ainda não telefonou? Estou vindo de um almoço de casamento; estava com tanto medo de chegar atrasada!

— É preciso tomar uma decisão — falou Chantal com impaciência. — No fundo, a sra. Vignon não pode fazer nenhuma objeção válida contra esse casamento.

Anne deu de ombros.

— Não é assim que os casamentos se realizam em minha família; Pascal jamais agradará a mamãe.

— Sem dúvida, mas ela precisa ter pelo menos um pretexto para separar você dele; se ele não lhe der nenhum, ela não ousará, certo?

— É o que espero. Mas se ele se opuser...

— E no entanto sua mãe tem confiança em você!

— É verdade; mas ela não teme por minha moral; teme por minha reputação; lá em casa não pode haver pior conduta do que dar motivo a suspeitas.

Chantal sorriu; gostava daquela linguagem amargurada. Anne há muito tempo admirava-se de ver que o caminho da salvação para Chantal era semeado de músicas de jazz, provas de vestidos e xícaras de chá; não conseguia saborear essas guloseimas com o mesmo fervor que conferia às suas comunhões; para tranquilizá-la a mãe lhe citava, em vão, palavras de São Francisco de Sales. Agora, contudo, começava a compreender o quanto havia de prudência burguesa misturada à preocupação que a sra. Vignon manifestava por sua alma. "Quando se sentir bastante enojada dessa hipocrisia", pensou Chantal, "a partida estará praticamente ganha".

— Ele tinha de telefonar agora — disse Anne com agitação e mergulhou em seus pensamentos. Chantal não via o que dizer. Finalmente Anne fez um pequeno esforço: — Sabe, Lucette vai casar com aquele rapaz de quem lhe falei, o André Naville. Há uma semana atrás mamãe exigiu uma resposta definitiva, e Lucette passou as manhãs correndo até a casa das amigas para pedir uma opinião. Todo mundo aconselhou-a a dizer sim.

Sobressaltou-se: a campainha do telefone tocou; pegou o aparelho, e Chantal ficou a observar as reações de seu rosto.

— Sim... está bem... está bem — disse ela numa voz embargada; depois de um momento bastante longo, desligou. — Pascal não pode vir. Foi Marguerite quem telefonou. Estão com problemas, Pascal tem de ficar em casa. — Sentou-se e ficou enrolando nervosamente seu lenço.

— Mas isso é absurdo. É preciso agir rápido!

— Ele vai me mandar uma carta quando ficar livre — disse Anne num tom fraco.

— Pensando bem, por mais uns dois ou três dias não tem tanta importância assim — disse Chantal, animando-a.

— Eu queria tanto vê-lo — disse Anne; mantinha os olhos fixos no chão e o rosto estava muito pálido. — Essa incerteza é que... — Levantou a cabeça e uma expressão angustiada estampou-se em seu rosto. — Não posso partir, não tenho essa força. — Chantal estremeceu; talvez devesse ter-se preocupado mais com Anne; nunca lhe parecera assim tão acuada.

— Um ano passa rápido, sabe?

— Mas e depois? Ter paciência e mais paciência... Chantal, estou esperando o quê? Nem sequer sei o quê!

Chantal passou a mão pelos ombros da amiga.

— Você espera construir uma vida com Pascal, e isso é só uma questão de tempo, minha querida Anne.

Anne nada respondeu.

— Quando estou perto dele, ainda consigo acreditar nisso — falou afinal. — Mas por que iria ele me querer, Chantal? Não sou nada. Quis forçá-lo a viver por mim. — Estremeceu. — Joguei-me toda em cima dele, o que no fundo foi uma grande covardia. Ele não quis me iludir; e tem razão: apesar de tudo, é melhor viver só; mas atualmente não consigo me impedir de achar que é só piedade o que ele sente por mim.

Chantal continuou calada; sempre se sentira convencida de que Anne tinha encontrado em Pascal o mais seguro dos apoios; compreendeu de repente que, por escrúpulo, delicadeza de sentimentos e um senso meticuloso da sinceridade, Pascal não soubera transmitir segurança a Anne.

— Não posso adivinhar a que conversas você está aludindo, Anne. Mas sei, isso sim, que Pascal ama você — falou com um calor genuíno; olhou para Anne como a suplicar que acreditasse nela.

— Talvez — disse Anne e sacudiu a cabeça. — O certo é que não serei capaz de ficar persuadida disso o ano inteiro; isso é que é terrível, Chantal. Há alguma coisa em mim... — e sua voz foi se apagando.

Chantal olhou-a com grande receio; jamais desejara ajudar Anne com tanta intensidade, e não achava o que lhe dizer; seis meses atrás pusera a sorte de Anne nas mãos de Pascal com todo o empenho; agora, era só dele que tudo dependia.

— Você saberá convencer Pascal — foi tudo o que disse.

3

— Uma carta urgente para você, Pascal — disse Marguerite, ao entrar no quarto onde o irmão trabalhava.

— Obrigado — disse Pascal com um sorriso. Rasgou sem pressa a extremidade pontilhada do envelope.

"Pascal, não aguento mais ficar sem vê-lo", escrevia Anne. "Esses quatro dias me parecem intermináveis, e é absolutamente necessário que conversemos. Espero por você às quatro horas no terraço do Luxemburgo, no lugar habitual. Peço-lhe que me perdoe."

O rosto de Pascal se anuviou; o tom urgente do apelo deixava-o espantado, e nele o espanto estava sempre muito próximo à censura; as manifestações da paixão pareciam-lhe indecentes, e em Anne desconcertavam-no mais ainda, por ela ser refletida e controlada.

Suspirou.

— Talvez me seja impossível sentir o que as pessoas chamam de amor — murmurou; já o confessara humildemente a Anne, e ela sofrera. Como era difícil ser sincero! Ela se dispunha a admirar esse zelo pela verdade, mas teria ficado mais feliz se lhe tivesse simplesmente dito: eu te amo. Vivia atormentada. Como fazê-la entender que a amava muito *melhor* do que a amaria se a amasse *mais*?

Afastou os livros; iria ao encontro, embora isso atrapalhasse todos os seus planos. Se Anne escreveu foi porque sua inquietude era muito grande. O dever de Pascal era levar-lhe um pouco de força e paz. Levantou-se e dirigiu-se ao corredor que conduzia ao quarto da irmã mais velha.

Marcelle estava estendida num canapé, ao lado de uma mesa entulhada de livros e revistas; uma echarpe de angorá rosa flutuava ao redor de seu pescoço.

— Como está se sentindo, irmãzinha? — perguntou Pascal, beijando a testa alta que os cabelos enrolados num coque sobre a nuca deixavam descoberta.

— Muito bem, realmente — respondeu ela sem muita energia.

Ele se sentou a seu lado e pousou sua mão sobre a mão pálida da irmã.

— Não vou poder lanchar com você — disse num tom sentido. — Tenho de sair hoje à tarde; você não se importa de ficar sozinha o resto da tarde em casa com mamãe?

— Não, ele não ousaria voltar — disse ela. — E se o fizer, não abriremos a porta.

— Minha pobre querida!

— Ninguém precisa ter pena de mim, Pascal — disse ela num tom musical —, enquanto me restarem forças para trabalhar e eu tiver você. — Apertou a mão do irmão. — Não estou com aspecto muito ruim? — perguntou, o ar faceiro.

O contraste das bochechas cobertas de pó branco com os olhos sombrios davam-lhe um aspecto febril, mas parecia descansada.

— Você nunca esteve mais bela. Como é linda esta roupa! — Passou suavemente os dedos no casaquinho cor-de-rosa com um cisne bordado.

— Você gosta? E eu que me preocupava tão pouco com minhas roupas antigamente; mas é feio, não é, uma doente desleixada? — Fez um pequeno muxoxo. — A gente precisa inspirar perdão.

— Sua tolinha — disse Pascal com ternura. — Você dormiu bem essa noite?

— Sim, um pouco — respondeu com um sorriso forçado. — Marguerite voltou incrivelmente tarde, você não ouviu? Não disse nada a mamãe, para não deixá-la preocupada. — Suspirou.

— Talvez fosse bom você falar com ela — disse Pascal.

— Com Marguerite? Ela não me ouvirá. Cada um deve passar por suas próprias experiências, meu pobre Pascal; e o que há talvez de mais duro é pensar que todos os nossos sofrimentos não nos permitem poupar aos que vêm depois de nós um único sofrimento sequer.

— É nossa irmã e para nós é como uma estranha — Pascal falou com tristeza.

— Quando a vida a tiver machucado ficará mais humana. Até agora só conheceu a felicidade. — Olhou para o teto. — Às vezes penso em descrever o drama de uma alma colocada bruscamente diante da dor: primeiro o horror, a recusa; depois o estabelecimento de uma familiaridade ainda cheia de sobressaltos, de rancor; enfim, a aceitação e a alegria. — Fez uma pausa. — Gostaria que fosse tão vivo, tão pungente como uma história de amor.

— Que presente mais belo se poderia ofertar à humanidade — indagou Pascal num tom pensativo — do que encontrar um sentido para o sofrimento do homem?

— Mas o sofrimento *tem* um sentido, Pascal — disse a irmã numa voz trêmula. — A doença e a traição não passaram em vão em minha vida.

Olhou-a com emoção. Foram as provações que avivaram aquela chama interior cujos reflexos misteriosos Pascal via nos olhos da irmã; aquele rosto cuja carne se consumira, não era mais do que uma pura irradiação espiritual.

— Receio que você esteja trabalhando demais — falou, indicando os manuscritos espalhados sobre a mesa. — Não se esgote, minha querida.

— Tenho de fazer com que me amem por esses pedacinhos de papel — disse ela com um sorriso envolvente —, já que todo contato vivo com os seres me é proibido.

Ela nutria um interesse apaixonado pelas pessoas, e era com avidez que se debruçava sobre livros novos ou revistas para descobrir jovens sensibilidades.

— Se você se cuidar direitinho... — começou Pascal.

— Talvez, meu querido Pascal — falou num tom indulgente; deixou-se novamente cair sobre os travesseiros, exausta. — Sempre quero ir muito adiante dos outros, e isso me esgota. Só tenho mesmo você. — Passou a mão nos cabelos negros e ondulados de Pascal.

Aquele mal secreto que a consumia e com o qual os médicos não se importavam muito — sem dúvida por não saberem dar-lhe um nome — parecia a Pascal uma espécie de lenta desencarnação; nem todas as doenças vêm do corpo; uma alma por demais ardente pode usar seu invólucro carnal até aniquilá-lo; mas — infelizmente

— nesse esforço para se depurar, não arruinaria a si própria? Naquele momento extremo em que o espírito se libera afinal, não se desvanecerá para sempre? Talvez fique suspenso, durante um breve clarão, numa lucidez absoluta. Como ocorria todas as vezes em que pensava na morte, Pascal sentiu-se acometido por uma vertigem. Suas considerações o levavam com frequência a esse tema, mas só conseguia considerá-lo por alguns segundos.

— Por que esse ar triste? — perguntou Marcelle com ternura.

— Estava me perguntando — respondeu Pascal — como fazem esses filósofos que concatenam suas ideias com tranquilidade, como se articulassem as peças de um mecanismo.

Marcelle olhou-o, atenta. Não havia ninguém no mundo que se inclinasse sobre a alma de Pascal com interesse tão ardente; perto de mais ninguém se sentia tão venturosamente em paz consigo mesma.

— Um pensamento é para mim uma presença real — disse ele. — É por demais pesado, fica perto demais para que possa distinguir os seus contornos.

— É que você e eu não pensamos apenas com nossos cérebros — disse Marcelle. — Pensamos também com o coração.

Pascal pôs-se a rir.

— Ou talvez sejamos muito espertos — disse, meio brincalhão.

A suprema razão de ser para Pascal eram esses êxtases de ternura ou desespero em que a lenta palpitação de seu pensamento algumas vezes o mergulhava; trocá-los por frases abstratas e claras lhe parecia um crime contra o espírito. À parte essas preciosas visitas, vivia sem refletir muito, com simplicidade.

— Preciso ir embora. Já estou atrasado. — Suspirou. Anne não podia imaginar a prova de amor que lhe dava, ao abandonar por ela uma irmã triste e doente. — Vamos ler Swinburne hoje à noite — acrescentou, com um sorriso cheio de promessas.

Anne já se achava no terraço quando Pascal chegou. Avistou-a de longe, sentada debaixo de um castanheiro despojado da metade de suas folhas. Em meio aos ramos mortos, reluzia um galho verde carregado de pequeninas borlas brancas; essa visão encheu o coração de

Pascal de uma estranha alegria. O sorriso de Anne, iluminando-lhe o rosto sério, assemelhava-se a uma daquelas flores vivazes e tardias.

— Pascal, como lhe agradeço por ter vindo!

— Também sofri muito por não poder vê-la. Mas minha mãe e minha irmã mais velha estavam com aborrecimentos tão grandes que eu teria achado egoísta pensar só em nossa felicidade.

— Gostaria de poder partilhar de suas inquietudes. Você não precisaria temer que fosse distraí-lo de suas preocupações; eu também não ando muito contente.

— Trata-se de segredos que não me pertencem.

Anne não respondeu nada; parecia abatida.

— Sua carta causou-me dó e deixou-me aflito. Há alguma novidade?

— Mamãe está absolutamente decidida a me mandar passar o ano na Inglaterra — revelou Anne com esforço. — Não adiantou nada suplicar. — Suas mãos se crisparam. — Eu não devia ter escutado Chantal — disse num tom desesperado. — Nunca devia ter voltado a vê-lo; agora é tarde demais, não posso mais me resignar.

O tom de sua voz emocionou Pascal. "Eu não sei amar", pensou consigo mesmo, com humildade não desprovida de ternura.

— Estou muito feliz de que você o tenha feito, Anne — falou em tom caloroso. — Você sabe muito bem que não saberia ficar sem você.

— Será que alguém tem realmente necessidade de mim?

— Anne! — disse Pascal num tom de reprovação. — Eu de fato não sou muito hábil para encontrar palavras; mas, apesar da minha falta de jeito, pode acreditar: para mim você é absolutamente necessária, insubstituível.

— É verdade? É verdade mesmo?

— Mulher de pouca fé... — replicou ele, ternamente.

— Sou covarde. Não valho nada, Pascal; não mereço que você me queira, não consigo me impedir de duvidar; tenho a impressão de que você me vê através de um espelho e que ele vai bruscamente se diluir.

— Tenha confiança em mim — estimulou-a Pascal.

— Quando o vejo, tenho confiança — disse ela com um sorriso.

— Você não pode dobrar sua mãe? Eu tinha tantos projetos para nosso inverno!

— Mamãe não consegue entender que você não me apresente à sra. Drouffe, que nós não fiquemos noivos imediatamente; desconfia terrivelmente de você. — Lançou-lhe um rápido olhar. — Pascal, perdoe-me por falar nisso outra vez — disse com ansiedade —, mas é realmente impossível ficarmos noivos? Depois, poderemos esperar o tempo que for preciso. Entendo muito bem o que você significa para sua irmã, nada mudará entre vocês.

Ele balançou a cabeça.

— Não será a mesma coisa. Ela não encontraria mais razão nenhuma de viver se não acreditasse mais que me é necessária.

— E por que ela lhe seria menos necessária do que antes?

— Ela ficaria com essa impressão, eu sei. Vou precisar de muito tempo para habituá-la à ideia de que não está mais sozinha em meu coração. Não quero causar a ela um choque brusco, sobretudo agora.

Anne dirigiu-lhe um olhar triste e sem nenhuma indagação; Pascal hesitou; devia-lhe explicações.

— Escute, vou lhe dizer de que se trata. Você sabe que meu cunhado abandonou minha irmã há três meses atrás, depois de tê-la tratado de modo odioso?

Anne assentiu.

— Marcelle mal começava a esquecê-lo, a ficar curada, quando há uns cinco dias ele reapareceu lá em casa, em minha ausência; depois de uma cena abominável, tirou à força todo o dinheiro da Marcelle e de mamãe. Você pode imaginar o golpe que foi...

— Compreendo, Pascal — disse Anne com docilidade; mantinha uma expressão de total desânimo que o magoava. Anne confiava nele por amor, mas sem aprová-lo no fundo de seu coração; sentiu-se muito só.

— Pensando bem, Anne, isso para nós não é uma questão de vida ou de morte; só nos sacrificaremos por um ano. E nós, nós temos um futuro inteiro para sermos felizes!

— Um ano! — exclamou Anne, sem timbre na voz — Sim, talvez não seja nada, um ano. — Esforçou-se por sorrir. — Um ano sem saber nada de você, um ano esperando, duvidando.

— Nós nos escreveremos.

— Não. Mamãe não quer; quando ela está perto, posso discutir com ela; longe, só resta me submeter. Ela certamente tolerará que nos revejamos uma ou duas vezes antes de minha partida, mas com a condição de que em seguida nosso rompimento seja total. Tenho de obedecer.

Pascal não protestou; respeitava demais as convicções religiosas de Anne para tentar desviá-la de seus deveres de cristã.

— Tenho medo de ficar sozinha — disse Anne; pareceu querer acrescentar algo, mas depois reconsiderou.

O vento balançava as folhas dos castanheiros; Pascal contemplou absorto os pequenos brotos verdes e as flores desabrochadas fora de estação. Triunfo fugaz da existência: dentro de poucos dias, aquela alegria também acabaria.

— Nosso amor será belo, Anne — disse Pascal com emoção —, duradouro e puro porque não vamos comprá-lo com mentira alguma; o que existe de tão raro entre nós, compreende, é que nos queremos de modo tão profundo que não desejamos um para o outro a cegueira da felicidade. Quantos amores não passam de um egoísmo a dois, de uma fuga...

— É verdade. No entanto, é tão nobre entregar-se inteiramente a uma paixão! Não que eu seja capaz — acrescentou, com tristeza.

— É que não conseguimos nos evadir. As distrações, no sentido pascaliano da palavra, não foram feitas para nós, e de todas as distrações inventadas pelo homem a felicidade é sem dúvida a mais falaciosa.

Olhou para Anne com grave ternura; ela estava bem perto dele, fraternal; ela também sentia — até a angústia — o caráter patético da vida. Aquela comunhão mística e silenciosa era a altura mais elevada que um amor podia alcançar.

— Apesar de tudo acho que saberei ser feliz — disse Anne. Seus traços descontraíram-se e por um momento o rosto permaneceu sorridente e pueril. — Eu era tão feliz, quando pequena. É preciso que lhe conte um dia, Pascal, o que mamãe soube fazer de nossa infância — interrompeu-se. — Talvez isso volte a ser possível. — Havia certo apelo em sua voz. Pascal hesitou; sabia que palavras Anne aguardava, mas não queria mentir.

— Ser feliz quando se é criança é fácil, porque ainda se ignora tudo. A partir do momento em que se aprende, não se pode mais esquecer sem ser covarde. Mas o que você me trouxe de maravilhoso, Anne, foi esta revelação: que se pode viver sem felicidade e sem desesperar.

Num quarto aconchegante que o rosto tranquilo de Anne iluminaria, como seria doce meditar, com o coração cheio de ternura e sem ilusão, sobre o destino humano; seria doce até mesmo sentir subir à garganta uma pequena onda de angústia.

— Ah, Pascal, saberei ter coragem! Realmente não o assusta a ideia de que serei toda a sua porção na terra? Às vezes acho que você deveria me odiar.

Pascal olhou-a com temor; os pensamentos que atravessavam a mente de Anne eram realmente imprevisíveis; ela se esgotava, fazendo-se dia e noite perguntas inúteis.

— Não sou tão complicado assim — disse ele, com um riso adolescente. E acrescentou, o ar sério: — Sou eu, Anne, quem muitas vezes tem vergonha de ter tão pouco a lhe oferecer.

— Não fale assim. — Enrubesceu. — Você transfigurou minha vida. — Olhou-o com emoção. — Eu já lhe disse o quanto antigamente a ideia da morte me era agradável; agora não quero mais morrer.

Essas palavras tocaram Pascal profundamente, mas deixaram-no pouco à vontade. Anne vivia numa atmosfera sufocante; respirava melhor quando longe dela.

Levantaram-se e deram alguns passos pelo jardim; andaram ao lado um do outro, sem se tocarem. Pascal jamais beijara Anne; os gestos lhe pareciam grosseiros demais para traduzir a inefável comunhão de seus corações. Guardava profundo desgosto pelas aventuras muito baixas que tivera no começo de sua juventude, e há muito se mantinha casto. Quando pensava na noite em que pela primeira vez tomaria Anne em seus braços, sentia vontade de chorar.

— Farei tudo para revê-lo antes de meu embarque, Pascal — disse Anne ao deixá-lo; apertou-lhe a mão e afastou-se apressada, sem se voltar. Pascal ficou imóvel, apoiado na balaustrada de pedra; sentia-se incomodado pela tristeza daquele adeus; Anne não ficara com raiva, mas não soubera entendê-lo. Era mulher, apesar de tudo, e a felicidade era para ela uma realidade com a qual era preciso contar; quanto a ele, nunca achara muita diferença entre suas piores dores e suas maiores alegrias.

*

Dois dias mais tarde Pascal foi tomar chá em casa de Chantal.

— Anne vai dar um jeito de vir passar alguns momentos conosco — disse Chantal, ao abrir-lhe a porta. — Ela telefonou; está terrivelmente ocupada com os preparativos da viagem. Isso porque você a deixa partir! — acrescentou com reprovação.

— Anne conhece meus motivos e me aprova.

— Separar-se por um ano! Há casos em que isso não significa muito. Mas, Pascal, Anne neste momento não tem força para suportar tal coisa; da última vez em que a vi, ela me deixou com medo.

— Ninguém pode sofrer mais do que eu com as preocupações que afligem Anne — replicou Pascal um tanto secamente. Estimava Chantal, sabia o que ela representara para Anne; fora quem a ajudara a dissociar as ações da vida espiritual e do conformismo social, alargando infinitamente seus horizontes. Mas isso não era razão para que ela tomasse a respeito de Anne uma atitude protetora. Pascal muitas vezes se irritava, quando a própria Anne considerava como superioridade a cultura de Chantal e a liberdade de sua vida. — Se eu fosse a única pessoa em questão, não haveria nada que não sacrificasse por ela com alegria — continuou, agora em tom mais brando.

— Mas ninguém mais do que Anne precisa de ajuda. Se você a deixar partir, como vai querer que ela creia em seu amor? E se ela não acredita nele...

Pascal deu de ombros calmamente; já se sentira atingido várias vezes pela incompreensão dos amigos; agora, porém, que chegara mais longe nos caminhos da solidão, experimentava certa satisfação em se ver incompreendido.

— Anne anda preocupada com a mãe — continuou Chantal. — E o que é pior, começou ela própria a se condenar; continua a acreditar em Deus, mas não sabe mais o que Deus espera dela. E se ainda por cima duvidar de você, Pascal, para quem vai se voltar?

— Ela não tem razão nenhuma para duvidar de mim — disse Pascal em tom categórico.

— E no entanto ela duvida. Há anos que Anne vive dilacerada. Só você poderia lhe permitir continuar cristã e ainda assim viver. Não sei o que será dela.

— Você fala como se eu a tivesse abandonado. Gosto de Anne; e ela sabe disso, Chantal, esteja certa.

— Está bem — disse Chantal; mudou a conversa, mas continuou preocupada. Pascal sentiu-se aliviado quando Anne tocou a campainha.

O rosto de Anne estava branco como giz; parecia, contudo, bastante satisfeita.

— Sabe, Pascal, tornei-me razoável — disse abruptamente. — Sinto vergonha de ter feito aquela cara de enterro diante de você. — Sorriu. — Pobre Pascal, estava abatido quando me deixou.

Sentou-se no divã e Chantal ofereceu-lhe um cigarro e Anne, que raramente fumava, aceitou.

— Quando penso que possuo tanta coisa e ouso me queixar — murmurou. Voltou-se para Pascal: — Vi Lisa hoje de manhã; ela tinha acabado de dar uma aula para as crianças. Fiquei perturbada de remorso. Ela suporta seu destino com tanta dignidade e coragem e, no entanto, leva uma vida triste. Senti vergonha de mim; logo eu, que tenho tanto.

Era tão raro ouvir Anne falar espontaneamente de si mesma, que Pascal ficou desconcertado. Chantal também parecia pouco à vontade.

— A data de sua viagem já foi fixada? — perguntou esta depois de curto silêncio; serviu um cálice de xerez para Anne.

— Parto segunda-feira, mas isso não tem mais importância, Chantal. Refleti bastante. Minha alegria não pode depender de uma separação; é uma coisa que nada pode destruir; isso de repente me invadiu como uma iluminação.

Havia uma espécie de fervor em sua voz, e Pascal olhou-a com terna compreensão; ele pusera seu amor em boas mãos. Anne não era egoísta nem fraca, e depois de um momento de desespero, acabara por compreender.

— Vou fazer o possível para ir à Inglaterra na Páscoa — disse Chantal. — Gostaria de rever Londres com você.

Anne sorriu.

— Seria ótimo, Chantal. Sabe, quero aproveitar essa estadia. Você precisa me dar informações sobre os museus, sobre os teatros. Talvez tente traduzir um romance de Meredith; deve ser um trabalho interessante.

— É uma boa ideia — disse Pascal. — Mas Meredith! Não há nele nada de muito essencial; por que não traduzir um poeta: Swinburne ou Browning? Quase não são conhecidos na França.

— Ontem à noite reli *O egoísta* — disse Anne — e vou lhe dizer, Pascal, fiquei tão interessada que li da primeira à última página; descobri nele um mundo de coisas que no princípio não percebia. Um mundo.

Esvaziou o cálice de uma só vez.

— Você conhece Evan Harrington? — perguntou Chantal.

Pascal desistiu de seguir a conversa; quase não lia romances. Sentia prazer em ouvir Anne conversar com aquela vivacidade e aquela paixão que o haviam surpreendido e seduzido seis meses antes; sentia-se, contudo, invadido de tristeza. Deu-se subitamente conta de que Anne ia realmente partir; achava um pouco fúteis as discussões literárias.

Cerca de uma hora depois, Anne olhou o relógio de pulso.

— Tenho de ir a um chá — disse, com um ligeiro suspiro. — Estou levando uma vida realmente cheia, não é?

— Isso vai mudar, minha cara Anne — disse Pascal, apertando-lhe suavemente a mão.

Ela sorriu.

— Já mudou. Pascal, vou me despedir de você amanhã, mamãe deixou.

Pascal baixou a cabeça sem responder; não acreditava que pudesse ficar tão emocionado.

— Vou telefonar para lhe dizer onde e a que horas nos encontraremos. — Sorriu outra vez, com esforço, e seguiu Chantal até o vestíbulo. A porta bateu.

— Há muito tempo não via Anne tão animada — disse Chantal ao voltar para a sala. — Ela deu a volta por cima de tudo de maneira surpreendente. — Estava com uma expressão quase desapontada.

— É preciso confiar sempre em Anne. Ela está à altura de todas as provações.

— No fundo, talvez seja um bem para ela, essa estadia no estrangeiro — disse Chantal, em tom conciliador. Sentou-se diante de Pascal, e falaram de Anne com ternura até o anoitecer; das suas virtudes e de seu futuro.

4

Era cerca de seis horas de uma tarde de sábado, quando Anne bateu à porta de Pascal; só havia Marcelle em casa, que escrevia um poema sobre a solidão.

— Quem é? — perguntou através da porta; temia que fosse Denis.

— É Anne Vignon — respondeu uma voz desconhecida. Marcelle já ouvira Pascal pronunciar esse nome. Abriu; viu uma moça morena de olhos brilhantes e vestido azul, a cabeça descoberta. Marcelle estudou-a com surpresa.

— Queira entrar, senhorita. Gostaria de ver meu irmão, não é? Ele não vai demorar. — Sorriu de modo afável.

Anne ficou plantada diante dela e examinou-a com desconfiança.

— A senhora é a irmã dele? — perguntou sem se mover.

— Sim, sou a irmã de Pascal — respondeu Marcelle, um tanto insegura.

Anne deu um pequeno sorriso.

— Desculpe-me. É tão... tão imprevisto. — Olhou sua própria mão com atenção, hesitou e estendeu-a a Marcelle. — Bom dia, senhora — disse. Marcelle levou-a para a sala e mandou-a sentar; estava profundamente chocada. Houve um longo silêncio. Marcelle pigarreou para limpar a voz.

— Você é amiga de Chantal Plattard, não é? Como vai ela? Faz tanto tempo que não a vejo.

O olhar de Anne deixou-a gelada.

— Evidentemente não sou digna de Pascal — disse vagarosamente. — Não quero seduzi-la. Não sou má; ele lhe disse que eu era má?

— Ele não me falou de você — disse Marcelle friamente.

A voz de Anne adquiriu um tom exaltado.

— A senhora me conhece mal, tenho certeza. Nunca pensei em tomá-lo da senhora, não tentarei impedi-lo de amá-la. — Torceu nervosamente as mãos. — Não me obrigue a partir, não é possível, a senhora não quer que eu seja infeliz. Não é preciso me odiar.

Marcelle não entendia a cena, mas ficou ligeiramente amedrontada; as mulheres que vão à casa da rival com um frasco de veneno na bolsa deviam ter aqueles olhos febris.

— Nunca vou me meter entre você e meu irmão, se é o que teme — replicou num tom circunspecto.

Anne levantou-se e começou a andar pela peça com agitação.

— Eu também gostarei da senhora, e talvez a senhora acabe gostando de mim — disse. Passou a mão pela testa. — Estou num estado lastimável, não mereço que ele se interesse por mim. Eu teria de contar toda a minha vida para a senhora, mas seria longo demais. Eles, enfim, me disseram que eu devia ter confiança. Não há nenhum mal em querer ser feliz, não é um pecado, é?

— Certamente que não.

Os traços de Anne se tranquilizaram, e ela se apoiou com ar íntimo na poltrona de Marcelle:

— Achei que entre pessoas que se estimam o melhor seria falar com franqueza, de coração aberto — disse com uma espécie de malícia.

Marcelle recuou um pouco.

— Tem razão.

Anne sentou-se num pequeno sofá e ajeitou a saia com um ar mundano.

— Deu tudo errado, a senhora sabe — revelou num tom confidencial. — Mamãe e Pascal não se entendem. "Eles são tão jovens, não sabem o que é importante" — acrescentou num tom indulgente.

Era preciso responder; havia no ar uma ameaça insuportável, que só esperava o silêncio para se definir.

— Eles vão acabar entendendo — disse Marcelle ao acaso.

— Claro. É uma armadilha. — Um sorriso pairou por um momento em seus lábios, intolerável; não se ouvia um ruído sequer dentro de casa.

"Ela é louca", pensou Marcelle, e se sentiu mais calma.

Anne enterrou a cabeça nas mãos e ficou alguns minutos prostrada numa cadeira. Marcelle a observava sem dizer nada; não adiantava mais despender esforços para conversar. Anne reergueu-se bruscamente.

— O que foi que vim fazer aqui? — indagou ela; e deu um riso nervoso. — Vê-la; vim aqui para vê-la. — Segurou a mão de Marcelle. — Sabia que a senhora era boa, tinha certeza de que teria pena de mim. — Depois tornou a ficar em silêncio, parecendo esgotada. Foi assim que Pascal a encontrou, ao entrar na sala alguns minutos depois.

— Você? — disse Anne com surpresa; levantou-se e fez uma pequena reverência. — Estou encantada por vê-lo aqui.

Marcelle fez para o irmão um sinal que ele não compreendeu.

— A srta. Vignon e eu já nos entendemos — precipitou-se em dizer.

— Sim, Pascal, eu lhe apresento uma de minhas grandes amigas — sorriu de um modo cheio de desculpas. — Temo ter sido um pouco inconveniente.

— Vou emprestar um casaco à srta. Vignon, e você a levará de volta para casa — disse Marcelle. — Você nos dá licença um instante?

— Mas claro!

Marcelle levou Pascal para a peça contígua e contou-lhe rapidamente a cena.

— Não entendi do que se tratava — concluiu.

— Eu lhe contarei tudo — disse Pascal, segurando-lhe a mão. Voltou para a sala. — Vista o casaco, minha querida Anne. Vou ver sua mãe com você.

Anne jogou o casaco sobre os ombros.

— Adeus, minha senhora — disse a Marcelle, com ar sério. Quando desciam a escada, olhou Pascal com expressão amedrontada: — Você não está zangado, Pascal?

— Está tudo em ordem, Anne, querida. Não fique preocupada.

— Estou com tanta dor de cabeça — disse Anne, ao sentar-se no táxi; encostou-se no ombro de Pascal e não falou mais nada. Só abriu os olhos perto do final do trajeto. — Você quer me beijar, Pascal? Você nunca me beijou.

Ele a apertou contra o peito e pousou os lábios no rosto infantil que ela lhe oferecia. Sentia-se dilacerado por um sofrimento que não tinha nada em comum com suas tristezas habituais; era algo de amargo, impiedoso, insuportável.

A sra. Vignon fez com que Anne se deitasse imediatamente; permitiu, porém, que Pascal se despedisse dela. Anne ergueu um pouco a cabeça recostada nos travesseiros e segurou a mão de Pascal com certa exaltação.

— Então você está de acordo? Não partirei mais?

— Não, minha querida Anne — disse a sra. Vignon. — Fique calma. Você fará o que quiser.

Anne olhou para ela.

— Eu lhe dou tanto trabalho. — Seus traços se abateram. — Tenho de aprender a não amar mais ninguém — disse e ficou por um momento de boca aberta, os olhos vazios. Pascal segurou-lhe o ombro; aquela expressão era terrível demais.

— Agora somos noivos, sua mãe nos deu consentimento.

— Isso não tem importância.

*

A morte de Anne foi uma surpresa; antes de ser transportado para Uzerche, o corpo foi velado em câmara ardente. O rosto parecia muito pálido e esquelético; os longos cabelos negros enraizados na carne morta espalhavam-se sobre o travesseiro, cortantes, sem brilho, vivos ainda.

Pascal não queria ver o cadáver magro rodeado de flores outonais: fechou os olhos e apertou as pálpebras com os dedos. Não sobrava mais nada de Anne naqueles restos mortais; para atingi-la em sua verdade essencial, era em seu próprio coração que devia procurá-la.

— "Tel qu'en lui-même enfin l'éternité le change" — murmurou.[4]

Anne entrara para a eternidade. Estremeceu: a imagem de Anne acabara de lhe aparecer: "Você não quer me beijar, Pascal?" Ela

[4] Primeiro verso do soneto "Le Tombeau d'Edgar Poe" [O túmulo de Edgar Poe], de Stéphane Mallarmé.

sorria, e naquele sorriso que o perseguira a semana inteira, algo de terrível o ameaçava. Era preciso sobretudo não tentar lutar com as palavras; quando eram pronunciadas não se podia mais esquecê-las, e talvez tornassem a vida impossível para sempre. Era preciso acolher a angústia sem resistência, deixá-la esmagar o coração, ressecar a garganta, nada pensar. Pascal empertigou-se; era-lhe difícil, naquela noite, abrigar dentro dos limites de seu corpo aflições equívocas. A pressão no coração transformava-se em pensamento, e um sentido exato, cruel, perfurava-lhe a garganta em fogo; rápido, tinha de tentar transformá-lo — com um exorcismo qualquer — antes que terminasse de se revelar.

— Anne, rosto querido, nunca mais a verei — murmurou Pascal.

Anne estava morta e ele a amava. Suspirou. Sentiu-se outra vez no centro de um sofrimento grande e puro; o perigo passara.

— Anne, não são lamentos estéreis que você espera de mim; você não gostaria que sua morte significasse para nós um empobrecimento, mas a fonte de uma riqueza inesgotável. Você agora nos ordena imperiosamente que ouçamos a mensagem que tinha a nos transmitir, e seu destino será assim maravilhosamente consumado. Somos nós que temos de consumá-lo, mas é duro, muito duro, minha amada, renunciar a toda alegria que você nos dava. Estou sozinho, Anne, você me entregou à solidão. Como saberei, longe de você, merecê-la?

Pascal ouviu um soluço a seu lado: era Chantal. Em si próprio, contudo, não encontrava mais lágrimas. Alquebrado pelas noites de insônia, pelas horas de expectativa sem esperança e pela violência do choque final, sentia-se muito além da dor. Quando uma pessoa se perde inteiramente, pode então contemplar o mundo com serenidade. Seria isso o que Anne lhe ensinara? Não conseguiu mais resistir: levantou os dedos e apalpou suavemente o rosto dela. Os médicos falaram em encefalite, mas era difícil acreditar num acidente brusco, era mais provável que Anne estivesse há muito tempo com um tumor; há muito seus dias estavam contados, e era a esse mal secreto que se deviam atribuir suas reações exageradas nos últimos tempos. Marcelle ficou transtornada; todos sentiram a morte, até Marguerite. Talvez apenas pela morte Anne pudesse se manifestar de modo tão irresistível; tratava-se de um ardil usado por um amor grande demais para a terra. Pascoal baixou a cabeça; uma paz profunda o invadiu. "Como ousaria chorar por mim mesmo, e como poderia alguém chorar por você, oh, você que soube com prodigiosa e sorridente audácia desaparecer para sempre." Compreendeu subitamente a mensagem indizível. Era na morte que ela encontrava um sentido, essa vida voltada para a morte: a vida se completa na morte, e a morte é a fonte da vida; não paira maldição nenhuma sobre a terra. Pascal pôs-se a soluçar; a alma luminosa de Anne habitaria nele para sempre, inundando-o de certeza e paz. Ela aceitava o mundo cegamente.

*

Poucas pessoas acompanharam o caixão de Anne ao longo da estrada fria que conduzia ao cemitério de Uzerche; a sra. Vignon teve, porém, o consolo de receber grande número de cartas que prestavam comovidas homenagens às raras virtudes da jovem defunta. Aquele belo exemplo de cristão não podia permanecer obscuro, Deus não quer que se oculte a verdade, para a edificação das almas. A sra. Vignon decidiu mandar publicar um opúsculo em memória da filha.

Um pequeno e simples memorial: um retrato de alguns trechos de seus escritos íntimos e suas preces preferidas. A sra. Vignon sentou-se à sua escrivaninha; já selecionara os papéis de Anne, mas ainda não tivera coragem de lê-los até o fim; era tarefa dolorosa. Puxou para si os cadernos de capa preta e as cartas que Pascal e Chantal lhe haviam enviado, e pediu a Deus que a ajudasse a transpor tamanho calvário.

Algumas fotos estavam espalhadas em cima da mesa; a sra. Vignon pegou uma delas e fechou os olhos, trespassada por uma dor intensa demais. Precisava ter sido eu a fonte de tanto sofrimento, Senhor! Precisava ter sido eu a apressar o seu fim! Se soubesse que ela estava doente... Levantou a cabeça. Vossos caminhos são insondáveis, Senhor. Examinou outra foto: como Anne detestava posar para retratos; acima do busto envolto por uma blusa de gaze, um sorriso forçado, olhos sem expressão; os instantâneos eram melhores, talvez se pudesse tentar uma ampliação. A sra. Vignon afastou as fotos e pegou um lápis para sublinhar nos cadernos de Anne as passagens que comporiam o memorial.

Seus olhos derramaram lágrimas desde as primeiras páginas. Anne amara sua mãe apaixonadamente, mas com frequência achara duro obedecê-la, só à custa de muito sofrimento se submetia à vida que lhe era imposta. Como podia eu saber que aquilo que é bom para os outros não era bom para ela, meu Deus? Não passo de uma de Vossas humildes servas, e foi uma santa que me confiastes! Meu Deus, sabeis que agi segundo minha consciência; se não quisestes me iluminar mais foi porque para a glória dela, para Vossa glória, Senhor, essas provações eram necessárias. Fui tão somente um instrumento em Vossas mãos. A sra. Vignon enxugou os olhos e prosseguiu a leitura.

Era um ser extraordinário; Deus não a fizera chegar ao céu pelos caminhos comuns: conduzira sua alma por estranhos caminhos. Alguns anos antes Ele permitira que ela fosse torturada pela dúvida; jamais sucumbiu, mas suas demonstrações de fé conservaram por muito tempo um tom desesperado. A sra. Vignon não sublinhou nada; não convinha expor à luz do dia aqueles combates contra a tentação. Mais tarde as crenças de Anne fortaleceram-se, mas ela continuara inquieta, suas ideias às vezes eram desconcertantes; era jovem, Deus mais tarde acabaria por iluminá-la, pois que ela buscava a verdade sem qualquer orgulho. A sra. Vignon não sublinhou nada. Era impossível fazer perceber num breve opúsculo as dificuldades íntimas com as quais Anne se debatera; o que importava é que durante todas as suas crises de angústia e suas revoltas, o amor a Deus não deixara de devorá-la. A sra. Vignon sublinhou uma página magnífica, onde Anne punha sua vida e sua salvação nas mãos de Deus. As palavras entrega, submissão e aceitação surgiam sem cessar ultimamente. Até mesmo a morte, Anne a olhara de frente e aceitara; no mês de agosto escrevera: "Se me dissessem que tinha de morrer hoje à noite, eu me submeteria sem queixa e até com alegria." A sra. Vignon sublinhou essas palavras, era preciso colocá-las abaixo da fotografia. Mais tarde, em meados de outubro, lia-se: "Agora não gostaria mais de morrer." Anne era humana, os maiores santos foram humanos; mas a graça a transportara a alturas inatingíveis, e eram esses momentos de sua vida que se precisava oferecer ao mundo como exemplo.

— Anne, minha santinha — murmurou a sra. Vignon. — Pede por mim, pobre pecadora. Ajuda-me a aceitar sem queixa ter sido eu o instrumento de teu sofrimento, de tua salvação. — Foi ficando lentamente de joelhos até encostar a fronte na escrivaninha; ficou por muito tempo assim, prostrada, aos pés da filha radiante de glória.

*

Nem Pascal nem Chantal puderam sair de Paris para o enterro de Anne; quando, porém, as férias do Natal chegaram, decidiram ir juntos em peregrinação até seu túmulo. No trem que os levava, Chantal não parou de observar Pascal, sem qualquer benevolência. Estava vestido de escuro como um viúvo, e seu belo rosto adquirira um ar fatal que o tornava irresistível. Era irritante: não soubera amar Anne quando viva, e parecia querer instituir-se como único guardião de sua memória. "E para acabar vai casar com outra", pensou Chantal. Alguns corações partidos pela compaixão espreitavam-no, a uma distância respeitosa. A mãe e a irmã só lhe falavam em voz baixa, cercavam-no de discretos cuidados; seus sapatos nunca foram tão bem engraxados nem a roupa lavada com tanta perfeição.

— Como me tornei uma pessoa dura — suspirou Chantal, com certa vaidade. Sentia que caminhava na direção do cinismo. A morte de Anne desvendara-lhe a feiura do mundo, seu fervor se exauriu, e ela só queria opor ao absurdo do destino uma lúcida amargura. Era com cinismo que via Pascal e a sra. Vignon acomodarem ao modo deles a memória de Anne e se reconciliarem com a morte dela. Ela não, ela não aceitava; queria permanecer fiel à verdadeira imagem de Anne e sabia que a morte viera para Anne como inimiga. E era isso o mais atroz: que Anne tivesse sido destruída antes de chegar a existir totalmente. E mesmo depois da morte, ninguém tentava salvá-la.

Faziam dela uma mística, uma devota. A sra. Vignon pusera mais uma santa em seu céu, e aquela bela figura de mulher que Chantal talhara com tanto amor caíra e se transformara em pó.

Chantal debruçou-se na janela do trem; não sabia muito bem o que esperava daquela peregrinação. Nenhuma lembrança poderia preencher o vazio de seu coração; a única ação na qual ela algum dia se engajara fora interrompida, nada a consolaria desse fracasso. Todavia ela esperava, ardentemente.

Aproximavam-se: uma luz verde brilhava no fundo da noite; o trem foi parando.

— É aqui — disse Chantal; abriu a portinhola. A estação estava quase deserta; os sons fracos e agudos de uma sineta perfuravam o ar enregelado. "Seria um bom começo de romance", pensou Chantal, "essa chegada de dois viajantes insólitos, numa noite de dezembro, numa pequena estação deserta; ninguém os aguarda; não tomam o ônibus que leva para a cidade. Aonde irão? Quem são? Dois jovens recém-casados, dois noivos, sem dúvida. Vão caminhando pela estrada, lado a lado, quase em silêncio, e pouco a pouco se percebe que o laço que os une é mais sutil do que a fraternidade ou o amor". Ergue-se entre eles uma trágica figura envolta em sombra, no começo, mas que aos poucos vai se iluminando.

Segurou o braço de Pascal.

— Anne me falou de você aqui nesta estrada, Pascal — disse com emoção. Na verdade gostava dele, com um desses raros afetos entre um homem e uma mulher, no qual o amor não tem parte. Sob os olhares intrigados que os seguiam, sentia-se mais próxima dele, com uma espécie de cumplicidade. Aquelas pessoas todas eram vulgares demais para pressentirem a natureza preciosa da relação dos dois, vulgares demais para suspeitarem do objetivo da viagem. E era realmente estranho se ver ali naquela estrada com Pascal, ter ido até lá apenas para evocar um fantasma.

— É aqui a casa — disse ela; ficaram um momento parados ao pé da escadaria externa, depois subiram lentamente os degraus e bateram à porta. A sra. Vignon veio abrir; estendeu a mão a Pascal e beijou Chantal. Estava muito envelhecida, as pálpebras inchadas e vermelhas, sem brilho.

— Mamãe, é o sr. Drouffe — disse, ao abrir a porta da sala.

A sra. Boyer fitou Pascal longamente.

— Meu maior desejo era conhecer o jovem que minha pobre netinha amava. — Entabulou então um diálogo a meia-voz com Pascal. A sra. Vignon voltou-se para Chantal.

— Você recebeu o exemplar do memorial, Chantal?

— Sim. Obrigada por ter se lembrado de mim. — Olhou a sra. Vignon com rancor; aquela mulher envelhecida estava certamente sofrendo, mas havia algo de triunfante em seu sofrimento. A desgraça que a atingia não era uma maldição divina: era um sinal de eleição. Ganhara a partida: diante dela, Chantal estaria desarmada para sempre. A morte desmentira brutalmente todos os seus esforços. Não lhe restava mais nada.

— Vou lhes devolver as cartas que vocês mandaram — disse a sra. Vignon. — Agradeço a vocês por me terem ajudado a conhecer melhor minha pobre filha.

— Acho que você gostará de lê-las — disse Pascal, estendendo a Chantal o maço de cartas que a sra. Vignon acabara de lhe entregar.

— E você verá o que ela escrevia sobre você — replicou Chantal. Trocaram os maços.

— O único consolo que nos resta — disse a sra. Vignon — é pensar que sua morte não será inútil à glória de Deus.

Pascal assentiu respeitosamente.

"Dois cúmplices", pensou Chantal com ódio. "Os dois a mataram." Não acreditava na história de tumor; inventaram-na para ficarem de consciência tranquila. Anne morrera por ter sido mal-amada. Eles não querem acreditar: isso os deixaria incomodados; além do mais parece-lhes um tanto romântico; pensam que o romantismo só se encontra em livros; são cegos. A vida é tecida de acontecimentos improváveis, a própria existência de Anne já era um milagre.

Suas mãos se crisparam; Anne estava presente entre aquelas velhas paredes. Os olhos dourados, os cabelos fartos e azulados, o rosto cor de outono... Como gostaria de fazê-los reviver. Seria preciso um livro inteiro para mostrá-la como realmente era: um ser de carne e fogo; a heroína bela, clara e misteriosa, de riso inocente e coração tomado de paixão. Por que se obstinar em lastimar a mulher que ela seria? Havia uma missão a cumprir em nome da menina patética cuja imagem impregnava a velha sala.

Chantal inclinou a cabeça na direção da lareira. Uma grande emoção invadiu-a. Depois de tantas semanas de queixas áridas, sentia subitamente que não fora injustamente iludida. Sua ação fracassara, o futuro não lhe tinha docilmente obedecido. Agora, em troca, um passado lhe era dado. Na serenidade sombria da velha mansão, finalmente encontrara o que há tanto tempo procurava. Algo que só a ela pertencia e que ninguém podia invejar. Carregaria para sempre em sua vida o peso de uma história bela e trágica. Daquele dia em diante, sombras misteriosas passariam às vezes por seu rosto, por seus gestos e palavras; teriam ressonâncias sutis, e os olhares que nela pousariam durariam muito tempo, ávidos de desvendar seu mistério. A cabeça de Chantal inclinou-se ainda mais; pesava em seu coração esse maravilhoso fardo. Ainda não podia prever todas as riquezas que lhe traria, mas já se sentia transfigurada por sua presença. Mais do que nunca saberia amar, compreender, esclarecer, consolar. Talvez um dia fosse até capaz de transformar sua dolorosa experiência numa obra de serena beleza.

"Anne, querida, nunca a esquecerei", prometeu a si mesma com fervor.

V
Marguerite

Em minha família, sempre se foi pela primazia do espiritual. Papai consagrou sua vida ao estudo das letras, e mamãe ao exercício das virtudes cristãs; Marcelle e Pascal dedicaram-se ao culto da beleza e da vida interior. Quanto a mim, quando ainda tinha três anos, Marcelle me ensinou a ler, e aos sete fiz minha primeira comunhão com fervor extraordinário. Sempre fui muito adiantada para minha idade, pois em casa sempre se preocuparam muito comigo. Papai lia as tragédias de Corneille e de Racine depois do jantar, e eu tinha permissão para escutá-las. Isso cultiva o espírito. Sempre tirava as notas mais altas nas provas, e na saída das aulas as velhas senhoritas do Instituto Ernestine Joliet beijavam-me mais longamente do que às outras alunas. Não eram muito ricas em diplomas, essas amáveis educadoras, mas no que diz respeito a dedicação e moralidade não temiam concorrentes; usavam compridas saias pretas e blusas de seda cor de ameixa que me acariciavam o rosto quando elas me apertavam contra o peito. Havia uma, um pouco mais jovem do que as outras, e bigoduda, de quem se falava com respeito, pois estava se licenciando pela Sorbonne. Eu gostava muito de assistir às aulas; as alunas punham-se ao redor de uma mesa oval e, imponentemente sentada numa espécie de cátedra, a professora presidia; de seu retrato emoldurado e pendurado no alto da parede, Ernestine Joliet — uma corcunda cuja beatificação era providenciada nos altos círculos — olhava-nos com doce rigor. Abaixo dessa efígie, sentadas num divã preto, madres e irmãs mais velhas nos vigiavam; detestavam-se entre si, e era impossível consultar furtivamente um livro ou cochichar uma resposta para uma amiga sem ser impiedosamente denunciada na saída. Para desarmar a rivalidade entre elas, não nos davam prêmios. No mês de maio, sob a presidência de um bispo, distribuíam medalhas e menções honrosas entre as alunas, e todo mundo ganhava sua parte. Durante a guerra, metade das salas de aula foi transformada num hospital, e era emocionante ver aquelas moças circularem pelos corredores em uniformes com uma cruz vermelha; levávamos cigarros e nossas laranjas para os feridos. Às vezes também nos levavam à basílica de Montmartre, e agitávamos estandartes, cantando.

Amadurece-se rápido numa atmosfera assim; eu odiava os perversos alemães e oferecia minha vida a Deus para que Ele concedesse a vitória a nossos soldados: mais de uma vez deitei-me no tapete vermelho da antessala e fiquei esperando a morte. Pascal era tão patriota quanto eu; quando nos davam um doce ou um pedaço de chocolate, corríamos para guardá-lo numa lata branca destinada aos pobres feridos; ela demorou a ficar cheia — as guloseimas eram raras naquela época —, mas um dia finalmente ficou repleta de velhas peras batidas, bombons pegajosos e pão dormido. Mamãe levou-a para o Instituto Joliet, e no papel da embalagem a diretora escreveu em letras garrafais: "Sacrifícios de Marguerite e Pascal."

Eu adorava impor-me mortificações. Era um verdadeiro prazer para mim, um jogo. No começo de dezembro, o capelão do Instituto Joliet — o abade Mirande — distribuía entre nós uns cartõezinhos com a imagem do Menino Jesus desenhada em tinta roxa; toda vez que fazíamos um sacrifício, furávamos a imagem com um alfinete. No Natal, quando eu o depositava na manjedoura que resplandecia no fundo da capela, meu cartão estava totalmente crivado. Evidentemente eu tinha inclinações para a vida mística; muitas vezes trancava-me na biblioteca de casa e me chicoteava com uma pequena correia dourada; ficava também esfregando minhas coxas com pedra-pomes e deixava placas vermelhas que mamãe besuntava de pomadas. O abade Mirande me havia permitido comungar três vezes por semana, e eu me confessava com ele a cada quinze dias; ele dizia para mamãe que eu era uma bela alma. Eu gostava muito — ainda entorpecida pelo sono — de prostrar-me de manhã cedinho no genuflexório de uma capela sombria, depois voltar para casa e beber um chocolate espumoso, sem parar de falar com o Cristo ainda presente em mim. Mas eu gostava mais ainda de me confessar. O abade Mirande tinha uma grande clientela, e eu tinha de esperar minha vez durante muito tempo, antes de entrar no confessionário onde ele se ocultava; as grossas cortinas verdes ficavam intumescidas por formas indistintas, só se podia ver os pés das penitentes ajoelhadas. Quando eu enfim penetrava naquele esconderijo sagrado, meu coração batia, e batia ainda mais quando o postigo de madeira se abria lentamente, com um rangido seco, e eu entrevia atrás do gradeado o rosto muito pálido do padre. Era uma verdadeira volúpia ouvir o abade Mirande me falar de minha alma com sua voz mansa e açucarada; escutava-o como se escutasse o próprio Cristo. Quanto às minhas raivas, desobediências e insolências com minhas responsáveis, eu nunca as confessava. Nunca olhei minha mãe nem minhas velhas preceptoras como representantes de Deus; colocava-O muito acima, tinha com Ele uma relação pessoal, e Sua lei não se confundia a meus olhos com a moral minuciosa que se ensinava no Instituto Joliet. Quanto mais eu crescia, mais meu amor por Deus se exaltava. Mas eu tinha cada vez menos a noção do pecado: não lavar as mãos antes das refeições, falar durante as aulas, surrupiar uns tostõezinhos aqui e acolá ou ler Alfred de Musset às escondidas não me pareciam em nada obstáculos a meus progressos espirituais. Nunca iria supor que Deus se atribuísse as prescrições mesquinhas com as quais me apoquentavam. Mesmo com toda a minha devoção, eu me teria entregue sem remorsos aos vícios da infância se os tivesse conhecido, mas não se pode inventar tudo. No entanto, aos sete anos de idade quase descobri a volúpia. Foi na ginástica, subindo uma corda lisa; de repente tive uma estranha sensação entre as coxas, agradável, mas incerta; subi várias vezes seguidas e a cada vez a deliciosa promessa se repetia sem se concretizar. Contei isso a mamãe, que me pediu enrubescida que não dissesse tolices; pouco depois as aulas de ginástica pararam; tentei ainda subir em algumas árvores no campo, mas os troncos eram nodosos demais.

A esse respeito éramos muito bem protegidas, no Instituto Joliet; mesmo assim eu soube muito cedo — por causa da Ave-Maria — que as crianças se formam no ventre da mãe; mas eu achava que saíam pelo umbigo e imaginava o casamento como uma espécie de transfusão de sangue entre os casais. Meus conhecimentos teóricos tornaram-se um pouco mais precisos quando comecei a ler às escondidas os livros de Zola, Anatole France e Maupassant. Mas não se deve esperar encontrar informações claras nos livros que não são especializados; sobre a duração do ato sexual, por exemplo, havia contradições desconcertantes: em Zola, são necessários cinco minutos para se fazer um filho em uma mulher; em Pierre Louÿs, em compensação, são noites inteiras de volúpia, o que me deixava bastante perplexa. Mas, enfim, esses problemas não me preocupavam excessivamente. Eu era ávida para me instruir sobre o mundo em geral, e não gostava que nenhum domínio me fosse proibido, mas realmente não era maliciosa, e na prática era até inocente. Lembro-me de que num cinema onde mamãe me tinha levado para ver um documentário sobre o Polo Norte — eu estava com cerca de quatorze anos —, o homem da cadeira vizinha me bolinou com as mãos, e eu me limitei a apertar minha bolsa contra o peito com todas as minhas forças, achando que ele queria me roubar; noutra ocasião, quando um empregado de uma pequena mercearia me levou para trás do balcão e abriu um pouco sua calça, também não entendi nada. São essas as vantagens de uma educação cristã; eu me teria deixado violar sem pensar mal algum.

Naturalmente, nunca falava dessas coisas com o abade Mirande; só lhe participava progressos ou derrotas espirituais de ordem muitíssimo elevada; quando as velhas senhoritas lhe disseram que eu estava ficando desordeira e orgulhosa e que estava tirando notas muito baixas, ficou bastante surpreso; no final de uma confissão, tentou fazer-me um sermão.

—Você não está esquecendo nada? — perguntou com delicadeza; sem saber por quê, fiquei toda vermelha.

— Não — respondi.

— Contudo, disseram-me que a minha pequena Marguerite não é mais a mesma de antigamente; parece que nos temos distraído nas aulas, que não andamos muito obedientes, verdade?

Permaneci de cabeça baixa, morta de vergonha; havia acreditado até então que abria meu coração ao próprio Deus, e fora a um pobre homem pueril que eu me havia confiado. Ele prosseguiu, com sua fala mansa:

— É preciso dirigir seus esforços nesse sentido, a partir de agora; eu a ajudarei. Às vezes nós mesmos não nos damos conta de nossas faltas.

Não respondi nada; saí muito confusa do confessionário, e nunca mais o abade Mirande me reviu. Quando eu avistava sua batina pelos corredores do Instituto, escondia-me; ele não deve ter entendido nada.

Essa foi minha primeira decepção no tocante à religião e aos padres, e jamais consegui recuperar-me bem de seus efeitos. Havia durante tanto tempo confundido Deus e o abade Mirande em minha mente que comecei a perguntar-me se Deus também não estava do lado de mamãe, das velhas maníacas que dirigiam o Instituto Joliet e dos livros marcados com um *J* no catálogo da biblioteca; e um tal Deus me era tão absurdo, que não tardei a duvidar que existisse. Da primeira vez que essa dúvida me assaltou, fiquei com muito medo. Foi no campo; estava deitada sobre musgos, e as folhas de um arbusto se balançavam acima de minha cabeça; não pensava em nada, mas, naquele grande silêncio, pareceu-me de repente que o mundo tinha acabado de esvaziar-se; as árvores, o céu, as ervas, ninguém lhes tinha mandado existir, e eu mesma flutuava ao acaso entre aquelas vagas manifestações do nada. Levantei-me, não podia suportar aquela angústia; corri na direção de casa, das vozes humanas.

É uma sensação estranha, depois de ter vivido num mundo povoado de anjos e santos sob o olhar de um ser todo-poderoso, a gente se sentir bruscamente só entre coisas cegas.

Não me resignei de imediato, fui pedir conselhos a um padre da igreja Saint-Sulpice; ele me ouviu pacientemente e, quando acabei minha confissão, disse-me, com sábia rudeza:

— Agora diga-me a verdade. Qual foi o pecado que a afastou tanto tempo dos sacramentos? O que você fez? — Protestei; ele não me acreditou. Deu-me de qualquer modo a absolvição, mas, quanto a mim, estava tudo acabado, senti-me repugnada por consultas espirituais. Nesse mesmo ano estudei filosofia com uma padre gordo e apoplético que me achou cética e insensível; ele me ajudou bastante, sem saber, a liquidar meus últimos resquícios de religião.

Isso me deixou um vazio, não há dúvida. Pascal — com quem eu tinha longas conversas na época — explicava-me que é em nossos corações que devemos procurar Deus e não num céu deserto. Mas eu em meu coração não encontrava nada além de um grande tédio. Lembro-me ainda do instante em que repentinamente, diante da longa sucessão de dias inúteis que ainda teria de viver, fui assaltada por uma vertigem: estava na sala de jantar, com jornais espalhados sobre a mesa e recortando-os em quadrados regulares que em seguida enfiava num cordão para pendurar nas privadas. Pascal estava lendo e fazendo anotações, e eu podia ouvir mamãe cantarolando na cozinha. Senti-me oca e muito mole, como se estivesse caindo na densidade de um interminável vácuo. Durante muito tempo, pareceu-me terrível viver sem um objetivo.

Nunca fui frívola, mas nessa época senti mais vivamente do que antes a vaidade das ocupações humanas; não queria mais cuidar nem um pouco de minha aparência, e era com repulsa que me lavava e me penteava a cada manhã. Quando mamãe me chamava da sala, mal dava bom-dia, e ficava sentada num canto balançando-me em minha cadeira, de dentes cerrados, e fitando o teto com afetação. O que eu odiava acima de tudo era acompanhar Pascal à casa de seus amigos; era terrível o número de amigos que Pascal havia arranjado no liceu e na Sorbonne, e o mais terrível era que muitos deles também tinham irmãs; elas eram feias e tristes, mas todos aqueles futuros professores tinham tanto medo da vida solitária que os aguardava na província, que nasciam idílios entre eles. Reuniam-se com frequência: dançava-se, falava-se de literatura e comia-se docinhos feitos em casa. Mamãe queria muito que eu também acompanhasse um daqueles educados rapazes em seu primeiro posto, e me obrigava a aceitar todos os convites. Eu sentia horror quando me via no espelho de uma sala, cacheada como um carneiro, de rosto suado e vestida de tafetá verde-espinafre. Além do mais, detestava o estado em que a dança me deixava: o sangue me subia ao rosto, e eu sentia no corpo uma languidez ardente que me deixava enojada quando se dissipava. Ao voltar para casa tinha tamanhas crises de choro, que acabaram por me deixar em paz.

As alegrias intelectuais eram as únicas que eu ainda me permitia saborear; fui iniciada tão cedo nesses prazeres, que nunca pensava em questionar sua validade. As senhoritas do Instituto Joliet tinham dito a mamãe que eu perderia minha fé e meus bons costumes, se ela me deixasse estudar na Sorbonne entre universitárias transviadas. Ocorreu então a Marcelle uma solução conciliatória: mandaram-me como externa para o Instituto Saint-Ange, para ter aulas particulares sob a direção espiritual da sra. Leroy e da srta. Lambert; as professoras eram jovens e ardentes, e eu me entregava aos estudos com frenesi. Pascal e Marcelle acharam que estava na hora de me fazer descobrir a literatura contemporânea, e eu li avidamente todas as obras de uma lista que elaboraram para mim depois de escrupulosas deliberações. Sempre vivi mergulhada nos livros, e passava aos olhos das pessoas por uma espécie de fenômeno bem repulsivo. Marcelle tentava em vão transmitir-me o gosto pelas flores, pelos pulôveres azul-celeste, por todos os delicados refinamentos que fazem o encanto de uma mulher.

Eu a ouvi com mais prazer quando me propôs que me inscrevesse no Contato Social, para ensinar a moral e a literatura a jovens operárias, na rua de Ménilmontant. "Isso trará algo de novo para minha vida", pensei então. Desde o primeiro círculo de estudos entendi o absurdo do empreendimento; mas não disse nada, pois achava maravilhoso voltar sozinha para casa de noite, por bairros desconhecidos. Eu não via nada — não sabia olhar —, mas enquanto caminhava a passos largos pelas ruas sombrias sentia à minha volta a presença indistinta do mundo, e isso me entusiasmava. Bêbados saíam cambaleando dos bares, e no Bulevar de la Chapelle algumas mulheres faziam a vida, debaixo dos letreiros luminosos dos hotéis. O mundo estava coberto de lepra, não se podia contemplá-lo sem horror; e todavia era preciso roçá-lo, tremendo, ouvir sua respiração. Essa enorme massa confusa e monstruosa me fascinava.

Experimentei diante de Denis a mesma angústia e a mesma atração. No começo desconfiava muito dele — tinha casado com Marcelle, o que não lhe era um ponto favorável —, mas logo compreendi que não era como Desroches, nem como qualquer outro, nem como nada que eu conhecia. Era um escândalo vivo, lá em casa, sua elegância extravagante, sua prodigalidade e sobretudo sua indolência; pela primeira vez via-se sob aquele teto alguém que podia ficar horas sentado numa poltrona sem fazer nada. Isso também me chocava, e as tiradas de Denis deixavam-me profundamente desconcertada, mas eu não conseguia julgá-lo precipitadamente. Ele era jovem demais, mas parecia vir de muito longe; quanto menos se dignava a explicar-se, mais profundo era o significado que eu dava a seus misteriosos sorrisos. Quando contradizia Pascal ou fazia mamãe parecer ridícula, eu tomava sistematicamente seu partido. Ele me agradecia com um olhar; e como eram acariciantes esses olhares! Eu queria merecê-los com frequência, criar um laço verdadeiro com Denis, mas ele não me dava muita atenção. Eu não era nada atraente, não acabava nunca de sair da idade ingrata. Às vezes o espelho me mostrava uma imagem inesperada: a linha das sobrancelhas, as curvas do nariz e do queixo desenhavam um rosto agradável onde brilhavam olhos azuis e uma boca vigorosa, mas essa visão era fugidia; eu tinha espinhas na nuca, bochechas coradas demais e cabelos gordurosos. Denis via-me como uma pequena escolar insignificante; eu achava que ele tinha razão, e sofria por isso. Ele falava de bares, de cafés, de salões e dancings cujo aspecto eu não conseguia sequer imaginar, e gostava de livros e pintores cujos nomes eu não tinha nem ao menos ouvido mencionar. Ao escutá-lo, ficava com a impressão de só conhecer do mundo uma edição expurgada; nessa edição inseriam-se discretamente fragmentos do texto autêntico, mas os cortes os desfiguravam.

Eu não vivia exatamente enclausurada; quando algum espetáculo oferecia um interesse artístico indiscutível, não tínhamos medo de ir ao teatro ou ao cinema. Mas esses prazeres enquadravam-se com tanta precisão entre o jantar e o chocolate que ficava nos esperando na cozinha, que tinham exatamente o valor de uma festa de família como outra qualquer; para mim essas saídas não significavam mais, como saída, do que os passeios em fila das internas de um pensionato. Mesmo quando eu andava sozinha, sentia-me excluída do mundo. Passava pelos pequenos cafés da rua de Belleville, e para mim suas vidraças embaçadas não evocavam um doce aconchego, o sabor de um café preto ou a voz fanhosa de um gramofone; era um simples cenário, sem realidade nem profundidade, porque nunca me passou pela cabeça simplesmente empurrar a porta e entrar num deles. Eu percebia vagamente os cartazes coloridos dos cinemas, mas nunca me dispus a parar uma noite qualquer e comprar um ingresso na bilheteria; não podia imaginar o rangido das poltronas de madeira, o galope dos *cowboys* na tela, o gosto meio ácido dos bombons que se chupam nos intervalos. Nenhuma lembrança, nenhuma espera prolongavam minhas percepções; era como se eu ficasse na superfície das coisas, uma superfície nua sem poesia e sem promessas, porque eu nunca esboçava um gesto sequer para penetrar nelas mais intimamente. Denis fez-me suspeitar que elas continham riquezas ocultas, mas eu estava tão pouco acostumada à liberdade que nunca pensava em apropriar-me delas; eu era na vida como uma visitante que não ousa tocar em nada. Mamãe, Marcelle e o próprio Pascal, apesar de todas as suas relações, tinham um ar assim de parentes pobres. Somente Denis parecia sentir-se à vontade em casa; era a ele que precisava dirigir-me para obter a chave que abre todas as portas. Durante muito tempo, fiquei só observando-o; era tímida demais para ousar interrogá-lo, e ele evitava conversas. Era preciso pegar suas frases no ar, quando ele as lançava de seu lugar à mesa; eu as revolvia em meu espírito e no princípio não as entendia, mas depois acabava descobrindo que continham uma filosofia, uma moral; e no mesmo instante ele deixava escapar de seus lábios uma outra frase que parecia contradizer em todos os pontos a primeira. Era necessário todo um novo trabalho para ajustá-las uma à outra, e eu nunca via até onde podiam chegar.

Um dia eu e Denis estávamos sozinhos em casa. Eu estava fazendo uma versão de grego na sala de jantar, quando abriu bruscamente a porta e entrou. Seus cabelos estavam despenteados, e usava um lenço verde em volta do pescoço; sentou-se na ponta da mesa, com uma das pernas balançando acima do chão, e acendeu um cigarro.

—Você nunca sente vontade de jogar todos esses livros pela janela? — perguntou-me abruptamente. Olhei para ele; parecia sonolento.

— E o que eu faria então? — perguntei. Ele sorriu, fazendo pular na palma da mão uma moeda de dois tostões.

— Qualquer coisa.

— Se eu achasse outras ocupações que valessem a pena... — disse eu com um suspiro (era mais para fazer gênero: na realidade eu adorava fazer versões gregas).

Fiquei atenta; eu ficava logo interessada quando começavam a falar comigo sem restrições, e disse, um tanto confusa:

— Gostaria de sair de casa o mais cedo possível, entende? Tenho de terminar logo meus estudos.

Ele se levantou e ficou andando pela peça de um lado para outro. De vez em quando jogava para trás com um movimento de cabeça a mecha que lhe caía sobre os olhos. Ficamos assim, sem falar, por um longo momento. Minha última razão de ser acabava de desaparecer: compreendi, num lampejo, que o trabalho também não passava de uma ocupação vã.

—Você está indo pelo caminho errado — disse-me ele por fim; estava com um ar sério, com um olhar penetrante; dava a impressão de estar estudando meu caso há semanas. — Não é procurando metodicamente a liberdade, como você faz, que um dia a encontrará. É preciso que saiba se jogar pela janela até a liberdade, Marguerite; no dia em que você não ligar mais para ela, para mais nada, aí então você a possuirá, somente assim.

Senti-me horrivelmente humilhada. Ele tinha razão: eu pertencia a uma raça sensata e mesquinha: era uma pequeno-burguesa sem interesse. Preparava minha liberdade futura com a mesma economia com que mamãe guardava dinheiro para sua velhice. A indiferença soberba e desesperada de Denis me fascinava. Uma multidão de perguntas ansiava por sair de meus lábios, mas eu não ousava fazê-las.

— Mas então para que se vive, quando não se dá importância a mais nada? — murmurei. Ele deu de ombros.

—Vive-se — disse ele; seu olhar se havia nublado. — E por que tudo não seria absurdo? — recomeçou, com uma espécie de excitação. — Morrer é tão absurdo quanto viver; pode-se muito bem cruzar os braços ou ficar dando tiros de revólver pela rua, dá no mesmo. Pode-se fazer qualquer coisa, desde que não se espere nada. E às vezes a gente conhece o milagre.

— O milagre?

— Sim; um gesto realmente gratuito, o achado improvável de palavras ou cores, uma miragem, uma mulher com duas cabeças; sei lá. Às vezes o absurdo se manifesta, desde que não se seja, é claro, nem médico, nem filósofo, nem artista, nem um homem honesto.

Eu o escutava boquiaberta; estava desconcertada com novidades tão prodigiosas.

— Eu pensava que você queria escrever — disse-lhe.

Um sorriso revelou seus belos dentes brancos.

— E pode-se sempre esperar que você mesmo sirva de instrumento para o milagre — disse; olhou-me com um ar animado. — Preciso emprestar-lhe o *Manifesto do surrealismo*, tenho certeza de que ele vai lhe interessar.

A partir desse dia, de vez em quando me emprestava livros, o que foi motivo até para um bom número de cenas com mamãe. Pascal não falava muito, mas olhava-me com um ar tristonho. Estavam todos muito errados. Sem dúvida, alguns desses livros descreviam com muita crueza as mais extraordinárias perversões, mas esses quadros não me tocavam. Eu tinha o espírito decididamente voltado para o sublime. Para mim, os romances mais obscenos contavam todos, simbolicamente, o eterno drama do homem a perseguir o absoluto. Se o herói cometia um ato de sadismo ou uma violação atroz, era porque tentava preencher o vazio de sua alma. Evidentemente eu não podia suportar as obras onde o erotismo era pintado com as cores do prazer.

Agora eu estava informada sobre o ato sexual tanto quanto possível. Tinha achado num escrito surrealista a relação das trinta e duas posições com seus nomes; o masoquismo, a pederastia e a coprofagia não tinham nenhum segredo para mim. Na prática, eu continuava sem malícia; não imaginava nenhum intermediário entre o aperto de mão e o coito: os beijos, os abraços pareciam-me simples manifestações de ternura. Achava que quando eu amasse um homem, depois de termos passado um dia conversando, nós nos olharíamos com um sorriso claro e nos poríamos na cama, para saborear um prazer tão concreto e simples como os prazeres da mesa. Na realidade, contudo, perdia toda a minha segurança e a lucidez de que me orgulhava quando via uma prostituta parar um transeunte na esquina de uma rua; sentia-me então presa de angústia e nojo. Foi preciso Denis abrir-me os olhos para que esse horror se misturasse à admiração e a uma espécie de inveja.

Nunca esquecerei a noite em que Denis me levou pela primeira vez a um bar de Montparnasse; inclinando a cabeça no vão da escada, mamãe dava gritos trágicos enquanto nós dois descíamos correndo. Eu estava com um vestido cor de púrpura (mamãe adorava essas cores artificiais que não sujam com facilidade e são alegres), um casaco bege e um chapéu que me vinha até os olhos; sabia muito bem que meu traje era horrível, mas estava pouco ligando. Ao entrar no táxi, só pensava no fato de que iria viver por um momento no mundo de Denis, aquele mundo verdadeiro onde eu nunca tinha penetrado. Estava louca de alegria.

O táxi parou no Bulevar Montparnasse; acima da porta entreaberta, um sinal luminoso violeta, rosa e azul rutilava. Denis gracejou com o jovenzinho negro de libré vermelha que se afastou para nos deixar passar e me conduziu levemente pelo ombro. Através de uma bruma alaranjada percebi mesas, colunas, cartazes violentamente coloridos e casais que dançavam; uma música desenfreada, selvagem, cobria o rumor de vozes e risos. Nessa noite, Denis estava usando um longo sobretudo bege, e entre as pontas levantadas do colarinho seu rosto parecia duro e misterioso; eu não despregava os olhos dele. Apertou muitas mãos, sorrindo de modo afável; depois livrou-se do casaco e ajudou-me a subir num dos banquinhos altos do bar.

— O que é que você toma? Um *gin-fizz*? — perguntou-me; respondi que sim. O barman pousou diante de mim um copo cheio do líquido amarelo; eu o sorvi com um canudo e senti na boca um gosto de limão e metal. Havia um espelho atrás do balcão, e abaixo do espelho algumas garrafas de rótulos multicoloridos e bandeirinhas norte-americanas.

— Como você entorna bem! — disse-me Denis com divertida admiração.

— Michel, prepara outro *gin-fizz* para a senhorita e vem jogar uma partida de pôquer de dados comigo.

O barman colocou diante de Denis uma pequena bandeja forrada de verde, e os dois começaram a fazer, cada um de sua vez, os dados rolarem sobre o forro. Eu estava de olhos arregalados; tudo era novo para mim, e me faltavam palavras para desfazer aquele caos fascinante. Algumas mulheres estavam sentadas a meu lado nos banquinhos altos: impossível descrever os delicados tecidos de seus vestidos, as cores e a tez daqueles rostos. Eu não podia crer que as meias de uma seda impalpável, os sapatos audaciosamente confeccionados ou o vermelho deslumbrante de seus lábios pudessem ser comprados em loja alguma: por uma graça inimitável, elas haviam sido dotadas, de uma só vez, de todas essas perfeições. Os rapazes que se acotovelavam indolentemente diante do bar tinham todos, como Denis, uma ruga meio cínica nos cantos dos lábios. Eu nunca tinha conhecido os pensamentos tristes e sutis nem os sentimentos complexos que se refletiam em seus olhos; olhava-os e pensava em noites de insônia, em partidas, em encontros, em esperas. Não conseguia formar nenhuma imagem nítida, mas essa evocação confusa me perturbava.

Ao meu redor, todas as coisas pareciam simples; meu vizinho acariciava o joelho de uma mulher que estava pescando cerejas num largo frasco de aguardente; mas eu não era tola: sabia que todos estavam ali, homens e mulheres, à espera do milagre, prontos a servi-lo. Era ali o lugar dos milagres, eu sentia a promessa no ar. Esvaziei o copo. O cavalo branco posto no balcão ao lado de um globo de vidro cheio de avelãs; os cartazes pendurados nas vigas do teto, que diziam "Se você quer combater, aliste-se no exército"; o sorriso de Greta Garbo; o chapéu de Maurice Chevalier; e os sapatos de Carlitos compondo sobre o fundo café com leite da parede estranhos mosaicos já me permitiam captar o sentido do milagre.

— Tudo bem? — perguntou-me Denis, e eu o olhei extasiada.

Ouvi, nesse instante, um grande barulho de vozes; um garçom tinha aberto a porta da entrada e puxava pelos pés um corpo inerte; o rosto estava muito pálido, os cabelos ensopados de suor. O garçom empurrou o corpo para a calçada e fechou a porta em meio aos risos. Perguntei, horrorizada:

— Mas o que foi que houve, Denis?

Ele deu de ombros.

— Ele faz sempre uma tal confusão quando se embriaga, que se é obrigado a pô-lo na rua.

— Isso acontece muito com ele?

— Quase todas as noites.

Fiquei um tanto confusa; tinha achado repugnante aquela espécie de trapo sendo arrastado pelos pés. Murmurei:

— Que coisa horrível!

Denis me olhou e sacudiu a cabeça.

— Por quê? É um camarada bastante simpático; isso a deixa chocada? — Havia um certo desprezo em seu tom de voz.

— Uma vez, por acaso, vá lá; mas você mesmo me disse que não se pode aceitar nenhuma forma de embrutecimento.

Ele assumiu um ar sonhador.

— Outro dia estava folheando um livro de Baudelaire e deparei com uma passagem que me pareceu conter uma grande verdade; o autor, um católico, dizia que o pecado é sempre o "lugar vago" de Deus. — Deu uma baforada em seu cigarro; estava com o ar extremamente pensativo.

Compreendi imediatamente o que ele queria dizer: essa ideia me era inclusive familiar desde que eu tinha lido Dostoiévski, mas eu ainda vivia empanturrada de uma tal quantidade de preconceitos que não a aplicava à vida real.

Bebi outro *gin-fizz*; não aconteceu mais nada. As paredes começaram a girar um pouco à minha volta, e, já na rua, Denis pôs o braço por baixo do meu. Largas placas esbranquiçadas espalhavam-se pelos troncos descascados dos plátanos de folhas murmurantes; no fundo do bulevar o brilho das luzes da encruzilhada na rua Vavin. Eu estava mais emocionada do que no dia de minha primeira comunhão; sentia que estaria ligada a Denis daquele dia em diante por uma cumplicidade indissolúvel, como se tivéssemos cometido um crime juntos ou atravessado a pé o deserto do Saara. Chegamos em frente ao café Dôme; as mesas da calçada estavam quase desertas, e uns rapazes conversavam perto da caixa azul do correio, na esquina da rua Delambre; Denis fez para eles um gesto cordial, levou-me até o balcão e me fez beber um café. Estava tudo rodando; um rosto de olhos muito vermelhos dava risadinhas a meu lado, e eu sentia a mão de Denis em meu ombro. Por todos os cantos das ruas os milagres estouravam como fogos de artifício.

*

Nos dias que se seguiram vi Denis muito menos do que esperava, e não conversamos. Uma noite, na hora de nos sentarmos à mesa, Marcelle ficou um instante de pé atrás de sua cadeira e disse:

— Você pode tirar o prato e os talheres de Denis, mamãe, ele foi embora.

Mamãe ficou sufocada; Pascal segurou a mão de Marcelle e apertou-a longamente sem nada dizer. Foi no dia seguinte que Marcelle caiu de cama.

Não fiquei muito surpresa; era tão do estilo dele desaparecer assim, sem prevenir. Era um homem sem laços, não pertencia a lugar algum. Eu aguardava com impaciência a carta que me enviaria e o encontro que iria marcar. Quando o apartamento da zeladora na entrada do prédio estava fechado, eu ficava na ponta dos pés para ver, pela porta envidraçada e acima da cortina, se havia um envelope no escaninho de nossa casa. Mas Denis não escreveu; nossa amizade também contava entre aquelas inumeráveis coisas que jogava ao mar, "para em seguida lastimar-se aos prantos", como um dia me explicara. Mas eu era decididamente avara e mesquinha, não me conformava de ter perdido tudo de uma só vez. No começo chorava a noite inteira; quando ficava estudando na biblioteca Sainte-Geneviève ou na Sorbonne, as lágrimas me subiam aos olhos, e eu ia quase correndo chorar na rua; às vezes escondia-me numa igreja, mas quase sempre saía andando sem pudor, direto em frente. Não acreditava mais nem no valor do trabalho, e agora que tinha dado uma espiada no mundo, a vida em família tinha se tornado insuportável para mim. Sentia um tédio mortal.

Morávamos num quinto andar; à noite, depois do jantar, eu era encarregada de levar a lata de lixo para baixo; ela era pequena demais, e há anos mamãe prometia comprar logo uma maior. Muitas vezes papéis engordurados, talos de couve ou cascas de batata saíam rolando pelos degraus da escada, e eu os empurrava para dentro da lata com a ponta do pé. Algumas vezes era preciso meter a mão no lixo, mas isso me era menos repugnante do que sentir na mão o contato pegajoso e frio das asas da lata. Os barris de lixo ficavam lado a lado num pequeno pátio fedorento, perto do apartamento da zeladora; eu levantava a tampa: com frequência já estavam cheios até a borda. Era-me preciso muito esforço e jeito para jogar propriamente nossos detritos sobre os dos outros locatários. Dava muito trabalho, sobretudo no inverno, quando tinha cinza: aquela poeira amarela se lançava em meu rosto, entrava-me pela boca, pelo nariz. Depois que eu acabava, ficava um instante parada diante da porta da entrada, vendo as pessoas e os carros passarem; o céu de Paris chamejava no horizonte, e por entre as casas escuras os lampiões traçavam um caminho festivo. Alhures, naquele mesmo instante, os milagres nasciam, e — em algum lugar — havia Denis. Eu começava a subir a escada e muitas vezes parava no meio do caminho, esbaforida; olhava então para o tapete, para os varões de cobre lustroso, e depois via a grossa alcatifa vermelha que recobria nosso vestíbulo, com suas grandes placas mostrando o cordão cinzento; ela se aproximava, inevitavelmente.

Para evadir-me, para viver segundo os ensinamentos de Denis, era preciso dinheiro — e isso era difícil; Pascal era generoso, mas eu não gostava de lhe pedir dinheiro; pedia auxílios a mamãe dizendo que eram para a obra social ou roubava pequenas quantias de Marcelle. Na primeira ocasião em que consegui dez francos, fui tomar um aperitivo no bar Rotonde. O salão estava quase vazio; alguns rapazes conversavam entre si com um ar de intimidade, e tive a desagradável sensação de estar sendo uma intrusa, metendo-me em suas vidas particulares. Sentei-me num banquinho alto e pedi um *gin-fizz*; as mesinhas de madeira, as cadeiras em estilo normando e as cortinas em vermelho e branco da janela não pareciam ocultar mistério algum. Não aconteceu nada; fiquei bastante desapontada. Mas quando fui pagar, o gordo garçom ruivo não aceitou meu dinheiro; esse presságio feliz me indicava com toda certeza o caminho que eu devia tomar. Comecei a frequentar assiduamente os bares e os dancings: a obra social me servia de álibi. No começo, eu passava sempre uma hora na rua Ménilmontant; numa noite em que devia discorrer sobre a resignação, cheguei lá com a testa coberta de suor frio e as pernas trêmulas: tinha acabado de vomitar dois *gin-fizz* no metrô. Estenderam-me sobre um sofá e ficaram maravilhados com minha coragem; pouco tempo depois, tive ainda mais audácia e pedi secretamente minha demissão. Uma noite por semana, eu podia, a partir de então, ficar até tarde no bar aonde Denis me levara. Ia lá como ia à missa antigamente, com o mesmo fervor; só tinha trocado de Deus. A música de jazz me emocionava tanto quanto o som potente do órgão outrora me comovia; desde que Denis me disse aquela frase sobre o pecado — que é o "lugar vago" de Deus —, sentia diante do vício o mesmo êxtase que uma criança diante da presença real do Santo Sacramento. Pascal estava muito errado, no fundo, por me achar tão distante dele e por ter com Marcelle longas e tristes conversas a meu respeito. Eu servia ao espiritual, à minha maneira.

Admitia o incesto, o estupro, a luxúria, a embriaguez; todo sátiro podia ser um Stavroguin, todo sádico um Lautréamont, todo pederasta, Rimbaud. Olhava com veneração as prostitutas de cabelos ruivos ou arroxeados sentadas ao meu lado nos bancos do bar. Tinha a imaginação tão pouco lasciva que, mesmo quando as ouvia se perguntarem em voz alta por que preço aceitariam chupar um cliente, eu não formava nenhuma imagem clara em minha mente. Eu brincava com as palavras, palavras mágicas e sombrias que me enchiam de um deslumbramento confuso. Não fazia sucesso nenhum junto às putas, por sinal; elas desconfiavam de mim. Queria saber através de que série de iniciações tinham conquistado a liberdade que gozavam em relação ao próprio corpo; elas estavam muito além do medo e do nojo, nada lhes era proibido nem impossível. E eu sentia vergonha de minha virgindade. Mas assim como eu não esperava poder um dia comprar, simplesmente com dinheiro, roupas semelhantes às delas, não via nenhum meio humano de tomar-me igual a elas. Era preciso uma espécie de eleição, e eu não havia sido escolhida. Tinha um campo de ação bastante restrito.

Entre num bar, faça algo, e as coisas acontecerão — Denis me havia dito; e, nos limites que me eram impostos, seguia seu conselho. Eu entrava, estava sempre com meu vestido púrpura, meias finas muitas vezes esburacadas e uns sapatos grosseiros; meu rosto nunca estava pintado, minhas unhas eram sujas; não me preocupava com isso. Não acreditava que aquelas pessoas me olhassem, formassem ideias a meu respeito: as alegrias não têm olhos nem consciência; havia ali o vício em suas múltiplas facetas, a inquietude, a futilidade, o desespero e talvez algum gênio — mas não seres de carne e osso. Eu subia num banquinho perto da porta e começava a beber: no começo me entediava, mas depois me animava um pouco; quando um cliente colocava o chapéu, eu gritava "viva o chapéu" com toda a minha força, agarrava o feltro com minhas duas mãos e o atirava bem longe; fazia brincadeiras com o barman, furtava dele aguardente com cerejas e rodelas de banana. Às vezes, depois de esvaziar meu copo eu o jogava no chão, onde se espatifava com grande estardalhaço; uma vez quebrei quatro seguidos. Minha embriaguez era extremamente verbal; interpelava todos os frequentadores do bar; havia por lá um certo número de rapazes de família, vários gigolôs ainda jovens e pederastas, mas eu não os distinguia uns dos outros. Acreditava ingenuamente que podia me divertir mistificando-os, por ser a mistificação, como todos sabem, uma forma de milagre. Às vezes fingia ser modelo, outras, prostituta, mas não enganava ninguém. Fiquei furiosa no dia em que um homenzinho de nariz adunco que se dizia autor de folhetins me declarou, dando de ombros:

— Você é uma pequeno-burguesa que quer brincar de boêmia.

Eu lhe disse, num tom provocante:

— Não é verdade; venho aqui para ganhar meu pão.

— Você não tem o charme necessário — disse outro tipo, um gordo manco com óculos de tartaruga.

— Precisaria de vestidos mais vistosos — prosseguiu o folhetinista —, pintura no rosto e sapatos de salto alto.

— E um ar mais esperto — acrescentou um terceiro. Eles riram; eram quatro que me rodeavam e me fechavam entre a parede e o balcão. O coxo me estendeu um desenho.

— É isso aqui que se tem de fazer e deixar fazer na profissão de cortesã.

Dei uma olhada indiferente.

— Está pessimamente desenhado.

— Bem que parece, veja só — abriu sua braguilha, e todos deram uma gargalhada; desviei os olhos.

— Isso não me interessa. — Tornaram a rir.

— Está vendo? — disse-me o folhetinista. — Uma puta teria olhado e dito: "Eu, hein! Já vi muito melhor que isso!"

Senti-me terrivelmente atrapalhada.

Uma noite, entretanto, um homem convidou-me para subir até o apartamento dele; era ruivo, cheio de sardas e apelidado de Capacete de Ouro; estava sentado no bar Jockey com uma prostituta que acabara de arranjar e um amigo, um rapaz muito jovem de lábios infantis e olhos azuis que se chamava Marcel.

— Vamos, a gente se sentirá mais à vontade lá em casa para dançar — disse-me ele.

Eu os segui, e fomos para um pequeno apartamento com paredes recobertas de peles de animais e panóplias; puseram alguns discos dançantes, e bebeu-se porto; depois Capacete de Ouro sumiu com a prostituta loura. Marcel sentou-se a meu lado no divã e quis beijar-me, mas eu o afastei — delicadamente, pois simpatizava muito com ele.

— Escute — disse-lhe —, você encontrará facilmente outras mulheres; é o que não falta, sobretudo quando se é bonitinho como você. Tenho um companheiro e faço questão de ser fiel a ele.

Insistiu.

— Pois bem; então eu é que vou lhe dar um beijo — disse-lhe eu; dei um beijinho em cada uma de suas bochechas rosadas; ele tinha bebido um pouco e ficou todo emocionado.

— Você não é como as outras. — Calou-se por um momento. — Você não é cheia de vícios, vê-se logo isso; é muito bonito, de qualquer jeito, uma moça bem-comportada assim.

Tirou do bolso uma caixinha achatada; sua voz embargou-se.

— Quanto a mim, veja só que sujeito eu sou; nunca saio sem trazer esses troços comigo, é um nojo; mas é a vida que faz isso. — Começou a contar-me sua história; às vezes interrompia-se e perguntava, todo confuso: — Eu lhe dou nojo? — Eu o revi com frequência em Montparnasse depois desse dia, e ele sempre me tratou com respeito.

Essa história me deu uma confiança exagerada em mim mesma; achava que com belas palavras e sorrisos saberia sempre manter todos os homens a distância. Poderia ter tido sérios aborrecimentos; estava penetrando num meio regido por leis rígidas e cheias de nuances, sem fazer a menor ideia de suas regras de comportamento, sua hierarquia ou seus pontos de honra. Não sabia distinguir as ocasiões em que se pode permitir que nos paguem um drinque daquelas em que é preciso recusar; nem quando uma mulher deve, como concorrente leal, abster-se de falar com o cliente de uma companheira, ou está autorizada a cochichar em seu ouvido. Desprezava sem a menor consciência todas as convenções; aceitava todos os convites, deixava que me abordassem nas ruas; sentiria vergonha se por causa de alguma timidez atrapalhasse a possível aparição do milagre. Achava que podia dirigir a meu modo o grande jogo dos atos gratuitos, da aventura, e olhava meus parceiros como simples figurantes. O que me salvou, creio, foi eu quase nunca despertar desejos; não era nada atraente. De minha parte, eu não tinha a menor prudência.

Foi assim que concordei em entrar num automóvel que me havia seguido ao longo do Bulevar Raspail; o rapaz que o dirigia não era bonito nem atraente, mas tinha maneiras gentis; mandou-me sentar a seu lado e saiu acelerado pelo Bulevar Saint-Germain.

— Que acha de irmos dar uma volta lá por Robinson? — perguntou-me. Hesitei um segundo; sabia muito bem que corria o risco de ser abandonada a quilômetros de Paris. Mas eu tinha princípios: "Não recusar nada", diziam Gide, Jacques Rivière, André Breton e Denis.

— Vamos — respondi.

Paramos na praça da Bastilha e tomamos uns drinques na calçada de um café deserto. O sujeito era maçante; eu não lhe fazia agrados nem sorria. Assim que voltamos para dentro do carro, quis acariciar-me a perna, e afastei sua mão. Aí então ele se zangou.

— Que é isso? Você fica dando voltinhas em meu carro e não quer nem que eu toque em você!

Seu rosto havia mudado, não havia mais o menor traço de delicadeza em sua voz; eu não soube muito bem o que responder. Pôs o braço em volta de meu ombro e puxou-me duramente para ele; eu o repeli com as duas mãos, desembaracei-me. Ele parou bruscamente.

— Com essa cara que você tem, podia ao menos ser mais boazinha. Que é que você está pensando? É engraçado: ninguém como as mixurucas pra ficar se metendo a besta.

Apressei-me em saltar; eu o escutei continuar a insultar-me, enquanto me afastava às carreiras. Estava quase na saída de Paris, e a hora do último metrô já tinha passado, mas não me arrependia de nada; sentia-me encantada por ter provocado um acontecimento puramente absurdo. Mas de qualquer forma estava feliz por não ter ido até Robinson.

Certa vez foi muito pior; fui abordada em uma pequena quermesse na avenida Gobelins por um homem bastante jovem, de expressão dura e com uma cicatriz vermelha no rosto; demos tiros de carabina e brincamos com um jogo de futebol de miniatura: a cada partida, insistia para pôr os cinco tostões na máquina. Apresentou-me a um amigo, e os dois fizeram questão de acompanhar-me até o Dôme; o amigo pagou três cafés com creme. Conversamos durante alguns minutos; quando vi passar meu último ônibus, disse-lhes adeus às pressas e saí correndo. Já ia pular dentro do ônibus, quando o sujeito com a cicatriz me alcançou e agarrou pelo ombro.

— Então é desse jeito que se dá o fora! Não admito esses modos! — parecia furioso; o cobrador hesitou, com a mão na campainha, enquanto eu tentava desembaraçar-me; o ônibus acabou indo embora. Eu estava sufocando de ódio. O amigo se interpôs e explicou-me que eu não deveria ter permitido que pagassem o café para mim, que minha conduta tinha sido equívoca. O outro se acalmou, e, quando estávamos todos reconciliados, disseram que iriam acompanhar-me até em casa. Dessa vez, eu lhes expliquei direitinho que não tinham nada a esperar de mim, mas mesmo assim eles me seguiram. Não tentei impedi-los; nem tinha mesmo como impedir. A alguns passos de minha casa, o homem da cicatriz me pegou pela cintura e pediu-me para marcar um encontro com ele; no começo, recusei, mas, depois, como o rosto dele estava ameaçador, acatei dizendo:

— A gente pode se rever quando você quiser.

Nesse momento passaram quatro guardas de bicicleta e eu quase os chamei, mas não ousei. Demos alguns passos em silêncio, e quando os guardas desapareceram o homem tornou a me agarrar pelo ombro.

— Agora eu sei que você está caçoando de mim — disse-me. — Você marcou encontro comigo, mas não está querendo ir. Você merece uma boa lição, minha filha, eu fico meio ruinzinho quando me contrariam; você fez mal em querer me enganar.

Eu não tinha como escapar, naquela rua pequena e escura; debatia-me com todas as minhas forças, não queria que me beijasse; estava, no entanto, com muito medo que ele me desse uma boa bofetada. O amigo interveio:

— Vamos, a gente pode resolver isso tudo — disse. — Ele só está se queixando do dinheiro que gastou com você, mais nada.

Abri a bolsa rápido.

— Está aqui, tome o que lhe devo — disse eu, entregando-lhe dez francos.

— Não estou dando a mínima para o dinheiro — disse ele ao outro, arrancando a bolsa de minhas mãos. — O que eu quero é dar-lhe uma lição. — Só me restavam cinco francos. — Isso aqui não chega nem para eu me pagar uma mulher! — disse-me ele com ódio; esvaziou a bolsa, proferiu mais algumas ameaças, pegou o amigo pelo braço e os dois me viraram as costas, indo embora. Fui para casa com as pernas bambas.

Fiquei muito decepcionada quando, mais tarde, contei essa história a Denis.

— Mas não há nada de engraçado nisso — disse-me ele. — Ninguém tem a ideia de seguir o primeiro que aparece, é a maior burrice.

Eu achava que merecia alguns elogios; tinha feito um uso cego de minha liberdade, entregara-me às forças do acaso, e coisas me aconteceram; elas sem dúvida eram de pouco valor, sórdidas até, mas a parcela de milagre que se ocultava no centro de um acontecimento grosseiro parecia-me ainda mais preciosa. Denis era desconcertante: muitas vezes não tinha a menor admiração por ações executadas rigorosamente segundo seus próprios preceitos. Eu achava que ainda havia em mim certa lentidão, uma falta de imaginação burguesa, ao interpretá-lo ao pé da letra.

Encontrei Denis no Jockey, por acaso, cerca de dez meses depois de sua partida. Foi em abril, no ano em que eu ia me formar. Tinha feito amizade na Sorbonne com uma jovem polonesa que apresentei à mamãe e cuja cumplicidade facilitava minhas saídas noturnas. Ficava estudando o dia inteiro na Biblioteca Nacional, e várias noites por semana ficava até tarde em Montparnasse; no dia seguinte, muitas vezes ia para as aulas com a cabeça pesada e o estômago imundo.

Nessa noite, eu estava sentada no bar do Jockey, dominada por uma espécie de embotamento, quando uma mulher de meia-idade aproximou-se de mim.

— Você dança? — perguntou-me. Era morena, tinha a tez vermelha das inglesas, olhos azuis e lábios inexpressivos.

— Não, não muito bem — respondi.

Ela sorriu, mostrando uns dentes grandes e deslumbrantes.

— Então vamos conversar, está bem?

Olhei-a com simpatia.

— Será um prazer. A senhora está aí há muito tempo? Não a vi entrar.

— Cheguei antes de você. — Inclinou a testa para o lado com certa faceirice. — Diga-me o que você vem fazer aqui. — Com um gesto brusco, agarrou minha mão. — Posso ler sua mão?

Sorri.

— Se está vendo alguma coisa...

Aquiesceu com a cabeça.

— Estou; estou vendo um quarto fechado e pessoas tristes; são três: uma mulher de idade, um rapaz e outra mulher. Você vem aqui para fugir deles. — Eu a olhei com surpresa, mas seu rosto estava escondido por uma vasta cabeleira; ela examinava a palma de minha mão, concentrada. — Em breve vai tudo mudar em sua vida. — Largou a mão. — Você vai ter um encontro.

Perguntei com um pouco de ansiedade:

— Um homem ou uma mulher?

— Um homem e uma mulher. — Fitou-me um momento com um ar triunfante. Foi então minha vez de olhar minha mão, fiquei virando-a de todo jeito; estava realmente intrigada.

— Tenho de acreditar na senhora — disse-lhe. — Gostaria de poder ler a sua.

— É preciso um dom todo particular. — Sorriu. — Eu a observei desde que chegou; você é tão jovem! Gosto da juventude; e foi tão estranho vê-la sentar-se aqui neste bar!

— Estou tão deslocada assim? — perguntei-lhe, com certa mágoa.

— Adoravelmente deslocada. — Fitou-me longamente; chegava quase a haver ternura em seu olhar. — Por que você não cuida desse rosto e desses cabelos? Poderia ser encantadora. — Sua voz era quente, um pouco vibrante, com um ligeiro sotaque. Enrubesci; ela continuou a me olhar sem dizer nada; em seguida, pôs bruscamente a mão em meu ombro.

— Venha; vou mostrar-lhe alguém que vai ficar feliz em vê-la. — Dirigiu-se para o fundo do salão abrindo caminho pela multidão de dançarinos, e eu a segui; seu vestido marrom e fechado como o traje de uma carmelita modelava um corpo elegante, apesar de um tanto robusto. Vi Denis atrás de uma mesa, e reconheci aquele jeito que ele tinha de passar os dedos no cabelo quando ficava embaraçado.

— O que é que você anda fazendo por aqui, menina? — perguntou-me, apertando minha mão com muita força. — Largou a família?

— Não, mas já voltei várias vezes aqui. — Ele não havia mudado nada; eu estava muito emocionada.

— Toma alguma coisa?

Sentei-me.

— Deixem-me fazer as apresentações habituais: srta. Drouffe, sra. Lamblin.

— Para você pode ser logo Marie-Ange — disse a sra. Lamblin, sorrindo.

— Então é por isso que você estava tão bem-informada! — disse-lhe eu.

— Você realmente acreditou que eu fosse feiticeira? Ela seria bem capaz disso, Denis; essa menina é simplesmente adorável.

Denis nos olhava alternadamente, com ar incomodado.

— Eu sei o quanto você ajudou Denis — disse-me ela; olhou para ele com um sorriso. — Também admiro o talento que ele tem; às vezes fica terrível, não é? Mas os poetas são assim. — Seus olhos brilharam. — Acho que seremos grandes amigas!

— Certamente — balbuciei. Houve um silêncio; como Denis, eu não estava me sentindo nada à vontade. Marie-Ange pegou seu casaco de vison no banquinho estofado e levantou-se.

— Não quero atrapalhar; vocês devem ter tanto a se dizer. Mas amanhã você virá lanchar em minha casa, está bem?

— Você já vai para casa? — perguntou Denis.

— Sim; mas fique aí com sua cunhadinha. Por favor; não estou precisando de você — ela acrescentou com vivacidade; e corou.

Depois que ela se foi, Denis ficou um momento de cabeça baixa; tentei firmar minha voz.

— Não esperava vê-lo mais; por que não escreveu?

— Não sei escrever — disse ele. — E sou tímido. — Havia um mundo de queixas em sua voz. — Achava que você tinha me esquecido.

— Você se enganou.

Passou outra vez a mão nos cabelos e tossiu; parecia uma criança surpreendida em plena falta; o silêncio prolongou-se por um momento.

Fez um gesto vago; seu olhar anuviou-se.

— Muita coisa, sim...

Parecia hesitar.

— Para entender bem, seria preciso que você conhecesse Marie-Ange, é uma mulher muito especial. — Sorriu pela primeira vez. — Não é uma mulher, é o Destino — disse, num tom animado. Bateu a cinza do cigarro e inclinou-se um pouco para a frente. — Sabe, Marguerite, antes de eu conhecer Marie-Ange, minha vida não era mais do que uma sucessão de desafios ao destino.

— Realmente sempre me perguntei por que você tinha casado com Marcelle — disse-lhe.

— Eu sempre senti, de maneira irresistível, uma atração pela Catástrofe. — Olhou-me com certa ironia.

— Entendo; e esse seu gosto já acabou?

Deu de ombros.

— Quem sabe?

Seu tom deu-me um aperto no coração.

— Marie-Ange se impôs a mim com um poder quase sobrenatural. — Fixou o teto, com ar sonhador. — Foi um acaso imensamente perturbador que me conduziu até a casa dela. E ela tinha sonhado comigo, sem nunca ter me visto antes.

Eu o devorava com os olhos. À nossa volta, as coisas se transformavam; a música de jazz, o riso das mulheres, a luz alaranjada e os cartazes harmonizavam-se, sem nada perder de sua verdade, como um cenário de teatro; e eu, ao invés de viver, estava representando, abertamente, uma cena de um drama no qual Denis era o herói.

— Ela é incrivelmente rica; no começo, tomei-a por uma mecenas vulgar. Ela tem uma propriedade no sul, onde reúne toda uma colônia de artistas, mas o interessante é a maneira como os recruta.

Parou; eu me lembrava muito bem: ele sempre parava; nunca acabava uma história, raramente acabava suas frases.

— Conte, Denis — disse eu num tom paciente.

— Ela é cega, como a sorte; ou melhor, só percebe sinais invisíveis para qualquer outra pessoa. Obedece a todas as inspirações do sonho, a todas as forças do capricho. Sabe por que ela fez questão de conhecê-la? Porque você, ainda há pouco, pegava os canudos do balcão e os rasgava um atrás do outro em pedacinhos.

— E com você, Denis? Como foi que aconteceu? — Era preciso não lhe dar trégua; ele sorriu.

— O sonho que ela teve lhe havia advertido que não teria êxito em nenhum de seus empreendimentos sem mim. Tive de ir ao sul com ela e trabalhar sob suas ordens. Fizemos coisas formidáveis. Organizei espetáculos de vanguarda num celeiro, com marionetes como atores e gramofones recitando o texto; estupendo!

— Oh, fico feliz, Denis; sabia que você ia acabar fazendo alguma coisa.

Ele sacudiu a cabeça.

— Você se enganou, minha querida. Produzir anonimamente pequenos espetáculos que nos superam e nos quais nós próprios não nos reconhecemos, está certo; mas nunca farei uma obra pessoal: teria a impressão de estar-me prostituindo.

A delicadeza de sentimentos nunca foi meu forte, mas em Denis ela me emocionava; era outra marca de sua superioridade. Perguntei:

— Você vai ficar em Paris, no momento?

— Como posso saber? — Sorriu. — Estou sendo arrastado pelo destino, acredite.

Acompanhou-me até em casa. Eu estava inebriada; uma alegria — uma angústia atroz e maravilhosa — me sufocava. Na manhã seguinte, acordei num mundo novo, um mundo onde tudo era ameaça e promessa.

A casa de Marie-Ange era cheia de sinais ambíguos. Esperei-a por um longo momento no ateliê que ocupava o térreo de sua mansão na rua Ranelagh. Para mim, era extraordinário um interior que não parecia sair nem de um catálogo nem de um testamento. Passei suavemente os dedos pelas máscaras penduradas na parede, pelos cachorrinhos em fio de ferro, pelas estatuetas pretas; decifrei, fascinada, as dedicatórias dos livros. Sentia com muita clareza que nunca teria uma vida que pudesse deixar marcas entre as paredes; eu era toda vazia por dentro.

— Quanta gentileza sua ter vindo — disse-me Marie-Ange, estendendo-me as duas mãos. Estava usando uma longa túnica árabe com mangas de bordados deslumbrantes, grossas pulseiras e chinelas turcas de couro; a forma de suas unhas encheu-me de admiração. Ofereceu-me chá e torradas com caviar e com geleia de goiaba. — Você precisa falar-me de você — disse, dando um riso um tanto travesso.

Eu estava tímida, mas queria interessá-la, e falei; falei rápido demais, sem pausa, e numa voz alta que soava falso. Ela não parecia chocada; ficou ouvindo, com os olhos brilhando e a boca vermelha entreaberta.

— Mas é encantador — dizia de vez em quando.

Quando acabei ela se jogou para trás em sua vasta poltrona e, com os olhos fixos no teto e fumando cigarros, começou a falar-me de si. Ela tinha tido uma vida extraordinária: casada duas vezes, duas vezes divorciada, tinha vivido alternadamente na Índia, no México, num castelo em Ardèche, em Florença, em Paris, no interior de Aix. Era uma alma eternamente insaciada. Tinha sido teósofa, espírita, fizera mesas girar, alimentara-se durante um ano só de favas e arroz sem tempero, e tinha passado seis meses numa colônia nudista. Todas essas experiências foram decepcionantes, mas depois que conheceu Denis compreendeu enfim seu drama. Era possuída por um demônio criador que se debatia dentro dela e que a sufocava, porque — disse, olhando dentro de meus olhos — não foi dado a ele nenhum meio de se exprimir. Era de certa forma um ser mutilado, e para conhecer a paz precisava encontrar no mundo de fora seu aperfeiçoamento interior. Precisava rodear-se de artistas e poetas capazes de despertar as vibrações confusas que a agitavam, para transformá-las num som claro: só então se sentia liberada.

— Jamais encontrei uma sensibilidade que se harmonizasse tanto com a minha quanto a de Denis. Preciso mostrar a você alguns documentos que ditei a ele, digamos assim, simplesmente com minha presença; é uma transcrição tão fiel, é mesmo fantástico. — Sorriu. — Quando propus a ele que viesse morar no pequeno pavilhão lá no fundo do jardim, não queria aceitar. É um rapaz cheio de escrúpulos, temia que isso conferisse um lado equívoco a nosso relacionamento. Mas rompi há muito tempo com todos os velhos preconceitos. Tenho uma necessidade absolutamente vital de tê-lo à mão.

A fumaça opiácea dos cigarros me subia à cabeça; sentia-me toda esquisita, havia algo de inquietante naquela mulher, nas inflexões melodiosas de sua voz, em seus olhares insistentes.

— E ele também, para produzir alguma coisa, precisa do impulso dessa força criativa que há em mim. — Sorriu. — Como se chama isso em história natural? Uma simbiose, creio, certo?

Eu queria muito ver Denis; perguntava-me se ele estava feliz, temia por ele. Quando no dia seguinte bati na porta do quarto dele, a emoção fazia meus joelhos tremerem.

— Como vai, minha cara? — disse ele, envolvendo-me com um olhar carinhoso. Estava de roupão e encolheu-se numa poltrona, com um ar friorento; ficou calado. Tive a impressão de que eu o intimidava. Contei-lhe minhas aventuras; não estava com vontade de contá-las, mas era preciso dizer alguma coisa; ele balançou a cabeça, com ar de reprovação.

— Você não deve continuar assim, minha querida; acabará tendo problemas — disse-me.

Deu uma tragada em seu cigarro.

— Marie-Ange será uma amiga bastante útil; você precisa de alguém para guiá-la na vida.

— Ela é bem interessante — disse eu com certa convicção; depois hesitei, procurando as palavras. — Você gosta da vida que está levando, Denis?

Sorriu.

— Que pergunta engraçada! A gente não escolhe, Marguerite; as coisas acontecem e a gente as vive. E outras coisas acontecem, num outro dia.

— Mas, afinal, seu trabalho lhe interessa?

— Não estamos fazendo nada, por enquanto, e além do mais... — Deu de ombros.

— Isso lhe parece tão inútil quanto o resto?

Levantou-se e começou a andar de um lado para outro no quarto.

— Minha pobre Marguerite, como você quer que se viva, quando se descobre que nenhum objetivo na Terra merece nosso esforço?

— Pois é; você me dizia antigamente que é justamente a gratuidade que dá a um ato algum mérito.

— Não se pode nem cometer atos gratuitos sem se criar correntes. — Espreguiçou-se; ouvi suas juntas estalarem. — Ah! Sinto-me tão desgostoso!

Eu queria tanto devolver-lhe um pouco daquela confiança nele próprio da qual parecia transbordar antigamente.

—Você perdeu quase todo o seu orgulho, Denis.

— Não, eu não posso esperar nada de mim, Marguerite; não se pode esperar nada de ninguém, e nada espera alguém. Talvez, sabe, o único gesto adequado que eu possa fazer seja o de me suprimir.

Senti um choque. Às vezes eu chorava, entediava-me muito; mas nunca havia pensado em suicídio. Senti-me terrivelmente vazia e admiti:

— Pois eu gosto muito de viver, apesar de tudo! — Compreendi, num lampejo, que em breve aquelas palavras não seriam mais verdadeiras; Denis ia arrastar-me em seu desespero, eu queria segui-lo. Senti muito medo de sofrer.

Ele me estendeu um cigarro; seu rosto estava menos sombrio.

— Coisas miúdas, só restam coisas pequeninas às quais a gente pode se agarrar um instante. Olhe este peso para papéis que descobri outro dia num pequeno bazar: é minha última paixão; parece um aquário, uma festa ao ar livre, um bombom, um arco-íris. Posso ficar olhando-o durante horas. — Ficou sustentando na mão o peso da bola irisada e sacudiu a cabeça.

Ao deixar-me, ficou um momento com a mão na minha.

—Você precisa vir ver-me outras vezes — disse, com ar compenetrado.

Voltei muitas vezes; não era fácil amar um homem desesperado. Longe dele eu fazia planos, preparava frases. Parecia-me que Marie-Ange lutava por ela mesma e não se preocupava muito com Denis. Ele ficava o dia inteiro trancado em seu quarto, sem fazer nada, e à noite ia embriagar-se em Montparnasse; aquilo não era vida. Gostaria de persuadi-lo a optar por ele mesmo e não por Marie-Ange, a ir para um lugar qualquer, a procurar a própria salvação. Mas assim que eu via seus olhos tristes e a ruga em seus lábios, as palavras não me vinham. Ele me acolhia mostrando sua última descoberta: uma bola de marfim, um desenho, um navio dentro de uma garrafa.

— Não é formidável? — dizia-me. — Se pelo menos soubéssemos abrir os olhos, Marguerite, veríamos os anjos.

Eu ficava confusa com a pobreza de minhas sensações e de meus sonhos; como podia ousar dar-lhe um conselho? Ficava calada; ele se calava também, e sentia-me invadida por uma tristeza dilacerante. Na entrada de seu quarto, toda razão de viver me abandonava. Eu acendia um cigarro, ele ficava semiestendido no divã para fumar seu cachimbo ou então começava a andar a passos largos. Não sei quantas tardes passamos assim; a atmosfera às vezes era tão opressiva que eu me levantava para ir embora.

— Fique mais um pouco — ele me dizia; porém nunca acrescentava mais nada. Colávamos o rosto na vidraça e ficávamos olhando a chuva cair, os primeiros lampiões se acenderem. Eu sofria, angustiava-me por não poder oferecer-lhe coisa alguma. Bem que lhe teria ofertado meu corpo e minha vida, mas eram pobres presentes, eu não desejava nem que ele os pedisse: achava que valia pouco demais. Não esperava nada dele, a não ser que me deixasse ficar assim, caindo lentamente no desespero a seu lado.

Às vezes tinha a impressão de ler em seus olhos um apelo confuso que me deixava transtornada; um dia, entre outros, compreendi que minha presença lhe era preciosa. Ele estava com o ar muito assustado quando eu entrei, olhos esbugalhados e rosto abatido; o quarto estava cheio de uma fumaça densa, e havia gravatas espalhadas pelos encostos das cadeiras. Ele tirou o que havia numa poltrona e mandou-me sentar.

— Esta noite eu fiz uma coisa terrível — disse-me bruscamente. — Estraçalhei uma vida, assim, de um só golpe, como quem estraçalha um copo. Você nunca quebrou nada quando era criança pelo mero prazer de quebrar? Ou por perversidade? Agora sinto-me tão enojado como se estivesse com a boca cheia de sangue.

Fiquei aterrorizada; não fiz perguntas, nunca as fazia. As aventuras de Denis se passavam num mundo desconhecido, entre seres sem rosto. Jogou para trás a mecha que lhe cobria a testa.

— Nós dizemos que recusamos toda moral, admiramos Rimbaud, Lautréamont, e, no entanto, nos falta essa coragem essencial: saber fazer sofrer. Raios de herança cristã! Nem mesmo a visão do sangue ou de uma lágrima nos entusiasma. — Sua voz apagou-se; era muitas vezes doloroso ouvi-lo falar. Parecia que a verdade não podia ser arrancada de seu coração sem custar-lhe sofrimentos insuportáveis. Deu de ombros. — Por sinal, onde começa o jogo, onde acaba a comédia? Sou um assassino que não sabe se atirou num homem ou num boneco. O tiro de revólver seria *verdadeiro*?

Parecia realmente arrasado.

— E o que você quer? Que ele seja verdadeiro, que não seja? — Era mais para dizer alguma coisa; eu não fazia ideia do que ele estava falando.

— Não sei — disse ele. — Ah, Marguerite, estou tão cansado! Queria finalmente praticar um ato que não fosse um mero gesto; acredite-me, talvez seja suicidar-se o que se precisa fazer.

Pensei "Se ele se matar, eu me matarei", e isso deixou-me um pouco aliviada. Era milagroso, mas era também terrível não ter em minhas mãos uma parcela de meu destino.

— Isso também pode não passar de um gesto — disse-lhe eu.

Ele sorriu e se jogou numa poltrona.

— É exatamente isso que me detém — disse.

Depois falamos de uma coisa ou outra, com mais animação do que de hábito, como se fosse preciso afugentar espectros. Na soleira da porta ele me disse "obrigado" com uma voz estranha e sem me olhar.

Fiquei andando pelas ruas durante horas depois disso. Minha vida estava transfigurada; ela havia enfim reencontrado o sentido que perdera no dia em que eu tinha perdido Denis, tornara-se novamente necessária porque servira a Denis. Viver para ele, partilhar seu destino era tornar-se mais do que uma simples mortal.

Mas Denis nem sempre precisava de mim; muitas vezes acolhia-me com um ar aborrecido, distante ou irônico; repelia com impaciência qualquer alusão a nossas conversas passadas, não respondia minhas perguntas, fingia estar preocupado unicamente com a inauguração de um bar a que deveria ir à noite, ou pensando na partida de pôquer que ele tinha conseguido ganhar com um blefe, na véspera, ou ainda nas pernas de uma dançarina que ele e Marie-Ange haviam descoberto. Ficava plantado na frente do espelho, permanecia por longo tempo olhando o fundo de sua garganta, falava muito rápido para não dizer nada. Essa despreocupação aparente não me enganava; era para afirmar o vazio, a fragilidade de todas as coisas, que Denis só dava importância a coisas fúteis. Mas eu então sentia cruelmente a inutilidade de minha compaixão, de minha ternura. O menor copo de gim ou um cachecol de seda tinham tanto valor quanto eu, e às vezes até Denis me tratava com hostilidade, já que eu não conseguia impedir-me de ver em nossa amizade mais do que um simples divertimento. Pedir-lhe que levasse alguma coisa a sério seria um insulto a seu desespero, e eu compreendia por que sua frivolidade revestia-se facilmente de um caráter agressivo. Deveria tê-lo acompanhado, rir eu também dos trocadilhos bobos, dos estribilhos cansativos ou dos disparates que despertavam nele um humor macabro; ao invés disso, eu ficava impassível.

Eu invejava Marie-Ange; ela se movia no absurdo com uma facilidade que me intrigava. Denis a chamava de "anjo da bizarrice". Isso na vida prática não a tornava muito agradável para o convívio. Ela se tinha realmente afeiçoado a mim; convidava-me quase todo dia, e eu me sentia lisonjeada com sua gentileza, mas não gostava de acompanhá-la em suas compras ou saídas. No cinema e no restaurante, ela tinha subitamente inspirações tão imperiosas quanto imprevisíveis, e, se encontrava o menor obstáculo, tornava-se de uma violência terrível. Eu não sabia muito bem como conduzir-me junto àquela mulher que só percebia o invisível. Às vezes nós estávamos sentadas num salão de chá, conversando, e ela de repente ficava pálida:

— Uma sifilítica que bebeu em minha xícara — dizia ela. —Veja só!

Eu não via nada, mas ela repelia o prato cheio de doces que já havia cortado em fatias e chamava o gerente. Outras vezes — como, por exemplo, no dia em que notou num bife traços de uma solitária —, ela se recusava a pagar. As pessoas na maioria das vezes lhe davam razão, com medo do escândalo; aliás, ela sempre conferia as contas com o maior rigor. Não era avara, era imprevisível; podia comprar sem barganhar uma dúzia de chapéus tão horrorosos que ela depois acabava não usando nunca, mas a vi pisotear lindos vestidos só porque a costureira não lhe fazia um desconto. Comigo ela era de uma generosidade extravagante, o que chegava a me incomodar; não ousava recusar seus presentes nem sabia como agradecer-lhe; também não sabia muito bem o que dizer, quando ela me segurava pela cintura chamando-me de "meu encanto", ou quando me beijava com efusão.

Ela se propôs a me vestir segundo seu gosto, dos pés à cabeça. Mal a conhecia no dia em que me levou para seu quarto e ordenou:

—Tira esse vestido horrendo; vou dar-lhe um dos meus para você experimentar; este verde aqui ficará um amor em você.

Tirei meu vestido; isso me desagradava, porque quase sempre minha roupa de baixo não era nada apresentável; quando viu minha anágua de algodão grosso, ela exclamou:

— Mas o que lhe dão para cobrir esse corpo, minha pobrezinha! Que coisa mais grosseira! E você tem uma pele tão bonita, tão fina! — Acariciou meu ombro; estava quase às lágrimas, de pena, e achei que exagerava um pouco.

— É sobretudo feio — disse-lhe eu.

— Você também vai tirar essa anágua horrorosa; ponha esta combinação.

Eu me sentia cada vez menos à vontade; não era muito pudica, mas nunca me tinha desnudado na frente de alguém; tirei a anágua, virando-lhe as costas, e não pude impedir-me de enrubescer quando ela se plantou diante de mim com um ar crítico.

—Você tem um corpo muito gracioso — disse-me. —Tem razão de não usar cinta. — Deu-me um sorriso brejeiro. — Eu também não uso, sabe? — acrescentou. — Pegue aqui. — Segurou fortemente minha mão e pousou-a em sua barriga. Na verdade era toda mole.

Uma camareira veio tirar minhas medidas e marcar os retoques necessários. Quinze dias mais tarde, Marie-Ange me fez colocar uma combinação de crepe da China, sapatos de salto alto e o vestido de uma fina lã verde; não tirou os olhos de cima de mim enquanto eu me vestia, e parecia achar isso absolutamente natural.

— Já sei com o que você parece com esses seios pequenos e duros e essa barriga meio bojuda — disse-me. — Com as mulheres pintadas por Cranach; não é de uma beleza regular, mas é muito melhor. Um corpo sem defeito é menos especial, menos emocionante.

Eu estava espantada, mas não era grande meu espanto; e além do mais eu achava que o pudor era um velho preconceito católico; tentava sorrir com naturalidade. Quando fiquei pronta, Marie-Ange pôs um penhoar em meus ombros e me fez sentar numa poltrona; meti a mão em uma bacia de água morna, e, enquanto a camareira esfregava com uma espátula as manchas brancas de minhas unhas, Marie-Ange começou a depilar minhas sobrancelhas. Ela estava de pé atrás de mim, e eu com a cabeça encostada em seu peito opulento; a seda de seu vestido acariciava-me o rosto, como as blusas das senhoritas do Instituto Joliet, antigamente. Era ligeiramente repugnante. Depois passou rímel em meus olhos com uma escova minúscula, pôs ruge e pó de arroz em meu rosto e batom em meus lábios, e a camareira lavou meus cabelos com éter. Não acabava nunca; eu estava exausta. Quando olhei-me no espelho, fiquei estupefata.

Corri para ver Denis na mesma noite; tinha medo de voltar a ser feia no dia seguinte. Ele me olhou com surpresa.

— Você assim está um encanto, Marguerite. — Mordeu a ponta de um cigarro e depois jogou-o para longe com um gesto brusco. — Olhando para você a gente quase chega a sentir vontade de ser feliz — disse ele numa voz abafada.

Olhei-o e ele desviou os olhos. Eu não sabia que espécie de proibições ele se impunha a meu respeito; parecia que ele tinha medo de alguma coisa. “Ele tem medo da felicidade”, pensei, “e de me fazer infeliz...”. Mas nessa noite eu soube que ele me amava.

Foi o maior drama em minha casa. Eu disse que Wanda, minha amiga polonesa, dera-me alguns presentes pelas aulas de francês que lhe havia dado, mas mamãe começou a chorar, o coração de Marcelle só faltou parar, e mais uma vez Pascal fez-me ouvir um longo e triste sermão.

Wanda ficava muito admirada com tudo o que lhe contava sobre Marie-Ange e Denis; ao sair da biblioteca, subia com frequência até o pequeno quarto de hotel onde ela morava, para conversarmos e tomar chá juntas.

Ela não entendia nada.

—Você precisa fazer com que ele se apaixone por você — dizia-me. — Não está sabendo agir.

— Mas não desejo que ele me ame — eu respondia. — Gostaria de ajudá-lo a salvar sua vida. Deve haver um meio!

Ela me olhava com afeição e pena.

—Você é uma idealista — dizia-me. — Se quiser exercer influência sobre um homem, tem de começar fazendo com que ele se apaixone.

Ela era muito faceira e bastante cortejada, e levava tudo para o lado do sexo com a maior naturalidade. Eu tentava em vão explicar-lhe a relação de Marie-Ange e Denis.

— Imagine — eu lhe dizia — uma enorme força natural, algo assim como uma catarata ou uma forte ventania querendo um belo dia tomar consciência de si mesma; seria necessário que uma outra consciência se permitisse tornar-se a consciência dessa força. Se Denis deixou-se dominar foi por uma espécie de generosidade louca e também pelo gosto que ele sempre teve em destruir-se a si mesmo. Ela não é culpada; obedece a uma necessidade irresistível; mas esvaziou-o, ele não é mais nada.

—Tenho certeza que eles vão para cama — respondia-me Wanda sem emocionar-se.

—Wanda! Ela quase poderia ser mãe dele! — dizia eu.

Seus olhos brilhavam intensamente.

— Você é tão ingênua, minha querida Marguerite — dizia.

Nesse ano saí de férias o mais tarde possível e voltei no começo de setembro. Marie-Ange ainda não tinha regressado de seu cruzeiro pela Noruega, mas Denis não tinha saído de Paris. Vi-o com bastante frequência — às vezes na casa dele, outras em Montparnasse —, pois ele saía muito nessa época. Pareceu-me tranquilo quando o reencontrei, quase feliz; depois, ficou bruscamente deprimido. Nunca o tinha visto tão profundamente abatido; ele só fazia vagas alusões a suas preocupações, e eu não podia imaginar de que natureza eram. Fiquei muito confusa, quando compreendi que ele também podia ter aborrecimentos de ordem meramente humana.

Comecei esperando-o muito tempo no Jockey, na noite dessa descoberta; ele tinha marcado encontro comigo para as dez horas, e à meia-noite eu ainda estava lá; sabia que não viria mais, estava acostumada. Ele não aceitava laço nenhum, nem mesmo suas promessas o aprisionavam, e eu o admirava por isso também. Calculava todos os meus atos: aquela economia burguesa continuava; eu não era capaz de sacrificar um momento de felicidade por um encontro casual, por um capricho, pela liberdade. Tinha horror a sacrifícios, era cobiçosa, ávida como uma velha avarenta. E naquele próprio instante, por mais que eu me repetisse que Denis provava-me sua estima tratando-me segundo uma moral mais essencial do que qualquer gentileza, não conseguia impedir-me de sofrer, e sentia raiva de mim mesma por isso. Pedi um segundo uísque; não gostava muito daquele ressaibo de iodo, mas estava com necessidade de sair um pouco de mim.

Os casais passavam pertinho de mim ao dançar, e eu sentia uma profunda pena de todos eles. Não sabia distinguir um foxtrote de um tango, e tudo o que via era uma vã agitação com a qual os homens faziam tudo para fugir do terrível tédio de viver. Eu os lastimava, e, no entanto, achava que eram eles quem tinha razão, não eu. Deveria imitar aquelas mulheres cujos corpos exprimiam um abandono total, que se ofereciam sem defesas ao acaso, completamente mergulhadas no instante. Elas não sabiam sequer com quem iriam deitar-se, nem tentavam saber; dançavam, bebiam, umas ganhariam fortunas, outras se tornariam uma espécie de ruína, como aquela velha de cabelos ruivos sentada a meu lado que se embriagava todas as noites. Nenhuma delas pensava na felicidade; naquele bar inteiro, eu era a única a quem esse querer condenável e impossível afligia, e não conseguia sufocá-lo. Por mais que tentasse, cada um de meus atos era um esforço visando a construir: construir ideias, uma amizade, uma existência para mim e para Denis. Não alcançaria nunca a gratuidade, nunca renunciaria a mim mesma, a todo desejo, a qualquer esperança. Estava condenada.

Uma anã de rosto velhusco e com uma capa escolar começou a cantar; tinha a voz rouca, franzia o cenho com um ar malicioso, e vagas de carne flácida ondulavam em cada lado de sua boca; muitas vezes a ficava escutando, mas naquela noite não consegui suportá-la. Saí; fui seguindo pelo bulevar sob uma fina chuva outonal; queria ver Denis de qualquer jeito. Decidi procurar por ele no Goéland, um barzinho do qual sempre me falava, mas aonde nunca se permitira levar-me. Era uma ousadia; temia que ele ficasse contrariado por ver-me chegar de surpresa. Hesitei por longo tempo. Através das persianas de ferro ondulado, ouvia-se o som de um piano; ninguém entrava nem saía; o uísque deu-me coragem: empurrei a porta e com uma rápida olhada percebi que Denis não estava lá. A sala era pequena, parecia até o interior de um túmulo, e dos bancos de couro vinha um cheiro de cadáver; cortinas de celofane ocultavam um pouco os espelhos onde uma luz amarelada se refletia, e num vaso em cima do piano alguns crisântemos vicejavam. Sentei-me ao bar; as mesas alinhadas junto às paredes e cobertas com toalhas brancas estavam desertas; três rapazes gracejavam com o pianista, que de vez em quando deslizava distraidamente os dedos pelo teclado. Duas prostitutas conversavam animadamente perto de mim, num tom estridente e arrastado; era quase constrangedor perturbar aquela intimidade; felizmente ninguém se apercebeu de mim.

— Não se pode dizer que eu seja nenhuma cultura — dizia uma das mulheres; uma grande gola tipo Médicis em lamê prateado cobria-lhe a nuca frágil, e a cabeça, pequena como a de um pássaro ou de uma serpente, estava enfeitada com fitas pretas.

— Não se preocupe, pois eu lhe garanto que ela vai largá-lo — disse a outra, uma loura de cabelos cristalizados.

— Aí ele não vai ter mais um vintém; logo agora, que eu ia poder comprar aquele casaco de astracã para mim; era numa liquidação, sabe? Nunca mais vou achar um igual: três mil mangos, e pele pura! — Suspirou.

— O astracã é bonito, deixa a gente com cara de grã-fina — disse a outra —, mas eu preferiria um lindo casaco de ocelote, faz mais efeito.

Ficaram conversando e por um momento eu parei de escutar. Bebi meu martíni. A chama de um perfumador de ambiente brilhava fracamente em cima do balcão; o pianista deu alguns acordes. De repente, a voz da loura arrancou-me de minha sonolência.

— Acredite, gosto muito de Denis — dizia ela —, mas sempre preveni você de que ele é um sujeito em quem não se pode confiar.

A morena deu de ombros.

— Ele ainda não me falou de nada, mas sei muito bem que vai me largar como se larga um traste; essa rameira vai amarrá-lo. É nojento, não é, essas donas metidas a muita coisa.

— Só queria saber como é que ela consegue que ele levante — disse a loura, dando uma risada penetrante.

— E ele tem que meter aquele troço nela umas cinco vezes por noite até! — disse a morena; sua expressão tornou-se grave. — Sabe, não é brincadeira, não, bem que eu tinha uma coisa por ele; era uma loucura!

— Sim — disse a loura, num tom meditativo. — Se você quiser que eu lhe apresente Jacques, ainda está em tempo; por sinal a Ginette tinha exatamente seu tipo; comigo nunca deu em nada, mas tenho certeza de que ele vai gostar de você.

Não quis ouvir mais nada; joguei dez francos em cima do balcão e fui arriar-me num banco do Bulevar Montparnasse; agora estava chovendo muito forte e os troncos dos plátanos reluziam, mas eu não estava sentindo nada. Chorava, minhas têmporas batiam, não conseguia nem sequer formar uma ideia. Foi-me necessário esperar até a manhã seguinte para reencontrar um pouco de controle. Gazetei minhas aulas e fui passear pelo Luxemburgo; enquanto dava voltas ao redor do chafariz, conseguia apenas repetir-me sem cessar as frases entreouvidas no Goéland. Estava sofrendo. Precisava ver Denis. Quase não tinha mais esperança, as palavras que tinha ouvido não poderiam mais apagar-se, mas queria ao menos ouvir dos lábios dele aquelas terríveis verdades. Para que meu sofrimento deixasse de ser uma espécie de traição, era preciso que ele mesmo me desse o direito de não acreditar mais nele; e confusamente esperava não sabia bem que milagre.

Encontrei Denis em seu quarto. Minha voz soou falsa quando eu lhe disse com um ar indiferente:

— Ontem à noite, quando vi que você não vinha, passei no Goéland; é um lugar agradável; havia justamente umas pessoas falando de você.

Sorriu.

— E o que diziam? Sinto muitíssimo, minha querida, mas Marie--Ange chegou ontem tarde da noite, e tive de ir buscá-la na estação.

— Claro — disse eu. — Não tem importância.

Ele sentou na beira da cama e ficou balançando as pernas; não parecia nada contente. Juntei toda minha coragem.

— Estava lá uma morena bastante atraente que parecia gostar muito de você.

Ele não levantou a cabeça.

—Vália? Isso é uma história antiga; um dia ainda lhe contarei, pois há muitas lições a se tirar dela. Há tantas histórias em minha vida, minha pobre Marguerite!

Senti-me bruscamente inundada de alegria; como tudo era tão simples! Queria ter saído correndo até Denis para beijá-lo por aquela confissão sincera. Tinha sido uma louca, o pesadelo terminara; Denis nunca fizera da castidade uma virtude, e sua própria moral exigia que ele não recusasse nenhuma aventura; não me tinha mentido, não tivera nenhuma fraqueza sórdida. No mesmo instante compreendi de modo muito claro por que ele dormia com Marie-Ange: podia ser por pena, por uma espécie de gratidão, ou por uma perversidade ao contrário, por nojo; isso não alterava a natureza profunda do laço que os unia. Com toda cautela, eu me repetia cada uma das frases ouvidas no Goéland: tinha perdido toda virulência. "E ele tem que meter aquele troço nela umas cinco vezes por noite, até." Só essas palavras foram difíceis de engolir. Contudo, sabia muito bem que Denis sentia uma terrível satisfação em rebaixar-se, gostava de esconder seus traços puros debaixo de uma máscara medonha; era covardia minha ficar amedrontada. Naquele momento, seu belo rosto estava sorrindo para mim; sorri também. Eu amava Denis em sua miséria e em sua glória, sem recusar nada de seu; nunca tinha, até então, conseguido uma ausência de interesses tão absoluta.

— Sabe o que eu gostaria de fazer agora? Largar tudo, desaparecer! Estou farto de "partidas interiores", como diz Guillaume Apollinaire. Você nunca tem vontade de uma partida de verdade, um grande salto para o desconhecido, com todos os riscos?

— Ah, sim, Denis — disse eu com exaltação. — Sempre achei que você merecia uma vida bonita, com um monte de aventuras. Você deveria ir embora e viajar; na realidade, não deve ser tão difícil assim.

— Parece que em Saigon pode-se ganhar fortunas com o contrabando do ópio; tenho um amigo que acabou de chegar de lá e me deu umas dicas; deve ser sensacional. — Fez uns cálculos rápidos. — Eu nem preciso de tanto dinheiro; apenas o bastante para pagar minha passagem na ponte aérea dos imigrantes.

— Sei como você pode arranjá-lo — disse-lhe eu sorrindo.

— Diga lá!

— Pois bem! Vá buscá-lo com Marcelle. Ela herdou de sua amiga Germaine não sei quanto exatamente, mas com toda certeza uma boa soma.

— É? Ela morreu, aquela velha toupeira? — disse Denis. Sorriu. — Seria muito atrevimento! Mas ela vai recusar.

—Vá um dia às cinco da tarde; ela estará sozinha e você facilmente a deixará amedrontada.

—Vou mesmo, sem brincadeira — disse ele. —Você é uma grande espertalhona, Marguerite; nós dois juntos poderíamos aprontar algumas boas. Sonho com uma vida de errante, de vagabundo, sabe, mesmo que acabe indo parar na cadeia; pelo menos variava um pouco.

— Denis — disse-lhe eu —, e se eu pedisse um posto em Saigon para o fim do ano? Poderia ajudá-lo um pouco no começo, e quando você tivesse arranjado uma ligação, já pensou nos serviços que eu poderia lhe prestar? Poderia ser revendedora ou esconder o contrabando; graças à minha posição oficial, ninguém nunca iria suspeitar de mim.

— Formidável, Marguerite! Você nem imagina os recursos que existem nesses lugares.

Ele não era nada mau, o Denis, na elaboração de projetos. Deu-me um monte de detalhes sobre o contrabando do ópio, e a partir daquele dia todas as vezes em que nos encontrávamos ele me falava longamente de nossa vida em Saigon. Comecei a tomar as providências necessárias para conseguir um posto em Saigon para o mês de outubro, e com um pouco de coragem podíamos realmente tentar a sorte. Para começar, Denis conseguiu facilmente fazer Marcelle assinar um cheque de dez mil francos.

— Ainda não fale nada com Marie-Ange — dizia-me ele — e tente ser bastante boazinha com ela; não anda nada feliz atualmente — acrescentava, cheio de mistério.

Eu era a mais simpática possível, mas Marie-Ange desconcertava-me cada vez mais; eu achava até que ela o fazia de propósito; parecia que sentia prazer em deixar-me pouco à vontade. Quando saíamos à noite, ia vestir-me na casa dela e trocava de roupa outra vez antes de voltar para a minha. Certa vez, ela sugeriu que eu tomasse um banho — isso era um luxo que eu quase não conhecia —, e aceitei com prazer; mal estava começando a lavar-me quando ela entrou, sorrindo.

— Não estou incomodando? — perguntou. Fiquei muito embaraçada, não ousei confessar-lhe, mas tentei ficar semiescondida na água espumosa. Ela começou a rir.

— Você se lava como Valadon pinta, aos bocadinhos; que engraçado!

Tive de sair da banheira sob seu olhar, e ela me esfregou com uma luva de toalete.

— Eu, sabe, sou naturista — disse ela. — Não entendo por que as pessoas têm vergonha de se mostrarem nuas.

Ela não tinha vergonha; ficava tranquilamente pelo apartamento de calcinha e sutiã; e com igual tranquilidade forçava-me a apalpar-lhe os seios e a barriga para mostrar-me como se conservavam jovens. Ela tinha uma pele rosada e áspera que me fazia sentir nojo. Eu também detestava ir dançar com ela em Montmartre ou em Montparnasse: havia decidido ensinar-me a rumba, mas não sabia explicar-me nada; colava-se a mim, e eu sentia seus seios contra os meus, respirava seu perfume forte.

— Siga-me — dizia ela. — Você tem de me seguir.

Eu tentava; o cheiro de ópio e do perfume exótico de que ela estava impregnada subiam-me à cabeça, e eu sentia-me afundar numa espécie de torpor, de morna suavidade. Quando me largava, eu estava toda aturdida, enervada, e triste a ponto de chorar. Muitas vezes, ela ficava enfurecida comigo:

— Você nunca vai saber o que fazer de seu corpo — dizia ela. — Que educação mais idiota!

Certas noites, eu tinha a impressão de que me odiava. Em outras ocasiões, olhava-me extasiada, beijava-me o rosto, a nuca, e acariciava-me os cabelos.

— São quatro horas da manhã; você não vai voltar para sua casa — disse-me ela, certa vez. — Venha dormir na minha; você dirá que ficou na casa de sua amiga polonesa.

Apertou meu braço.

— Venha, você é tão jovem, não sabe o que a solidão pode ser, às vezes; depois de todo esse barulho, dessas luzes, de sua presença, não vou saber ficar num quarto vazio. — Havia realmente angústia em sua voz.

— Mas eu vou com prazer — disse-lhe eu, achando divertida a ideia de dormir num quarto estranho. Marie-Ange emprestou-me um pijama de seda, e me estendi toda deliciada em seu divã largo e baixo.

Ela apagou tudo, exceto uma pequena lâmpada acima de nós, e fumamos um cigarro. Os lençóis formavam uma mancha deslumbrante na penumbra em que se percebiam os reflexos suaves e cambiantes dos tapetes, e das pele cor de malva.

— Vou gostar de acordar-me aqui, amanhã de manhã — disse-lhe eu, enfiando-me debaixo dos lençóis. Ela apagou a última lâmpada. Senti de repente seus braços em volta de meu corpo, sua respiração em meu rosto.

— Quero que você tenha aqui o mais doce dos sonos — murmurou-me.

Meu coração começou a disparar; eu não ousava afastá-la, mas fiquei com o corpo todo contraído. Não sabia muito bem o que ela ia fazer, nem até que ponto a gratidão e a amizade obrigavam-me a suportá-la. Não queria criar problemas inutilmente, mas não queria tampouco encorajá-la; decidi ficar como uma pessoa morta. Sua mão deslizava pelo meu corpo, descia pela barriga, ia suavemente para baixo de minha blusa. Apertei com toda força minhas pernas uma contra a outra e não fazia gesto nenhum. Durante meia hora, creio, ela me acariciou silenciosamente; foi tão somente quando senti seus lábios grossos nos meus que suas atitudes adquiriram um sentido preciso para mim. "Ela quer fazer sexo comigo", pensei e desviei a cabeça, tentando desembaraçar-me.

— Menininha, deixe-me beijá-la — murmurou.

— Estou com sono, Marie-Ange — disse eu, num tom suplicante.

Ela apertou-me com mais força.

— Faz meses que a desejo; gostei de você desde a primeira noite. Será que você não gosta nem um pouquinho de mim?

— Mas claro, Marie-Ange. — Aquilo era um suplício para mim. Ela pousou novamente os lábios nos meus, e cerrei os dentes; lutamos durante um momento no escuro, depois ela largou-me bruscamente, acendeu a luz e olhou-me com um ar sombrio.

— O que é que eu tenho de fazer? — perguntou. — Tenho de me jogar a seus pés, beijar seus joelhos? O que você está querendo?

Estava tão nervosa que me pus a chorar; ela passou o braço em volta da minha cintura.

— Não chore — disse, num tom desolado; beijava-me, acariciava meu peito. — Não chore — repetia lentamente.

Eu estava furiosa com ela, comigo mesma, achava aquela cena detestável.

— Solte-me, Marie-Ange; vou voltar para casa — disse eu com certa violência. Seu rosto transformou-se; ela ficou pálida e começou a piscar; não conseguiu dizer nada por um momento, depois enrubesceu e olhou-me com ódio.

— Você bem que podia ser um pouco gentil — disse-me. — Por que permitiu que a beijasse e acariciasse esse tempo todo? Não sou nenhuma idiota. Foi por sua causa que eu aguentei Denis tanto tempo. Está pensando que eu não sabia que vocês dois me enganavam sob meu próprio teto?

Levantou-se, pegou minhas roupas que estavam amontoadas numa cadeira e jogou-as para fora do quarto.

— Vá embora daqui se quiser, e não volte nunca mais — disse ela numa voz entrecortada.

Se ela não se tivesse encolerizado não sei bem como aquela noite acabaria, mas fiquei bastante aliviada ao vê-la de rosto congestionado; saí rápido da cama e fui vestir-me no corredor. Ouvi-a andar de um lado para outro e ficar falando em voz alta no quarto.

No dia seguinte, ao meio-dia, telefonei para Denis; ele me disse que fosse vê-lo imediatamente no Dôme. Quando cheguei, estava meio arriado num banquinho de couro nos fundos do café, e olhou-me com ar tristonho.

— Minha querida, você soube tratar Marie-Ange tão bem que ela me expulsou de casa — disse ele.

Sentei-me; não conseguia articular palavra.

— Mas você não tinha nada a ver com isso — disse-lhe eu enfim. — Você sabe o que se passou?

Confirmou com a cabeça.

— Você ainda por cima tem desses preconceitos — retratou-se; segurou minha mão. — Não se preocupe; isso tinha mesmo de acontecer um dia.

Parecia terrivelmente apreensivo.

— Não esperava por isso — murmurei. — Ela me disse coisas horrendas, Denis! — As lágrimas me subiam aos olhos. — O que você vai fazer?

Fez um gesto vago.

—Vou para um quarto de hotel e procurarei trabalho.

No fundo, eu não entendia por que Denis estava tão sombrio; há muito havia decidido ir embora.

— Eu o ajudarei — disse eu. — De qualquer jeito, não temos de esperar muito tempo até partirmos para Saigon. — Ele disse "sim", com um ar distraído.

Uma nova vida começou para nós. Eu não saía mais, os exames estavam se aproximando, e passava as noites em meu quarto revendo o programa. Queria ser aprovada de qualquer maneira para levar Denis para Saigon. Durante o dia fazia uma tentativa atrás de outra para encontrar um posto provisório para ele; quase não nos víamos. Nós nos encontrávamos no Dôme por volta das seis. Estava sempre lá, no mesmo lugar, bebendo um café com creme, o ar pensativo, mal barbeado e com a mecha caindo em desordem sobre os olhos. Estava sempre de mau humor; quando o interrogava sobre o que ele tinha feito durante o dia, só me respondia por monossílabos e não ouvia o que eu lhe contava. Então eu também bebia meu café com creme e ficava calada. Lembrava-me do dia em que tinha visto o Dôme pela primeira vez: a mão de Denis em meu ombro, seu sorriso cúmplice. Ainda éramos estranhos; agora aproximava-se o dia em que nossas vidas iriam afinal confundir-se. Eu devia estar feliz, mas aquele período de transição era terrivelmente longo; sentia que ele era insuportável para Denis, e isso acabava com toda a minha alegria. Ele não falava mais de Saigon, não falava mais do futuro. Somente uma vez me disse:

— Estou com vontade de escrever para Marcelle; se conseguisse fazê-la interessar-se por minha sorte, talvez Pascal me ajudasse.

— Mas Denis, como você pode querer isso? — disse-lhe eu, muito surpresa. — O que você fez com ela não se perdoa; o que é que você está pensando?

— Oh, eu sei como levá-la — disse ele, com um sorriso meio estranho.

Voltamos a ficar em silêncio; não era mais o mesmo silêncio de antigamente. Antes, nós nos calávamos porque as palavras eram impotentes para exprimir o belo desespero que nos unia, tínhamos coisas demais a nos dizer. Depois, houve um período de terna intimidade, naqueles últimos tempos, quando quebramos o encanto e falamos. De repente, foi como se não tivéssemos mais nada a nos dizer. Eu me repetia: paciência, daqui a quatro meses será diferente. Mas eu estava um pouco desapontada com o fato de que a pobreza pudesse transformar Denis tão profundamente.

Estava muito orgulhosa, no dia em que pude afinal propor-lhe um emprego: um lugar de secretário numa galeria de pintura. Mas ele sacudiu a cabeça.

— Não precisa ter tanto trabalho, Marguerite, tenho outros projetos — disse ele. Depois desapareceu completamente, não foi mais ao Dôme. Passei em seu hotel na rua Gaieté para saber notícias dele — temia que ele estivesse doente —, mas a chave estava pendurada no quadro, ele não estava em casa. Tornei a passar no dia seguinte e vários dias seguidos. Deixei-lhe um bilhete propondo vários encontros; não foi a nenhum. Respondeu-me pelo telefone que estava terrivelmente ocupado naquele momento, que me pedia desculpas e desligou rapidamente. Fiquei arrasada; depois de tantos projetos comuns, de sorrisos cheios de promessas, de emocionados apertos de mão, não podia acreditar na simples indiferença. Talvez meu afeto lhe pesasse, ele quisesse libertar-se mais uma vez. Eu queria a todo custo uma explicação. Certa noite, fiquei plantada na porta de seu hotel; aguardei-o por muito tempo e subitamente avistei sua capa branca e comprida, seu sorriso. Foi tão estranho vê-lo ali, tão exatamente como eu o havia imaginado, que fiquei paralisada e senti o sangue fugir de meu rosto.

— Que surpresa agradável — disse ele, num tom que soou bastante falso.

— Estou saindo aqui de seu hotel; por que você não aparece mais, Denis? — Uma tal alegria me invadia, que decidi com fervor não deixá-lo partir mais. Iria jogar-me em seus braços, dizer-lhe finalmente que o amava; ele estava a meu lado, ainda existia. Nada me parecia impossível.

— A gente não faz o que quer — murmurou. Parecia terrivelmente embaraçado.

— Vamos tomar alguma coisa juntos? — propus.

Hesitou.

— Tenho de encontrar uns amigos no Goéland; mas venha comigo, me dará muito prazer.

Eu o acompanhei; quando não estávamos mais a sós, seu rosto imediatamente se descontraiu, e ele sorriu para mim com ternura.

— Um *gin-fizz*, como nos velhos tempos? Você se lembra de nossa primeira saída, Marguerite?

— Claro — disse eu; ele raramente evocava lembranças, parecia muito emocionado.

— Como éramos jovens! — murmurou.

— E ainda somos, Denis.

Sacudiu a cabeça.

— Você sim, eu não; não sou mais interessante mesmo, sabe, Marguerite; continue sem mim; você tem muita força, não posso segui-la.

Voltou-se; foi sentar-se ao piano, e eu não pude mais revê-lo sozinho um minuto sequer.

Na noite seguinte, eu estava em meu quarto revendo os autores latinos do programa, quando Pascal entrou. Ele rarissimamente se permitia perturbar meu trabalho. Estava com um ar muito grave, mas, desde a morte de Anne, ele andava de ar grave, um tanto afetado. Sentou-se em meu divã; eu estava em minha poltrona, diante de minha escrivaninha. Voltei-me para ele.

— Você quer falar comigo? — Eu estava na defensiva; olhou-me cheio de afeição e com ar triste.

— Sim; queria pô-la a par de certas coisas, embora você não se interesse muito pelo que se passa aqui em casa. — Fez uma pausa. — Marcelle reviu o marido; eles se explicaram, parece que ele mudou muito. Amadureceu, e agora está resolvido a trabalhar; em suma, ela decidiu perdoá-lo e recomeçar sua vida conjugal com ele.

Entendi tudo num lampejo, mas mesmo assim perguntei:

— Denis propôs isso a ela? Ele vai voltar a morar com ela?

Pascal aquiesceu com a cabeça.

— No começo a situação será um pouco delicada; faço apelo a toda a sua inteligência, todo o seu tato.

Eu só tinha uma ideia em minha mente: não chorar na frente de Pascal; aliás, não estava exatamente com vontade de chorar. Pelo contrário, ri com certo nervosismo. Marcelle considerava Denis o último dos crápulas.

— Mas é absolutamente grotesco!

O rosto de Pascal tornou-se sombrio.

— Como julga rápido, Marguerite. Algum dia, pelo menos, já tentou imaginar o que pode sofrer uma mulher jovem que vê todo um futuro fechado diante de si? Não estou dizendo que acolho a decisão de Marcelle sem preocupações, mas eu a entendo e respeito. Há algo de verdadeiramente grandioso em saber perdoar.

— Que ela faça bom proveito! — disse eu com desprezo.

Era-me preciso uma grande tensão para manter um mínimo de controle.

— Quando foi que Denis voltou?

— Há umas três semanas; Marcelle hesitou, só se decidiu nesses últimos dias. — Ele parecia disposto a continuar a conversa; levantei-me bruscamente.

— Escute, Pascal, foi muita atenção sua ter me advertido, mas desculpe-me, estou com uma dor de cabeça terrível, gostaria de deitar-me.

Lançou-me um olhar profundo.

— Descanse bem — disse ele.

Deixou-me; fui até a janela e abri a cortina. Revia o sorriso amargurado de Denis, ouvia sua voz e repetia para mim mesma: "Ele vai voltar a morar com Marcelle." Eu não estava exatamente surpresa, estava meio apalermada. Sentei na beira de minha cama e fiquei por muito tempo sentada com um sapato na mão, incapaz de acabar gesto algum. Vez por outra, uma imagem me atravessava: a imagem daquele ser irreal e desesperado que um dia me disse "obrigado" desviando os olhos. Logo se dissipava, por fraqueza, porque eu não podia mais acreditar nela. O espectro de luz que se via através da vidraça azul era menos impalpável do que aquelas visões fulgurantes; todo meu passado se tinha aniquilado, e o novo rosto de Denis desenhava-se dentro de mim sem encontrar resistência, como se seu esboço já tivesse sido traçado há muito tempo.

Desamarrei o sapato e comecei a despir-me; apesar de minha obstinação, de minha má-fé, de meu amor, há muito tempo, desde a noite no Goéland, suspeitava da verdade. Mas tinha continuado a viver num universo do qual Denis era o centro; agora, mais uma vez, o mundo se desfazia; não era mais um teatro, não havia mais drama, não passava de um conjunto de coisas esparsas. Não podia imaginar muito bem o que seria de mim. Acordei-me muitas vezes nessa noite, angustiada, perguntando-me o que faria pela manhã para recomeçar a viver.

Nos dias seguintes, sofri menos do que pensara, mas nada mais tinha sentido. Felizmente tive de fazer o exame escrito de meu concurso, e isso me manteve um pouco ocupada; assim que eu saía da Sorbonne era invadida por uma sensação desoladora de inutilidade. Não temia mais nada, não esperava mais nada, até minhas lembranças estavam mortas: só podia lamentar sombras, o ser que eu amava não existia. Em casa, pensavam que eu estava cansada por causa dos exames, deixavam-me em paz. Trancava-me no quarto e lia romances policiais até que o sono chegasse. Na noite da última prova, juntei todas as minhas forças, queria tentar olhar de frente meu futuro vazio. Tinha feito um calor extenuante durante a tarde, e eu havia dormido um pouco; ao cair da noite, saí — como tinha feito tantas outras vezes — para um longo passeio. No começo, senti-me muito pouco à vontade; as luzes cor-de-rosa e violeta da encruzilhada da rua Vavin continuavam a cintilar no fundo do bulevar Raspail, mas tinham perdido aquela intensidade fascinante; não sabia mais para onde ir. Uma enorme massa fervilhante e amorfa espalhava-se à minha volta. Fui andando pelas ruas, ao acaso; meus pensamentos também erravam sem destino, eram um fraco turbilhão que não levava a lugar nenhum, e o menor incidente era o bastante para distrair-me.

Andei durante muito tempo; achei-me subitamente no bulevar Barbès. Passei por uma mulher que estava fazendo *trottoir* com a mão no quadril; seus seios fartos estufavam uma blusa de cetim azul, e ela estava de botas pretas de salto alto, abotoadas até os joelhos. O rosto era grosseiro e sem vida; devia continuar de botas quando ficava nua. Fiquei imaginando-a de chicote na mão, pousando o pé com ar dominador nas costas pálidas de um homem ajoelhado. Era uma tristeza. A colcha da cama devia ser de franjas amarelas, e as traves de ferro descascado. Fiquei esperando um momento para ver se alguém se aproximava dela, e depois prossegui em meu caminho. Subitamente, surpreendi-me a sorrir: era uma coisa nova essa curiosidade, esse desligamento. Oito dias antes, aquela mulher encarnaria para mim as tentações do desespero, e eu me teria afastado dela com um aperto no coração, sem ter notado a cor de seus cabelos; eu a teria visto a chamar Denis do fundo da noite para oferecer-lhe uma evasão milagrosa e atroz. Alguma coisa havia mudado em mim.

Continuei a andar, emocionada. Em lugar de um cenário simbólico, via subitamente ao meu redor uma multidão de objetos que pareciam ter existência própria, era como um encanto que acabava. Ao longo das calçadas, nasciam pequenos cafés onde Denis nunca havia entrado, cinemas, bailes populares dos quais nunca me havia falado: eu podia entrar em todos aqueles lugares, não precisava de Denis para ouvir o que tinham a me dizer. Aproximei-me de um deles; havia um agrupamento diante da porta aberta por onde saíam os sons de um acordeão; primeiro, vi o acordeão de flancos lustrosos e o grande fole de um branco prateado. Era uma orquestra de crianças de doze a quinze anos, vestidas de vermelho e tocando um ritmo popular nos fundos de um café-tabacaria. O estrado estava enfeitado com luzes alaranjadas, e guirlandas de papel colorido pendiam do teto. Olhei com olhos bem abertos as roupas de cetim, os címbalos de cobre, os cabelos oxigenados de uma prostituta sentada num banquinho quebrado, e desejos desconhecidos foram tomando conta de mim. Queria experimentar as ameixas que repousavam indolentemente no fundo de um vidro largo em cima do balcão. Queria conhecer o jovem regente da orquestra, de rosto gracioso e esperto, dançar aquele ritmo popular, fazer amizade com a loura, possuir enfim de alguma forma aquelas coisas que se ofereciam. E elas se ofereciam, bruscamente livres do sentido estereotipado com o qual eu as aprisionava; haviam rasgado seu manto alegórico, surgiam nuas, vivas, inesgotáveis. Faziam-me quase sentir uma vertigem; quanto mais eu olhava, mais descobria cores novas nas flores de papel, nas lanternas japonesas, nos candelabros iluminados; impossível não deixar nada escapar: quanto tempo havia perdido! Fui embora lentamente; o mundo brilhava qual moeda nova. Ainda não sabia o que fazer dela, mas tudo era possível, porque no centro das coisas, no lugar que Denis tinha deixado vazio, agora eu via a mim mesma.

De imediato, dei excessiva importância àquela espécie de revelação; não era uma conversão de ordem espiritual que podia livrar-me do espiritual. Na verdade, minha vida mudou a partir do momento em que não se tratava mais de revoluções interiores, quando tomei partido com atos contra a moral de Pascal e Marcelle. Foram-me necessários quase dois anos para realmente entender tudo o que havia de covardia e hipocrisia em seus sonhos maravilhosos e patéticos, e para romper com eles. Mas essa é uma história que não me proponho a contar. Quis somente mostrar como fui levada a tentar olhar as coisas de frente, sem aceitar oráculos nem valores preestabelecidos. Foi preciso reinventar tudo para mim mesma, e às vezes era desconcertante; aliás, nem tudo está claro ainda. O que sei, em todo caso, é que Marcelle, Chantal e Pascal morrerão sem nunca terem conhecido ou amado nada de verdadeiro, e que eu não quero parecer com eles. Chantal casou-se com um médico muito rico, Marcelle acaba de publicar um pequeno livro de poemas, e a revista arqueológica outro dia citou com louvores o nome de Pascal. Eles não estão descontentes com seus destinos.

Direção editorial
Daniele Cajueiro

Editora responsável
Ana Carla Sousa

Produção editorial
Adriana Torres
Júlia Ribeiro
Juliana Borel

Revisão
Anna Beatriz Seilhe
Alessandra Volkert

Diagramação
Alfredo Loureiro

Este livro foi impresso em 2025, pela Coan, para a Nova Fronteira.
O papel do miolo é Ivory Slim 65gm² e o da capa é cartão 250g/m²,

APOLOGIA DE SÓCRATES

PLATÃO

TRADUÇÃO E APÊNDICE
Maria Lacerda de Moura

INTRODUÇÃO
Alceu Amoroso Lima

EDITORA
NOVA
FRONTEIRA

Título original: *Apologia Socratis*

Editora Nova Fronteira Participações S.A.
Rua Candelária, 60 — 7º andar — Centro — 20091-020
Rio de Janeiro — RJ — Brasil
Tel.: (21) 3882-8200

Dados Internacionais de Catalogação na Publicação (CIP)

P716a Platão, 429-347 a.C.

Apologia de Sócrates / Platão; tradução e apêndice por Maria Lacerda de Moura. - [Edição especial] - Rio de Janeiro: Nova Fronteira, 2022.
88 p. 12,5 x 18cm ; (Clássicos para Todos)

Título original: *Apologia Socratis*

ISBN: 978-65-5640-580-3

1. Filosofia grega. I. Moura, Maria Lacerda de. II. Título.

CDD: 820
CDU: 82-2

André Queiroz – CRB-4/2242

Conheça outros livros da editora:

Sumário

A morte de Sócrates

Eis como, na palavra de um dos grandes biógrafos de Platão, se apresentam os fatos, em sua nudez objetiva — "*kahl und tot*" —, que cercaram a morte de Sócrates, essa morte que vem atravessando os séculos, como um dos grandes momentos da história da humanidade e representa como que uma prefiguração da morte de Cristo no Calvário.

"Durante o inverno de 400/399 (a.C.) apresentou Meleto ao rei de Atenas uma queixa contra Sócrates. Anito e Lícon a subscreviam. Meleto era um jovem, pertencente a uma família de poetas e havia, pouco antes, feito representar uma Edipédia. Era poeta de pequeno vulto e queria chamar a atenção sobre a sua pessoa. Os dois outros estavam metidos na vida pública. Lícon tinha tido, anteriormente, relações com Sócrates. Seu filho Antólico se tinha tornado um atleta conhecido e havia perdido a vida em um golpe da guarnição espartana durante a ocupação, o que provocara grande emoção. Havia, no caso, qualquer ressentimento pessoal (do pai contra Sócrates) que não podemos bem explicar. Anito era um dos chefes da Democracia moderada dominante. Sua participação dava à queixa o seu maior peso. Sócrates era acusado de recusar o culto devido aos deuses do Estado, introduzindo entidades demoníacas, com isso pervertendo a mocidade e levando-a a cometer os mesmos crimes (de ateísmo contra os deuses oficiais), pois só assim ficaria o crime sob a jurisdição do rei, a quem competia a defesa da religião do Estado. O rei recebeu a queixa, dirigiu o inquérito e reuniu um tribunal de 501 jurados, que poderia condenar o réu pela maioria de sessenta vozes. Como pena, após acusação da promotoria, foi votada a de morte, por grande maioria. Um julgamento do povo soberano e infalível, que os juízes representavam, era imediatamente posto em execução. Não havia recurso a qualquer instância superior. Sócrates foi logo levado à prisão pelos executores da sentença e posto a ferros para evitar a fuga. Seu amigo Críton apresentou garantias de que o condenado não procuraria fugir, provavelmente com o fito de obter alguma atenuação de tratamento, na prisão, para que o acusado pudesse ainda conversar com seus amigos. Adiou-se inesperadamente a execução da sentença. Dias antes se preparava para partir para Delfos o navio sagrado, que outrora levara Teseu a Creta, para uma peregrinação ao santuário de Apolo. Todo ano, nessa época, partia um navio para Delfos, com uma embaixada, para festejar o deus, que durante o inverno se ausentava para a Lícia. Nesse ano recaiu a festa no mês que anuncia a primavera, 'mês sagrado' para os habitantes de Delfos, que correspondia ao 'mês das flores' dos atenienses, o segundo depois do solstício do inverno. Nesse mês o mar não era ainda navegável. Daí o adiamento da partida e da volta do navio sagrado. Era tradição, porém, que durante esse período nenhuma sentença de morte podia ser executada. Dessa vez o lapso de tempo foi particularmente longo. Na tarde, porém, do dia em que o navio sagrado voltou ao porto, Sócrates bebeu a cicuta. São esses os fatos em sua plena nudez" (N. von Willamovitz-Moellendorf — *Platon*, 1920, vol. I, p. 155).

Dos acusadores de Sócrates, dois morreram, tempos depois, lapidados pela multidão, como caluniadores: Meleto e Anito. Quanto a Lícon, desapareceu da história, como os outros também. Graças à glória de sua vítima é que seus nomes ainda são relembrados pela posteridade.

Por ocasião da morte de Sócrates, Platão estava doente. Não pôde participar das conversas do mestre com os discípulos, aproveitando o atraso da execução da sentença, durante o qual Sócrates fazia versos sobre as fábulas de Esopo ou recusava a Críton a fuga por este oferecida, possivelmente com a própria complacência das autoridades públicas, que começavam provavelmente a reconhecer a fatal injustiça que os jurados haviam cometido, graças às intrigas dos acusadores.

Platão não pôde tampouco acompanhar a Críton, Fédon, Apolidoro, Cebes e Símias — os cinco amigos e discípulos, fiéis que participaram do memorável encontro do último dia de Sócrates, cujo resultado Fédon, depois da morte do mestre, foi contar a

Echécatres e este referiu a Platão, que por sua vez o imortalizou no diálogo a que deu o nome de Fédon.

Toda a obra de Platão está penetrada pelos ensinamentos de Sócrates, a tal ponto que nenhum comentador conseguiu distinguir nela o que pertence ao discípulo e o que proveio do mestre. O que se sabe, apenas, é que foi em seguida ao episódio relatado pelo próprio Sócrates, em seu *Discurso aos juízes*, durante o regime dos 30 Tiranos e sobretudo após a sua morte, que Platão "se converteu", como diz Burnett, "levantando-se um novo homem da cama em que jazia doente. Não seria o caso único de um homem chamado a ser um apóstolo depois da morte do seu Mestre", aludindo, evidentemente, o intérprete moderno ao caso de S. Paulo após a morte de Cristo (cf. A. Diës — *Autour de Platon*, 1927, p. 134, nota I).

Não é à toa que o nosso Fagundes Varela, no seu *Evangelho nas selvas*, introduz simbolicamente a figura de Sócrates, como tomando o lugar de Judas, depois da fuga antecipada do traidor, para completar os 12. Há uma analogia profunda entre as duas mortes, uma no plano natural, a outra no plano sobrenatural.

Meia-noite! Nos altos candelabros
Desmaiavam as luzes, a tristeza
Cerrava os corações. — Éramos doze,
Murmura um dos amigos assombrado,
Éramos doze, sem contar o Mestre —
Judas se retirou e... doze somos! —
Nesse momento um trêmulo gemido
Soou junto da mesa, o santo cálice
Oscilou lentamente, desprendendo
Aguda vibração... branca figura,
Como a de Samuel na negra furna
Da sibila de Endor, bela e horrível
Ergueu-se vagarosa junto ao Cristo,
— Senhor! — falou. — Senhor, em idos tempos,

Por vossa vinda suspirei debalde!
Entre rudes pagãos, fui o primeiro
Que a divina unidade expôs ao mundo,
Que do Deus uno e trino a glória viu!
Mártir da fé, baixei à sepultura
Sem receber as águas do Batismo!...
Hoje, que dás a salvação e a vida
À humanidade escrava do pecado,
Quebrei da morte o fúnebre sigilo,
Vim o sangue beber, comer a carne,
A carne e o sangue do Cordeiro eterno!
Glória! Glória ao Senhor! abertas vejo
Do Paraíso as portas luminosas! —
— Piedoso varão, exímio Sócrates,
Sábio como Moisés, íntegro e justo
Como o grande Abraão — Jesus exclama,
Voa ao seio de Deus! Recebe o prêmio
De teu sublime, heroico sacrifício! —
Um fúlgido clarão de alva celeste
Iluminou a sala, e a sombra ilustre,
Como outrora o Senhor, transfigurada,
Deixou a terra, os homens, e perdeu-se
Nas regiões do éter!...

As duas grandes acusações contra Sócrates, que levaram a maioria dos 501 a condená-lo à morte, foram atentar contra a religião do Estado e corromper a mocidade: ateísmo e subversão.

Foi fácil a Sócrates, na sua defesa, destruir completamente tanto uma como outra acusação, como se vê de suas palavras perante o Areópago. Longe de ser um ateu, mostra Sócrates que foi a voz do oráculo de Delfos que sempre o guiou. Isto é, nunca se considerou como sendo infalível. Ao contrário, o que o oráculo lhe ensinara é que "toda a sabedoria humana não valia grande coisa e mesmo não valia nada". E não foi outra a lição socrática. Longe de ser a de um racionalista, era a voz da humildade e do reconhecimento de que "há mais coisas debaixo do sol do que a nossa pobre razão pode compreender", como 23 séculos mais tarde o iria exprimir de novo um dos poetas supremos da humanidade.

Meleto, o poetastro, não teve o que responder, quando Sócrates pulverizou sua acusação de ateísmo, porque realmente não era verdadeira. Verdade apenas é que Sócrates condenava o politeísmo oficial, a religião de Estado, que obrigava a um conformismo especulativo incompatível com a dignidade humana e com a liberdade de consciência. Quando Sócrates introduziu "demônios" em sua maiêutica, não estava tampouco pregando qualquer forma de demonismo espiritista. Seus demônios são "filhos dos deuses e das ninfas ou mesmo dos simples mortais", isto é, representam as próprias forças da natureza que receberam dos "deuses", isto é, do mistério sobrenatural, aquela autonomia que permite à inteligência humana penetrá-los e à técnica subjugá-los. A filosofia socrática não era um ateísmo, pois considerava que as raízes do universo sensível estavam acima e fora desse universo, e Platão sistematizou essa doutrinação em sua teoria das *Ideias e da divindade* suprema. Mas era, isso sim, um antiestatismo, isto é, uma condenação da autocracia humana que se servia dos deuses para impor aos homens uma escravidão política e moral, pior do que a escravidão puramente social. Esse estatismo, para Sócrates, tanto podia ser democrático como oligárquico. Contra os 30 Tiranos fora ele a única voz no Pritaneu que ousou erguer-se contra um decreto injusto da ditadura. E foi morrer vítima de um governo "democrático" e até mesmo da facção "moderada" da democracia, como o prova Willamovitz-Moellendorf, chamando a atenção para o fato de que só "alguns anos depois (da morte de Sócrates) é que os democratas radicais subiram ao poder" (op. cit., p. 157). O fanatismo, "democrático" ou "ditatorial", é que é o inimigo da dignidade humana e da liberdade de consciência que Sócrates representa. Não era, pois, uma questão de regime, embora o antidemocratismo de Platão atribuísse a morte de Sócrates à "teatrocracia", que a democracia alimentara.

"Foi assim que o governo de Atenas passou de aristocrático a teatrocrático" (Platão). A teatrocracia ateniense teve por efeito liberar todos os cidadãos ("e a desordem passando do teatro a tudo mais") de todo o respeito para com os magistrados, os superiores e os melhores, passando-se daí "ao desprezo pelo pátrio poder e pelos velhos", ao "desrespeito pelas leis", à apostasia "de todas as promessas, dos juramentos, dos deuses, imitando e renovando a audácia dos Titãs". Tudo isso estava em germe na teatrocracia, ou pelo menos a teatrocracia contribuiu, largamente, para isso. Em suma, foi a teatrocracia que matou Sócrates" (Émile Faguet — *Pour qu'on lise Platon*, 1905, p. 57).

Platão, nessa interpretação bastante aleatória de Faguet, aproveitava-se da morte de Sócrates como argumento em favor de sua República autocrática e de sua animosidade contra a democracia, ou, antes, contra a demagogia. Pois, na realidade, o que hoje chamamos democracia era o que os gregos, desde Aristóteles ao menos, chamavam de *politeia*, reservando o nome democracia ao que hoje chamamos demagogia.

Na realidade, Sócrates não morria por um regime político, mas por um princípio mais alto do que todos os regimes — o da dignidade humana. O que ele não tolerava era a opressão do pensamento, fosse da Multidão, fosse do Estado, fosse em nome dos deuses, fosse em nome da onipotência da Razão, da Violência ou do Número. A maioria que votou sua morte praticava uma injustiça igual à que havia praticado o regime ditatorial oligárquico, contra o qual a sua voz solitária no Pritaneu é que estava com a razão, com a verdade e com a justiça.

Por elas é que Sócrates enfrentou a morte com a mesma serenidade com que passara a vida discutindo livremente com os cidadãos de Atenas. Se é verdade, como diz Faguet, que "Platão tinha ódio aos atenienses", como tinha "ódio à democracia", nesse ponto o platonismo nada tinha de socrático. Sócrates nunca sonhou em organizar uma República que pudesse, pela rigidez de suas leis, como pretendeu Platão fazê-lo, dar a felicidade aos cidadãos.

Pelo contrário, como nos diz Sócrates no seu imortal *Discurso aos juízes*, sempre, "desde criança", uma "voz interior" o aconselhou a não se meter na vida política. Não era esta a sua vocação. "Se o tivesse feito há muito que estaria morto." Não era uma lição de escapismo, mas de sabedoria. Cada um no seu lugar. E o lugar de Sócrates era *argumentar* com os cidadãos, levá-los a pensar, pensar com eles e não entrar na ação política, para governá-los ou mesmo para elaborar as leis que os deviam tornar felizes, como Platão queria que os "filósofos" fizessem e em vão o tentou junto aos tiranos... Por aí se vê que nem todo platonismo é socratismo.

A morte de Sócrates era *pela liberdade* e não pela autoridade. Era esta, e no caso a autoridade de um regime democrático, que praticava contra ele, e contra a consciência humana, uma trágica injustiça. Contra isso é que ele se revolta, não por atos, mas por palavras, não pela violência, mas pela serenidade, não pela ação, nem pela paixão, mas pela razão. Mais do que pela razão, pela sabedoria, mestra da razão. E mais do que pela sabedoria humana, "humana demais", como diria Nietzsche, pela sabedoria sobre-humana, divina, oracular. Ou como dizemos nós cristãos, "gratuita", inspirada pela graça Divina.

Nesse sentido é que Sócrates foi uma prefiguração de Cristo. Sua morte, como a de Cristo, foi um protesto contra todas as tiranias, de César ou da Multidão, dos teocratas, dos aristocratas, ou dos democratas. Só há uma cracia autêntica — a cracia Divina, a cracia do Bem, da Verdade, da Justiça, do Amor, aquela que Sócrates viveu e seguiu pela boca da Pítia de Delfos. E que Cristo viveu e seguiu pela boca do Pai. A mais alta voz do Paganismo se antecipava, como um profeta desconhecido, à mais alta voz do Cristianismo. Cristo, Verbo de Deus, vinha ser, humanamente falando, a realização não apenas da voz dos Profetas, mas dessas vozes humanas, como a de Sócrates ou a de Virgílio, que do fundo do helenismo ou da latinidade, tinham como que um pressentimento obscuro daquilo que do fundo da raça eleita, os Elias e Isaías, Ezequiéis e Jeremias anunciavam.

A importância da morte de Sócrates e da sua Apologia, que Platão exprimiu para todos os séculos, como poeta e como filósofo, tanto na própria Apologia, como no *Críton* ou no *Fédon*, transcendem, pois, de muito, o próprio mundo helênico, ou o da cultura por ele transmitido à posteridade.

Sócrates — enfrentando a morte, com aquela serenidade incomparável e fazendo um testamento de sabedoria que só se aproxima daquele que o apóstolo S. João nos conservou, ditado pelo próprio Cristo, ao enfrentar também a morte, depois da Ceia — deixou para toda a humanidade, ocidental e oriental, setentrional ou meridional, a todas as raças e a todos os tempos, uma lição insuperável de grandeza humana e de sublime sabedoria sobre-humana...

Nunca a dignidade do homem, a liberdade de consciência, a defesa da verdade, da justiça, da virtude, a serenidade perante a morte, a humildade de espírito e a grandeza de alma, a compreensão e a fortaleza de ânimo, a coragem sem jactância, nunca um pensamento tão alto, uma lição tão profunda, foi dada por um homem aos homens em termos tão perfeitamente belos. Só mesmo a divindade de Cristo poderia transcender a humanidade de Sócrates. E sua morte ainda teve, como a de Tomás Morus, uma nota final extremamente humana: aquela ironia com que recomendou ao discípulo querido que não se esquecesse, como determinava a superstição, de sacrificar um galo a Esculápio, a esse deus da medicina e da terapêutica, que sabia preparar venenos tão sutis, como essa cicuta, com que ele ingressava tranquilamente não na morte mas na eternidade! Não com lágrimas nos olhos, mas com um sorriso nos lábios. Condenando, para sempre, na pessoa dos seus algozes, a arrogância dos fanáticos, a violência dos medíocres e a implacabilidade dos primários.

Platão
(429-347 a.C.)

A *Apologia de Sócrates* se coloca entre as mais belas páginas de eloquência que nos foram legadas pela Antiguidade. A autodefesa do filósofo, feita perante seus impudentes e impenitentes acusadores, evocada por Platão com devoção de discípulo fiel, é, não obstante a brevidade do texto, uma síntese da filosofia socrática, de grandíssimo valor literário e como documento humano. A admirável serenidade do sábio, só preocupado com o destino dos seus acusadores e com a sagrada verdade, manifesta-se em toda a sua grandeza nas páginas imortais deste pequenino e grande livro.

*Alceu Amoroso Lima**

* Alceu Amoroso Lima (1893-1983) foi crítico literário, professor, escritor e líder católico brasileiro. Durante sua vida profissional usou o pseudônimo Tristão de Ataíde.

PRIMEIRA PARTE

1

O que vós, cidadãos atenienses, haveis sentido, com o manejo dos meus acusadores, não sei; certo é que eu, devido a eles, quase me esquecia de mim mesmo, tão persuasivamente falavam. Contudo, não disseram, eu o afirmo, nada de verdadeiro. Mas, entre as muitas mentiras que divulgaram, uma, acima de todas, eu admiro: aquela pela qual disseram que deveis ter cuidado para não serdes enganados por mim, como homem hábil no falar.

Mas, então, não se envergonham disso, de que logo seriam desmentidos por mim, com fatos, quando eu me apresentasse diante de vós, de nenhum modo hábil orador? Essa me parece a sua maior imprudência, se, todavia, não denominam "hábil no falar" aquele que diz a verdade. Porque, se dizem exatamente isso, poderei confessar que sou orador, não, porém, à sua maneira.

Assim, pois, como acabei de dizer, pouco ou absolutamente nada disseram de verdade; mas, ao contrário, eu vo-la direi em toda a sua plenitude. Contudo, por Zeus, não ouvireis, por certo, cidadãos atenienses, discursos enfeitados de locuções e de palavras, ou adornados como os deles, mas coisas ditas simplesmente com as palavras que me vierem à boca; pois estou certo de que é justo o que digo, e nenhum de vós espera outra coisa. Em verdade, nem conviria que eu, nesta idade, me apresentasse diante de vós, ó cidadãos, como um jovenzinho que estuda os seus discursos. E todavia, cidadãos atenienses, isso vos peço, vos suplico: se sentirdes que me defendo com os mesmos discursos com os quais costumo falar nas feiras, perto dos bancos,[1] onde muitos de vós me tendes ouvido, em outros lugares, não vos espanteis por isso, nem provoqueis clamor.[2] Porquanto, há o seguinte: é a primeira vez que me apresento diante de um tribunal, na idade de mais de setenta anos:[3] por isso, sou quase estranho ao modo de falar aqui. Se eu fosse realmente um forasteiro, sem dúvida me perdoaríeis, se eu falasse na língua e maneira pelas quais tivesse sido educado; assim também agora vos peço uma coisa que me parece justa: permiti-me, em primeiro lugar, o meu modo de falar — e poderá ser pior ou mesmo melhor —, depois, considerai o seguinte, e só prestai atenção a isso: se o que digo é justo ou não; essa, de fato, é a virtude do juiz, do orador — dizer a verdade.

2

É justo, pois, cidadãos atenienses, que, em primeiro lugar, eu me defenda das primeiras e falsas acusações que me foram apresentadas, e dos primeiros acusadores; depois, me defenderei das últimas e dos últimos. Porque muitos dos meus acusadores têm vindo até vós há já bastante tempo, talvez anos, e sem jamais dizerem a verdade; e esses eu temo mais do que Anito e seus companheiros, embora também sejam temíveis os últimos. Mais temíveis, porém, são os primeiros, ó cidadãos, os quais tomando a maior parte de vós, desde crianças, vos persuadiam e me acusavam falsamente, dizendo-vos que há um tal Sócrates, homem douto, especulador das coisas celestes e investigador das subterrâneas e que torna mais forte a razão mais fraca. Esses cidadãos atenienses, que divulgaram tais coisas, são os acusadores que eu temo; pois aqueles que os escutam julgam que os investigadores de tais coisas não acreditam nem mesmo nos deuses. Pois esses acusadores são muitos e me acusam há já bastante tempo; e, além disso, vos falavam naquela idade em que mais facilmente podíeis dar crédito, quando éreis crianças e alguns de vós muito jovens, acusando-me com pertinaz tenacidade, sem que ninguém me defendesse. E o que é mais absurdo é que não se pode saber nem dizer os seus nomes, exceto, talvez, algum comediógrafo.[4]

Por isso, quantos, por inveja ou calúnia, vos persuadiam, e os que, convencidos, procuravam persuadir os outros, são todos, por assim dizer, inabordáveis; porque não é possível fazê-los comparecer aqui, nem refutar nenhum deles, mas devo eu mesmo me defender, quase combatendo com sombras e destruir, sem que ninguém responda.

Admiti, também vós, como eu digo, que os meus acusadores são de duas espécies, uns, que me acusaram recentemente, outros, há muito, dos quais estou falando, e convinde em que me devo defender primeiramente destes, porque também vós os ouvistes acusar-me em primeiro lugar e durante muito mais tempo que os últimos.

Ora bem, cidadãos atenienses, devo defender-me e empreender remover da vossa mente, em tão breve hora, a má opinião acolhida por vós durante longo tempo.

Certo eu desejaria consegui-lo, e seria o melhor, para vós e para mim, se, defendendo-me, obtivesse algum proveito; mas vejo a coisa difícil, e bem percebo por quê. De resto, seja como Deus quiser: agora é preciso obedecer à lei e me defender.

3

Prossigamos, pois, e vejamos, de início, qual é a acusação, de onde nasce a calúnia contra mim, baseado na qual Meleto me moveu este processo.

Ora bem, que diziam os caluniadores ao caluniar-me? É necessário ler a ata da acusação jurada por estes acusadores: — *Sócrates comete crime e perde a sua obra, investigando as coisas terrenas e as celestes, e tornando mais forte a razão mais débil, e ensinando aos outros.* — Tal é, mais ou menos, a acusação: e isso já vistes, vós mesmos, na comédia de Aristófanes, onde aparece, aqui e ali, um Sócrates que diz caminhar pelos ares e exibe muitas outras tolices, das quais não entendo nem muito, nem pouco.

E não digo isso por desprezar tal ciência, se é que há sapiência nela, mas o fato é, cidadãos atenienses, que, de maneira alguma, me ocupo de semelhantes coisas. E apresento testemunhas: vós mesmos, e peço vos informeis reciprocamente, mutuamente vos interrogueis, quantos de vós me ouviram discursar algum dia; e muitos dentre vós são desses. Perguntai-vos uns aos outros se qualquer de vós jamais me ouviu orar, muito ou pouco, em torno de tais assuntos, e então reconhecereis que tais são, do mesmo modo, as outras mentiras que dizem de mim.

4

Na realidade, nada disso é verdadeiro, e, se tendes ouvido de alguém que eu instruo e ganho dinheiro com isso, também não é verdade. Embora, em realidade, isso mesmo me pareça bela coisa: que alguém seja capaz de instruir os homens, como Górgias de Leontine, Pródico de Coo, e Hípias de Élide. Porquanto, cada um desses, ó cidadãos, passando de cidade em cidade, é capaz de persuadir os jovens, os quais poderiam conversar gratuitamente com todos os cidadãos que quisessem; é capaz de os persuadir a estar com eles, deixando as outras conversações, compensando-os com dinheiro e proporcionando-lhes prazer.

Mas aqui há outro erudito de Paros, o qual eu soube que veio para junto de nós, porque encontrei por acaso um que despendeu com os sofistas mais dinheiro que todos os outros juntos: Cálias de Hipônico. Tem dois filhos e eu o interroguei: — Cálias, se os teus filhinhos fossem poldrinhos ou bezerros, deveríamos escolher e pagar para eles um guardião, o qual os deveria aperfeiçoar nas suas qualidades inerentes; seria uma pessoa que entendesse de cavalos e agricultura. Mas, como são homens, qual é o mestre que deves tomar para eles? Qual é o que sabe ensinar tais virtudes, a humana e a civil? Creio bem que tens pensado nisso, uma vez que tens dois filhos. Haverá alguém ou não? — Certamente! — responde. E eu pergunto: — Quem é, de onde e por quanto ensina? — Éveno, respondeu, de Paros, por cinco minas. — E eu acreditaria Éveno muito feliz, se verdadeiramente possui essa arte e a ensina com tal garbo. Mas o que é certo é que também eu me sentiria altivo e orgulhoso, se soubesse tais coisas; entretanto, o fato é, cidadãos atenienses, que não sei.

5

Algum de vós, aqui, poderia talvez se opor a mim: — Mas, Sócrates, que é que fazes? De onde nasceram essas calúnias? Se não tivesses te ocupado em coisa alguma diversa das coisas que fazem os outros, na verdade não terias ganho tal fama e não teriam nascido acusações. Dize, pois, o que é isso, a fim de que não julguem a esmo.

Quem diz assim, parece-me que fala justamente; eu procurarei demonstrar-vos que jamais foi essa a causa produtora de tal fama e de tal calúnia. Ouvi-me. Talvez possa parecer a alguns de vós que eu esteja gracejando; entretanto, sabei-o bem, eu vos direi toda a verdade. Porque eu, cidadãos atenienses, se conquistei esse nome, foi por alguma sabedoria. Que sabedoria é essa? Aquela que é talvez, propriamente, a sabedoria humana. É, em realidade, arriscado ser sábio nela: mas aqueles de quem falávamos ainda há pouco seriam sábios de uma sabedoria mais que humana, ou não sei que dizer, porque certo não a conheço. Não façais rumor, cidadãos atenienses, não fiqueis contra mim, ainda que vos pareça que eu diga qualquer absurdo; pois que não é meu o discurso que estou por dizer, mas refiro-me a outro que é digno da vossa confiança. Apresento-vos, de fato, o deus de Delfos, como testemunha de minha sabedoria, se eu a tivesse, e qualquer que fosse. Conheceis bem Xenofonte. Era meu amigo desde jovem, também amigo do vosso partido democrático, e participou do vosso exílio e convosco repatriou-se. E sabeis também como era Xenofonte, veemente em tudo aquilo que empreendesse. Uma vez, de fato, indo a Delfos, ousou interrogar o oráculo a respeito disso e — não façais rumor, ó cidadãos, por isso que digo — perguntou-lhe, pois, se havia alguém mais sábio que eu. Ora, a pitonisa respondeu que não havia ninguém mais sábio.[5] E a testemunha disso é seu irmão, que aqui está.

6

Considerai bem a razão por que digo isso: estou para demonstrar-vos de onde nasceu a calúnia. Em verdade, ouvindo isso, pensei: que queria dizer o deus e qual é o sentido das suas palavras obscuras? Sei bem que não sou sábio, nem muito nem pouco: que quer dizer, pois, afirmando que eu sou o mais sábio? Certo não mente, não é possível. E fiquei por muito tempo em dúvida sobre o que pudesse dizer; depois de grande fadiga, resolvi buscar a significação do seguinte modo. Fui a um daqueles detentores da sabedoria, com a intenção de refutar, por meio deles, sem dúvida, o oráculo, e, com tais provas, opor-lhe a minha resposta: este é mais sábio que eu, enquanto tu dizias que sou eu o mais sábio. Examinando esse tal — não importa o nome, mas era, cidadãos atenienses, um dos políticos, este de quem eu experimentava esta impressão — e falando com ele, afigurou-se-me que esse homem parecia sábio a muitos outros e, principalmente, a si mesmo, mas não era sábio. Procurei demonstrar-lhe que ele parecia sábio sem o ser. Daí me veio o ódio dele e de muitos dos presentes. Então, pus-me a considerar, de mim para mim, que eu sou mais sábio do que esse homem, pois que, ao contrário, nenhum de nós sabe nada de belo e de bom, mas aquele homem acredita saber alguma coisa, sem sabê-la, enquanto eu, como não sei nada, também estou certo de não saber. Parece, pois, que eu seja mais sábio do que ele, nisso — ainda que seja pouca coisa: não acredito saber aquilo que não sei. Depois desse, fui a outro daqueles que possuem ainda mais sabedoria que esse, e me pareceu que todos são a mesma coisa. Daí veio o ódio também a este e a muitos outros.

7

Depois prossegui sem mais me deter, embora vendo, amargurado e temeroso, que estava incorrendo em ódio; mas, também, me parecia dever fazer mais caso da resposta do deus. Para procurar, pois, o que queria dizer o oráculo, eu devia ir a todos aqueles que diziam saber qualquer coisa. E então, cidadãos atenienses, já que é preciso dizer a verdade, me aconteceu o seguinte: procurando segundo o dedo do deus, pareceu-me que os mais estimados eram quase privados do melhor, e que, ao contrário, os outros, reputados ineptos, eram homens mais capazes, quanto à sabedoria.

Ora, é preciso que eu vos descreva os meus passos, como de quem se cansava para que o oráculo se tornasse acessível a mim. Depois dos políticos, fui aos poetas trágicos, e, dos ditirâmbicos fui aos outros, convencido de que, entre esses, eu seria de fato apanhado como mais ignorante do que eles. Tomando, pois, os seus poemas, dentre os que me pareciam os mais bem-feitos, eu lhes perguntava o que queriam dizer, para aprender também eu alguma coisa com eles.

Agora, ó cidadãos, eu me envergonho de vos dizer a verdade; mas, também, devo manifestá-la. Pois que estou para afirmar que todos os presentes teriam discorrido sobre tais versos, quase melhor do que aqueles que os haviam feito.

Em poucas palavras direi ainda, em relação aos trágicos, que não faziam por sabedoria aquilo que faziam, mas por certa natural inclinação, e intuição, assim como os adivinhos e os vates; e em verdade, embora digam muitas e belas coisas, não sabem nada daquilo que dizem. O mesmo me parece acontecer com os outros poetas; e também me recordo de que eles, por causa das suas poesias, acreditavam-se homens sapientíssimos ainda em outras coisas, nas quais não eram. Por essa razão, pois, andei pensando que, nisso, eu os superava, pela mesma razão que superava os políticos.

8

Por fim, também fui aos artífices, porque estava persuadido de que, por assim dizer, nada sabiam, e, ao contrário, tenho que dizer que os achei instruídos em muitas e belas coisas. Em verdade, nisso me enganei; eles, de fato, sabiam aquilo que eu não sabia e eram muito mais sábios do que eu. Mas, cidadãos atenienses, parece-me que também os bons artífices tinham o mesmo defeito dos poetas: pelo fato de exercitar bem a própria arte, cada um pretendia ser sapientíssimo também nas outras coisas de maior importância, e esse erro obscurecia o seu saber.

Assim, eu ia interrogando a mim mesmo, a respeito do que disse o oráculo, se devia mesmo permanecer como sou, nem sábio da sua sabedoria, nem ignorante da sua ignorância, ou ter ambas as coisas, como eles têm.

Em verdade, respondo a mim e ao oráculo que me convém ficar como sou.

9

Ora, dessa investigação, cidadãos atenienses, me vieram muitas inimizades, e tão odiosas e graves que delas se derivaram outras tantas calúnias e me foi atribuída a qualidade de sábio; pois que, a cada instante, os presentes acreditam que eu seja sábio naquilo que refuto aos outros. Do contrário, ó cidadãos, o deus é que poderia ser sábio de verdade, ao dizer, no oráculo, que a sabedoria humana é de pouco ou nenhum preço; e parece que não tenha querido dizer isso de Sócrates, mas que se tenha servido do meu nome, tomando-me por exemplo, como se dissesse: aqueles dentre vós, ó homens, são sapientíssimos que, como Sócrates, tenham reconhecido que em realidade não têm nenhum mérito quanto à sabedoria.

Por isso, ainda agora procuro e investigo, segundo a vontade do deus, se algum dos cidadãos e dos forasteiros me parece sábio; e, quando não, indo em auxílio do deus, demonstro-lhe que não é sábio. E, ocupado em tal investigação, não tenho tido tempo de fazer nada de apreciável, nem nos negócios públicos, nem nos privados, mas encontro-me em extrema pobreza, por causa do serviço do deus.

Além disso, os jovens ociosos, os filhos dos ricos, seguindo-me espontaneamente, gostam de me ouvir examinar os homens, e muitas vezes me imitam, por sua própria conta, e empreendem examinar os outros; e então, penso, encontram grande quantidade daqueles que acreditam saber alguma coisa, mas pouco ou nada sabem. Daí, aqueles que são examinados por eles encolerizam-se comigo assim como com eles, e dizem que há um tal Sócrates, perfidíssimo, que corrompe os jovens. E quando alguém lhes pergunta o que é que ele faz e ensina, não têm nada que dizer, pois ignoram. Para não parecerem embaraçados, dizem aquela acusação comum, a qual é movida a todos os filósofos: que ensina as coisas celestes e terrenas, a não acreditar nos deuses, e a tornar mais forte a razão mais débil. Sim, porque não querem, a meu ver, dizer a verdade, isto é, que descobriram a sua presunção de saber, quando não sabem nada. Assim, penso, sendo eles ambiciosos e resolutos e em grande número, e falando de mim concordemente e persuasivamente, vos encheram os ouvidos caluniando-me de há muito tempo e com persistência. Entre estes, arremessaram-se contra mim Meleto, Anito e Lícon: Meleto pelos poetas, Anito pelos artífices, Lícon pelos oradores.[6] De modo que, como eu dizia no princípio, ficaria maravilhado se conseguisse, em tão breve tempo, tirar do vosso ânimo a força dessa calúnia, tornada tão grande.

Eis a verdade, cidadãos atenienses, e eu falo sem esconder nem dissimular nada de grande ou de pequeno.

Saibam, quantos o queiram, que por isso sou odiado; e que digo a verdade, e que tal é a calúnia contra mim e tais são as causas.

E tanto agora como mais tarde ou em qualquer tempo, podereis considerar estas coisas: são como digo.

10

— É suficiente, pois, esta minha defesa diante de vós, contra a acusação movida a mim pelos primeiros acusadores.

Agora procurarei defender-me de Meleto, homem de bem e amante da pátria, como dizem, e um dos últimos acusadores.

Voltemos, portanto, ao ato de acusação, jurado por ele, como por outros acusadores. É mais ou menos assim:

— *Sócrates* — diz a acusação — *comete crime corrompendo os jovens e não considerando como deuses os deuses que a cidade considera, porém outras divindades novas.* — Esta é a acusação. Examinemo-la agora em todos os seus vários pontos. Diz, primeiro, que cometo crime, corrompendo jovens. Ao contrário, eu digo, cidadãos atenienses, Meleto é quem comete crime, porque brinca com coisas graves, conduzindo com facilidade os homens ao tribunal, aparentando ter cuidado e interesse por coisas em que de fato nunca pensou. Procurarei mostrar-vos que é bem assim.

11

— Agora, dize-me, Meleto: não é verdade que te importa bastante que os jovens se tornem cada vez melhores, tanto quanto possível?

— Sim, é certo.

— Vamos, pois, dizer-lhes quem os torna melhores: é claro que tu o deves saber, coisa que te preocupa, tendo de fato encontrado quem os corrompe, como afirmas, uma vez que me trouxeste aqui e me acusas. Continua, fala e indica-lhes quem os torna melhores. Vê, Meleto, calas e não sabes o que dizer. E, ao contrário, não te parece vergonhoso e suficiente prova do que justamente eu digo que nunca pensaste em nada disso? Mas, dize, homem de bem, quem os torna melhores?

— As leis.

— Mas não pergunto isso, ótimo homem, mas qual o homem que sabe, em primeiro lugar, isso exatamente, as leis.

— Aqueles, Sócrates, os juízes.

— Como, Meleto? Esses são capazes de educar os jovens e os tornar melhores?

— Como não?

— Todos, ou alguns, apenas, outros não?

— Todos.

— Muito bem-respondido, por Juno: vê quanta abundância de pessoas úteis! Como? Também estes, que nos escutam, tornam melhores os jovens ou não?

— Também estes.

— E os senadores?

— Também os senadores.

— É assim, Meleto. Não corrompem os jovens os cidadãos da assembleia, ou também todos esses os tornam melhores?

— Também esses.

— Assim, pois, todos os homens, como parece, tornam melhores os jovens, exceto eu, só eu corrompo os jovens. Não é isso?

— Isso exatamente afirmo de modo conciso.

— Oh! Que grande desgraça descobriste em mim! E responde-me: será assim também para os cavalos? Que aqueles que os tornam melhores são todos os homens e que um só os corrompe? Ou será o contrário, que um só é capaz de os tornar melhores, e bem poucos aqueles que entendem de cavalos; e os mais, quando querem manejá-los e usá-los, os estragam? Não é assim, Meleto, para os cavalos como para todos os animais? Sim, certamente, ainda que tu e Anito o neguem ou afirmem. Pois seria uma grande fortuna para os jovens que um só corrompesse e os outros lhes fossem todos úteis. Mas, na realidade, Meleto, mostraste o suficiente que jamais te preocupaste com os jovens, e claramente revelaste o teu desmazelo, que nenhum pensamento te passou pela mente, disso de que me acusas.

12

— E agora, dize-me, por Zeus, Meleto: que é melhor, viver entre virtuosos cidadãos ou entre malvados? Responde, meu caro, não te pergunto uma coisa difícil. Não fazem os malvados alguma maldade aos que são seus vizinhos, e alguns benefícios os bons?

— Certamente.

— E haverá quem prefira receber malefícios a ser auxiliado por aqueles que estão com ele? Responde, porque também a lei manda responder.[7] Há os que gostam de ser prejudicados?

— Não, por certo.

—Vamos, pois, tu me acusas como pessoa que corrompe os jovens e os torna piores, voluntariamente ou involuntariamente?

— Para mim, voluntariamente.

— Como, Meleto? Tu, nesta idade, és mais sábio do que eu, tão velho, sabendo que os maus fazem sempre mal aos mais próximos e os bons fazem bem: eu, pois, cheguei a tal grau de ignorância que não sei nem isso; que, se tornasse maus alguns daqueles que estavam comigo, correria o risco de receber dano, se é que faço um tão grande mal, como dizes. Não te creio, Meleto, quanto a isso, e ninguém te acredita, penso.

Mas, ou não os corrompo, ou, se os corrompo, é involuntariamente, e em ambos os casos mentiste. E, se os corrompo involuntariamente, não há leis que mandem trazer aqui alguém, por tais fatos involuntários, mas há as que mandam conduzi-lo em particular, instruindo-o, advertindo-o; é claro que, se me convencer, cessarei de fazer o que estava fazendo sem querer. Tu, ao contrário, evitaste encontrar-me e instruir-me, não o quiseste; e me conduzes aqui, onde a lei ordena citar aqueles que têm necessidade de pena e não de instrução.

13

Mas, cidadãos atenienses, os fatos evidenciaram o que eu sempre disse. Jamais Meleto prestou atenção a tais coisas, nem muita nem pouca. Todavia, explica, Meleto, o que significa a tua expressão, dizendo que corrompo os jovens. É claro, segundo a acusação escrita por ti mesmo, que ensino a não respeitar os deuses que a cidade respeita, porém, outras divindades novas. Não dizes que os corrompo, ensinando tais coisas?

— Sim, é isso mesmo que eu digo, sempre que posso.

— Assim, pois, Meleto, por estes mesmos deuses, de que agora estás falando, fala ainda mais claro, a mim e aos outros. Não consigo entender se dizes que eu ensino a acreditar que existem certos deuses — e em verdade creio que existem deuses, e não sou de todo ateu, nem sou culpado de tal erro — mas não são os da cidade, porém outros e disso exatamente me acusas, dizendo que eu creio em outros deuses. Ou dizes que eu mesmo não creio inteiramente nos deuses e que ensino isso aos outros?

— Eu digo isso, que não acreditas inteiramente nos deuses.

— Admirável Meleto, a quem disse eu isso? Não creio, pois, do mesmo modo que os outros homens, que o Sol e a Lua são deuses?

— Não, por Zeus, ó juízes: ele disse de fato que o Sol é uma pedra, e a Lua, terra.

— Tu acreditas acusar Anaxágoras, caro Meleto; e me desprezas tanto e me consideras tão privado de letras a ponto de não saber que os livros de Anaxágoras Clazomênio estão cheios de tais raciocínios? De modo que os jovens aprendem coisas de mim, pelas quais podem talvez, pagando todos no máximo uma dracma, rir-se de Sócrates, quando se lhe atribui arrogância, embora isso pareça estranho. Mas, por Zeus, assim te parece, que eu creio que não exista nenhum deus?

— Nenhum, por Zeus, nenhum mesmo.

— És, decerto, indigno de fé, Meleto, e também a ti mesmo, me parece, tais coisas são inacreditáveis. Porque este homem, cidadãos atenienses, me parece a própria arrogância e imprudência, e certamente escreveu essa acusação por medo, intemperança e leviandade juvenil. De fato, ele, para mim, se assemelha a alguém que propõe um enigma e diz, interrogando-se a si mesmo: perceberá Sócrates, o sábio, que eu estou zombando dele e me contradigo, ou conseguirei enganá-lo e aos outros que me ouvem? E, ao contrário, me parece que, no ato da acusação, se contradiz de propósito, como se dissesse: Sócrates comete crime, não acreditando nos deuses, mas acreditando nos deuses. E isso, na verdade, é fazer zombaria.

14

Considerai, pois, comigo, ó cidadãos, de que modo me parece que ele diz isso. Responde-nos, tu, Meleto, e vós, como pedi a princípio, não façais rumor contra mim, se conduzo o raciocínio deste modo. Existem entre os homens, Meleto, os que acreditam que há coisas humanas, e que não há homens? Que responda ele, ó juízes, sem resmungar ora uma coisa ora outra. Há os que acreditam que não há cavalos, e coisas que tenham relação com os cavalos, sim? Ou acreditam que não há flautista, e coisas relativas às flautas, sim? Não há? Ótimo homem, se não queres responder, digo-o eu, aqui, a ti e aos outros presentes. Mas, ao menos, responde a isto: há quem acredite que há coisas demoníacas, e demônios não?

— Não há.

— Oh! como estou contente que tenhas respondido de má vontade, constrangido por outros! Tu dizes, pois, que eu creio e ensino coisas demoníacas, sejam novas, sejam velhas; portanto, segundo o teu raciocínio, eu creio que há coisas demoníacas e o juraste na tua acusação. Ora, se creio que há coisas demoníacas, certo é absolutamente necessário que eu creia também na existência dos demônios. Não é assim? Assim é: estou certo de que o admites, porque não respondes. E não temos em apreço os demônios como deuses ou filhos dos deuses? Sim ou não?

— Sim, é certo.

— Se, pois, creio na existência dos demônios, como dizes, se os demônios são uma espécie de deuses, isso seria propor que não acredito nos deuses, e depois, que, ao contrário, creio nos deuses, porque ao menos creio na existência dos demônios. Se, por outra parte, os demônios são filhos bastardos dos deuses com as ninfas ou outras mulheres, das quais somente se dizem nascidos, quem jamais poderia ter a certeza de que são filhos dos deuses se não existem os deuses? Seria de fato do mesmo modo absurdo que alguém acreditasse nas mulas, filhas dos cavalos e das jumentas, e acreditasse não existirem cavalos e asnos. Mas, Meleto, a tua acusação foi feita para me pôr à prova, ou também por não saber a verdadeira culpa que me pudesses atribuir: por que, pois, te arriscas a persuadir um homem, mesmo de mente restrita, de que pode a mesma pessoa acreditar na existência das coisas demoníacas e divinas, e, de outro lado, essa pessoa não admite demônios, nem deuses, nem heróis? Isso não é possível.

15

Em realidade, cidadãos atenienses, para demonstrar que não sou réu, segundo a acusação de Meleto, não me parece ser necessária longa defesa, mas isso basta. Aquilo, pois, que eu dizia no princípio, que há muito ódio contra mim, e muito acumulado, bem sabeis que é verdade. E isso é o que me vai perder, se eu me perder... e não Meleto ou Anito, mas a calúnia e a insídia do povo: pela mesma razão se perderam muitos outros homens virtuosos, e outros ainda, creio, serão perdidos; não há perigo que a série se feche comigo. Mas talvez alguém pudesse dizer: não te envergonhas, Sócrates, de te aplicares a tais ocupações, pelas quais agora estás arriscado a morrer? A isso, porei justo raciocínio, e é o seguinte: não estás falando bem, meu caro, se acreditas que um homem, de qualquer utilidade, por menor que seja, deve fazer caso dos riscos de viver ou de morrer, e, ao contrário, só deve considerar uma coisa: quando fizer o que quer que seja, deve considerar se faz coisa justa ou injusta, se está agindo como homem virtuoso ou desonesto. Porquanto, segundo a tua opinião, seriam desprezíveis todos aqueles semideuses que morreram em Troia. E, com eles, o filho de Tétis, o qual, para não sobreviver à vergonha, desprezou de tal modo o perigo que, desejoso de matar Heitor, não deu ouvido à predição de sua mãe, que era uma deusa, e a qual lhe deve ter dito mais ou menos isto: — Filho, se vingares a morte de teu amigo Pátroclo e matares Heitor, tu mesmo morrerás, porque, *imediatamente depois de Heitor,* o *teu destino está terminado.* Ouviu tais palavras, não fez nenhum caso da morte e dos perigos, e, temendo muito mais o viver ignóbil e não vingar os amigos, disse: — Morra eu imediatamente depois de ter punido o culpado, para que não permaneça aqui como objeto de riso, *junto das minhas naus recurvas, inútil fardo da terra.*[8] Crês que tenha feito caso dos perigos e da morte? Porque, em verdade, assim é, cidadãos atenienses: onde quer que alguém se tenha colocado, reputando-o o melhor posto, ou se for ali colocado pelo comandante, tem necessidade, a meu ver, de ir firme ao encontro dos perigos, sem se importar com a morte ou com coisa alguma, a não ser com as torpezas.

16

Gravíssimo erro deveria considerar, cidadãos atenienses, quando os comandantes, por vós eleitos para me dirigirem, me assinalaram um posto em Potideia, em Anfípole, em Délio, não ter eu ficado onde me colocaram como qualquer outro e correndo perigo de morte. Quando, pois, o deus me ordenava, como penso e estou convencido, que eu devia viver filosofando e examinando a mim mesmo e aos outros, então eu, se temendo a morte ou qualquer outra coisa, tivesse abandonado o meu posto, isso seria deveras intolerável. Nesse caso, com razão, alguém poderia conduzir-me ao tribunal, e acusar-me de não acreditar na existência dos deuses, desobedecendo ao oráculo, e temendo a morte, e reputando-me sábio sem o ser.

Pois que, ó cidadãos, o temer a morte não é outra coisa que parecer ter sabedoria, não tendo. É, de fato, parecer saber o que não se sabe. Ninguém sabe, na verdade, se por acaso a morte não é o maior de todos os bens para o homem, e, entretanto, todos a temem, como se soubessem, com certeza, que é o maior dos males. E o que é senão ignorância, de todas a mais reprovável, acreditar saber aquilo que não se sabe? Eu, por mim, ó cidadãos, talvez nisso seja diferente da maior parte dos homens, eu diria isto: não sabendo bastante das coisas do Hades, delas não fugirei. Mas fazer injustiça, desobedecer a quem é melhor e sabe mais do que nós, seja deus, seja homem, isso é que é mal e vergonha. Não temerei nem fugirei das coisas que não sei se, por acaso, não são boas, em confronto com as más, que sei que são más. Anito disse que, ou não se devia, desde o princípio, trazer-me aqui, ou, uma vez que me trouxeram, não é possível deixarem de me condenar à morte, afirmando que, se eu me salvasse, imediatamente os vossos filhos, seguindo os ensinamentos de Sócrates, estariam de fato corrompidos. Mas, se me absolvêsseis, não cedendo a Anito, se me dissésseis: Sócrates, agora não damos crédito a Anito, mas te absolveremos, contanto que não te ocupes mais dessas tais pesquisas e de filosofar, porque, se fores apanhado ainda a fazer isso, morrerás; se, pois, me absolvêsseis sob tal condição, eu vos diria:

— Cidadãos atenienses, eu vos respeito e vos amo, mas obedecerei aos deuses em vez de obedecer a vós, e enquanto eu respirar e estiver na posse de minhas faculdades, não deixarei de filosofar e de vos exortar ou de instruir cada um, quem quer que seja que vier à minha presença, dizendo-lhe, como é meu costume: — Ótimo homem, tu que és cidadão de Atenas, da cidade maior e mais famosa pelo saber e pelo poder, não te envergonhas de fazer caso das riquezas, para guardares quanto mais puderes e da glória e das honrarias, e, depois, não fazer caso e nada te importares da sabedoria, da verdade e da alma, para tê-la cada vez melhor?

E, se algum de vós protestar e prometer cuidar disso, não o deixarei já, nem irei embora, mas o interrogarei e o examinarei e o convencerei, e, em qualquer momento que me pareça que não possui virtude, convencido de que a possuo, o reprovarei, porque faz pouquíssimo caso das coisas de grandíssima importância e grande caso das parvoíces. E isso o farei com quem quer que seja que me apareça, seja jovem ou velho, forasteiro ou cidadão, tanto mais com os cidadãos quanto mais me sejam vizinhos por nascimento.

Isso justamente é o que me manda o deus, e vós o sabeis, e creio que nenhum bem maior tendes na cidade, maior do que este meu serviço do deus.

Por toda parte eu vou persuadindo a todos, jovens e velhos, a não se preocuparem exclusivamente, e nem tão ardentemente, com o corpo e com as riquezas, como devem preocupar-se com a alma, para que ela seja quanto possível melhor, e vou dizendo que a virtude não nasce da riqueza, mas da virtude vêm, aos homens, as riquezas e todos os outros bens, tanto públicos como privados.

Se, falando assim, eu corrompo os jovens, tais raciocínios são prejudiciais; mas se alguém disser que digo outras coisas que não essas, não diz a verdade. Por isso vos direi, cidadãos atenienses, que secundando Anito ou não, absolvendo-me ou não, não farei outra coisa, nem que tenha de morrer muitas vezes.

17

Não façais rumor, cidadãos atenienses, mas perseverai no que vos estou dizendo, isto é, não vocifereis pelas coisas que digo, mas ouvi-me, pois, escutando-me, penso que tirareis proveito.

Aqui estou para vos dizer algumas outras coisas, e talvez, por isso, levantareis a voz, mas não o deveis fazer. Sabei-o bem: se me condenais a morrer, a mim, que sou tal como eu digo, não causareis maior dano a mim, que a vós mesmos. E, de fato, nem Meleto, nem Anito me poderiam fazer mal em coisa alguma: isso jamais seria possível, pois que não pode acontecer que um homem melhor receba dano de um pior. É possível que me mandem matar, ou me exilem, ou me tolham os direitos civis; mas, provavelmente, eles ou quaisquer outros reputam tais coisas como grandes males, ao passo que eu não considero assim, e, ao contrário, considero muito maior mal fazer o que agora estão eles fazendo, procurando matar injustamente um homem.

Ora, pois, cidadãos atenienses, estou bem longe de me defender por amor a mim mesmo, como alguém poderia supor, mas por amor a vós, para que, condenando-me, não tenhais de cometer o erro de repelir o dom de mim que vos fez o deus. Pois que, se me matardes, não encontrareis facilmente outro igual, que (pode parecer ridículo dizê-lo) tenha sido adaptado pelo deus à cidade, do mesmo modo como a um cavalo grande e de pura raça, mas um pouco lerdo pela sua gordura, é aplicada a necessária esporada para sacudi-lo. Assim justamente me parece que o deus me aplicou à cidade, de maneira que, despertando cada um de vós e persuadindo-vos e desaprovando-os, não deixo de vos esporar os flancos, por toda parte, durante todo o dia.

E outro parecido, não tereis tão facilmente, cidadãos. Mas, se me ouvísseis me pouparíeis. É possível que vós, irritados como aqueles que são despertados quando no melhor do sono, repelindo-me para condescender com Anito, levianamente me condeneis à morte, para dormirdes o resto da vida, se, entretanto, o deus, pensando em vós, não vos mandar algum outro.

Que eu seja um homem cuja qualidade é a de ser um dom feito pelo deus à cidade, podereis deduzir do seguinte: não é, na verdade, do homem, eu ter descuidado das minhas coisas, resignando-me por tantos anos a me descuidar dos negócios domésticos para acudir sempre aos vossos, aproximando-me sempre de cada um de vós em particular como um pai ou um irmão mais velho, persuadindo-vos a vos preocupardes com a virtude? Se, em verdade, disso eu obtivesse qualquer coisa e recebesse compensação de tais advertências, teria uma razão. Mas agora vós mesmos vedes que os acusadores, tendo acusado a mim com tanta impudência, de tantas outras coisas, não foram capazes de apresentar uma testemunha de que eu tenha contratado ou pedido alguma recompensa.

Pois bem; apresento um testemunho suficiente da verdade do que digo: a minha pobreza.

18

Mas, poderia talvez parecer estranho que eu, andando daqui para lá, me cansasse dando em particular esses conselhos, e depois, em público, não ousasse, subindo diante do vosso povo, aconselhar a cidade. A causa disso é a que em várias circunstâncias eu vos disse muitas vezes: a mim me acontece qualquer coisa de divino e demoníaco; isso justamente Meleto escreveu também no ato da acusação, zombando de mim. E tal fato começou comigo em criança. Ouço uma voz, e toda vez que isso acontece, ela me desvia do que estou a pique de fazer, mas nunca me leva à ação. Ora, é isso que me impede de me ocupar dos negócios do Estado. E até me parece que muito a propósito mo impede, porquanto, sabei-o bem, cidadãos atenienses, se eu há muito tempo tivesse empreendido ocupar-me com os negócios do Estado, há muito tempo já estaria morto e não teria sido útil em nada, nem a vós, nem a mim mesmo.

E não vos encolerizeis comigo, porque digo a verdade; não há nenhum homem que se salve se quer opor-se, com franqueza, a vós ou a qualquer outro povo, e impedir que muitos atos contrários à justiça e às leis se pratiquem na cidade. E não há outro caminho: quem combate verdadeiramente pelo que é justo, se quer ser salvo por algum tempo, deve viver a vida privada, nunca meter-se nos negócios públicos.

Disso vos poderei dar grandes provas, não palavras, mas o que prezais: fatos. Ouvi, pois, de minha boca o que me aconteceu, para que saibais que não há ninguém a quem eu tenha feito concessões com desprezo da justiça e por medo da morte; e que, ao mesmo tempo, por essa recusa de toda concessão, deverei morrer. Dir-vos-ei talvez coisas comuns e pedantescas, mas verdadeiras. De fato, cidadãos atenienses, não tenho mais nenhum cargo público na cidade, mas fui senador, e, à nossa tribo Antióquia coube por sorte a Pritania,[9] quando quisestes que aqueles dez estrategistas, que não haviam recolhido os mortos e os náufragos da batalha naval, fossem julgados coletivamente, contra a lei, no que todos vós conviestes. Então somente eu, dos pritanos, me opus a vós, não querendo agir em oposição à lei, e votei contra. E, embora os oradores estivessem prontos a me acusar e me prender, e vós os encorajásseis vociferando, mesmo assim, achei que me convinha mais correr perigo com a lei e com o que era justo, do que, por medo do cárcere e da morte, estar convosco, vós que deliberáveis o injusto.[10]

Isso acontecia quando a cidade era ainda governada pela democracia. Quando veio a oligarquia, os Trinta, novamente tendo-me chamado, em quinto lugar, ao Tolo, ordenaram-me que fosse a Salamina buscar o Leão Salamínio, para que fosse morto. Muitos fatos desse gênero tinham sido ordenados a muitos outros, com o fim de cobrir de infâmia quantos mais pudessem. Também naquele momento, não com palavras mas com fatos, demonstrei de novo que a morte não me importava, ou me importava menos que um figo, eu diria se não fosse indelicado dizê-lo. Mas não fazer nada de injusto e de ímpio isso sim, me importa acima de tudo. Pois aquele governo, embora tão violento, não me intimidou, para que eu fizesse alguma injustiça; mas quando saímos do Tolo, os outros quatro foram a Salamina e trouxeram o Leão, e eu, ao contrário, afastei-me deles e fui para casa. Naquela ocasião, eu teria sido morto, se o governo não fosse derrubado pouco depois. E disso tendes testemunhas em grande número.[11]

19

Ora, julgais que eu teria vivido tantos anos, se me tivesse aplicado aos negócios públicos e, procedendo como homem de bem, tivesse defendido as coisas justas, e, como deve ser, tivesse dado a isso a maior importância? Muito longe disso, cidadãos atenienses; na verdade, também nenhum outro se teria salvo! Eu, porém, durante toda a minha. vida, se fiz alguma coisa, em público como em particular, vos apareço sempre o mesmo, não tendo jamais concedido coisa alguma contra a justiça nem aos outros nem a algum daqueles que os meus caluniadores chamam de meus discípulos.

Mas nunca fui mestre de ninguém: se, pois, alguém se mostrou desejoso da minha presença quando eu falava, e acudiam à minha procura jovens ou velhos, nunca me recusei a ninguém. Nunca, ao menos, falei de dinheiro; mas igualmente me presto a interrogar os ricos e os pobres, quando alguém, respondendo, quer ouvir o que digo. E se algum daqueles se torna melhor, ou não se torna, não posso ser responsável,[12] pois que não o prometi, nem dei, nesse sentido, nenhum ensinamento. E, se alguém afirmar que aprendeu ou ouviu de mim, em particular, qualquer coisa de diverso do que disse a todos os outros, sabei bem que não diz a verdade.

20

Entretanto, como pode acontecer que alguns se comprazam em passar muito tempo comigo? Já ouvistes, cidadãos atenienses, eu já vos disse toda a verdade: é porque tomam gosto em ouvir examinar aqueles que acreditam ser sábio e não o são; não é de fato coisa desagradável. E, como disse, foi o deus que me ordenou fazê-lo, com oráculos, com sonhos e com outros meios, pelos quais algumas vezes a divina vontade ordena a um homem que faça o que quer que seja.

Tudo isso, cidadãos atenienses, é verdade e fácil de se provar. Com efeito, suponhamos que, entre os jovens, há alguns que estou corrompendo e outros que já corrompi: seria aparentemente inevitável que alguns destes, quando tiveram mais idade, compreendessem que eu lhes tinha alguma vez aconselhado uma ação má — e hoje deveriam estar aqui para me acusar e vingar-se de mim. Suponhamos, ainda que eles não tenham querido vir pessoalmente: mesmo assim, alguns dos seus parentes, pais, irmãos ou pessoas da família, se algum dia receberam danos da minha parte, agora se deveriam recordar e tirar vingança.

Mas eis que vejo aqui presentes muitos desses: primeiro, Críton, meu coevo e do mesmo *demos*, pai de Critóbulo; depois, Lisânias Sfécio, pai de Ésquines; e ainda Antifonte de Cefísia, pai de Epígenes, além destes outros cujos irmãos estiveram comigo na intimidade: Nicostrato, filho de Teozótides e irmão de Teodoto (e Teodoto, que já é falecido, não poderia impedir Nicostrato de falar contra mim!). E há, ainda, Paralo de Demódoco, irmão de Teageto, e Adimanto de Ariston, do qual é irmão Platão, e Aiantádoro, de que é irmão Apolodoro. E muitos outros eu poderia citar, alguns dos quais especialmente deveriam ter sido apresentados por Meleto como testemunhas, no seu discurso. Mas se agora se esquivam, aos presentes aqui eu lhes permito dizerem se há qualquer coisa dessa natureza. Mas, vós, ó juízes, sois de parecer contrário, achareis que todos estão prontos a me ajudar. Em verdade, os próprios corrompidos por mim talvez tivessem razão de me ajudar; mas incorruptíveis homens já de idade avançada, parentes daqueles, que razão teriam para me ajudar senão aquela, reta e justa, convencidos de que Meleto mente e que eu digo a verdade?

21

Assim seja, ó cidadãos: é mais ou menos isso que eu poderei dizer em minha defesa ou qualquer coisa semelhante. Provavelmente, porém, algum de vós poderá ficar encolerizado, recordando-se de si mesmo. Se sustentou uma contenda, embora em menores proporções do que essa minha, pediu e suplicou aos juízes, com muitas lágrimas, trazendo aqui os seus filhos e muitos outros parentes e amigos, a fim de mover a piedade a seu favor. Eu não farei certamente nada disso, embora vá ao encontro, como se pode acreditar, do extremo perigo. É possível que qualquer um, considerando isso, pudesse irritar-se contra mim, e, encolerizado por isso mesmo, desse o voto com ira. Se, de fato, algum de vós está em tal estado de alma, a mim me parece que poderei dizer-lhe o seguinte: também eu, meu caro, tenho uma família, e bem posso, como Homero, dizer que não nasci "de um carvalho nem de um rochedo", pois eu também tenho parentes e filhinhos, ó cidadãos atenienses: três, um já jovenzinho e duas meninas; mas, contudo, não farei vir aqui nenhum deles para vos rogar a minha absolvição.[13]

Por que razão não farei nada disso? Não é por soberbia, ó atenienses, nem por desprezo que eu tenha por vós; mas que eu seja corajoso ao menos defronte à morte, isto é outra coisa. Tratando-se de honra, não me parece belo, nem para mim nem para vós, para toda a cidade, que eu faça tal, na idade em que estou, e com este nome de sábio que me dão, seja ele merecido ou não. O fato é que me foi criada a fama de ser esse Sócrates em quem há alguma coisa pela qual se torna superior à maioria dos homens. Ora, se aqueles que, entre nós, têm a reputação de ser superiores aos demais, pela sabedoria, pela coragem ou por qualquer outro mérito, procedessem de tal modo, seria bem-feito.

Frequentemente já notei essa atitude, quando são elas julgadas, em pessoas que, malgrado a reputação de homens de valor que têm, se entregam a extraordinárias manifestações, inspiradas pela ideia de que será coisa terrível ter de morrer: como se, no caso em que vós não os mandásseis à morte, devessem eles ser imortais. São esses homens que, a meu ver, cobrem a cidade de vergonha e que poderiam suscitar entre os estrangeiros a convicção de que aqueles que os próprios atenienses escolheram, de preferência, para serem os seus magistrados e para as demais dignidades, não se diferenciam das mulheres!

É um procedimento, atenienses, que não deverá ser o vosso, quando possuirdes reputação em qualquer gênero de valor que seja; e que não deveis permitir seja o meu, caso eu tenha alguma reputação, pois o que deveis fazer é justamente que se compreenda isto: que aquele que se apresenta no tribunal representando esses dramas lamentáveis será mais certamente condenado por vós do que o que permanece tranquilo.

22

Mas mesmo não fazendo caso da reputação, ó cidadãos, não me parece também justo suplicar aos juízes e evitar a condenação com rogos, mas iluminá-los e persuadi-los. Que o juiz não ceda já por isso, não dispense sentença a favor, mas a pronuncie retamente e jure não condescender com quem lhe agrada, mas proceder segundo as leis. Por isso, nem nós devemos habituar-vos a proceder contra o vosso juramento, nem vós deveis permitir que nos habituemos a fazê-lo.

Não espereis, cidadãos atenienses, que eu seja constrangido a fazer, diante de vós, coisas tais que não considero nem belas, nem justas, nem santas, especialmente agora, por Zeus, que sou acusado de impiedade por Meleto.

É evidente que, se, com todo o vosso juramento, eu vos persuadisse e com palavras vos forçasse, eu vos ensinaria a considerar que não existem deuses, e assim, enquanto me defendo, em realidade me acusaria, só pelo fato de não crer nos deuses.

Mas a coisa está bem longe de ser assim; porquanto, cidadãos atenienses, creio neles, como nenhum dos meus acusadores, e encarrego a vós e ao deus de julgar a mim, do modo que puder ser o melhor para mim e para vós.

SEGUNDA PARTE

23

A minha impassibilidade, cidadãos atenienses, diante da minha condenação, entre muitas razões, deriva também desta: eu contava com isso, e até, antes, me espanto do número de votos dos dois partidos. Por mim, não acreditava que a diferença fosse assim de tão poucos, mas de muitos: pois se somente trinta fossem da outra parte, eu estaria salvo.[14]

De Meleto, ao contrário, estou livre, me parece ainda, agora, e isso é evidente a todos: se Anito e Lícon não viessem aqui acusar-me, Meleto teria sido multado em mil dracmas, não tendo obtido o quinto dos votos.[15]

24

Eles pedem, pois, para mim, a pena de morte. Pois bem, atenienses, que contraproposta vos farei eu? A que mereço: não é assim? Qual, pois? Que pena ou multa mereço eu, que em toda a vida não repousei um momento, mas descuidando daquilo que todos têm em grande conta, a aquisição das riquezas e a administração doméstica, e os comandos militares, e as assembleias populares, e as altas magistraturas, e as conspirações, e os partidos que surgem na cidade, conservei-me na realidade de ânimo bastante brando para que pudesse, fugindo de tais intrigas, livrar-me delas, não indo aonde a minha presença não fosse de nenhuma vantagem nem para vós nem para mim mesmo? Voltava-me, ao contrário, para os lados aonde eu poderia levar, a cada um em particular, os maiores benefícios, procurando persuadir cada um de vós a não se preocupar demasiadamente com as suas próprias coisas, antes que de si mesmo, para se tornar quanto mais honesto e sábio fosse possível; a não cuidar dos negócios da cidade antes que da própria cidade; e preocupar-se, assim, do mesmo modo, com outras coisas. De que sou digno eu, tendo assim procedido? De um bem, cidadãos atenienses, se devo fazer uma proposta conforme o mérito; e um bem tal, que me possa convir. E, que convém a um pobre benemérito que tem necessidade de estar em paz, para vos poder exortar ao caminho reto? Não há coisa que melhor convenha, cidadãos atenienses, que nutrir um tal homem a expensas do Estado, no Pritaneu; merece-o bem mais que um de vós que tenha sido vencedor nos Jogos Olímpicos, na corrida de cavalos, de bigas ou de quadrigas! Esse homem faz com que vos sintais felizes; eu, porém, faço com que o sejais; ele, homem rico, não tem necessidade de que se cuide de sua subsistência, mas eu tenho necessidade. Portanto, se devo fazer uma proposta segundo a justiça, eis o que indico para mim: ser, a expensas do Estado, nutrido no Pritaneu.[16]

25

Ao contrário, talvez vos pareça que eu, ainda falando disso, o faça com arrogância, pouco mais ou menos como quando falava da consideração e dos rogos; mas não é assim, cidadãos atenienses, antes é deste modo: estou persuadido de que não ofendo ninguém por minha vontade, mas não vos posso persuadir também disso, porque o tempo em que estamos raciocinando juntos é brevíssimo; e eu creio que, se as vossas leis, como as de outros povos,[17] não decidissem um juízo capital em um dia, mas em muitos, vos persuadiria: ora, não é fácil, em pouco tempo, destruir grandes calúnias.

Estando, pois, convencido de não ter feito injustiça a ninguém, estou bem longe de fazê-la a mim mesmo e dizer, em meu dano, que mereço um mal, e me assinalar um de tal sorte. Que devo temer? É possível que eu não tenha de sofrer a pena que me assinala Meleto e que eu digo ignorar se será um bem ou mal? E, ao contrário disso, deverei escolher uma daquelas que sei bem ser um mal, e propor-me essa pena? O cárcere? E por que devo viver no cárcere, escravo do magistrado que o preside, escravo dos Onze?[18] Ou uma multa, ficando amarrado, enquanto não acabe de pagá-la? Seria, pois, o exílio que deveria propor como pena para mim? É possível que vós me indiqueis essa pena. Ah! Eu teria verdadeiramente um amor excessivo à vida se fosse irrefletido ao ponto de não ser capaz de refletir nisto: vós que sois meus concidadãos acabastes por não achar meios de suportar meus sermões; estes se tornaram para vós um fardo bastante pesado e detestável para que procureis hoje livrar-vos dele; serão os meus sermões mais fáceis de suportar para os outros? Muito longe disso, atenienses!

Bela vida, em verdade, seria a minha, nesta idade, viver fora da pátria, passando de uma cidade a outra, expulso em degredo.

Sei bem que aonde quer que eu vá, os jovens ouvirão os meus discursos como aqui: se eu os repelir, eles mesmos me mandarão embora, convencendo os velhos a fazê-lo; e, se não os repelir, os seus pais e parentes me mandarão embora igualmente, com qualquer pretexto.[19]

26

Ora, é possível que alguém pergunte: — Sócrates, não poderias tu viver longe da pátria, calado e em paz? Eis justamente o que é mais difícil fazer aceitar a alguns dentre vós: se digo que seria desobedecer ao deus e que, por essa razão, eu não poderia ficar tranquilo, não me acreditaríeis, supondo que tal afirmação é, de minha parte, uma fingida candura. Se, ao contrário, digo que o maior bem para um homem é justamente este, falar todos os dias sobre a virtude e os outros argumentos sobre os quais me ouvistes raciocinar, examinando a mim mesmo e aos outros, e que uma vida sem esse exame não é digna de ser vivida, ainda menos me acreditaríeis, ouvindo-me dizer tais coisas. Entretanto, é assim, como digo, ó cidadãos, mas não é fácil torná-lo persuasivo.

E, por outro lado, não estou habituado a acreditar-me digno de nenhum mal. De fato, se tivesse dinheiro, me multaria em uma soma que pudesse pagar, porque não teria prejuízo algum; mas o fato é que não tenho. Só se quiserdes multar-me em tanto quanto eu possa pagar. Talvez eu vos pudesse pagar uma mina de prata; multo-me, pois, em tanto. Mas Platão, cidadãos atenienses, Críton, Cristóbolo e Apolodoro me obrigam a multar-me em trinta minas, e oferecem fiança: multo-me, pois, em tanto, e eles vos serão fiadores dignos de crédito.

27

Por não terdes querido esperar um pouco mais de tempo, atenienses, ireis obter, da parte dos que desejam lançar o opróbrio sobre a nossa cidade, a fama e a acusação de haverdes sido os assassinos de um sábio, de Sócrates. Porque, quem vos quiser desaprovar me chamará, sem dúvida, de sábio, embora eu não o seja. Pois bem, tivésseis esperado um pouco de tempo, a coisa seria resolvida por si: vós vedes, de fato, a minha idade. E digo isso não a vós todos, mas àqueles que me condenaram à morte. Digo, além disso, mais o seguinte a esses mesmos: É possível que tenhais acreditado, ó cidadãos, que eu tenha sido condenado por pobreza de raciocínio, com os quais eu poderia vos persuadir, se eu tivesse acreditado que era preciso dizer e fazer tudo, para evitar a condenação. Mas não é assim. Caí por falta, não de raciocínios, mas de audácia e impudência, e por não querer dizer-vos coisas tais que vos teriam sido gratíssimas de ouvir, choramingando, lamentando-me e fazendo e dizendo muitas outras coisas indignas, as quais, certo, estais habituados a ouvir de outros.

Mas nem mesmo agora, na hora do perigo, eu faria nada de inconveniente, nem mesmo agora me arrependo de me ter defendido como o fiz. Antes prefiro mesmo morrer, tendo-me defendido desse modo, a viver daquele outro.

Nem nos tribunais, nem no campo, nem a mim, nem a ninguém convém tentar todos os meios para fugir à morte. Até mesmo nas batalhas, de fato, é bastante evidente que se poderia evitar de morrer, jogando fora as armas e suplicando aos que perseguem: e muitos outros meios há, nos perigos individuais, para evitar a morte se se ousa dizer e fazer alguma coisa.

Mas, ó cidadãos, talvez o difícil não seja isso: fugir da morte. Bem mais difícil é fugir da maldade, que corre mais veloz que a morte. E agora eu, preguiçoso como sou, e velho, fui apanhado pela mais lenta, enquanto os meus acusadores, válidos e leves, foram apanhados pela mais veloz: a maldade.

Assim, eu me vejo condenado à morte por vós; vós, condenados de verdade, criminosos de improbidade e de injustiça. Eu estou dentro da minha pena, vós dentro da vossa.

E talvez essas coisas devessem acontecer mesmo assim. E creio que cada qual foi tratado adequadamente.

TERCEIRA PARTE

28

Agora, pois, quero vaticinar-vos o que se seguirá, ó vós que me condenastes, porque já estou no ponto em que os homens especialmente vaticinam, quando estão para morrer. Digo-vos, de fato, ó cidadãos que me condenastes, que logo depois da minha morte vos virá uma vingança muito mais severa, por Zeus, do que aquela pela qual me tendes sacrificado. Fizestes isso acreditando subtrair-vos ao aborrecimento de terdes de dar conta da vossa vida, mas eu vos asseguro que tudo sairá ao contrário.[20]

Em maior número serão os vossos censores, que eu até agora contive, e vós não reparastes. E tanto mais vos atacarão quanto mais jovens forem e disso tereis maiores aborrecimentos.

Se acreditais, matando os homens, entreter alguns dos vossos críticos, não pensais justo; esse modo de vos livrardes não é decerto eficaz nem belo, mas belíssimo e facílimo é não contrariar os outros, mas aplicar-se a se tornar, quanto se puder, melhor. Faço, pois, este vaticínio a vós que me condenastes. Chego ao fim.

29

Quanto àqueles cujos votos me absolveram, eu teria prazer de conversar com eles a respeito deste caso que acaba de ocorrer enquanto os magistrados estão ocupados, enquanto não chega o momento de ir ao lugar onde terei de morrer. Ficai, pois, comigo este pouco de tempo, ó cidadãos, porque nada nos impede de conversarmos todos juntos, enquanto se pode. É que a vós, como meus amigos, quero mostrar que não desejo falar do meu caso presente. A mim, de fato, ó juízes — uma vez que, chamando-vos juízes, vos dou o nome que vos convém —, aconteceu qualquer coisa de maravilhoso. Aquela minha voz habitual do demônio em todos os tempos passados me era sempre frequente e se opunha ainda nos mais pequeninos casos, cada vez que fosse para fazer alguma coisa que não estivesse muito bem. Ora, aconteceram-me estas coisas, que vós mesmos estais vendo e que, decerto, alguns julgariam e considerariam o extremo dos males; pois bem, o sinal do deus não se me opôs, nem esta manhã, ao sair de casa, nem quando vim aqui, ao tribunal, nem durante todo o discurso. Em todo esse processo, não se opôs uma só vez, nem a um ato, nem a palavra alguma.

Qual suponho que seja a causa? Eu vo-la direi: em verdade este meu caso arrisca ser um bem, e estamos longe de julgar retamente, quando pensamos que a morte é um mal. E disso tenho uma grande prova: que, por muito menos, o habitual signo, o meu demônio, se me teria oposto, se não fosse para fazer alguma coisa de bem.

Passemos a considerar a questão em si mesma, de como há grande esperança de que isso seja um bem.

Porque morrer é uma ou outra destas duas coisas: ou o morto não tem absolutamente nenhuma existência, nenhuma consciência do que quer que seja, ou, como se diz, a morte é precisamente uma mudança de existência e, para a alma, uma migração deste lugar para um outro. Se, de fato, não há sensação alguma, mas é como um sono, a morte seria um maravilhoso presente. Creio que, se alguém escolhesse a noite na qual tivesse dormido sem ter nenhum sonho, e comparasse essa noite às outras noites e dias de sua vida e tivesse de dizer quantos dias e noites na sua vida havia vivido melhor e mais docemente que naquela noite, creio que não somente qualquer indivíduo, mas até um grande rei acharia fácil escolher a esse respeito, lamentando todos os outros dias e noites. Assim, se a morte é isso, eu por mim a considero um presente, porquanto, desse modo, todo o tempo se resume em uma única noite.

Se, ao contrário, a morte é como uma passagem deste para outro lugar, e, se é verdade o que se diz que lá se encontram todos os mortos, qual o bem que poderia existir, ó juízes, maior do que este? Porque, se chegarmos ao Hades, libertando-nos destes que se vangloriam de serem juízes, havemos de encontrar os verdadeiros juízes, os quais nos diriam que fazem justiça acolá: Minos e Radamante,

Éaco e Triptolemo, e tantos outros deuses e semideuses que foram justos na vida; seria então essa viagem uma viagem de se fazer pouco caso? Que preço não seríeis capazes de pagar, para conversar com Orfeo, Museo, Hesíodo e Homero?

Quero morrer muitas vezes, se isso é verdade, pois para mim, especialmente, a conversação acolá seria maravilhosa, quando eu encontrasse Palamedes e Ajax Telamônio[21] e qualquer um dos antigos mortos por injusto julgamento. E não seria sem deleite, me parece, confrontar com os seus os meus casos, e, o que é melhor, passar o tempo examinando e confrontando os de lá com os de cá, os últimos dos quais têm a pretensão de conhecer a sabedoria dos outros, e acreditam ser sábios e não são. A que preço, ó juízes, não se consentiria em examinar aquele que guiou o grande exército a Troia, Ulisses, Sísifo[22] ou infindos outros? Isso constituiria inefável felicidade.

Com certeza aqueles de lá mandam a morte por isso, porque, além do mais, são mais felizes do que os de cá, mesmo porque são imortais, se é que o que dizem é verdade.

30

Mas também vós, ó juízes, deveis ter boa esperança em relação à morte e considerar esta única verdade: que não é possível haver algum mal para um homem de bem, nem durante sua vida, nem depois de morto; que os deuses não se desinteressam do que a ele concerne; e que, por isso mesmo, o que hoje aconteceu, no que a mim concerne, não é devido ao acaso, mas é a prova de que para mim era melhor morrer agora e ser libertado das coisas deste mundo. Eis também a razão por que a divina voz não me dissuadiu, e por que, de minha parte, não estou zangado com aqueles cujos votos me condenaram, nem contra meus acusadores.

Não foi com esse pensamento, entretanto, que eles votaram contra mim, que me acusaram, pois acreditavam causar-me um mal.

Por isto é justo que sejam censurados. Mas tudo o que lhes peço é o seguinte: quando os meus filhinhos ficarem adultos, puni-os, ó cidadãos, atormentai-os do mesmo modo que eu vos atormentei, quando vos parecer que eles cuidam mais das riquezas ou de outras coisas que da virtude. E se acreditarem ser qualquer coisa não sendo nada, reprovai-os, como eu a vós: não vos preocupeis com aquilo que não lhes é devido.

E se fizerdes isso, terei de vós o que é justo, eu e os meus filhos.

Mas já é hora de irmos: eu para a morte, e vós para viverdes. Mas quem vai para melhor sorte, isso é segredo, exceto para Deus.[23]

Apêndice

Os primeiros ensaios filosóficos levaram os sábios a formular as relações entre os indivíduos e a cidade. Daí resulta que os primeiros filósofos gregos foram legisladores: Licurgo, Sólon, Drácon, Epenemides, Bias, Pitacos, Periandro — homens de Estado, legisladores, magistrados, moralistas.

A filosofia era ação social.

Depois, vem Tales, o fundador da física, da geometria, da astronomia, da experiência objetiva; Anaximandro, o maior dos iônios, precursor de Demócrito, também físico, astrônomo, matemático. A escola iônia é a filosofia da natureza.

Depois, Anaxímenes, Heráclito, Empédocles de Agrigento, Anaxágoras, Demócrito, Ferecide, o mestre de Pitágoras, Xenófane. Agora já é a escola itálica. O fundador é Pitágoras, de Samos. Tudo se baseia no número, na forma, na harmonia — geometria, harmonia das esferas... O misticismo na matemática.

Célebres pitagóricos foram Filolau de Crotona, Timeu de Lacre, Arquita de Tarento, Ocelos da Lucânia, Símias, Cebes, Apolônio de Tiana e Lísis, o mestre de Epaminondas.

A escola iônica é mais física que filosófica.

A escola itálica é mais baseada na ordem que preside a tudo no universo, na música, na harmonia do cosmos. Tendo por base a matemática, número e forma, é, entretanto, metafísica. Pitágoras aceitava as doutrinas egípcias da metempsicose ou transmigração das almas através de novos corpos em vidas sucessivas.

Em Eleias, na Itália meridional, floresce a terceira escola, a eleática.

É o idealismo absoluto, fora da realidade. Seu fundador é o poeta Xenófane, crítico ousado das duas escolas anteriores. Critica o antropomorfismo, o politeísmo dos contemporâneos. Critica a observação e as experiências dos sentidos da escola iônica. Para ele só a inteligência pode chegar a compreender os princípios fundamentais da vida. Ridicularizou a metempsicose de Pitágoras, deturpando o sentido da transmigração das almas. Narra que Pitágoras se amargurava reconhecendo, no ganir de um cão maltratado, a voz de um amigo morto. Entretanto, a metempsicose, para Pitágoras, era apenas a transmigração das almas nos seres humanos e não dos homens para os animais.

A escola eleática negou o politeísmo e criou o monoteísmo, um Deus único, perfeito, identificado com o mundo. Também era escola metafísica.

Parmênides e Zenon de Eleia continuaram a obra de Xenófane.

Para eles não há nascimento nem morte; tudo é eterno, imperecível.

Os sentidos nos enganam: tudo é aparência, por trás das aparências está a realidade.

Dentro desses problemas circulou a filosofia grega nas suas inquietações, nos primórdios daquela civilização de pesquisas e cogitações metafísicas.

Chegou-se à conclusão de que tais problemas eram insolúveis, daí veio o ceticismo, mais dúvidas e mais inquietações e apareceram então *os sofistas.*

Por si mesma a verdade já não existia, mas apenas existia na mente humana. Tudo era ilusão. As coisas podiam ter dois sentidos, dependendo do conceito que a mente humana lhes desse.

Os sofistas rejeitam o absoluto dos eleatas, desprezam o testemunho dos sentidos, não têm em conta a experiência objetiva: preparam o futuro do subjetivismo.

Os sofistas não podem ser julgados em bloco, coletivamente. Houve os que venderam o talento e a palavra fácil, atacando e defendendo as mesmas teses, e houve grandes na sua nobreza.

Notáveis foram Górgias e Hípias, Protágoras e Pródico.

Entre os sofistas, Zenon negava *o* movimento. A resposta de Diógenes foi andar...

Protágoras, por haver negado a existência dos deuses, foi condenado como ímpio e seus livros queimados nas praças públicas de Atenas. Morreu quando fugia. Nessos, Metrodoro de Quios, Diômenes de Smirna, Anaxarque de Abdera, os herdeiros ou discípulos de Demócrito, são os céticos, formando um grupo à parte. Anaxarque foi o mestre de Pirro, do qual nasceram os pirrônicos... Sócrates destacou-se vantajosamente do grupo de sofistas.

Empédocles, Anaxágoras, Protágoras, Demócrito, Hipócrates... Sócrates ultrapassou a todos.

Heráclito, Demócrito, Empedócles são os precursores de Epicuro.

Sócrates e os sofistas

Entre os sofistas houve homens muito virtuosos. Não apenas Górgias, mas também Pródico foi admirável. Como o povo e os grandes, "essas duas populaças", desprezavam os sofistas. Platão e Xenofonte procuraram separar Sócrates daqueles. Xenofonte e Platão não tiveram remédio senão elogiar ou agradecer aos sofistas os seus ensinamentos, contradizendo-se, no entanto. Nem sempre houve costumes puros entre eles, é verdade, mas justamente a razão pela qual separam Sócrates deles é a razão que os aproxima: Sócrates achava com eles que o homem só se deve preocupar com as coisas humanas. A mais alta arte devia ser a arte de ser homem e de fazer crescer e prosperar o que há de humano em cada um de nós. Sócrates foi o maior e o melhor dos sofistas.

Daí resulta que grande número de afirmações metafisicas de Platão, atribuídas a Sócrates, são falsas. Não são de Sócrates, que não se limitava a sonhar, porque preferia ficar na terra, aperfeiçoando os homens.

Os sofistas aproveitaram-se do descrédito das especulações das escolas filosóficas, do ceticismo, em uma época em que a realidade exigia a aplicação prática dos conhecimentos, quando se constituíam os governos democráticos e todos nutriam o desejo de se instruir para se tornar dignos de ocupar os cargos mais altos da democracia. E tornaram-se os mestres dessa falsa cultura variada, brilhante, palavrosa, eloquente, fácil, eficaz, retórica, cultura que pretende vencer pelo número de palavras e pela elegância do gesto, como pelo timbre da voz.

Esses sofistas eram ricos, vestiam-se luxuosamente, tinham maneiras finas, elegância que deslumbrava os moços, os quais lhes pagavam caro a aprendizagem bacharelesca das palavras banais e cintilantes. Falavam sobre qualquer assunto, pró ou contra, segundo o desejo de cada um ou as circunstâncias do momento.

Os sofistas eram vistos nos lugares públicos, seguidos de um cortejo deslumbrante de admiradores e discípulos.

Sócrates

Sócrates procurou escrever no coração e na razão dos homens. Não deixou nada escrito, daí que cada qual dos seus chamados discípulos o fez à sua imagem e semelhança.

Todos mais ou menos o deturparam.

Platão criou um Sócrates retórico, disputador. Abusa de seu prestígio, pondo todos sob sua influência, inclusive seus detratores e inimigos; aproveita-se desse prestígio e desvia o ensinamento humano, do método experimental em filosofia, para criar a oratória, a retórica, a sutileza da palavra.

Xenofonte faz de Sócrates um cidadão respeitador das leis, como convém a um soldado.

Ésquines chega a fazer a *Apologia de Sócrates*, parece, com os diálogos que Xantipa entregou ao salsicheiro Carinos, pai de Ésquines, diálogos esses escritos pelo próprio Sócrates... E todos sabem que Sócrates nada deixou escrito.

Fédon também deformou Sócrates.

Xenofonte nunca foi filósofo e, para provar a inocência de Sócrates, afirma que o sábio ateniense obedecia às leis e, por isso, acha ilegal a sua condenação.

Entretanto, Sócrates foi condenado em conformidade com as leis. Daí que "a morte de Sócrates condena justamente a lei e a cidade..."

O sábio filósofo nunca respeitou as leis dos homens senão quando eram humanas — para viver de acordo com a sua consciência, de acordo com as leis naturais, as leis cósmicas, que ele denominava as *leis não escritas.*

Como Ésquines, Xenofonte e Fédon escreveram, já velhos, de memória, os diálogos socráticos.

Antístenes, apelidado "o cão", o bastardo, apesar das restrições de Sócrates: "eu vejo o teu orgulho através dos buracos do teu manto"... foi o verdadeiro discípulo de Sócrates.

Han Ryner, em seu livro sério e profundo, *Les Véritables Entretiens de Socrates*, estuda os quatro livros de Antístenes.

"Sócrates ensinava a ser homem e não a ser cidadão", diz o filósofo francês pela boca de Antístenes. E mais: "A virtude se recusa a matar; mas toda pátria exige que eu mate aquele que ela chama inimigo. Se não consigo matá-lo hoje, é possível que amanhã ele se torne nosso aliado e a pátria exigirá que eu o auxilie a assassinar meu amigo de hoje."

"Homens virtuosos ter-se-iam recusado a preparar a cicuta para Sócrates ou conduzi-lo à prisão. Mas os olhos da lei que lhes ordenava essas coisas eram corrompidos."

A virtude não obedece senão à própria consciência. Nada tem a ver com as leis.

Sócrates não deve ter dito o vocativo: ó cidadãos atenienses, e sim: ó homens atenienses... porque, para Sócrates, "o cidadão é o cadáver de um homem..."

"Quantas coisas esse jovem me empresta, nas quais eu nunca teria pensado", diria Sócrates de Platão.

Sócrates não tinha na dialética a confiança de Platão, daí que Platão exagerava o método socrático. Sócrates não discutia.

Interrogava, partindo de ideias gerais, aceitas por todos, e conduzia as interrogações de modo a fazer o interlocutor descobrir, por si mesmo, o que desejava saber. Dizia Sócrates, pela boca de Antístenes ou de Han Ryner: "Mas, se nenhuma palavra tem o mesmo sentido para dois homens? Uma vez que uma palavra, qualquer que seja, tem, necessariamente, tantos sentidos quantos homens a pronunciam, toda disputa é absurda. Se disputas comigo, é que falas de uma coisa, enquanto eu falo de outra. Mas tu disputas porque acreditas que podemos falar da mesma coisa."

Como os seus discípulos fazem supor, a interrogação socrática é discussão; entretanto, nada mais errôneo. O filósofo procurava fazer raciocinar. Tirava de dentro de cada ser o que lá estava sufocado pelo raciocínio falso ou pela preguiça mental. E, para fazer refletir, ajudava ao interlocutor, com reflexões, ao alcance de cada qual.

Acusação de Meleto

"Meleto, filho de Meleto, da povoação de Lampsaca, acusa Sócrates, da povoação de Alópece. Sócrates viola as leis negando os deuses que honram a cidade, nela introduzindo novos deuses; e é culpado de corromper a mocidade. Pena: a morte."

Mas não foram Meleto, Anito ou Lícon que mataram Sócrates. Foi a cidade, foram as leis escritas, foram os cidadãos.

Antístenes condena os três como cidadãos, porque deixaram de ser homens para obedecer à cidadania.

Meleto, poeta trágico medíocre, era o mais encarniçado inimigo de Sócrates, o mais ativo, o motor da denúncia. Anito, curtidor e negociante de peles, era a bolsa, o prestígio, influente no governo popular, era o real inimigo do filósofo. Lícon, retórico, medíocre e desconhecido, é o terceiro comparsa necessário à acusação.

Sócrates e os deuses

Sim. Sócrates era culpado aos olhos da lei. Sócrates não honrava os deuses da cidade. Mesmo Platão, em *Eutifron*, cita algumas frases de Sócrates quanto à religião, ridicularizando essa aliada das leis escritas, mãe de crimes e de miríades de tolices.

Sócrates dizia que Deus não se assemelhava a nenhum ser que conhecemos ou possamos conhecer, e que é ímpio representá-lo por imagens. Dizia que "cada homem é um caso, mas há em cada ser humano um deus, o qual, se tu quiseres, ordenará, em cosmos e em felicidade, o teu caos doloroso".

Quando um discípulo lhe pergunta se devia consultar os deuses, Sócrates responde: "Não há nenhuma razão para perguntar aos deuses o que podes saber por ti mesmo. Quanto às coisas que podes por ti mesmo, elas não te dizem respeito em nada, e os deuses, se são razoáveis, não consentirão em satisfazer tuas vãs curiosidades."

E Sócrates não acreditava nos que falavam em nome dos deuses, da pátria, das leis escritas, da opinião pública ou da honra...

Contentava-se em se entreter com as coisas que estão ao alcance de todos. O que é justo ou injusto. Não se perdia em especulações insolúveis. Limitava-se à ação: o que se deve ou não fazer em tal caso.

Justas as duas acusações, segundo as leis: Sócrates não acreditava nos deuses que a cidade honrava. Desrespeitava as leis, portanto. Sócrates introduzia muitas divindades novas, porque dizia que cada homem é um deus, havendo, portanto, tantos deuses novos quantos homens há... É o demônio, a voz da consciência, a voz da razão.

Sócrates corrompe a mocidade

Para os legisladores, para os que têm fé nas leis, para os tiranos, magistrados, patriotas, cidadãos, Sócrates é o corruptor da juventude. Aristófanes, muito antes de Meleto, formulara tal acusação.

Sócrates sustentava que ninguém pode amar a lei e a pátria por elas mesmas e com sinceridade de coração.

"Era corruptor com a verdade."

"O senhor chama de corrompido o escravo que lhe não obedece, e chama corruptor o que não aconselha o escravo a obedecer ao senhor."

"Para a lei, Sócrates corrompia a mocidade. Mas Sócrates sabia que é a lei que corrompe todos os homens."

"Aquele que te aconselha: 'Obedece à lei' é um corruptor aos olhos do filósofo. Mas o que te aconselha: 'Obedece à tua consciência' é um corruptor aos olhos do povo e dos magistrados."

O diálogo de Sócrates e Platão, em torno do "Conhece-te a ti mesmo", é belíssimo. A palavra de Sócrates: Eu sou cidadão do mundo, foi uma resposta a Platão quando disse: eu sou cidadão de Atenas. E quando Platão afirmava altivamente a sua realização interior, Sócrates lhe chamava a atenção para fazer a diferença entre a sua fantasia e a sua razão.

Aqui, neste diálogo, está toda a razão de ser do *Conhece-te a ti mesmo*, aplicado à filosofia de Sócrates:

Platão: — Sem definição não se pode discutir...

Sócrates: — Que necessidade tens tu de discutir, por que razão nos damos à filosofia?

Platão: — Em verdade, se não é para discutir, por que nos damos à filosofia?

Sócrates: — Para aprender a bem viver, meu Platão.

Era para isso que Sócrates conversava com quantos encontrava: para prevenir uma ação má. Platão mesmo narra o seu encontro com o sacerdote Eutífron. Eutífron ia denunciar seu próprio pai, por impiedade. Sócrates ia responder à acusação de Meleto. Esqueceu-se de si mesmo, demorou-se a falar com o padre, que terminou renunciando a denunciar seu pai.

"Duas vitórias: Sócrates fez esquecer a Eutífron que Eutífron era sacerdote e cidadão, e fez lembrar a Eutífron que Eutífron era homem e era filho." Mas Sócrates corrompia a mocidade, e "dava de graça os verdadeiros bens; todos os vendedores de falsos bens o odiavam: magistrados, oradores, poetas, mercenários".

O acusador de Sócrates dizia ainda: "Sócrates persuadia a seus discípulos de que ele os tornava mais sábios que seus pais, assim destruía neles o respeito filial."

Será necessário dizer, incondicionalmente, que meu pai ou minha mãe têm sempre razão? É isso o respeito filial? Se meu pai está em desacordo com minha mãe? E se ambos estão em desacordo comigo mesmo? E se minha consciência os condena? O respeito filial, nesse caso, pode ser covardia, tolice ou servilismo, hábito ou hipocrisia.

* * *

Sócrates entretém com Alcebíades um diálogo sobre as leis escritas e não escritas. Quando o cidadão desrespeita as suas próprias leis ou leis escritas, é com o fim de fazer tirania ou para defender interesses próprios. Mas o que sabe respeitar as leis não escritas, esse, nada tem que ver com as leis dos homens, porém, outros motivos são os que o impedem de desrespeitar as leis dos cidadãos. Crítias e Alcebíades eram tiranos: não respeitavam as leis escritas... Sócrates não respeitava as leis escritas porque era filósofo... contra os tiranos, contra todas as tiranias...

"Nenhuma ameaça ou nenhum suplício obterão que eu cometa injustiça, que eu diga mentiras ou que deixe de pesquisar a verdade", dizia Sócrates.

Sócrates e o problema da não violência

Platão um dia disse a Sócrates:

"— Tu te injurias, caro Sócrates, e tu te conduziste bravamente nos combates."

Sócrates respondeu:

"— Ouviste dizer que em Délium salvei a vida de Xenofonte e, em Potideia, a vida de Alcebíades. Ouviste jamais dizer que matei alguém?

"— Terias morto, se fosse preciso.

"— É preciso nunca matar, jamais ferir.

"— Mesmo se tu és ferido?

"— Mesmo se me batem."

Aristófanes, o poeta cômico, estava entre os que escutavam. Exclamou:

"— O que acabas de dizer, ó Sócrates, é indigno não somente de um ateniense, mas de um homem."

E, bruscamente, bateu em Sócrates com o pé. Não menos bruscamente deu um pulo para trás, afastando-se da força prodigiosa de Sócrates. Sócrates respondeu com um sorriso. Antístenes pulou ao pescoço de Aristófanes. Sócrates o tirou das mãos de Antístenes. Aristófanes se afasta envergonhado e rancoroso. Antístenes explica, então, a razão pela qual, ao entrar em casa, Aristófanes começa a escrever a comédia *As nuvens*, vingando-se do mal que fez, injustamente, a Sócrates e do bem que o sábio espalhou naquele exemplo de serenidade para as ofensas e bondade para os perversos.

Antístenes se insurge contra Platão que, depois da morte de Sócrates, louvou muitas vezes a Aristófanes. E mais: no *Banquete*, oito anos depois de *As nuvens*, mostra-nos o desprezível Aristófanes e o grande Sócrates conversando como dois iguais, como dois amigos!

★ ★ ★

Sócrates entretém admirável diálogo sobre a paz com Xenofonte e Alcebíades, que queriam a guerra em grande estilo com a Ásia.

Platão, para agradar ao tirano de Siracusa, escreveu *A república* e *As leis.* São esses os discípulos de Sócrates!

Sócrates e o dinheiro

Arístipo enviou um escravo com vinte minas a Sócrates. Sócrates se recusa a aceitá-las, dizendo que o seu deus lhe proibia aceitar qualquer dinheiro. E dizia ainda: "Nenhum verdadeiro bem pode ser trocado por dinheiro. E, no país das almas, no país dos verdadeiros bens, nada do que aqui está à venda merece ser comprado."

Aceitar dinheiro de quem quer que seja, segundo ele, é "entregar-se, sem compensação, a um senhor, e cair na mais vergonhosa das servidões".

Era sóbrio em tudo. Dizia: "Respeita em teu estômago e em tua cabeça dois servidores de teu espírito."

"O espírito que se inquieta com mil necessidades por ele criadas para o seu corpo, acreditas que seja mais livre que o espírito que se pode entregar inteiramente, ou mais ou menos inteiramente, aos belos pensamentos?" — perguntava Sócrates. "Para mim — dizia ainda — creio que, se há deuses, sua felicidade consiste em estar isentos de toda necessidade. O homem não poderia gozar uma felicidade tão completa. Mais diminui suas necessidades, porém, mais se aproxima das condições divinas. E, se o divino te parece o perfeito, mais o homem diminui suas necessidades, mais se aproxima da perfeição."

Este trecho, pequenino e profundo, vale por uma profissão de fé austera de ascetismo estoico. E Sócrates "era superior às fraquezas do amor, indiferente às delicadezas da mesa, paciente com os frios mais rigorosos, do mesmo modo que com os calores mais sufocantes. Nenhuma fadiga o fazia lamentar-se, nem interromper o que devia fazer. Seus discursos ensinavam as mesmas virtudes que seu exemplo".

E era assim que Sócrates corrompia a juventude...

Tudo em Sócrates é profundamente, altivamente humano. E, entretanto, os discípulos, principalmente Platão, "transformam em palavras cívicas, palavras que foram ousadamente e rigorosamente humanas" .

Proclama sempre que só sabe que nada sabe, enquanto seus discípulos só se aplicam em se louvar e se proclamar os melhores e os mais sábios dos homens. E demonstra, com o seu próprio exemplo, que "o filósofo se reconhece pelos atos e não pelas palavras".

Xenofonte

"Xenofonte", diz Han Ryner, "mentiroso como um soldado, escreve como se recuasse". Atribui a Sócrates milhares de covardias que indignariam a Sócrates, se ele as pudesse conhecer, e que o poupariam da cicuta, se fosse capaz de consentir nelas.

Apaixonado pela guerra, Xenofonte faz de Sócrates quase um elogiador das guerras... ele que era contra toda e qualquer violência.

Xenofonte conta, mentirosamente, que Sócrates oferecia frequentes sacrifícios em sua casa ou em altares públicos. Antístenes desmente, dizendo que em sua casa nunca viu Sócrates sacrificar. E, se as circunstâncias o obrigavam a sacrificar em público, obedecia a outras leis e costumes, desde que costumes e leis não causavam mal a ninguém. Mas, se o fazia, era zombando, com ironia, dando ainda uma lição de independência. Nunca no sentido da religião popular, como dá a entender Xenofonte.

Para defender as leis da Lacedemônia, Xenofonte utiliza-se, contra as leis de Atenas, das palavras de Sócrates, demolindo todas as leis dos homens. Assim como Platão as utiliza para escrever as suas leis, nota Antístenes, como se Sócrates apenas demolisse as leis já feitas e não as que Platão ainda pretendesse fazer.

Mas Xenofonte é soldado, admira, respeita e ama a disciplina militar, a autoridade dos homens e as leis escritas. Criou, pois, um Sócrates cidadão, respeitador das leis.

Antístenes

Antístenes escreveu a *Apologia de Sócrates* em quatro livros. Escreveu ainda: *Satão* ou *A disputa*, diálogo em três livros. *O grande Heracles*, *O bastão*, *Dos sofistas*, e muitos outros diálogos. É esse "cão" de Sócrates que morde Xenofonte e Platão e todos os inimigos dos filósofos.

Antístenes, durante o processo de Sócrates e os dias que se seguiram à sua condenação, desesperado diante do inevitável, revoltado, louco de dor, fugiu a toda e qualquer presença, para apenas viver junto de Sócrates até os últimos momentos do filósofo. Depois, fugiu de toda gente, na angústia de uma perturbação irritante contra a maldade, a incompreensão e imbecilidade humana que condenam um Sócrates, cuja pureza ninguém queria ver. Dois anos mais tarde, quando saía dessa quase alucinação, Antístenes lê a *Apologia de Sócrates*, de Platão. E resolveu, então, escrever a descrição, tão fiel quanto possível, dos diálogos de Sócrates.

Platão não assistiu aos últimos momentos de Sócrates. Estivera doente dois dias. Só no dia seguinte ao da morte do mestre, Platão estava nas ruas de Atenas. Platão dissera a Críton e a Fédon argumentos engenhosos em favor da imortalidade da alma e encarregara os dois amigos de transmitir a Sócrates mil palavras de conforto. Críton levara ainda, sob o manto, um livro de Anaxágoras, para ler passagens aprovadas ou desaprovadas por Platão. Assim, foram os discípulos que discorreram acerca da imortalidade da alma, transmitindo, um deles, a Sócrates, o conforto de Platão, através do seu pensamento. Fédon e Críton recitaram as palavras ditadas por Platão, relativamente à imortalidade da alma. Eram certezas e doutrinas que Platão encerra em um corpo de ideias suas, e as põe na boca de Sócrates, em Fédon. As objeções de Cebes e Símias têm por fim dar mais força à vitória do dogma da imortalidade de Platão.

Mas Antístenes esteve sempre vigilante.

Nada disso desmerece a beleza da obra de arte de Platão. *A apologia*, de Platão, é um poema de aticismo, de sobriedade, de grandeza épica do heroísmo, de uma coragem rara em todos os séculos e que honra o gênero humano. Platão soube pintar, com mãos de mestre, a figura apolínea de virilidade moral desse gênio da Grécia que foi Sócrates.

Embora façamos, individualmente, muitas restrições quanto à *Apologia*, diante do estudo magnífico de Han Ryner: *Les Véritables Entretiens de Socrates*, vemos, nesses diálogos de Platão, páginas de uma beleza incomparável.

Antístenes o acusa muito, mas também lhe faz justiça: ninguém o iguala em beleza, em doçura, em talento, sonoridade, quando é sincero, quando é simples, justo e quando faz calar a sua personalidade.

Platão

Platão se perdeu em um emaranhado de cultura, de doutrinas diversas que ele quis harmonizar em um todo platônico. Daí que Antístenes o acusa de plágio. Tudo é contradição em Platão: o seu método, a psicologia, a moral, a metafísica. Era ousado, às vezes, outras reacionário e autoritário. Na sua *República* suprime a propriedade individual e a família, fontes de discórdias e hostilidade. A propriedade é do Estado. Precursor do comunismo. É uma utopia comunista a *República* de Platão.

Perdoamos a Platão não ser sincero muitas vezes, porque Platão teve ideias geniais. Pregou a vida simples, a volta à natureza, a limitação da natalidade. Foi malthusiano antes de Malthus. Foi anarquista antes de Reclus e Kropotkine. Criticou, com talento, os demagogos e os protetores do povo, todos os salvadores das pátrias. Mas, depois, elogiou aqueles mesmos que criticara... Homens de Estado que desprezou antes, passa a elogiar com palavras magníficas e ritmadas. No fim do diálogo intitulado *Menon*, elogia homens de Estado atenienses, ele que condenara todos os políticos. Suas contradições e dúvidas o levam a se desdizer muitas vezes. Demais, adotou as opiniões de

Heráclito, adotou as de Pitágoras, aproveitou-se de Sófron e Epicarme, poetas cômicos, aproveitou-se do que aprendeu com os sacerdotes do Egito e apresenta tudo como se fosse seu. Esteve na Sicília, na Magna Grécia, no Egito. Por toda parte saqueou.

Repetiu o que disse Antístenes: todo homem de Estado é um malfeitor... e elogiou homens de Estado.

Pôs-se a serviço de Dionísio, tirano de Siracusa. Não entraram em acordo, com relação aos planos da realização da sua *República*, e diz a história que Platão foi reduzido à condição de escravo, por Dionísio, o que aliás honra Platão — que não estava disposto a se submeter à vontade do tirano. Foi salvo, resgatado pelo amigo e discípulo Anicéris (Diógenes Laércio).

Depois disso, Platão escreve as *Leis,* livro quase oposto à *República*, conservador, autoritário, reacionário. Seria a sua experiência de Siracusa?...

Foi também precursor de Augusto Comte: acreditava que os melhores e mais aptos podiam governar bem, e tinha ideias anarquistas. Dizia:

"Enquanto os filósofos não forem reis ou os reis e príncipes deste mundo não tiverem o valor e o poder da filosofia, e a sabedoria e aptidão para governar não se encontrarem reunidas no mesmo homem... não terminarão os males das cidades nem da raça humana."

O problema político para Platão é educar e selecionar os melhores para governar.

O problema psicológico é o poder nas mãos dos filósofos: reis-filósofos, matemáticos-filósofos.

A solução é tirar as crianças do seu meio pervertido: levá-las para o campo. Esperar o desabrochar dos talentos, educação generalizada, igual para todos. Se joeirarmos nos diálogos de Platão, também descobriremos que foi ainda o precursor de Freud. Teve intuição do que há de profundo no sexo.

Nas *Leis*, o exame pré-nupcial foi tratado por Platão.

Assim é que Platão tratou de todos os problemas humanos.

Não teve o desprendimento de Antístenes para propagar:

"Quando uma época tem a felicidade de possuir um Sócrates, é só a ele que convém escutar." E Antístenes não teve discípulos enquanto Sócrates viveu. Dizia: "Aprendereis comigo daquele que me ensina; a água é mais fresca e mais sã, quando bebida na fonte." Morava no Pireu. Todas as manhãs andava quarenta estádios para ouvir Sócrates. Platão não foi tão longe.

A apologia de Sócrates

Indiferente às leis escritas e à justiça dos homens, dos magistrados que mudam ao sabor dos tempos e dos costumes, indiferente à morte, Sócrates não se preocupou com sua defesa. Defendeu apenas seu pensamento, sua consciência incorruptível que, ainda naquele momento, lhe ordenava dar a última lição de filosofia prática aos atenienses, ensinando-lhes o que verdadeiramente é justiça, o que deve ser a compreensão humana, que manda respeitar e obedecer a preceitos muito mais altos que as leis pequeninas e cruéis dos homens.

Sócrates era altamente humano:

"Violais as leis escritas, como tiranos, eu as violo como um homem justo." "Violais vossas leis por loucura, eu as violo por sabedoria. Obedeço às vossas leis quando elas se aproximam da justiça ou quando me parecem indiferentes. Desobedeço-lhes quando são injustas. Mas aquele que desobedece assim à lei é melhor que a lei."

Essa devia ser a linguagem de Sócrates e é a de Han Ryner, esse Sócrates do século XX, quando estuda o sábio grego discorrendo pela boca de Antístenes, o "cão" do maior dos atenienses.

Xenofonte afirma que Sócrates acreditava na adivinhação e Antístenes o desmente com tais palavras:

"Não consultes aos deuses nem aos pássaros, não consultes nada e ninguém sobre aquilo que tu puderes saber por ti mesmo. Mas o que não podes saber por ti mesmo não tem nenhuma utilidade."

Os juízes eram em número de 556; 275 votaram a favor de Sócrates; 281 votaram contra, Sócrates se regozijou com tal resultado. O que ele queria era conservar o pensamento não a vida. E a morte do seu corpo viria dar muito mais vida às altas verdades que seu pensamento e seu exemplo espalhavam tão devotadamente. Encarou sua morte como útil ainda às suas lições filosóficas como gloriosa à causa da humanidade. E regozijou-se dela. Não defendeu sua vida.

Assim começa a *Apologia* de Antístenes ou de Han Ryner:

"Homens atenienses, meus acusadores falaram com astúcia e com eloquência. E vos puseram em guarda contra o que eles chamam a minha astúcia e a minha eloquência. Falaram como se combate e acreditam que eu vá falar como se combate. Enganam-se. Soldados de uma causa injusta e que quer a vida de um inocente, imaginam eles que esse inocente vai lutar por todos os meios para salvar sua vida. Ora, sou indiferente à minha vida, e, se falo, é por vosso interesse, não por mim. Porque eu vos amo e não me é indiferente o fato de cometerdes ou não uma injustiça. Mas os meios injustos ou covardes não me parecem próprios a combater a injustiça."

Quando Antístenes, Arístipo — esse precursor dos anarquistas —, Cebes, Ésquines e Símias conseguiram reunir a soma considerável, necessária para a fuga de Sócrates, comprados os carcereiros, tudo preparado, Ésquines propõe a Sócrates a fuga. Esse diálogo é magnífico de força moral:

"Minha fuga seria a morte da minha palavra, a morte do meu pensamento. Conservando a vida, eu me tornaria indigno. Minha palavra, espalhada e amada, pode fazer algum bem. Não me peças que eu mate a minha palavra. Outros juízes poderão se precaver contra a injustiça e outros inocentes poderão ser poupados. Seria covardia e crueldade não procurar salvá-los."

Platão, nesse diálogo, substitui Ésquines por Críton, que era seu amigo. Atribui a Críton as palavras e sentimentos de Ésquines.

A fantasia de Platão aproveitou-se até mesmo da taça de cicuta...

Fédon e Críton eram os porta-vozes de Platão e eram eles que apresentavam o corpo de doutrinas como ficha de consolo para o mestre... que se bastava a si mesmo, e tinha o seu próprio "demônio".

Porque Platão, apesar de tão doente... ensinara Fédon e Críton a recitar os argumentos que deviam apresentar na assembleia dos discípulos de Sócrates, no momento mesmo em que o mestre devia dizer o seu testamento filosófico.

Ausentando-se durante esse espetáculo de beleza e grandeza ética que deve ter sido a morte serena, imperturbável, desse gênio e desse santo, enviando os seus emissários, Platão achou meio de acrescentar mais uma coroa de glórias à sua vaidade. Sócrates escutava Críton e Fédon, com benevolência. De vez em quando, buscava provar que a morte nada tem de horrível, seja ou não a alma imortal. Dizia apenas:

"— Se quereis, regozijai os vossos ócios com tais sonhos, como as crianças se divertem com os contos. Mas desde que se trate da questão de agir, esquecei tudo o que é sonho e tudo o que é conto, a fim de escutardes unicamente à vossa razão."

Em *Fédon*, Platão inventa coisas absurdas, com as quais Sócrates nunca poderia concordar. Sócrates não discutia nem afirmava dogmas metafísicos. Considerava inúteis certas divagações dessa ordem. Era prático na sua filosofia da ação e não se preocupava com hipóteses da metempsicose senão como sonho e poesia. E Platão fala da metempsicose, afirmando, pela boca de Sócrates, coisas em que nunca devia o sábio ateniense ter pensado.

Demais, o diálogo *Fédon* é todo um tratado de metafísica, é criação ou compilação de Platão, corpo de doutrinas. Como se Sócrates, tão simples, se preocupasse, no momento de morrer, de deixar para a posteridade todo um tratado de metempsicose! Sócrates já tinha vivido toda uma vida filosófica.

Diante da superioridade de Sócrates, diante da sua linha de conduta impecável, incorruptível, nos admiramos de que Platão, para não sacrificar a graça do seu estilo ático, tenha a ousadia de atribuir a Sócrates, como últimas palavras do seu testamento filosófico, a recomendação a Críton:

"— Devemos um galo a Esculápio. Não te esqueças de pagar essa dívida."

Palavras já pronunciadas com o ventre gelado, quase morto. Seria possível que esse gênio filosófico, de atitudes definidas perante a vida inteira, não tivesse outras coisas a dizer, um segundo antes de expirar? Parece que Platão quis zombar ainda uma vez do velho filósofo, procurando fazê-lo descer à vulgaridade da população ateniense, a fim de se colocar noutro plano, mais alto, através da sua literatura e do seu prestígio filosófico, naquele tempo já vitorioso.

Tão diferentes as expressões que esse outro heleno, Han Ryner, põe na boca de Sócrates, como seu testamento filosófico, atribuindo a Antístenes a *Apologia* do sábio. Diria Sócrates, momentos antes de morrer:

"Voltando-se, depois, para Ésquines, que louvara os deuses e a felicidade futura de Sócrates, disse o sábio:

"— Tens razão de te regozijar por mim. O remédio que me ofereceu o servidor dos Onze me vai curar da velhice e das enfermidades suas companheiras. E vejo com prazer que tu sonhas mil felicidades para mim. Eu as sonho também. Mas, seja pela felicidade que eu tive desta vez, seja pelas felicidades que hei de ter mais tarde, é preciso não louvar a nenhum outro deus senão a mim mesmo. Toda verdadeira felicidade é obra daquele que a experimenta. E não louves nenhum outro deus senão a mim próprio, pela minha cura que acabo de beber, porque quis. Nada devo a Esculápio e agirás loucamente se lhe sacrificares, por minha causa, mesmo o mais velho e o mais magro dos galos."

Essas devem ter sido as últimas palavras de Sócrates, coerentes com toda a sua vida de estoico. Para ele não havia deuses senão o Deus interior de cada ser humano. E cada qual é o criador de si mesmo. E cada qual só pode iluminar a si mesmo.

"E para além dos deuses e das cidades, há uma harmonia maravilhosa que nosso conhecimento de nós mesmos é suficiente para realizar."

E, fora disso: "tudo o que sei é que nada sei..."

"Conhece-te a ti mesmo..." — e Sócrates baseou a sua vida e sua filosofia na máxima do oráculo de Delfos.

Assim morreu essa voz humana daquela Grécia de beleza, graça e juvenilidade.

* * *

Platão via os homens acorrentados em uma caverna, desde a infância, sem poder se levantar, andar ou mesmo voltar a cabeça. Por trás deles brilha uma luz e só lhe veem os reflexos. Na sua frente passam as sombras, que os homens tomam como seres reais. A caverna é o nosso globo. As cadeias são as paixões, os prejuízos humanos ou melhor: desumanos. As sombras, o mundo, que tomamos como realidade, quando a realidade está na luz, da qual só apreciamos os reflexos. Quebrar as cadeias e sair do antro tenebroso, voltar-se para a luz — é o homem se tornar imortal pela beleza, pela justiça, pela bondade, pelo respeito à dignidade humana representada pela sua liberdade, pela consciência livre. Então o ser humano se descobre a si mesmo, realiza-se.

De Demócrito a Parmênides, de Pitágoras a Sócrates, de Anaxágoras a Platão, a voz da Grécia filosófica nos ensina essa mesma beleza da realização interior, através do oráculo do Templo de Delfos.

Conhecer-se. Realizar-se.

Para aprender a amar — nos ensina esse outro Sócrates do século XX.

É com prazer imenso que, no meio das loucuras dos nossos dias agitados, lemos as páginas da *Apologia* de Platão, essa joia que serviu de modelo à eloquência grega, à *Oração da coroa* de Demóstenes, e que ainda hoje nos deleita pela frescura ática, pela grandeza de um ciclo de gênios e de artistas.

Notas

[1] Espécie de banqueiros, nos pontos mais frequentados da praça do mercado.

[2] Aprendemos com os oradores que os juízes atenienses costumavam manifestar o consentimento ou a desaprovação de modo bastante ruidoso.

[3] Mais ou menos, Sócrates nasceu no primeiro ano da 77ª Olimpíada.

[4] Escarneceram de Sócrates os poetas cômicos: Crátino, em *Panopteses*; Amipsa, em *Conno*; Êupole, em *Baptes*; Cálias, em *Pédetis*; Aristófanes, o mais notável, em *As nuvens*.

[5] A pitonisa, sacerdotisa de Apolo, em Delfos, referia a resposta do deus. A resposta textual em relação a Sócrates seria esta, segundo o comentador das *Nuvens*: "Sábio é Sófoles, mais sábio é Eurípedes, mas entre todos os homens, Sócrates é sapientíssimo."

[6] Sócrates refere-se aos acusadores como às três classes que o condenavam: Meleto era poetastro, poeta lírico, o mais ativo dos acusadores; Anito era curtidor e negociante de peles; Lícon foi orador medíocre. Meleto, a alma intelectual, o motor da acusação; Anito, a bolsa, era real inimigo de Sócrates, muito influente no governo popular; amigo íntimo de Trasíbulo, era a alma ativa da acusação, representava o dinheiro e o poder; Lícon era o comparsa necessário, representava o orador, o político, o advogado... o símbolo das mediocracias organizadas.

[7] A lei proibia, a cada um dos adversários, interromper o que falava, mas dava a ambos o direito de se interrogar reciprocamente. A interrogação e a ironia eram o método de Sócrates para ensinar, para que o discípulo descobrisse, por si mesmo, pelo próprio raciocínio, as verdades que lhe desejava transmitir e que estão dentro de cada ser humano; adota o mesmo método para os adversários e para os acusadores.

[8] Verso de Homero, *Ilíada*, XVIII.

[9] O supremo poder em Atenas era exercido pelo Senado dos Quinhentos, dividido em dez seções, quantas eram as tribos. A de Sócrates chamava-se Antióquia. Essas tribos tinham o seu ofício, *Pritania*, que especialmente era de presidir a assembleia popular, pouco mais de um mês cada uma, segundo uma ordem estabelecida pela sorte. Durante esse tempo, os cinquenta senadores em serviço, chamados *Pritânios*, permaneciam longe das famílias e eram sustentados a expensas públicas no *Tolo*, edifício redondo, ao lado da sala do Senado. Todos os dias sorteavam entre eles um presidente, que custodiava as chaves da cidadela, as do arquivo e o selo.

[10] Os estrategistas vencedores da batalha contra os espartanos, perto das ilhas Arginusas, foram acusados de não recolher os mortos, feridos e náufragos, e, embora dessem como razão uma tempestade sobrevinda, que impediu o piedoso dever, foram condenados coletivamente à morte. A esse procedimento contrário à lei, segundo a qual os acusados deveriam ser julgados separadamente, em vão se opôs Sócrates, que, no dia do julgamento, era presidente do Senado e correu o risco de ser suspeito e levado ao cárcere por dois oradores de profissão, Teramenes e Calisseno. Havia de fato, na legislação ateniense, uma forma de acusação de extremo rigor, pela qual um cidadão podia interditar e até prender outro cidadão surpreendido em flagrante delito; assim, aqueles oradores procuravam demonstrar que prendiam Sócrates como magistrado iníquo.

[11] Os Trinta Tiranos tomaram como alvo o Leão Salamínio, como tantos outros, para se apropriarem das suas riquezas. Para comprometer, pois, os cidadãos honestos, constrangiam-nos a acompanhar os seus esbirros em tais perfídias.

[12] "Mas, dizia o acusador, Crísias e Alcebíades, tendo praticado com Sócrates, fizeram à cidade muitos males: porque Crísias, no governo dos Trinta Tiranos, foi amaríssimo e violentíssimo; e, ao contrário, Alcebíades, no Estado popular, foi, mais que todos, intemperante, insolente e violento."

[13] Sócrates teve um filho, Lamprocle, de Xantipa; de Mirto teve dois. O verso citado é o 163 do XIX da *Odisseia*. Os acusados

procuravam comover os juízes com lamentações e pedidos, levando a mulher, os filhos, os pais velhos, e até mesmo faziam assistir ao julgamento, amigos notáveis, considerados e poderosos na cidade.

[14] Outra versão diz que dos 501 juízes, votaram contra 281, e a favor 220; assim faltavam trinta para fazer a metade.

[15] Se o acusador não obtivesse o quinto dos votos, pagava mil dracmas de multa e perdia o direito de apresentar no futuro acusações do mesmo gênero. Sócrates argumentava que Meleto, sem a cooperação de Anito e Lícon, não teria obtido o pequeno excedente de votos.

[16] No *Pritaneu*, perto da Acrópole, nutriam-se a expensas públicas alguns especiais beneméritos da pátria e ilustres hóspedes estrangeiros. Píndaro descreve as honras com as quais eram recebidos, nas cidades gregas, os vencedores dos jogos olímpicos; também eles eram mantidos pelo Estado.

[17] Os espartanos.

[18] Os Onze, um por tribo e um secretário, tinham a custódia dos cárceres e o ofício de executarem as sentenças penais.

[19] Dizem que Sócrates, aos discípulos que o queriam fazer fugir do cárcere, perguntou: "Conheceis algum país, fora da África, onde a morte não tenha acesso?"

[20] O reconhecimento do erro dos atenienses não tardou de fato: Meleto foi condenado à morte; Anito foi exilado em Heracleia, onde acabou lapidado pelo povo; Lícon suicidou-se de desespero, relegado por todos. A Sócrates, erigiu-se estátua em uma praça de Atenas.

[21] Palamedes foi acusado injustamente de ter traído o exército grego; Ajax, por juízo iníquo, foi privado das armas de Aquiles.

[22] Os primeiros são dois heróis notabilíssimos do ciclo troiano: Agamênon, o grande condutor do exército grego; Ulisses, o astuto rei de Ítaca, do qual se narram, na *Odisseia*, as vicissitudes da volta à pátria, depois da guerra de Troia. A Ulisses, os antigos comparavam frequentemente o mitológico fundador de Corinto, Sísifo, a *quem ninguém superava na astúcia* (II. IV, 153).

[23] Três principais escolas filosóficas floresceram na Grécia: a *Iônica*, a *Itálica* e a *Eleática*. Da escola iônica destacam-se Tales, Anaximandro e Anaxímenes. Procuraram definir o princípio fundamental no universo. Pitágoras é fundador da escola itálica, tendo o seu sistema como fundamento o número, a geometria, a harmonia. Célebres pitagóricos foram Filolau de Crotona, Timeu de Locre, Arquita de Tarento etc. A escola eleática foi fundada por Xenófane. Criticava as precedentes. Combateu Homero e Hesíodo, o politeísmo e o antropomorfismo. Procurou ridicularizar a doutrina da metempsicose, atribuída a Pitágoras, mas que veio do Egito, da Caldeia, da mais alta antiguidade.

Empédocles, Heráclito, Demócrito, Anaxágoras são grandes homens que viveram e filosofaram durante o período admirável do despertar filosófico da Grécia. Entre os sofistas, citamos Protágoras de Abdera, Górgias de Leontine, Pródico de Coo, Hípias de Élide.

Sócrates era filho de Sofronisco, escultor, e de Fenareta, parteira. Nasceu no subúrbio de Alópece, perto de Atenas, entre 461 e 462, para uns, para outros, entre 468 e 469, antes de Cristo. Dizia que tinha a profissão de sua mãe: exercitava-se na maiêutica, arte de fazer dar à luz o espírito, a consciência ou a razão.

Era horrivelmente feio no físico, desenvolvido e forte. Mas trouxe para o mundo uma consciência para iluminar e embelezar a vida humana.

Derivaram-se dos ensinamentos socráticos outras escolas: a *Cirenaica*, instituída por Aristipo de Cirene; a *Estoica*, dependente da *Cínica*, e fundada por Zenon de Chipre, que recomendava a impassibilidade diante das adversidades; a *Epicurista*, cujo nome vem de Epicuro, que também é estoica, mas, sem a agressividade ou o azedume da cínica e assentada sobre o princípio do prazer de viver, da alegria interior. A *Cínica* é notável pela figura de Diógenes.

Platão escreveu vários diálogos nos quais Sócrates é o protagonista: *Críton*, ou do dever; *Fédon*, ou da alma; *Protágoras*, ou dos sofistas; *Górgias*, ou da retórica: *Fedro*, ou da beleza; e outros. Suas principais obras são *A república* e *As leis*.

Sobre o autor

Platão (429-347 a.C.) é certamente um dos marcos da cultura ocidental, indubitavelmente impregnada pela sua presença e pelas suas ideias. Filósofo da Grécia Antiga, Platão fundou, em Atenas, a Academia — importante instituição cultural que contou com alunos ilustres, como, por exemplo, Aristóteles. Platão escreveu inúmeros diálogos e alguns deles, como *As leis* e *A República*, são considerados os alicerces de uma incipiente ciência política.

Discípulo de Sócrates, outro grande filósofo da Antiguidade, Platão deixou impressa de tal forma em sua obra a influência do mestre que nem sempre é fácil para os estudiosos distinguir as ideias de um e de outro. Numa tentativa de evocar um discurso proferido por Sócrates em defesa própria perante seus acusadores, Platão redigiu a *Apologia de Sócrates*, texto considerado por muitos as mais belas páginas de eloquência que nos foram legadas pela Antiguidade, uma síntese da filosofia socrática.

Conheça os títulos da

Coleção Clássicos para Todos

A Abadia de Northanger – Jane Austen
A arte da guerra – Sun Tzu
A revolução dos bichos – George Orwell
Alexandre e César – Plutarco
Antologia poética – Fernando Pessoa
Apologia de Sócrates – Platão
Auto da Compadecida – Ariano Suassuna
Como manter a calma – Sêneca
Do contrato social – Jean-Jacques Rousseau
Dom Casmurro – Machado de Assis
Feliz Ano Novo – Rubem Fonseca
Frankenstein ou o Prometeu moderno – Mary Shelley
Hamlet – William Shakespeare
Manifesto do Partido Comunista – Karl Marx e Friedrich Engels
Memórias de um sargento de milícias – Manuel Antônio de Almeida
Notas do subsolo & O grande inquisidor – Fiódor Dostoiévski
O albatroz azul – João Ubaldo Ribeiro
O anticristo – Friedrich Nietzsche
O Bem-Amado – Dias Gomes
O livro de cinco anéis – Miyamoto Musashi
O pagador de promessas – Dias Gomes
O Pequeno Príncipe – Antoine de Saint-Exupéry
O príncipe – Nicolau Maquiavel
Poemas escolhidos – Ferreira Gullar
Rei Édipo & Antígona – Sófocles
Romeu e Julieta – William Shakespeare
Sonetos – Camões
Triste fim de Policarpo Quaresma – Lima Barreto
Um teto todo seu – Virginia Woolf
Vestido de noiva – Nelson Rodrigues

Direção editorial
Daniele Cajueiro

Editoras responsáveis
Janaína Senna
Ana Carla Sousa

Produção editorial
Adriana Torres
Júlia Ribeiro
Laiane Flores
Juliana Borel
Roberta Carvalho

Revisão
Olga de Mello
Ana Grillo

Capa
Sérgio Campante

Diagramação
Douglas Kenji Watanabe
Filigrana

Este livro foi impresso em 2022
para a Nova Fronteira.